ERIC GIACOMETTI E JACQUES RAVENNE

Conspiração Casanova

ponto de leitura

ERIC GIACOMETTI E JACQUES RAVENNE

Conspiração Casanova

Tradução

Véra Lucia dos Reis

EDITORA OBJETIVA LTDA.
Rua Cosme Velho, 103
Rio de Janeiro – RJ – CEP: 22241-090
Tel.: (21) 2199-7824 – Fax: (21) 2199-7825
www.objetiva.com.br

Título original
Conjuration Casanova

Capa
Silvana Mattievich

Imagem de capa
Alina Solovyova-Vincent / Getty Images

Revisão
Tamara Sender
Bruno Fiuza
Suelen Lopes

Editoração eletrônica
Abreu's System Ltda.

PRISA EDIÇÕES

CIP-BRASIL. CATALOGAÇÃO-NA-FONTE
SINDICATO NACIONAL DOS EDITORES DE LIVROS, RJ

G355c

Giacometti, Eric

Conspiração Casanova / Eric Giacometti e Jacques Ravenne; tradução Véra Lucia dos Reis. – Rio de Janeiro: Objetiva, 2012.

462p. 978-85-390-0350-1
Tradução de: *Conjuration Casanova*
Edição de bolso

1. Romance francês. I. Ravenne, Jacques. II. Reis, Véra Lucia dos. III. Título.

12-1722. CDD: 843
CDU: 821.133.1-3

Advertência

Conspiração Casanova é uma obra de ficção recheada de elementos e fatos cujas referências o leitor poderá consultar nos anexos apresentados no final do livro. A ligação de um dos autores com a franco-maçonaria não implica de modo algum, nem mesmo indiretamente, especial subordinação à concepção desta narrativa, nem tampouco aos pontos de vista expressos ficticiamente pelos protagonistas deste romance.

A loja Casanova, descrita nesta obra, é uma invenção e não tem relação alguma com possíveis lojas Casanova existentes mundo afora.

Primeira Parte

Contudo, há um segredo, mas ele é tão inviolável
que jamais foi dito ou confiado a alguém.

Casanova

Prólogo

Sicília,
Abadia de Telêmaco,
15 de março de 2006

Thomas lhe entregou um bilhete exatamente antes de passar à mesa. Sua mão demorou alguns segundos na dela, o suficiente para sentir aquela fisgadinha no coração. Um sorriso discreto, um olhar furtivo, e ele se afastou. Ela o viu juntar-se, a passos rápidos, ao grupo que se punha à mesa na sala de honra da Abadia.

Anaïs desdobrou o papel amassado.

Eu te amo. Vamos embora juntos.

Ela congelou. Aquele irlandês danado tinha se arriscado. Ela nunca experimentara aquela sensação estranha, nem mesmo na adolescência, prostrada diante do diário íntimo e sonhando com seus namoros.

Sentiu-se estúpida. Estúpida, mas feliz. O irlandês tinha entregado os pontos. Anaïs dobrou o papel e o pôs na bolsa.

Eu também te amo, Thomas.

Ela só tinha uma vontade, ir para perto dele, mas ele já tinha se afastado. Ele conhecia sua impaciência e sabia manipulá-la. Teria de esperar o fim da refeição para que ele lhe repetisse aquilo em particular. Ela sorriu. Thomas ganhara a segunda rodada amorosa, com uma ponta de sadismo. Ela se vingaria depois do jantar, à sua maneira.

Anaïs passou diante de um grande espelho de parede e gostou do que viu. Assim como todos os convidados, ela usava uma meia-máscara, escolhida na cor jade escuro, que destacava o verde de seus olhos. O vestido de seda branca, alta costura, caía-lhe perfeitamente; o rosto maquiado com graça realçava sua tez pálida e os longos cabelos negros.

Nada mal.

Anaïs achou-se bela. Um prazer que acreditara perdido.

Há quanto tempo isso não acontecia? Você lembra?

Havia anos. A jovem mulher sofisticada que a contemplava no espelho não tinha mais muita coisa em comum com a antiga Anaïs.

Graças a ele. Thomas.

Apenas a pronúncia mental de seu nome a deixava eufórica.

Está começando de novo. Socorro, estou virando uma palerma.

Ela não lamentava sua estada na Abadia, um verdadeiro renascimento em sua vida insípida e sem brilho. E então, naquela noite, ao final do vigésimo dia, eles se uniriam no momento da grande festa de ressurreição das forças da natureza.

O repicar de um sino ressoou nas altas paredes caiadas, anunciando o início do jantar. Os convidados tomaram seus lugares num rumor alegre, enquanto dois empregados de uniforme traziam as entradas e serviam vinho em profusão.

As máscaras escondiam em parte os rostos, mas todas se reconheciam pelas vozes. Anaïs sentou-se bem debaixo de uma gravura emoldurada: um retrato de época de Casanova.

Na outra extremidade da mesa, Thomas, que usava sobre o rosto uma meia-máscara veneziana branca, fitava-a com uma expressão maliciosa.

Ela inclinou levemente a cabeça em sua direção e lhe ofereceu um sorriso distante.

Espere até ficarmos sozinhos, Thomas...

Centenas de velas iluminavam a sala e avermelhavam a inscrição gravada em prata na parede acima da monumental lareira de pedra.

Faz o que quiseres.

O lema da Abadia.

Abadia. Uma palavra inadequada, pelo menos em referência à acepção cristã. Embora ali se elevasse o espírito, não se praticava nenhuma continência do corpo. Muito pelo contrário, o ensinamento repousava na exaltação de todos os sentidos, sem exceção. Vinte e quatro horas por dia não bastavam para os dez homens e mulheres ali reunidos porem em prática o que aprendiam.

As conversas se interromperam de súbito. O senhor da Abadia descia lentamente a escada de mármore, deixando a mão escorregar pela rampa esculpida. Os convidados o olhavam, fascinados com sua postura elegante e seu andar lento, quase teatral. No entanto, naquele ambiente sedutor, nada parecia extravagante. Usava um terno escuro do século XIX e uma camisa branca com jabô de renda, além de uma meia--máscara negra, sóbria e fina que lhe estirava os olhos.

Sua voz de timbre suave ecoou.

— Meus caros amigos, estou feliz por partilhar este jantar com vocês. Infelizmente, o último antes de partirem.

Ninguém falava. Todos pareciam estar sob o domínio daquele homem que caminhava até eles. Dioniso, como queria ser chamado.

A voz se tornou mais calorosa.

— Vamos, não fiquem parados assim. Que esta refeição dê início a uma noite de prazer e alegria! E que o fogo do amor prevaleça!

Ele se sentou no último lugar vago.

— Façamos um brinde aos nossos dois mestres.

O homem ergueu o copo na altura do nariz e, com o olhar distante, pronunciou com firmeza:

— Ao amor e ao prazer que cada um de vocês traz em si.

— Ao amor e ao prazer — responderam em coro os convidados.

Dioniso bebeu longamente o vinho, pousou o copo na toalha imaculada e bateu a mão aberta na mesa.

— Estou com fome.

Risos explodiram, e a refeição começou. Todos se divertiam, olhando furtivamente os amantes e as amantes, tão belos, tão seguros de si. Anaïs conversava com o vizinho de mesa, também ele encantado com uma das convidadas da Abadia. Ela comeu uma cauda de lagostim frita e retomou a palavra:

— Não sei como não percebi assim que cheguei à Abadia. Normalmente, eu teria ficado caída por um homem um pouco andrógino, e não é que eu me apaixono por um irlandês tipo jogador de rúgbi!

Seu vizinho sorriu.

— Comigo foi a mesma coisa. Estou louco por uma mulher que é o oposto do meu gosto habitual. Agradeço aos deuses por ela ter vindo ao seminário. O que vocês planejaram?

Enquanto comia, Anaïs fez outro sinal com a cabeça para o amante e, em seguida, murmurou baixinho:

— Amanhã, eu e Thomas vamos embora juntos.

— E depois?

— Não vamos mais nos separar. Ele vai viver comigo em Paris. É financista, então trabalhar na França não vai ser problema para ele. E a gente quer filhos, rápido. E você?

— Decidi deixar minha mulher. Assim que voltar, dou início ao processo de divórcio e mudo de vida. Estou nadando em felicidade. Minha cabeça está girando...

— O milagre da Abadia.

Ela nem ouvia mais as próprias palavras. Seu olhar cruzara com o do amante, e ela se sentia oscilar de novo. Mas dessa vez, não era sob a influência da paixão.

Sua cabeça girava.

Ela notou que Dioniso tinha se levantado. Ele observava os convidados em silêncio. Um leve sorriso flutuava em seu rosto fino.

Anaïs pousou os talheres na toalha e apoiou a cabeça nas mãos.

As paredes dançavam diante dela. Provavelmente abusara do vinho. Virou-se para o vizinho à mesa e percebeu que ele estava arriado na cadeira. Ela quis se levantar, mas os membros estavam adormecidos, incapazes de se mover.

Todos eles estão dormindo.

Anaïs procurou desesperadamente o amante, mas ele também estava adormecido.

Onde você está, Thomas?

Antes de perder a consciência, ela só teve tempo de cruzar o olhar de Casanova, cujos olhos negros pareciam transpassá-la.

Um silêncio profundo tinha caído sobre a sala.

O homem de terno escuro cruzou os braços. Contemplou longamente os dez homens e mulheres inconscientes arriados em suas cadeiras. Sua voz saiu da garganta como um lamento profundo.

— Vocês são tão bonitos. Tão puros...

Como que por encanto, quatro empregados surgiram do nada, carregando macas. Colocaram-se em volta de Dioniso, contemplando os corpos como se a cena fosse completamente natural.

— Vocês sabem o que falta fazer. O veneno foi maravilhosamente dosado; eles vão ficar adormecidos para sempre, mas a noite será curta.

Sem uma palavra, os quatro homens se aproximaram dos corpos e começaram a deitá-los nas macas.

Em tempos mais rudes, a angra, profundamente recuada, servia de refúgio para os piratas berberes que voltavam de rapinas e pilhagens nas costas do leste, na direção de Palermo. Agora, constituía um refúgio ideal para os convidados da Abadia de Telêmaco, que adquirira uma grande propriedade em torno das construções reformadas. Os rochedos compunham como que um invólucro protetor em torno da pequena praia de areia, assegurando perfeita tranquilidade para os frequentadores do lugar.

Para além da vegetação espessa via-se o gigantesco rochedo escuro, a Rocca, que dominava a estação balneária de Cefalù, semelhante a um soberano imemorial.

A ressaca do mar era parcialmente abafada pelo crepitar dos fogos que, exatamente no centro da angra, gemiam no céu estrelado.

As chamas se erguiam na noite negra.

Altas, poderosas, majestosas.

Alimentavam-se da carne dos dez homens e mulheres enlaçados, por casais, em torno dos cinco pilares de madeira. Os corpos dos amantes tinham sido cuidadosamente preparados pelos empregados antes de serem acorrentados às fogueiras da cerimônia. Aqueles homens e mulheres, que se exibiram, rindo, na praia naquela mesma tarde sob um sol acolhedor, não eram nada mais que marionetes sem vida.

O fogo se intensificava. Os amantes dormiam seu último sono, enquanto as chamas começavam a lamber suas roupas.

Dioniso sentou-se numa cadeira de madeira diante das fogueiras e exigiu ficar sozinho durante a combustão sacrifical. A seu lado, uma garrafa de champanhe milesimada e, sobre uma pequena mesa, uma taça.

Sua voz ergueu-se na noite.

— O amor que eu os levei a conhecer será a garantia de sua passagem para o outro mundo. Vocês não estão sofrendo, vocês ficarão juntos pelos séculos dos séculos.

Anaïs sonhava. Seu amante a apertava nos braços protetores, e eles se fundiam na eternidade. Ela sentia seus braços fortes abraçando-a, para sempre. Um túnel branco abria-se diante deles. Ele lhe sorria; ela estava embriagada de felicidade e saberia fazê-lo feliz.

Mas o túnel mudou de cor, fundiu-se num vermelho intenso; havia alguma coisa errada. O rosto do amante se decompunha, seus cabelos caíam, sua pele fumegava...

Ela gritou.

O mestre dirigiu o olhar para a direita e viu um dos corpos se retorcer numa das cinco fogueiras. O grito da moça o encantou.

Pobre irmã. Mas seu trabalho de purificação está apenas começando. Ele pegou no bolso uma pistola e mirou a jovem mulher, que tentava desesperadamente escapar ao suplício.

Dioniso atirou.

Satisfeito, levou uma rosa ao nariz para mascarar o pestilento cheiro de carne queimada que subia na noite.

Serviu-se de uma taça de champanhe e ergueu-a frente às chamas desmedidas. Seus olhos brilhavam sob a luz incandescente que iluminava a praia deserta.

Bem-aventurado Casanova... eles são imortais.

1

Paris,
Palais-Royal,
março de 2006

A primeira coisa que ele descobriu quando saiu do torpor foi aquele olhar penetrante e familiar. Dois olhinhos negros orlados de finas sobrancelhas. Na moldura de madeira dourada, o fauno bochechudo o contemplava com ironia. Nada de novo. O fauno jamais gostara dele. Percebera isso exatamente depois de ter assinado o cheque de pagamento, havia dois anos, quando o antiquário embalara o quadro. O pequeno ser mitológico lhe lançara um olharzinho cruel, como que para lhe dizer: "*Agora que sou seu, vamos rir juntos, principalmente eu.*"

Era a tela de um mestre menor do século XVIII, perdida na sala dos fundos de um antiquário parisiense de reputação desgastada. A pintura, de feitura imprecisa, representaria uma cena banalmente campestre, não fosse a presença de duas ninfas desnudas, extasiadas diante de um curioso personagem, meio sátiro, meio fauno. À primeira vista, sorrira com desprezo; a composição parecia absolutamente comum. Contudo, ao se aproximar da tela, ficou surpreso com a finura das expressões de cada um dos três rostos. As duas mulheres pareciam mergulhadas num transe que ele não conseguia explicar. O pequeno personagem central parecia mantê-las num estado extático, sem razão aparente, unicamente por sua presença, no mínimo ridícula. Inesperadamente, ele quase ficou com inveja daquela simples criatura que conseguia oferecer tanta felicidade àquelas mulheres.

Comprara a tela por curiosidade e desde então ela se destacava na parede de seu quarto, diante da cama. Isso quase o excitava para fazer amor sob os olhos daquele fauno antipático.

Sua cabeça girava. Ele afastou os olhos do quadro e se encolheu entre os lençóis azulados. Sentiu o corpo da amante a seu lado. Sua amante... Um termo vulgar para designar aquela por quem estava loucamente apaixonado, doente de possessividade, não podendo deixar de vê-la nem por um único dia. Mesmo quando sua agenda estava cheia de compromissos.

Ele pousou a mão nos cabelos dela e acariciou um cacho negro e sedoso. Ela lhe ensinava tanto sobre a vida. E sobre ele. Esperava, febril, o dia em que o divórcio fosse decretado para finalmente viver, em osmose total, com aquela com quem já dividia todas as suas loucuras. Até as mais íntimas. Pela primeira vez na vida tinha se apaixonado. Com um amor total, sem reservas, cultivando a entrega como um presente divino.

A dor de cabeça voltou brutalmente. De súbito, percebeu que os raios do sol estavam vivos demais para ser de manhã. Lembrou, porém, que tinha assistido a uma reunião do conselho algumas horas antes... ou então, na véspera. Não sabia mais.

Virou-se na cama com irritação; sua mente não conseguia distinguir as informações esparsas que se atropelavam em seu cérebro. Estendeu a mão para o relógio eletrônico posto à cabeceira. Eram 15h45. Impossível. Ele deveria estar no escritório.

Puxou a borda do lençol, desnudando as costas da companheira, e sorriu, observando as linhas harmoniosas que esposavam as dobras sinuosas da cama. Apenas um mês até o julgamento do divórcio e ele não teria mais que se esconder, pelo menos diante da mídia. Estariam livres para viver juntos, um luxo a que não se permitiam desde sua saída do domicílio conjugal, três meses antes, abandonando uma mulher exultante e dois grandes adolescentes indiferentes à sua ausência.

Gabrielle surgira em sua vida de repente e não o deixara mais. Ternura instantânea, cumplicidade total, juventude recuperada: tudo vinha dela. Ficara louco por ela a ponto de não sentir mais o peso dos sessenta, que se aproximavam inexoravelmente.

Gabrielle, de uma beleza mais clássica do que chamejante, possuía algo de indefinível que faltava nas jovens amantes de quem costumava usar e abusar até então.

No momento em que decidiu levantar-se, uma descarga elétrica irradiou em seu cérebro. A intensidade da dor fez com que caísse para trás; a cabeça bateu no travesseiro. Nunca tivera uma enxaqueca daquele tipo.

Fique calmo, isso vai passar. Tudo vai entrar nos eixos. Ele tinha de ir a uma reunião importante no final da tarde e sentia a irritação crescer.

O que está acontecendo?

Olhou a parede em frente à cama. O fauno parecia caçoar dele com insolência maior.

Alguma coisa estava errada.

O quadro ficava a dois metros da cama, e os traços do rosto do pequeno personagem sobressaíam com nitidez absoluta.

Estou enxergando sem os óculos. Não é possível!

Os batimentos do coração repercutiam-lhe no peito.

Ou então... Ele ficou paralisado. A ausência de memória recente, a súbita melhora da miopia, as fisgadas de enxaqueca... Todos esses sintomas estranhos, sentidos ao despertar, provinham de uma fonte comum tão profunda que ele ficou arrebatado de prazer.

Nós fizemos...

Precisava fazer anotações precisas quando conseguisse se levantar. Sua alegria durou pouco; um novo ataque de enxaqueca lhe transpassou o encéfalo.

Ficou imobilizado no colchão, esperando que a dor diminuísse. Precisava recuperar a lucidez, levantar-se e tomar um comprimido de aspirina.

De repente, o quarto desapareceu de seu campo de visão. Imagens surgiram em sua mente.

Gabrielle, vestindo o conjunto preto, caminhava ao seu encontro na Pont des Arts. A cena era incrivelmente real; ele podia distinguir nitidamente seu broche de platina na lapela do casaco. Ela sorria tanto que ele ficou sem fôlego. Sua visão se obscureceu, e tudo mudou. Novamente Gabrielle, apontando-lhe um quadro de Moreau no museu d'Orsay; ele chegava a ouvir os comentários de dois turistas alemães ao seu lado.

Outra visão surgiu. Gabrielle inclinada sobre ele, tendo ao fundo o afresco do teto de seu escritório, prensando-o contra o assoalho, o cheiro de cera fresca subindo discretamente das pranchas de nogueira. Seus olhos, de um negro profundo, o transpassavam. Aquele instante lhe era muito familiar: a primeira vez que tinham feito amor depois de semanas de espera e sedução.

Uma união forte e embriagadora, em seu escritório, enquanto na grande sala de recepção contígua rumorejavam as vozes de centenas de convidados. Ele, o todo-poderoso anfitrião da noite, encontrara-se imobilizado no chão, cavalgado por aquela mulher perturbadora, e sentira um gozo desconhecido até então. O perfume quente da cera ainda permanecia gravado em sua memória olfativa, tanto que, por vezes, sozinho no escritório, longe dos olhares, inclinava-se sobre o assoalho para sentir a mesma exalação. Um comportamento fetichista, mas tão excitante...

A dor torturou-lhe o cérebro, e o cenário mudou novamente. Um cemitério diante de uma praia, Gabrielle chorando diante de um túmulo, com um punhal na mão. A cena lhe era totalmente desconhecida.

E lhe dava medo.

O caleidoscópio submergia sua razão; ele lutou para não se perder naquele fluxo incontrolável de visões desconcertantes.

Pare com isso.

Ele gritou. Gabrielle lançou-lhe um olhar irritado e desapareceu.

O quarto e o fauno reapareceram como que por encanto. Para seu grande alívio, sinal tangível de que ele tomava pé na realidade. Precisava levantar-se imediatamente para cancelar a reunião, ou então mandar um assistente e marcar uma consulta de urgência no hospital de Val-de-Grâce para ver um especialista. Ele não via como conseguir manter suas reuniões se caísse a cada instante num universo paralelo.

Batidas soaram na entrada do vasto quarto.

— Está tudo bem, senhor? — perguntou uma voz masculina por detrás da porta.

Ele reconheceu o assistente, que tinha o hábito de manter-se à distância, enquanto assegurava uma guarda vigilante em face do mundo exterior, isolando os importunos quando ele queria ficar sozinho ou um pouco em companhia de Gabrielle.

— Sim... Cancele o próximo encontro e peça ao motorista para estar pronto em vinte minutos.

— O senhor tem certeza de que está bem? Ouvi um grito...

— Estou, só tive um sonho ruim. Prepare um café bem forte para a gente.

— Está bem, senhor.

Discreto e eficiente, o assistente jamais discutia as ordens. Dez anos de serviços era quase um recorde, com a condição de saber obedecer sem fazer perguntas.

O ministro pousou a mão no ombro de Gabrielle e a sacudiu suavemente. Sua pele estava fria.

— Acorde, meu amor. Tenho que trabalhar.

Ele se surpreendeu com um pensamento erótico fugaz ao sentir o perfume ambarino. Mas não era o momento, ele se tornava...

Outra visão surgiu.

Está recomeçando.

Estavam face a face, sentados na cama, nus, e cada um punha a mão na garganta do outro. O dedo de Gabrielle descia lentamente até seu baixo-ventre; quanto ao dele, subia com o mesmo movimento lento, mas para o alto, em direção à garganta. O desejo o queimava. Ele queria possuí-la, mas ainda era muito cedo, cedo demais.

A visão desapareceu brutalmente. Sentia que ia enlouquecer se continuasse a se deixar invadir por aqueles fluxos visuais anárquicos. Engoliu em seco e sentiu-se fraco como uma criança. Ele, que passava o tempo controlando tudo, encontrava-se incapaz de dominar os sentidos.

Estou ficando louco.

Precisava de ajuda e desejou não ter ignorado o chamado do assistente. Apenas Gabrielle poderia salvá-lo.

Ela continuava recusando-se a levantar. Ele a sacudiu com mais força. Em vão. Ela devia estar brincando de fingir que dormia, como sempre fazia na hora de acordar. Às vezes ele se divertia em empurrá-la para fora da cama. Mesmo um homem de sua idade gostava de eventualmente se comportar como uma criança. Era também mais um presente de Gabrielle: permitir que ele voltasse a ser o que sempre fora antes que a vida o endurecesse e o transformasse num adulto calculista e dominador.

A suave fragrância persistia ao redor de Gabrielle.

Ele não tinha mais tempo para brincar. Segurou-a pela cintura e pelos ombros e a virou na cama. Dessa vez ela não poderia resistir.

— Vamos, levante. Não estou me sentindo bem.

No momento em que ela tombava sobre ele, outra visão apareceu. O pesadelo recomeçava. Ele se agarrou freneticamente ao colchão para não perder pé.

Não, isso não!

Gabrielle lia um livro de couro velho e patinado e o olhava sorrindo de modo enigmático. Estava sentada numa sala escura, tendo na parede o retrato de um homem cujos traços ele não conseguia distinguir. Duas colunas de mármore o ladeavam. Dessa vez, ele teve a sensação de estar simultaneamente na visão e na cama, perfeitamente consciente dos dois universos. Gabrielle olhava em silêncio um desenho num livro de magia. Ele não soube identificá-lo, mas achou que parecia uma gravura alquímica, uma espécie de alegoria cheia de sinais estranhos. No fundo da sala, ele pensou ver um perfil escuro usando um capuz, contemplando Gabrielle.

A visão se dissipou. Ele viu o rosto de Gabrielle, sua cabeça pousada no travesseiro. Seus cabelos de jade contrastavam com a brancura dos lençóis.

Seus olhos estavam semicerrados; ela estampava um sorriso de felicidade indizível.

Ele a olhou mais intensamente.

Um filete de sangue escorria da comissura de sua boca, manchando o queixo e a garganta pálida.

Bestificado, ele sacudiu o corpo, que permanecia obstinadamente inerte sob suas mãos trêmulas.

De repente, compreendeu o que tinha acontecido e o porquê de estarem deitados na cama naquela hora avançada do dia. Compreendeu também o sentido das visões que invadiam sua mente. Foi seu último instante de lucidez antes de despencar no abismo. Tomou-a nos braços, erguendo-a sem esforço, como que em câmera lenta. Sua mão deslizou no sangue que inundava o peito da amante.

Ele urrou de desespero.

O grito ressoou amplamente até as salas adjacentes, repercutindo ao longo das paredes multicentenárias. Golpes surdos ressoaram na porta. A maçaneta era frencticamente sacudida, e alguém tentava abrir a porta trancada. A voz aguda do assistente traía uma angústia febril.

— O que está acontecendo? Abra a porta, abra, senhor ministro!

Os soluços que vinham da cama cresciam progressivamente. Um lamento lúgubre que gelou o sangue do assistente. Ele nunca tinha ouvido aquele homem chorar. Ele era um homem forte, poderoso, que jamais duvidava de si.

O assistente desistiu de tentar abrir a porta pelos meios normais e bateu com o ombro no alizar, que cedeu sem resistência.

— Ministro, o senhor...

Na cama desfeita, o ministro da Cultura, inteiramente nu, chorava, embalando nos braços a amante sem vida. Na parede, o fauno sentia uma espécie de prazer maligno em observar a cena.

— Eu a matei, eu a matei.

2

Paris,
Place des Vosges

— Um café?

O comissário Antoine Marcas aceitou, com ar descontente. O garçom se afastou. De costas ainda parecia jovem, mas Maurice, como o chamavam os frequentadores, circulava na varanda do *Bon Roy Henry IV* havia quase quarenta anos. Uma proeza para um garçom de cervejaria. Acordando cedo para preparar o café ritual dos galeristas que tinham suas lojas sob as arcadas, deitando-se tarde para servir os turistas que admiravam a disposição clássica da antiga place Royale, Maurice conhecia apenas seu cotidiano. Uma vida simples, sem obstáculos nem surpresas.

Uma vida que, por vezes, Marcas invejava.

O comissário suspirou. Nos últimos tempos, ele se fazia perguntas existenciais e sentia brotar em si tendências antissociais. Tinha jogado o jornal sobre a mesa, já enervado só pelo título. *Massacre na Sicília!* Já estava cansado de ler sempre as mesmas notícias ruins e desastrosas, cansado daquela orgia de imagens e palavras a cada nova tragédia. O sangue estampado na primeira página não estimulava nele o gosto pelo voyeurismo. Mas ele devia ser mesmo o único! Bastava ver os outros clientes do café, agrupados diante do noticiário, que apresentava ininterruptamente imagens de corpos carbonizados com sirenes gritantes ao fundo. *Direto da Sicília*. Mais uma carnificina. Antoine Marcas estava sentado muito longe do aparelho para ouvir a voz da jornalista que comentava o acontecimento. Já teve sua cota de mortes violentas, suicídios, torturas, de tudo o que a loucura do homem podia inventar para prejudicar seu semelhante. Havia um ano desligado, a pedido seu, da brigada criminal junto à OCBC — Agência Central de Luta contra o Tráfico de Bens Culturais —, aspirava a uma vida mais interior. Mais serena. Sua última investigação quase se concluíra com sua morte, evitada por um triz. Ele compreendera a mensagem e fez de tudo para ser transferido.

Seus colegas da criminal caçoaram dele: ir para os intelectuais da OCBC! Falsos quadros de mestres, pilhagem de igreja no Morbihan e tráfico de esculturas maias o afastavam dos assassinatos sórdidos que compunham seu cotidiano. Frequentava antiquários, livreiros, especialistas de todo tipo, um mundo mais agradável do que os bandidinhos com quem cruzava no número 36 do quai des Orfèvres — Direção Regional da Polícia Judiciária.

Contudo, deprimia-se.

— Então, comissário, o senhor viu? É um banquete para os seus colegas italianos — disparou Maurice com ar de zombaria.

— Não estou de serviço.

— Nove cadáveres. E todos grelhados como churrasco. Parece que é uma seita.

Antoine voltou ao jornal. Talvez, se fingisse ler, Maurice procurasse outro auditório.

— Tochas vivas, eles disseram. Cinco homens e quatro mulheres. É uma tristeza! O que é que o senhor acha?

— Francamente?

— Ora... sim!

— Nada.

Maurice pareceu escandalizado.

— Mas o senhor é policial!

— E daí?

— Isso não te interessa?

— Francamente?

Maurice hesitou em responder. Marcas continuou:

— Pois bem, francamente, não estou nem aí. Vim tomar um café, ler um jornal, se ainda houver uma seção interessante, e admirar as fachadas construídas sob Luis XIII. Uma época feliz em que o telejornal ainda não existia. Além do mais, você está diante de um tira que não trata de assassinatos.

O garçom, abobalhado, foi embora. Marcas suspirou e abriu as páginas. Cultura do cotidiano. Uma leitura que se tornou obrigatória desde sua transferência para o novo serviço.

Venda recorde na Drouot
de um manuscrito de Casanova

Acreditava-se saber tudo sobre o lendário Casanova. Errado. O cavaleiro de Seingalt, como se fazia chamar, reserva a todos os seus admiradores, 220 anos depois de sua morte, uma nova surpresa. Na última quinta-feira, na sala de vendas Drouot, um manuscrito inédito do eterno sedutor foi vendido pela bagatela de um milhão de euros a um livreiro parisiense, Édouard Kerll, representante de um amador que se manteve anônimo. "É uma venda digna dos maiores momentos da Drouot, um verdadeiro prazer", explica o leiloeiro oficial que bateu o martelo. "O lance inicial era de 250 mil euros e, sinceramente, eu não acreditava que fôssemos chegar ao milhão. É a melhor prova de que Casanova, além da reputação de destruidor de corações, era antes de tudo um grande escritor!"

Durante os lances, o público ficou em suspenso até o fim, diante da determinação dos compradores. "Pessoalmente, tive muito medo de que o representante dos fundos de pensão americano o levasse", revela, exultante, o escritor Philippe Rubis, admirador de Casanova, que assistia à venda. "Eu até dei um lance para preservar esse manuscrito, embora não possuísse tal quantia. Eles seriam capazes de criar produtos derivados, como perfumes, ou qualquer outra coisa infamante para Casanova. Para mim, teria sido uma mancha indelével na memória do fugitivo da prisão de Plombs se um de seus manuscritos viesse a pertencer, mesmo que indiretamente, a um desses velhos aposentados de Miami."

Escritores e artistas, membros do nobiliário, havia multidão sob os lambris da Drouot. Até mesmo o ministro da Cultura foi prestigiar a venda das preciosas páginas. Após a batida do martelo, ele cumprimentou o feliz comprador, acompanhado da luminosa atriz Manuela Real, atualmente filmando em Paris.

Falta agora desvendar dois segredos bem guardados dessa venda. Quem teve proveito? Ninguém conhece a identidade do vendedor, representado por uma fiduciária sediada em Zurique. Sugere-se apenas que talvez se trate de descendentes distantes do grande homem.

Outra pergunta que todo o público se fazia: por que a venda atingiu essas alturas? Se, de acordo com nossas informações, o novo proprietário continua em silêncio, seria porque o manuscrito contém certas revelações sobre a vida secreta do grande veneziano. Quando da visita que antecedeu à venda, um dos possíveis compradores, o grande costureiro Henry Dupin, esteve presente acompanhado de um universitário americano, Lawrence Childer, especialista em Casanova. Este, ao término do leilão, aceitou nos comunicar suas impressões: "Na verdade, não pudemos consultar o manuscrito, e eu não saberia lhes dizer exatamente o que ele contém. Henry Dupin e eu tomamos conhecimento de algumas passagens transcritas pelo perito. Como vocês certamente sabem, Édouard Kerll deseja organizar em breve, se obtiver o consentimento do novo proprietário, uma noite de apresentação do manuscrito. Espero que, então, saibamos mais a respeito."

Por ocasião do coquetel oferecido ao final da venda, comentava-se que dois grandes editores, um americano e o outro italiano, candidatavam-se à compra dos direitos de publicação a preços já superiores ao obtido no leilão. "Lanço um apelo, nesta ocasião, para que parte do dinheiro arrecadado seja destinada a financiar a criação de uma estátua de Casanova na praça de São Marcos. Seria apenas um reconhecimento", declarou Philippe Rubis, fazendo um brinde em honra do gentil homem italiano. Um desejo que partilham todos os admiradores de Casanova, tão numerosos na França e na Europa.

Antoine dobrou o jornal.

Um milhão de euros. Marcas não conseguia se habituar às quantias astronômicas que mudavam de mãos naquele meio. Perguntou-se, por deformação profissional, por que a identidade do vendedor e do comprador permanecia desconhecida. Às vezes, as falsificações circulavam, em razão dos preços exorbitantes, no circuito muito particular dos manuscritos antigos. O papel de intermediário exercido por aquela velha raposa do Kerll deixava-o desconfiado.

Os escritos do senhor Casanova tinham alto valor. Casanova! Seu amigo Anselme, que morrera recentemente, lhe falara muitas vezes dele. Certas noites, seu irmão na maçonaria, venerável da loja das Três Acácias, pegava em sua biblioteca a edição de referência das Memórias e lia uma passagem. "As mulheres são sempre as mesmas", dizia ele, rindo. Casanova! O eterno sedutor, o libertino em todo o seu esplendor, o fantoche de peruca, empoado e patético, como descreveu Fellini, eram as imagens que vinham espontaneamente a Marcas. Sedutor, certamente. Por que alguns homens tinham esse poder de sedução?

Ou melhor, por que eles, e não eu?, interrogava-se Antoine, tomando consciência da infantilidade de sua pergunta. Seu poder de sedução, o dele, abandonara-o depois do divórcio, como se a ruptura, embora desejada, tivesse sido paga com a perda da confiança em si.

Casado, sempre se sentira senhor de si com as outras mulheres, permitindo-se até mesmo seduzir unicamente pelo prazer. Agora, sozinho, tornara-se vulnerável. Perdera aquela leviandade calculada que fazia seu charme. Um charme que lhe faltava cruelmente no papel de solteiro.

No entanto, nem seu rosto nem sua aparência tinham mudado, mas ele não era mais como antes.

Cruel ironia. De fato, ele não devia ter o estofo de um destruidor de corações, nem mesmo o desejo. Estar sozinho, não; não era a liberdade oferecida, era antes uma solidão dolorosa em que patinhava. Sua última relação resultara no maior fracasso. Tinha de recomeçar tudo do zero com outra. Encontrar, surpreender, atrair, seduzir. Seduzir...

O que é isso? Você não é Casanova.

Casanova! Esse nome acabava lhe fazendo mal, remetendo-o a seus fracassos. Por que tinha aberto aquele jornal?

Antoine virou a cabeça para a place des Vosges. Exatamente do outro lado ficava o museu Victor Hugo, também um grande sedutor. Decididamente, não deveria ter saído no dia de folga.

Seu celular vibrou. Pelo número, compreendeu que o dia estava perdido. Ser tira, na verdade, redundava em sacerdócio republicano. Um sacerdócio sem glória ou fortuna. E, sobretudo... sem amor.

Levantou, atirando o dinheiro sobre a mesa.

Não, decididamente não era seu dia.

3

Sicília

Anaïs abriu os olhos.

Não reconheceu o lugar onde se encontrava. Um quarto vazio, despojado, tendo na parede um quadro representando uma Virgem com o Menino. Uma Virgem de olhar de pedra, sem compaixão ou ternura. Pedaços de reboco caíam do teto em volta de uma lâmpada pendurada. Ela piscou os olhos para se acostumar com a fraca luz do dia que se filtrava pelas finas e gastas cortinas amarelas. Apenas o som de uma televisão que vinha de outro cômodo perturbava o silêncio.

Instintivamente, ela crispou as mãos e percebeu que estava deitada numa cama. Uma cama... Estava inteiramente nua debaixo de lençóis pegajosos e úmidos. Sua garganta queimava; queria beber qualquer coisa fresca.

Uma sensação de opressão invadiu-lhe a mente. Lembrou-se de que não tinha dormido numa cama na véspera; seu coração acelerou.

Onde estou? A sala iluminada pelas velas. Vejo Thomas e... as chamas, as fogueiras. Nossos amigos acorrentados. Ele está queimando. Seu rosto escurece, seus longos cabelos louros se inflamam... Os olhos dele, meu Deus, os olhos dele explodem...

Ela gritou. Tudo lhe voltava à memória.

Ela gritou mais e mais, até romper as paredes. Sua alma se liquefazia de terror.

As imagens se tornavam precisas.

As chamas, a fogueira na qual estava amarrada com o amante. A cena de pesadelo irradiava em seu cérebro como um veneno.

Ela tentou se libertar quando o fogo estava começando a abrasar os corpos. O rosto de Thomas se decompunha diante de seus olhos. Como que por milagre, os laços que a prendiam ao poste se consumiram. Ela se soltou no momento em que um tiro explodiu. Seu corpo tinha rolado no declive atrás da fogueira sacrificial.

Ela revia a cena com uma nitidez atroz.

Acima dela, os cinco mastros inflamados iluminavam a noite. Um cheiro infecto de carne carbonizada envenenava-lhe as narinas. Arrastando-se, ela se enfiou por detrás dos feixes de lenha e viu a figura do Mestre, Dioniso, imóvel, contemplando o espetáculo.

Foi dominada por um acesso de raiva contra o homem responsável por aquela atrocidade. Depois de ter lançado um último olhar para o amante reduzido a uma tocha humana, ela correu para o maqui até perder o fôlego. Chorando, tropeçando, ela era apenas um animal selvagem tentando escapar de seus caçadores.

Tinha localizado a massa sombria e ameaçadora da Rocca e seguiu em sua direção, único caminho para encontrar ajuda em Cefalù.

Não sabia quantos quilômetros tinha percorrido com os pés descalços e ensanguentados. Agradecia aos céus por ter praticado atletismo na juventude. Motivados pelo medo, os músculos de suas pernas ganharam vida própria. Tinha corrido como uma louca fugindo do último círculo do inferno. O suplício ao qual tinha escapado não tinha sentido, e ela nem tentava compreender os motivos daquela encenação mórbida. O que importava era a fuga. E depois, uma eternidade depois, ela caiu num aprisco perdido no fundo de um bosque.

A porta do quarto se abriu bruscamente; uma luz viva salpicou o quarto. Anaïs se encolheu sob os lençóis como uma criança amedrontada. Eles estavam lá. Queriam queimá-la de novo. Ela chorou, esperando que o tecido jogado sobre a cabeça a fizesse desaparecer para sempre, longe dos agressores. Seu corpo tremia, dominado por espasmos incontroláveis.

Ela ouviu sussurros no quarto. Uma sombra se inclinou sobre ela, separada apenas pela fina proteção do lençol. Os murmúrios se intensificaram, as vozes a cercaram dos dois lados da cama. Anaïs se encolhia em seu terror. Nem conseguia mais gritar para pedir piedade aos carrascos. Seus lábios tentavam deixar escapar sons que só ela ouvia. *Por favor, me deixem em paz! Por piedade!*

Uma segunda sombra apareceu acima do lençol. Ela sentiu que levantavam o abrigo de pano para expô-la à luz. De raiva, segurou o pano e o enrolou em volta de si para se esconder. Não queria ver seus rostos. Conseguiu uns poucos segundos de trégua. A voz de um homem rosnou sobre ela. A sombra invadiu todo o seu campo de visão. Ela sentiu o contato de uma mão estranha que passava sob sua cintura. Uma mão larga, de dedos fortes, que tentava arrancar o lençol, como que para penetrar em sua intimidade. Ela juntou todas as suas forças para resistir mais uma vez e se encolheu. Outra mão passou por sob seu rosto para descolá-lo do tecido. Chorando e enraivecida, Anaïs plantou os dentes através do lençol naquela coisa estranha. Mordeu ferozmente. Um grito de mulher explodiu como um xingamento, e a mão bateu em retirada. *Eu disse para vocês me deixarem! Vão embora! Saiam daqui!*

Seu triunfo durou apenas uma fração de segundo; a sombra se chapou sobre ela. Num instante foi esmagada. O peso do homem sobre seus braços a paralisou de dor. Ela não queria ver o rosto de seu agressor e fechou os olhos. Era o fim, não tinha mais forças para lutar.

O lençol foi arrancado de suas mãos.

Anaïs mergulhou na noite.

4

Paris,
Parc des Buttes-Chaumont

"*... O homem com máscara de gorila continuou a recortar em pedaços o corpo já mutilado da jovem secretária médica. Insensível aos gritos abafados de sua vítima, ele sentia um prazer crescente em arranhar o alto de suas coxas, à espera do momento voluptuoso em que tocaria o sexo palpitante com a ponta afiada da lâmina avermelhada. Metódico, ele deixaria os mesmos indícios para o inspetor Hunter, o ás da brigada de homicídios de Washington, o único que ele considerava à altura de sua inteligência fulgurante e que poderia compreender o sentido profundo de seus crimes — que palavra feia —, ou melhor, obra de arte plástica. Ele aumentou o volume do som; os gritos estridentes de* Dead Can Dance *encheram todo o espaço esverdeado do porão úmido. No momento em que perfurou o interior da coxa, o matador viu as lágrimas da criança acorrentada ao lado da mãe, que...*"

Marcas suspirou enojado e fechou as páginas do thriller recomendado por um de seus colegas. Lamentava ter levado aquele livro. Estava cheio das histórias de serial killers superinteligentes que gozavam com a cara de policiais obtusos.

Contudo, por curiosidade malsã, abriu novamente o romance na página em que tinha parado. Conforme esperava, o pobre guri também iria sofrer as piores sevícias.

Nojento!

Não quis ir adiante.

Quanto mais tinham sucesso, mais os thrillers rompiam com os últimos tabus. Naquele momento, crianças e adolescentes chegavam ao primeiro lugar nas paradas de sucesso de vítimas de serial killers, sessão carnificina.

Marcas atirou o livro para a ponta do banco onde estava sentado. Pai divorciado de um menininho, não suportava cenas de sofrimento ou de torturas envolvendo crianças e mulheres indefesas. Instintivamente, pensava em seu menino quando lia esse tipo de livro e superpunha o rosto dele ao da vítima.

No início de sua carreira, Marcas investigara dois assassinatos de crianças. Uma experiência que lhe deixara uma lembrança amarga. Ver, uma única vez na vida, o cadáver de um menino envolto em sacos plásticos é uma provação que ele não desejava ao pior inimigo.

Contudo, o comissário Marcas não se considerava uma pessoa fraca. Adorava filmes de terror, mas aquilo era demais. Não se deixaria mais apanhar. Esboçou uma careta diante da capa sangrenta do livro posto ao seu lado.

O colega da Criminal que lhe passara o livro — *Gritos em Washington*, que título! — colecionava essas obras com o objetivo de, por sua vez, inventar o último serial killer, o gênio do Mal absoluto, o híbrido perfeito de Hannibal, o Canibal, e de Einstein, a fim de escrever um best-seller e equilibrar as fileiras da polícia.

Marcas lhe sugeriu um modelo um pouco mais original. Para ele, o matador último seria um cretino, um débil mental que assassinaria com dispositivos da revista *Pif*. Um retardado birutão encarregado de apagar da face da Terra os... escritores, autores de livros sobre serial killers. E para reforçar a intriga, ele seria perseguido por um tira ainda mais estúpido, que teria saído de um asilo de doidos especialmente para isso. No fim, os dois débeis cairiam nos braços um do outro, descobrindo que eram gêmeos separados ao nascer. Eles se tornariam estrelas da televisão e produziriam um best-seller com suas memórias.

Marcas consultou o relógio: 18h15. O conselheiro do novo ministro do Interior estava atrasado. Ele o vira duas vezes em menos de um ano. Um ambicioso que usava o Interior como trampolim para suas ambições e que também tinha a particularidade de não ser um irmão. Uma exceção raríssima entre os conselheiros da place Beauvau.

A noite começava a cair no parque. Os pedestres apertavam o passo, dirigindo-se à saída da rue Manin. Os portões seriam fechados em pouco menos de 15 minutos, deixando o parque mergulhar em seu torpor noturno.

Sentado num banco de pedra, sob a pequena rotunda do templo da Sibila, ele tinha uma visão total de todo o leste parisiense. *Parece debaixo de um caramanchão*, assim dizia seu filho todas as vezes que ele o levava ali para um piquenique no verão.

O parque penetrava lentamente nas trevas.

Marcas pensou na sessão maçônica fúnebre de Anselme à qual deveria assistir, naquela mesma noite, e mais uma vez lamentou o amigo. Como ele, um franco-maçom. Um irmão de loja de quem tinha dolorosamente saudade.

Um homem de terno completo se aproximou dele num passo seguro. Sentou-se, afastando o livro de capa vermelho-sangue. Marcas não o vira desembocar do caminho estreito.

— Curioso, não imaginava que você lesse esse tipo de livro. Você recomenda?

Marcas estendeu-lhe a mão, fingindo não perceber a ponta de ironia.

— Não. Muito convencional: dez cenas de tortura, três estupros, sendo um deles em um cadáver. Nada que faça perder o sono.

— Meu ministro poderia gostar...

— Cada um com seus vícios. E se a gente fosse direto ao assunto? Tenho um compromisso e não queria chegar atrasado.

O homem acendeu um cigarro mentolado com filtro branco, o que lhe deu um ar pretensioso. Tragou a fumaça e a soprou no ar lentamente, olhando as volutas se dissiparem na noite que caía.

— Claro. Como sempre, as coisas estão ao mesmo tempo claras e confusas. Não vou repetir as grandes linhas do caso do Palais-Royal, meu assistente já te contou. Amanhã, então, você vai ser oficialmente requisitado. O procurador encaminhou a abertura de uma investigação preliminar. Você foi escolhido para conduzir a investigação.

— Por que essa escolha? Fui cedido para o serviço de roubo de obras de arte. Meu colega Loigril seria um candidato melhor, ele está tendo o maior sucesso desde a solução dos assassinatos da rue Moabon.

O homem tamborilou no banco, distraidamente.

— De fato, nós pensamos nisso, mas ele gosta muito de se valorizar na mídia. Concede entrevistas sem discernimento. Ele se exibiu para a imprensa e para as câmeras mais que o matador das velhas senhoras da rue Moabon. Pareceu mais oportuno pegar alguém mais discreto. Você continua pertencendo à Criminal, mesmo cedido. E frequentou o meio da cultura. Você pode recusar, mas isso seria mal visto na place Beauvau. É o que eu te digo.

— Eu não disse que recusava. Preciso de mais detalhes.

O homem jogou o cigarro consumido pela metade para os pombos, que voaram, arrulhando.

— Que bom. Por volta das dezesseis horas, o ministro foi encontrado em companhia da amante morta em seus aposentos particulares. Aparentemente, tratava-se de um acidente cerebral. O casal tinha feito amor alguns minutos antes.

— Eu sei, o seu assistente me fez o resumo por telefone. É engraçado, eu achava que eram os homens que morriam depois do amor, não as mulheres.

— Como aquele bom cardeal de Gaules, expirando nos braços de uma bela e jovem mulher? Como é mesmo que ele se chamava?

— Danielou, eu acho, cardeal de Lyon.

— É isso, Danielou. Uma morte soberba que provocou inveja em muitos homens... Enfim, é preciso um começo e um fim para tudo. O problema, com a nossa historinha, é que o ministro está mergulhado numa espécie de delírio caótico. Não para de repetir que matou a amante. Ele foi mandado, sob boa escolta, para o Val-de-Grâce para exames neurológicos.

Marcas não pôde deixar de sorrir. Imaginava a cena.

— Sei. Um ministro da Cultura assassino. Gozado.

O homem o interrompeu secamente.

— Você não sabe de absolutamente nada. É um caso explosivo que será alvo de piadinhas da mídia durante semanas. Um político em plena ascensão encontrado totalmente doido! Uma trepada no Palais-Royal! Uma amante de moral duvidosa, morta! É o escândalo sonhado que vai deixar a França inteira em suspenso. Some-se a isso o fato de que o ministro é amigo pessoal do nosso.

Marcas percebeu no tom de voz do interlocutor um traço de hesitação.

— Tem outra coisa que eu deva saber?

O homem acendeu outro cigarro de filtro imaculado. Um odor mentolado envolveu-lhe a roupa.

— O ministro era um dos seus irmãos de maçonaria, você sabia?

O comissário esboçou um sinal de negação.

— Ele foi iniciado na loja Regius, há dez anos.

— Vejam só!

— Essa loja esteve envolvida no escândalo do mercado de transmissão da Île-de-France. Então... se ele deixou documentos ainda inéditos no cofre, imagine as consequências!

Marcas contraiu as mandíbulas. E não é que estava recomeçando? Como se todos os maçons da França tivessem de carregar a mancha indelével da loja Regius, antecâmara emblemática dos casos duvidosos que comprometeram a imagem dos irmãos. Uma loja inteira composta de artistas das notas falsas, de intermediários financeiros duvidosos e dos que havia muito desertaram da cena nacional, a soldo da política. Marcas visitava com frequência outras lojas além da sua, e cruzava apenas com irmãos e irmãs de outras obediências que exerciam profissões comuns, como professores, médicos, tiras, diretores de empresas e sindicalistas. Anônimos vindos para aperfeiçoar a própria vida. A anos-luz dos irmãos desviados que frequentavam as lojas para se *empanturrar no banquete dos três pontos*, como martelava o venerável Anselme.

Marcas abaixou a guarda diplomática.

— Eu não quero nem ouvir a palavra Regius. Esses farsantes deveriam ter sido expulsos da nossa obediência a pontapés desde o início. E você conta comigo para recuperar documentos? Sinto que a conversa toma um rumo que não me agrada nem um pouco. Quero esclarecer essa história, sim, se é que existe alguma coisa a ser esclarecida, mas sem bancar o araponga. Ou então, peça a Loigril. Ele vai adorar bancar o arrombador.

— Não seja estúpido, Marcas, você sabe muito bem que...

Antoine se levantou sem esperar que o homem acabasse o discurso. Fungou ruidosamente.

— Não está sentindo um cheiro no ar, de repente?

O homem ficou surpreso com a reação brutal do comissário.

— Bem... Não.

— Tem cheiro de mofo. Podridão. É estranho. Contudo, estamos num parque bem arejado. Não! Eu não gosto da sua história. Encontre outro candidato.

O homem ficou mais simpático e pegou Marcas pela manga.

— Lamento. Não gostaríamos que esse caso virasse uma história político-financeira ou um escândalo sexual. Os hipotéticos documentos, se caíssem em mãos erradas, poderiam se revelar catastróficos.

— Estou pouco me lixando! Não estou aqui para limpar a reputação dos nossos homens políticos e de irmãos que não merecem nem mesmo lavar a louça da sala dos ágapes. Há oficiais especialistas para isso.

— E é exatamente por isso que você é o homem ideal. A sua integridade está acima de qualquer suspeita. Sua tarefa é compreender o que aconteceu, sem, naturalmente, esconder nada do juiz e comunicar a ele o que você encontrou.

— Naturalmente... E se, por acaso, um cofre ou uma gaveta guardar alguns segredos podres, suponho que eu deva entregá-los a um juiz?

— Não chegamos a esse ponto. Se a investigação preliminar resultar em suspeita clara de crime, um processo será aberto e um juiz será nomeado. Você vê que não há nada de ilegal. Cabe ao magistrado que vai conduzir o processo pedir a abertura de nova informação complementar ao ministério público.

Marcas cravou o olhar no do interlocutor e ajeitou o casaco.

— Claro, e, se não estou enganado, o juiz saberá, delicadamente, pôr um véu prudente sobre velhos assuntos nascidos de um passado doloroso.

O homem deu de ombros.

— Não, não obrigatoriamente. Mas, em todo caso, ele não vai entregar isso aos jornalistas sem antes abrir inquérito. Mais uma vez: não se trata de abafar um possível caso, mas de não misturar as coisas. O governo não precisa disso neste momento.

— Os governos nunca precisam disso.

— E então, você aceita? Posso falar com o ministério?

Marcas ficou em silêncio; o caso o intrigava. Naquele momento, o tráfico de obras de arte parecia parado, e ele também. Faltava-lhe energia. Estava precisando de emoções fortes, mas, antes mesmo de dar início à tarefa, sabia que as cartas estavam marcadas. Tinha passado da idade de ainda acreditar em liberdade de ação. A procura da verdade era apenas uma fábula a mais neste mundo que o excedia. Ele tinha de prestar contas, dar telefonemas no momento certo, encontrar um mediador próximo de uma pessoa altamente situada.

Esse jogo sutil e perverso não o divertia mais, e lhe deixava agora um gosto amargo. Mas, sem dúvida, teria de agir e tentar manter a consciência limpa. Quantos acordos teve de aceitar desde que exercia aquela profissão? O filho de um deputado flagrado espancando uma prostituta, solto sob pressão amiga, mas não sob ordem. Jamais sob ordem. Um velho jornalista viciado em cocaína, pego cheirando uma carreira do tamanho de um trem-bala numa boate da margem direita, e que precisava ser protegido porque também bancava o informante e se garantia antecipadamente nos arquivos de informação preparados por seu jornal.

No fim das contas, havia poucas pressões se comparasse com o número de casos de que tratava, mas nas raras vezes em que elas se apresentaram, ele teve dificuldade em engolir os acordos. O absoluto não é deste mundo, e ele tinha de transigir. Transigir, uma palavra maravilhosa para se mascarar as pequenas safadezas que iria aceitar.

— De acordo, mas já vou dizendo: sem ameaças ou pressões. Na primeira chantagem, vou embora.

Marcas sabia que seu interlocutor não era ingênuo. Precisava manter as aparências.

— Prometido. Você tem um encontro amanhã às nove horas no quai des Orfèvres. Vai ter uma sala para você, dois homens da sua antiga equipe e uma carta rogatória estalando de nova. Seu superior na OCBC foi avisado da sua indisponibilidade temporária.

— Eu tinha um falso Giacometti em mira.

— Ele espera. Uma obra de arte é, em essência, feita para durar — ironizou o conselheiro.

— Quando é que a mídia vai ser informada? E, sobretudo, o que vocês vão apresentar como versão oficial?

— O serviço de comunicação do ministério da Cultura vai enviar um comunicado explicando que o ministro cancelou todos os compromissos em consequência de estresse e vai tirar um tempo de férias.

— Você acredita mesmo que os jornalistas vão engolir essa?

— Não, mas isso vai te dar alguns dias para conduzir a investigação e cruzar os dedos para que o ministro recupere a lucidez. Se for constatado que a mulher realmente morreu de modo acidental, vamos inventar uma saída para limitar o caso a uma grande dor de amor. O ocupante do Palais-Royal vai pedir demissão por conta própria para realizar projetos pessoais, conforme a expressão consagrada.

— E se ele a matou?

— Só o legista poderá dizer. Nesse caso, vai ser preciso pôr as cartas na mesa e aguentar firme até o escândalo passar.

— Suponho que Elysée e Matignon já meteram o nariz nesse caso.

— Sim e não. Eles querem ficar por dentro para evitar danos colaterais, mas principalmente para não se envolverem. O ministro não faz parte da equipe ligada ao presidente ou ao primeiro-ministro.

O homem consultou o relógio e se levantou.

— Disse tudo que eu tinha para dizer. A investigação preliminar exige discrição. O diretor da DCPJ* e o secretário geral do ministério deram o aval. Para ser franco, eu não tinha posto o seu nome encabeçando a lista, mas parece que a sua folha de serviço e a sua ligação com a mesma obediência desse infeliz ministro fizeram de você o candidato ideal.

---

* Direção central da Polícia Judiciária. (N. da T.)

O conselheiro do ministro estendeu a mão a Marcas, que a apertou sem força, e se afastou em direção à ponte que ligava a ilhota ao parque. Pont des Suicidés — ponte dos suicidas. Um nome que se deve à sua altura vertiginosa e aos desesperados que fizeram dela seu esporte preferido.

O conselheiro do ministro tinha cumprido sua tarefa e, com certeza, daria um telefonema assim que estivesse longe de Marcas. Transmitiria a resposta dele para as altas esferas, observando que seria preciso vigiá-lo discretamente e desconfiar de sua inclinação para a independência.

Marcas não queria sair do banco; teria preferido viajar no tempo. Voltar a ser como aquelas crianças que empurravam os barcos no lago. Quantos deles se tornariam adultos categóricos que se ocupariam com casos sórdidos e segredos lamentáveis? De repente, quis correr atrás do homem de cinza e lhe dizer que desistia de assumir o caso. Seria mal visto. Bobagem. De qualquer modo, cada vez menos acreditava na profissão e não corria o risco de ser despachado para um comissariado miserável. Seria protegido pela fraternidade maçônica. Não se toca em irmãos como ele, pelo menos nos que passaram pelas provas.

O som de um apito surgiu do nada; os guardas agitavam as mãos para fazer com que os passeantes saíssem. O parque iria se esvaziar como que por encanto.

Marcas não estava com vontade de obedecer e se sentou deliberadamente, desafiando o guarda que se aproximava dele, com ar furioso. Podia se permitir a isso: um comissário se situava bem acima de um guardinha, fosse ele das Buttes-Chaumont.

O guarda, um antilhano maciço, apontou para os altos portões.

— Senhor, está na hora de se dirigir à saída.

— Não.

O homem de quepe o encarou, perplexo com o absurdo da resposta.

— É o regulamento; caso contrário, chamamos a polícia e o senhor será multado.

Marcas sacudiu a identificação no nariz do vigia.

— A polícia sou eu. Estou fazendo uma vigilância. Este banco é muito útil para a minha investigação.

Paralisado diante do posto gravado no distintivo, o guarda balbuciou:

— Lamento, senhor comissário. Podemos lhe ser úteis, meus colegas e eu?

— Sim, estou procurando um homem com pé torto, calvo, cavanhaque ruivo, um exibicionista que se esconde numa moita. Diga aos seus colegas para vasculharem por toda parte, mas, sobretudo, em silêncio. O homem não é perigoso, mas eu quero pegá-lo de qualquer jeito.

O guarda concordou e correu para a pequena casa que servia de escritório aos colegas. Marcas sorriu. Tinha vontade de estragar a vida de alguém e seria a da equipe de guardas do parque. Era um bom abuso de poder, mas lhe faria bem. Ia aproveitar o parque sozinho, um luxo incomparável. Pegou seu MP3 e ajustou numa passagem do grupo This Mortal Coil, ideal para relaxar naquele crepúsculo tão suave. A voz pura e sombria da cantora enchia o parque.

Help me lift you up — me ajude a te levantar.

Algumas dezenas de metros abaixo, a lâmpada de um poste explodiu de súbito. Marcas viu naquilo um mau presságio.

5

Sicília

— *Calma, signorina. Stati tranquilla.*

O homem se afastou precipitadamente para o fundo do quarto quando o lençol foi retirado do rosto de Anaïs, enquanto uma velha de cabelos prateados lhe sorria, tentando tranquilizá-la. Seus rostos eram desconhecidos de Anaïs; ela jamais os tinha visto na Abadia. O homem acendeu um velho cachimbo e dava baforadas que se dissipavam no teto. Um cheiro ambarino enchia o quarto, como que para suavizar o ambiente espartano.

A velha senhora estendeu a mão enrugada e acariciou a fronte de Anaïs.

Anaïs não compreendia nada do que a siciliana dizia, mas seu tom a tranquilizou.

— *Non parlo francese. Non lo capisco.*

A velha fez um sinal com a cabeça para o homem.

— *Giuseppe.*

O homem olhou com ar sonhador para o corpo seminu de Anaïs e, como que à força, saiu do quarto. A velha pegou uma pequena bacia posta ao pé da cama e tirou dela um trapo amarelado, embebido num líquido marrom, de cheiro amargo. Delicadamente, aplicou-o nas mãos e nas pernas da jovem mulher. Anaïs estremeceu de dor. O contato do tecido áspero com as bolhas lhe tirou o fôlego.

— Pare, isso queima.

Sem se preocupar com os gritos, a velha continuava a lhe aplicar o emplastro.

— *Calma*.

A jovem francesa trincou os dentes, lágrimas de dor corriam-lhe pela face. De repente, ela percebeu que seu rosto também queimava. Levou a mão livre até a fronte e as maçãs do rosto. A velha lhe deu mais um sorriso e, como se adivinhasse seu pensamento, balançou a cabeça em sinal de negação. Em seguida, ouvindo passos atrás da porta, desceu o lençol sobre o peito de Anaïs.

O homem do cachimbo entrou no quarto acompanhado de um rapaz alto, usando jeans e pulôver enfeitado com o nome de um grupo de rock. Este caminhou até a cama, tirando os fones de ouvido que deixavam escapar o ronco sincopado de um baixo. Sentou-se na beira da cama e cruzou os braços.

— Meu nome é Giuseppe. Meu pai constatou que você é francesa. Falo um pouco da sua língua, trabalho como guia para pagar meus estudos. Se você falar devagar, vou compreender.

Anaïs esboçou um pálido sorriso.

— Obrigada. Por favor, onde estou?

— Na fazenda do meu pai, a 10 quilômetros de Cefalù, bem ao lado de uma aldeiazinha, Santa Rita. Um dos pastores te encontrou quando trazia as ovelhas de volta para o estábulo. O que aconteceu com você?

Anaïs estremeceu mais uma vez; o líquido que escorria sobre as feridas queimava sua pele.

— Quero falar com a polícia. Por favor, crimes foram cometidos. Conheço os matadores.

As palavras se atropelavam. Sua garganta secava enquanto ela falava.

— Me deem alguma coisa para beber, não aguento mais!

O rapaz fez um sinal para a velha, que pegou um copo de água na mesa de cabeceira e o entregou a Anaïs. O líquido morno invadiu-lhe a boca e desceu de uma só vez para o estômago.

— Mais, por favor.

Ela bebeu o segundo copo mais rapidamente do que o primeiro e pousou a cabeça no travesseiro. Giuseppe tocou-lhe o pé.

— Polícia não é boa ideia, *signorina*. Aqui você está em segurança. Se tem gente atrás de você, a polícia... não é um lugar discreto.

— Você não entende, eu vi os meus amigos morrerem, serem queimados vivos. Precisamos prender os assassinos!

O homem do cachimbo resmungou algumas palavras para o rapaz, que ficou tenso na borda da cama.

— Meu pai acha que é uma estupidez. Aqui, temos o hábito dos assassinatos e acertamos isso entre nós. Ele está pedindo mais detalhes. Aconselho você a responder, ele não é muito paciente.

Anaïs viu um brilho de irritação no olhar do homem mais velho e compreendeu que não tinha nada a perder; aquelas pessoas a acolheram em casa e cuidaram dela. Não tinha escolha a não ser confiar nelas. Depois de beber um terceiro copo, narrou brevemente o que tinha sofrido e as horas que precederam sua fuga desesperada. Enquanto ela falava lentamente, com as lágrimas escorrendo de novo pelas faces, Giuseppe traduzia para os pais num italiano rude que mal se ouvia.

Anaïs interrompeu a narrativa ao ver o homem franzir as sobrancelhas e balançar a cabeça em sinal de negação.

— Por que seu pai está fazendo essa cara?

— Não sei o que "fazendo essa cara" significa...

— Parece que ele não acredita no que digo.

O rapaz ficou constrangido.

— Ele pensa que você é uma...

— Uma o quê?

— *Prostituta*, uma prostituta!

Anaïs arregalou os olhos e ficou muda. Esperava tudo, menos aquilo. O rapaz se retorceu na borda da cama, parecendo procurar as palavras enquanto o pai falava em voz baixa:

— Ele diz que você está mentindo. Você inventou essa história para não denunciar o seu cafetão. Desde o ano passado, os albaneses trouxeram estrangeiras para trabalhar, com a concordância de uma das famílias de Palermo que lida com prostituição. Os albaneses têm o hábito de torturar suas mulheres, queimá-las para fazê-las trabalhar mais. Duas foram encontradas para os lados da cidade de Bagheria, com o rosto e o corpo desfigurados por queimaduras de cigarro. Você também tem queimaduras no corpo. Além disso, te encontraram de vestido curto no redil. Não é roupa para se fazer turismo...

Pelo olhar de desprezo do homem e pelo constrangimento do filho, Anaïs compreendeu que sua história de fogueiras humanas não os tinha convencido.

— Mas eu sou francesa. Suas prostitutas devem ser albanesas, ou sei lá o quê. Droga, você compreende a minha língua.

— Isso não quer dizer nada, às vezes os albaneses trazem mulheres do Oriente Médio ou da Tunísia, países onde se fala francês.

As palavras soavam duras para Anaïs. Ela não sabia como convencê-los de sua boa-fé. *É uma história de maluco; eles acham que eu sou uma puta. Preciso encontrar uma saída.*

— O que vocês vão fazer comigo?

Giuseppe desviou o olhar.

— Aqui, não gostamos de prostitutas; elas desonram a mulher. Eu... lamento. Meu pai não brinca com casos de honra. Ele pode...

— O quê?

O rapaz olhou longamente para o pai, que tinha um sorriso mau, e disse com a voz fraca:

— Se você não conseguir fazer com que ele mude de ideia, ele vai te entregar para os empregados agrícolas, e depois te devolverá para os seus cafetões.

6

Paris,
Sede da obediência maçônica

As paredes do templo estavam cobertas com tapeçarias negras. Diante do estrado do venerável, uma caveira acima de dois ossos cruzados embranquecia sob a chama esverdeada de uma lâmpada funerária. Nas colunas, os irmãos, todos usando seus ornamentos de luto, contemplavam gravemente o centro do pavimento: um lençol escuro, com fino galão branco, enquadrado por três candelabros com crepe negro. Lentamente, os oficiais, primeiro e segundo vigilantes, colocavam pedaços de lã espessa em seus batedores: o malho, ao bater, não deveria produzir senão um som abafado em sinal de luto.

Antoine Marcas ocupou lugar na coluna do Norte. O olhar atraído por um pilar triangular oco, fracamente iluminado por uma lamparina, onde estava escrito um nome em letras negras. Apenas um.

— Irmão primeiro vigilante, a que horas os irmãos abrem os trabalhos de sofrimento?

— Na hora em que o dia conhece a noite.

— Por que nessa hora?

— Porque é a hora do luto.

— Que horas são, irmão segundo vigilante?

— É a hora dos lamentos.

A litania do ritual fúnebre iria prosseguir desse modo. Invariável havia séculos. Na primavera, todas as lojas deviam celebrar os mortos do ano. Os irmãos que passaram para o Oriente eterno, segundo a fórmula consagrada. Uma cerimônia que equilibrava sutilmente memória e esperança, e para a qual, excepcionalmente, a família do defunto era convidada. Era a única vez em que os profanos podiam entrar no templo. Mas, naquele caso, não haveria família. Anselme, ex-venerável da loja, que morreu subitamente, jamais considerara bom casar-se ou procriar. Seus irmãos, apenas eles, o acompanhariam em sua última passagem.

Três golpes de malhos surdos ressoaram lugubremente sob a abóbada estrelada, logo repetidos em eco pelo som velado das batidas dos dois vigilantes. Todos os irmãos se levantaram. E, num único movimento, bateram nos braços com a palma da mão, ritmando a batida uniforme com uma única palavra, incessantemente repetida: "Lamentemos! Lamentemos! Lamentemos!"

Os trabalhos fúnebres acabavam de começar.

Antoine Marcas conhecia Anselme havia anos, e tudo poderia separá-los. A alta burguesia da qual se originava o ex--venerável, seu hábil sentido do compromisso humano e, sobretudo, seu gosto desenfreado pela sedução. No entanto, a fraternidade os unira. Quando Marcas se divorciou, foi Anselme quem o acompanhou durante os meses sombrios em que o comissário ficara sozinho. Uma época dolorosa de sua vida que se destacava brutalmente. Advogados apressados, juízes indiferentes e um filho de 9 anos no meio da discórdia e da derrocada da família. Anselme estava lá, único ponto fixo naquele turbilhão que destruía vidas. Ele encarnava a luz da fraternidade, aquela que todo maçom deve compartilhar.

— Irmão primeiro vigilante — a voz do venerável ressoava no templo —, todos os membros da nossa respeitável oficina estão presentes?

— Precisamos saber, venerável mestre.

— Como fazer, irmão segundo vigilante?

— Verificando se nossa cadeia de união está completa.

Todos se levantaram e tiraram as luvas. Com os braços cruzados por cima do peito, cada irmão pegou a mão do vizinho. Uma cadeia humana se formou lentamente, interrompendo-se no lugar habitual do morto: faltava um elo.

O primeiro vigilante retomou a palavra.

— Lamentavelmente, ela se rompeu!

O silêncio ritual pareceu ainda mais pesado.

O venerável perguntou:

— Que elo está faltando?

— O irmão Anselme, que foi venerável de nossa loja.

Marcas contemplou o lugar vazio onde havia um ramo de flores cercado com uma longa fita preta. Ali ficava Anselme quando presidia seus irmãos nas colunas do meio. Imediatamente, Antoine pensou num filme de Truffaut, *O homem que amava as mulheres*. E, especialmente, na última cena: o enterro do herói, sedutor inveterado. Ele revia todas as mulheres, amadas e, em seguida, abandonadas, que surgiam no cemitério, veladas de negro. Para acabar juntando-se em volta do túmulo, unidas numa única corrente invisível, a do amor que sentiram pelo mesmo homem. Elas é que deveriam ter sido convidadas — pensou Marcas —, todas as mulheres da vida de Anselme. Sua verdadeira família. *E ele, o danado de um trepador.*

Sentado à esquerda do venerável, o irmão orador acabara de iniciar o elogio fúnebre. Uma tradição oratória, mas que não se parecia com nada do que se poderia ouvir no mundo profano, já que só se falava da vida e dos trabalhos maçônicos do defunto. De fato, como explicava o irmão encarregado do discurso, pouco antes de sua morte, Anselme tinha começado uma prancha sobre um assunto que ele considerava muito importante. *As seitas e o erotismo.*

Antoine levantou a cabeça. Lembrava-se das últimas conversas com Anselme a respeito dos suicídios coletivos de seitas. O grupo de Jim Jones na Guiana, a seita de Waco nos Estados Unidos, culminando com os massacres da Ordem do Templo Solar na Suíça e na França. Ao todo, várias centenas de mortos. Adeptos manipulados por gurus paranoicos e megalomaníacos. Doentes mentais que arrastavam em seu delírio assassino espíritos subjugados. Embora Anselme partilhasse essa opinião geral, considerava que as matanças organizadas se faziam quase sempre com o consentimento dos adeptos. Como se uma força suficiente lhes tivesse sido insuflada, um poder desconhecido dado em partilha. Para Anselme, havia nisso um mistério que o obsedava.

Essa questão fascinava o ex-venerável. Mesmo quando sua saúde declinava, quando teve de abandonar inúmeros prazeres, seu espírito não deixava de se inquietar com as seitas e seu poder. E todas as vezes que se encontrava com Antoine, ele voltava ao assunto.

Um irmão tinha acabado de se levantar, tendo nas mãos ramos de acácia que distribuía a todos os membros da loja.

— Meus irmãos, é tempo de fazer a última homenagem. Que cada um de nós se aproxime do lugar fúnebre e deposite este ramo, símbolo da nossa fraternidade para além da morte.

Marcas se colocou na cadeia que conduzia ao lugar vazio de Anselme. Um dia, seria no lugar dele que os irmãos que ele ainda não conhecia viriam depositar o ramo do adeus.

Nos últimos tempos, Anselme lia com empenho tudo o que podia encontrar sobre as seitas. Livros se amontoavam sobre sua mesa, anotações de leitura, rascunhos. Um trabalho de grandes dimensões, que ultrapassava em muito os limites de uma prancha em loja. Tanto mais que o assunto que parecia se delinear explorava com paciência uma temática particular.

Durante toda a sua vida, Anselme se preocupara com a questão da sedução, mas sua busca passara a ter uma configuração esotérica. Como se a dimensão amorosa adquirisse subitamente uma configuração outra. Por momentos, Marcas tinha a impressão de que, tendo chegado ao fim da vida, o ex-venerável descobrisse uma *terra incognita*, um continente novo cujas riquezas ele já sabia que não teria tempo de explorar. Por detrás do amor, que tinha sido a paixão de toda a sua vida, ele dava a impressão de perceber uma realidade diferente. Uma constatação, sem dúvida amarga, para um homem que tinha amado sem procurar outra finalidade ou motivo além de seu próprio prazer. De repente, uma tomada de consciência se impunha, levando-o a adivinhar outras vias além da única satisfação de suas inclinações, outros caminhos que algumas seitas na História tinham explorado com resultados imprevistos. Antoine não conseguia perceber a origem de semelhante curiosidade devoradora. E quando Anselme lhe falava de uma seita gnóstica que pretendia santificar o amor por meio de práticas orgiásticas, ou de outra confraria iniciática que explorava a via da castidade absoluta para obter uma iluminação suprema, o comissário, fiel à razão, não compreendia a unidade escondida de tais práticas, nem por que seu amigo tinha então aquele sorriso.

Para Marcas, só podia se tratar da última ilusão de um homem que envelhecia. Mas todas as vezes que ele visitava o amigo, ficava impressionado com o frenesi de conhecimento que dominava o irmão de loja. E quando caçoava dele, este respondia com uma frase sem réplica: "A hora do destino é isso."

7

Paris,
quai de Conti

Dioniso olhou pela janela a chuva fina cair no Sena cinzento. Tempo típico da estação. Bem longe da primavera ensolarada da Sicília. Lá, as laranjeiras já davam seus primeiros frutos sob um céu incandescente. Ao deixar a Abadia, ele lançara um último olhar sobre os campos de oliveiras imóveis na noite. Um cheiro acre subia da praia. Para ele, não havia diferença. Era a mesma força que fazia brotar os troncos nodosos do solo e abrasar os corpos nas fogueiras. A mesma força que ele acabara de revelar.

Um sorriso escapou-lhe, enquanto um arrepio de calor crescia nele lentamente. Gostava daquela sensação de vertigem. Por toda a Europa procuravam-no sem conhecer seu nome ou seu rosto. Ele era o fantasma do Mal absoluto. Aquele que comandara uma seita assassina capaz de queimar os discípulos. Não foi preciso muito tempo para que os policiais recolhessem testemunhos da vizinhança sobre as curiosas atividades de homens e mulheres que viviam na Abadia. Todos os canais de televisão do mundo transmitiam incessantemente as mesmas imagens de corpos calcinados, de sirenes gritantes, tudo o que acabara de transformar uma praia da Sicília em antecâmara do Inferno.

O fogo! Ele dera aos discípulos o que faltava em suas vidas insignificantes. A chama purificadora e a imortalidade. Sentiu novamente uma onda de calor percorrê-lo. Conhecia aquele sinal. Logo viraria uma torrente. Bastava querer.

Foi até a câmera ligada à tela de plasma. Ali, na memória digital, estava a imagem absoluta. Aquela que iria despertar e unificar todos os demônios. A imagem da morte.

Ninguém jamais vira aquela fita. O próprio mestre a filmara na praia. Para uso privado.

O interfone tocou no momento em que ele se dirigia para a câmera.

— Uma visita para o senhor. O senhor... o senhor Édouard Kerll.

O livreiro era pontual, mas o mestre tinha outro encontro. Consigo mesmo.

— Mande subir. Um dos meus colaboradores vai recebê-lo.

O mestre passou para a antecâmara. Sentado numa poltrona diante da porta, um homem de terno completo preto levantou-se bruscamente.

— Temos uma visita. O livreiro Édouard Kerll.

— O senhor o receberá?

— Não, não tenho tempo! Diga que estou ocupado.

— Está bem.

— Mas ele traz um livro para mim. Preparei um recibo assinado, você o entregará a ele.

— Será feito.

Dioniso voltou à tela. As primeiras imagens começavam a desfilar. Uma chama vermelho-sangue explodiu num feixe de fagulhas, enquanto uma forma escura se retorcia numa dança macabra. Seus homens tinham feito um bom trabalho com a câmera de última geração. Uma superprodução mais verdadeira que o real.

Lentamente, o mestre pousou a mão no umbigo. A força crescia. Seu ventre pegava fogo com uma potência crescente. Uma a uma as fogueiras se acendiam num braseiro de luz. A mão subiu até o peito como se seguisse um caminho invisível aberto através do corpo. O incêndio tomou conta da tela. A mão, com o polegar erguido, colou-se na garganta. A força estava ali. Aquela que os homens gastavam sem poupar no ato do amor. A força que ele, o mestre, sabia canalizar. Apenas ele.

Por muito tempo procurara, frequentara círculos iniciáticos. Mas nada lhe parecera à altura de seu desejo de absoluto. Até o dia em que... Ele jamais poderia ter acreditado que a força se escondia ali, na união dos corpos. Uma revelação. Desde então, ele aprendera a controlar esse poder. Lera, praticara os textos essenciais da verdadeira tradição. Uma tradição disseminada, que alguns buscadores de absoluto encontravam como um caminho perdido incrustado na selva das interrogações sexuais.

No Oriente, essa prática, embora caída em desuso, subsistia ainda em alguns meios. Os etnólogos interessaram-se pouco por ela. Para eles, tratava-se apenas de um monte heteróclito de superstições. E o que se conhecia na Europa sobre a superação sexual se reduzia a um simples folclore de receitas eróticas. Um Kama Sutra para executivos estressados, que a impotência espreita, uma rubrica de conselhos para donas de casa à procura de fantasias exóticas.

Contudo, o Oriente também conhecera semelhante busca de um amor para além do ato da carne. O mestre seguira ao pé da letra alguns ensinamentos da Cabala, passando pelo *fin amor* dos amantes da Idade Média, até seitas esotéricas na Alemanha e na Itália. Um labirinto cujo centro ele acabara por encontrar. Mas, como na lenda de Teseu, semelhante busca iniciática não se fazia sem sacrifício. Para alcançar a verdade do mito era preciso matar o Minotauro.

Matar para renascer.

A noite caiu no quarto. Na tela da televisão, um balé simétrico de pontos luminosos desfilava em silêncio. O mestre abriu a porta da antecâmara. O livro trazido pelo livreiro Kerll estava pousado na mesinha da entrada. Um envelope o acompanhava.

Como o senhor sabe, a venda do manuscrito Casanova provocou na mídia uma viva curiosidade. Sei o quanto o senhor deseja manter o anonimato. Ora, se não dermos aos jornalistas nenhuma informação, nada para distraí-los, existe o risco de vermos as autoridades, pressionadas, reagirem e assim se preocuparem com sua identidade. Tanto quanto o senhor, eu não desejo nenhuma indiscrição neste caso, que deve permanecer privado.

Assim é que lhe sugiro organizar, em meu nome, uma exposição exclusiva do manuscrito a fim de satisfazer a curiosidade pública. Tal acontecimento, que eu prepararei com todo o cuidado, seria a melhor garantia da sua tranquilidade...

O mestre dobrou a carta. Era uma decisão arriscada, mas necessária. Um osso a se atirar para a satisfação do público.

— Telefone para Édouard Kerll e diga-lhe que estou de acordo. Que ele passe para pegar o manuscrito no dia escolhido para a exposição.

— Está bem, mestre. Agora mesmo. Eu...

— O quê?

— É a respeito da Sicília...

— E então?

— As rádios dizem que há nove vítimas. Cinco homens e... apenas quatro mulheres.

— Pode se retirar. Eu cuido disso — respondeu calmamente o mestre.

Repentinamente, o silêncio se abateu sobre o quarto.

8

Sicília

Que loucura! Escapar da morte para acabar violada por camponeses sicilianos! Esses sicilianos estúpidos acham que eu sou uma puta. O absurdo da situação tinha esgotado o fluxo de suas emoções. Pela primeira vez desde que despertara, a razão prevalecia.

O medo se atenuava. Deitada nua na frente de desconhecidos, vulnerável, ela tentava encontrar em pensamento uma solução para se livrar daquele pesadelo que não acabava mais. O homem do cachimbo parecia rude e difícil de ser convencido. E, além disso, seus olhos, quando ele a olhava...

Ela se ergueu na cama e, com uma voz que queria parecer calma, retomou a palavra:

— O que é preciso fazer para que ele acredite em mim?

Um silêncio constrangido acolheu sua pergunta. A velha tinha acabado de cuidar dela e torcia o trapo sujo na bacia cinza. Giuseppe não parava de lançar olhares de esguelha para o homem que acabara de puxar as cortinas com um gesto brusco.

— Não tenho nenhum documento, mas posso dar detalhes, o lugar onde passei os últimos dias, as pessoas que me acompanhavam, eu...

— *Zitta, puttana!* — disse com brutalidade o homem velho.

Giuseppe parecia cada vez mais contrariado. Lançava olhares impotentes para Anaïs.

— Ele disse que você fala demais para uma...

— Uma puta, eu entendi, obrigada!

— Sabe, ele não é mau, mas por causa da posição que ocupa, se as pessoas ficassem sabendo que ele socorreu uma mulher como você, seria considerado um ato de guerra contra as famílias que fazem comércio disso. Ele não pode se permitir tal coisa.

— Mas por que não me deixam simplesmente ir embora? Ninguém me conhece aqui. Eu terei desaparecido. E só.

— Não é tão simples! Os pastores que a trouxeram a viram nesta casa... Com aquela roupa. E a história vai correr a aldeia.

Anaïs suspirou. Ela não sabia como fazer a situação virar a seu favor. A velha tinha se levantado e posto a bacia perto da parede. Era a única que parecia compreensiva. Anaïs se virou para ela, suplicante:

— Senhora, por favor, me ajude. A senhora é mulher, tem que acreditar em mim!

A velha se aproximou do rapaz, murmurando alguma coisa em italiano.

— O que foi que ela disse?

— Que você é uma jovem bonita demais para sofrer desse jeito, e que ela vai rezar por você. Mas não fará nada mais; aqui, ela é uma empregada. Ela disse que pôs um sonífero na água. Isso vai te fazer bem.

Tudo estava contra ela. Anaïs sentiu o desespero crescer novamente como uma onda que ia submergi-la e engoli-la para sempre. Começou a soluçar. Tudo voltou em sua cabeça. O rosto de Thomas dançava diante dela, todos os momentos de felicidade para sempre desaparecidos. E Dioniso, tão admirado, que os havia traído para entregá-los às chamas da morte. Ela se encolheu na cama; as forças começavam a abandoná-la.

De repente, a velha gritou alguma coisa, aproximou a mão do pescoço de Anaïs e, com um gesto seco, arrancou um fino colar que sacudiu com uma energia difícil de imaginar em uma mulher daquela idade. O homem do cachimbo se aproximou dela, franzindo as sobrancelhas. Pegou o colar ao qual estava preso um símbolo de alabastro, e o contemplou com ar sonhador enquanto lançava olhares sobre Anaïs. Ele se virou para o filho e sussurrou ao seu ouvido:

— Ele quer saber quem te deu este colar — perguntou Giuseppe de repente.

Anaïs achou a pergunta ridícula e replicou com voz cansada:

— Por quê? Ele quer vendê-lo? Diga que não vale nada.

O homem se aproximou dela e se sentou bruscamente na cadeira. Seus olhos negros pareciam transpassá-la. Um leve cheiro de couro curtido se insinuou em suas narinas.

— Responda a pergunta. Rápido!

— O dono da Abadia nos deu quando chegamos. É um símbolo egípcio, um olho de Horus. Supõe-se que traz felicidade.

Ao dizer isso, sentiu todo o ridículo da frase. O filho traduzia gradualmente.

— Ele quer saber que abadia.

— É o nome da propriedade, ao lado de Cefalù, onde eu estive...

O homem soltou um xingamento, escarrou no chão como se ela tivesse proferido um insulto e se levantou de repente. Anaïs estremeceu.

— O que houve com ele?

— Ele conhece esse lugar muito bem. É a morada do diabo.

Anaïs deu um sorriso crispado.

— O diabo! É isso mesmo.

— Você não entende. Nosso vizinho, Don Sebastiano, perdeu uma das filhas há dois anos. Encontraram-na morta na estrada que leva à casa onde você se hospedava. Ela se atirou do alto da falésia que fica acima. Tinha na mão o mesmo pingente que você traz no pescoço. A moça tinha 15 anos e se apaixonou por um residente do que você chama de Abadia. Don Sebastiano tinha proibido a filha de ver o estrangeiro. O resto... Desde então, o lugar é maldito!

Pela primeira vez Anaïs sentiu alguma perturbação em seus guardas. Sua mente girava, o sonífero penetrava em seu cérebro. Ela disse:

— Diga a ele que eu não minto... Se ele não gosta dos ocupantes da Abadia, que vá dar uma volta por lá. Poderá constatar o que aconteceu realmente. Eu...

Anaïs não conseguia mais falar; sua cabeça girava novamente. Os rostos se tornavam vagos, o colchão se afundava sob ela como que para engoli-la. Naufragou.

9

Paris,
Sede da obediência maçônica

— Meus irmãos, preparemo-nos. Vamos fazer renascer a cadeia de união rompida pela morte.

Um golpe de malho ressoou.

— De pé, meus irmãos!

Lentamente, de irmão a irmão, a cadeia de união se refez.

— Meus irmãos, nossa cadeia está agora novamente soldada. Mostremo-nos à altura daqueles que pranteamos. Não tenhamos medo face ao Oriente eterno.

O primeiro vigilante tomou a palavra.

— O medo é uma das causas da infelicidade do homem.

O segundo vigilante retomou em eco:

— Somente a fraternidade pode devolver o homem a si mesmo.

Não era a primeira sessão fúnebre a que Antoine assistia. Contudo, o ritual o emocionava. Aqueles homens que, sem a maçonaria, jamais teriam se encontrado, comungavam de um mesmo entusiasmo. Um mesmo fervor que se percebia na gravidade dos rostos concentrados no desenrolar preciso e imutável da sessão. Decididamente, o sagrado não residia apenas nas Igrejas. Ele se revelava em qualquer lugar onde os homens se reunissem para procurar uma verdade mais alta.

Era também a opinião de Anselme, que acabara vendo na floração anárquica das seitas uma irreprimível necessidade de sagrado. Um profundo desejo de espiritualidade que as sociedades de consumo eram incapazes de satisfazer, quando não agravavam o Mal.

É nesse húmus materialista de consumismo desenfreado que as seitas desabrocham: falsas rosas num verdadeiro monte de estrume. E os grupelhos sectários conhecem, também eles, a lei da concorrência. Uma competição encarniçada entre gurus, magos e outros guias espirituais, um sobrelanço permanente de mistérios, de cultos e de derivas herméticas. A tal ponto que algumas seitas se tornam perigosas de tanto fechar-se em suas próprias certezas. Uma paranoia que culminava em práticas aberrantes, chegando ao assassinato coletivo.

O venerável mestre levantou-se.

— Irmão grande especialista e irmão mestre de cerimônias, queiram cercar o túmulo simbólico.

Os dois oficiais se posicionaram. O venerável continuou:

— Franco-maçons, estendamos a mão para o lugar que nosso irmão Anselme deixou. Solenemente, comprometamo-nos a manter entre nós a cadeia de união e trabalhar sem descanso para a harmonia universal.

O grande especialista virou-se para o Oriente:

— Em nome de todos os irmãos presentes, eu prometo.

— Eu registro sua promessa — respondeu o venerável.

Marcas lembrou-se de uma citação de Paul Valéry que Anselme o obrigara a aprender de cor depois do divórcio. "Don

Juan buscava as mulheres e o amor das mulheres, não pelo prazer em si, nem pela alegria de vencer... Mas ele sentia, e talvez soubesse, que os primeiros momentos do amor, e o primeiro tempo, logo depois do triunfo, engendram no ser uma energia de qualidade suprema, uma espécie de embriaguez e de juventude que tornam a vida leve e poderosa, o espírito cintilante, a alma estranhamente agradável a si mesma."

Para rir, ele repetira essa frase dezenas de vezes a conselho de seu mentor. Como uma declamação no primário. Anselme percebia naquilo um sentido profundo que Marcas se achava incapaz de explicar.

O poder do amor? Antoine sorriu por dentro. Sem dúvida se podia compreender que Anselme se tenha lançado em semelhante aventura. Afinal, o desejo de compreender o destino, de lhe dar um sentido que o iluminasse e o ultrapassasse, era uma nobre exigência. Mas ele, Antoine Marcas? O que lhe restava?

O venerável mestre bateu o malho, logo retomado pelos dois vigilantes.

— Irmão primeiro vigilante, a que horas os franco-maçons concluem seus trabalhos fúnebres?

— Ao romper do dia.

— Que horas são, irmão segundo vigilante?

— É a hora do surgir da aurora.

— Já que é a hora...

A sessão fúnebre estava terminada. Todos os irmãos se levantaram para uma última homenagem. A uma só voz, enquanto o malho era três vezes batido, um verbo foi repetido no templo:

— Esperemos! Esperemos! Esperemos!

As luzes se apagaram.

Agora, Marcas estava sozinho.

10

Paris,
quai de Conti

Dioniso começou seu próprio ritual. Primeiramente, acender a lâmpada à esquerda da escrivaninha. Uma lâmpada de madeira branca e metal espiralado com um globo de vidro fumê que suavizava a forte luz elétrica. Em seguida, à direita, acender a vela no castiçal de cobre. A única lembrança que guardava da Abadia. Finalmente, pousar a mão direita sobre o livro.

Segundo a descrição do perito, a encadernação tinha sido feita em Viena, no final do século XVIII. Provavelmente por um italiano. O couro preparado era um marroquim bordô, cuja aspereza mal se percebia. Seria necessário fechar os olhos para sentir sob os dedos a ínfima irregularidade da superfície. Uma pele quente e suave ao toque. Com o indicador direito o mestre correu a lombada. Nenhum título gravado, nenhum nome de autor, um simples friso de ouro serpenteava em espiral. O encadernador se limitara a esse único enfeite. Uma sobriedade que espantava quando se conhecia o poder das frases, que repousava sob aquela fina capa. Uma arte simples para provocar o desejo.

O de ler Casanova.

Castelo de Dux,
Boêmia,
2 de abril de 1798

Tenho hoje 73 anos. Quando me olho no espelho, vejo um velho desdentado, de peruca torta, de sorriso lacerado. Nada mais que se pareça com o homem que fui. Há cinco anos, no dia 13 de setembro de 1793, ao sair da cama, pensei em suicídio. Naquele dia me vi tal qual era. Destroço da vida, um escritor sem público, um parasita social, sem uma família para amar, sem um amor para esperar. Naquele dia, eu deveria ter me matado. Não o fiz. Tomei uma pena, um papel, e escrevi. Escrevi que tinha de morrer e, traçando essa profissão de fé, o desejo de acabar comigo desapareceu. Hoje, retomo a pena, mas por um motivo completamente diferente. Sei que vou morrer. Meu sopro é fraco, e meu corpo sem recurso se recusa a morrer. Sozinho na cama, espero que venha o instante supremo. Suplico apenas que Deus, onde quer que esteja, me dê ainda a força de acabar o que tenho de fazer para deixar minha alma e minha consciência em repouso.

Que o Grande Arquiteto não conclua ainda o plano de meu destino, e que o Oriente eterno só abra as portas do esquecimento na minha hora inevitável! Tenho de dizer...

[passagem rasurada]

... No dia seguinte da minha desgraça, vi baterem à minha porta dois homens vestidos de negro que logo reconheci como as testemunhas

do conde de Terrana. Assim que foram admitidos, perguntaram sobre minhas intenções. Eu respondi que estava à disposição deles.

— Não temos dúvida de que o senhor seja um homem de honra e pronto a reparar pelas armas a injúria mortal que fez à casa dos Terrana.

— Senhores, não considero absolutamente ter desonrado a jovem pessoa que é o objeto deste caso, mas estou pronto a me dobrar a todas as condições que seu irmão, o conde de Terrana, exigir de mim.

— Um duelo, a dez passos, de pistola.

— É um encontro de morte que o senhor propõe com isso!

— O conde de Terrana não aceitará outro.

— Então, diga a Sua Excelência que eu não perderei tempo recusando-lhe reparação.

— Amanhã de manhã lhe convém?

— Estarei pronto ao amanhecer.

— Sua Excelência lhe enviará um carro.

As duas testemunhas me cumprimentaram. Olhei a pêndula que acabava de soar na lareira. A conversa, que iria decidir minha vida, não durara mais que cinco minutos.

À noite, decidi não sair. Embora todos os meus irmãos de Madri me tivessem enviado por seus criados um convite para a ceia, recusei, querendo ficar sozinho para pôr ordem em meus negócios. Na verdade, era o espelho de minha alma que eu queria contemplar. De fato, não me preocupava morrer; sendo filósofo por natureza e reflexão, mas outro medo, muito mais angustiante, me apertava o coração. Pela primeira vez na vida, meu desejo tinha falhado. Pela primeira vez, diante do corpo nu de uma mulher, o meu se abstivera. E eu não sabia por quê.

Vi ao longe chegar uma berlinda de seis cavalos precedida por dois cavalariços e seguida por dois ajudantes de ordens. Logo que o carro parou à minha porta, desci rapidamente do terceiro andar e vi o conde acompanhado de duas testemunhas que estavam sentadas na frente. Abriram a portinhola; uma das testemunhas me cedeu lugar. Sentei-me, e partimos. Ninguém pronunciava uma só palavra. São momentos em que o homem deve se controlar. Contudo, considerei certo afirmar mais uma vez minha inocência.

— Excelência, sem que nada mude minha determinação de duelar com o senhor, suplico-lhe que acredite que preservei a inocência de dona Anna, sua irmã.

Meu rosto tinha tamanho ar de inocência que ele ficou perturbado.

— No entanto, encontraram o senhor no quarto de minha irmã, numa hora e numa posição que quase não deixam nenhuma dúvida.

— Não nego, Excelência, ter ficado atônito com a beleza de dona Anna e ter tentado lhe provar meu amor, mas...

— Senhor, nesses casos, não existe mas! Nega que estivesse despido? Nega, que Deus o perdoe, que minha infeliz irmã estivesse também no simples traje de Eva?

A verdade brotou de minha boca, embora a vergonha me custasse.

— Justamente, Excelência, tantos atrativos me fizeram...

Não pude terminar, mas o conde empalideceu. Ele tinha compreendido.

— E acredite — continuei — que tal confissão de minha impotência me causa uma dor sem igual.

— Basta, senhor, não quero saber de mais nada. Deveria se envergonhar. E ainda mais por não ter podido nem mesmo ser um homem.

O insulto me fez apertar a guarda da espada. A berlinda parou, sem o quê minha honra crucificada me teria, acredito, levado aos piores extremos.

Quando chegamos ao campo, atirei o casaco e agarrei a primeira pistola que apareceu. O conde pegou a outra. Diante de minha determinação, ele empalideceu, tirou a camisa e me mostrou o peito inteiramente nu. Por minha vez, mostrei-lhe meu peito, e recuei cinco ou seis passos. Não podíamos recuar mais. Vendo-o tão decidido quanto eu a acabar com aquilo, ofereci-lhe a honra de atirar primeiro contra mim. Ele não respondeu e mirou, escondendo a cabeça atrás da coronha da pistola. Essa covardia me desagradou. No instante em que ele deu o tiro, eu atirei também.

Quando o vi cair, corri até ele. Estava no chão, o peito aberto, vermelho de sangue. Como eu me precipitava para ajudá-lo a se levantar, ele gritou:

— Não faça nada. O senhor se comportou como um homem honrado. Mas não se esqueça de que é estrangeiro, e franco-maçom ainda por cima. Meus amigos não o pouparão. Abandone esta cidade imediatamente, e não se preocupe comigo!

Na mesma noite, parti para Granada.

O telefone tocou. Dioniso interrompeu a leitura.

— Você tem outras notícias?

— A mídia italiana confirma que um discípulo escapou da fogueira. Provavelmente uma mulher, considerando-se o número menor de vítimas de seu sexo.

Silêncio.

— Ela é considerada testemunha-chave e, talvez, suspeita.

O mestre pegou o livro, acariciou suavemente o couro da encadernação.

— Os caminhos do destino são desconcertantes.

11

Sicília

Thomas lhe segurava a mão enquanto ela cortava o bolo de casamento diante de todos os convidados presentes. Crianças vestidas de branco corriam à volta deles. A orquestra atacou uma canção irlandesa. Thomas a enlaçou, e eles dançaram lentamente diante dos olhos enternecidos de toda a família. Até o avô dele estava lá, falecido, porém, havia mais de dez anos, mas que sempre dissera que assistiria a seu casamento. Os dela estavam lá e a contemplavam com amor... Ela não encontrava outra palavra para descrever a bondade do olhar deles. Até seu pai, que não parava de lhe dar lições sobre o modo como ela conduzia sua vida, lhe sorria, e a mãe, ao seu lado, estava emocionada até as lágrimas... Não a julgavam mais. Até que enfim! Ela girava cada vez mais depressa nos braços protetores de Thomas, entregando-se sem reservas à doçura de seus beijos. Seus olhos brilhavam de alegria. Era o momento mais maravilhoso de sua vida, e aquilo não podia acabar nunca.

Contudo, o ritmo da orquestra começou a ficar mais lento, e a música abrandou. As luzes se apagaram uma após outra, os rostos se dissiparam na noite, seus pais, seus amigos desapareceram um a um.

A angústia a dominou. Thomas se dissipava numa névoa. A pressão de seus braços se desmanchava.

Ela se viu diante do grande espelho do salão de baile, dançando sozinha, no belo vestido cintilante. E ela chorou. Eu te amo...

Nunca mais acordar. As cortinas amarelas e sujas ainda estavam lá. Ela começou a soluçar como quando era pequena. Queria que todos fossem gentis com ela. Nunca tinha feito nada de mau.

Ao fim de 15 minutos de soluços interrompidos pela perda de consciência, ela começou a vir à tona. Por quanto tempo tinha dormido? Não sabia. Tomou um copo de água, posto ao seu lado. No momento em que tentava se levantar, a porta se abriu, enquanto um forte cheiro de cebola cozida invadia o quarto.

Giuseppe atravessou o quarto e se sentou na cama. Ele tinha um ar assustado. Anaïs o encarou:

— Dormi muito?

— A tarde toda; logo serão sete horas da noite. Fomos aonde você disse.

— E então?

— Policiais por todo lado. Ambulâncias e muitos jornalistas. Você tinha razão, tudo aconteceu mesmo como você contou. As fogueiras ainda estavam lá e... o que restava dos cadáveres queimados.

A jovem mulher exclamou:

— Eu sei, eu não estava louca!

— Todo o perímetro foi interditado pela polícia. Meu pai também foi interrogado; queriam saber se ele tinha visto os estrangeiros. Uma estrangeira.

— E então?

— Ele não disse nada.

Anaïs se ergueu de um pulo.

— Mas por quê? Sou a testemunha principal.

— Você não compreende. Os policiais disseram que os proprietários da Abadia estavam sendo procurados, e que o pastor tinha visto uma mulher, parecida com você, correr pelos campos. Os jornalistas espalharam a informação.

— Exatamente, vou explicar aos policiais o que aconteceu!

— Não é tão simples. Quando esteve lá, meu pai ouviu dois policiais discutirem longamente com um homem que esteve envolvido no suicídio da filha de Don Sebastiano. Foi esse mesmo homem, um tabelião da região, que, na época, abafou o caso. Sempre o viam passar na Abadia.

— Deveriam interrogá-lo!

— Você ainda não entendeu. Na época, esses dois policiais também tinham sido encarregados da investigação do suicídio. Todos ficaram sabendo que eles tinham recebido dinheiro daquele homem para fecharem os olhos. Nem Don Sebastiano pôde fazer coisa alguma.

Anaïs caiu novamente na cama.

— Tiras corruptos... Só faltava essa!

— Se eles botam a mão em você, sua segurança não estará garantida. Um acidente acontece muito rápido, e ninguém fará perguntas. Felizmente...

A jovem mulher o observou com espanto.

— Felizmente o quê? Essa é uma palavra que eu não esperava ouvir.

— Meu pai quer te ajudar. Viu o erro que cometeu e pediu ajuda a Don Sebastiano, que agora já sabe de tudo. Isso também quer dizer que é preciso...

De imediato, Anaïs compreendeu.

— É preciso...

— Fugir! Sim! E o mais rápido possível! Corre o boato de que qualquer informação sobre você será recompensada. Sua cabeça já foi posta a prêmio.

12

Paris

Marcas saiu da boca do metrô da gare d'Austerlitz e se dirigiu para a ponte que levava à margem direita do Sena.

Uma visita ao Instituto Médico Legal para ver o corpo da vítima não o encantava mesmo. Fez uma careta diante da ideia dessa missão. Tinha se reunido cedo, na salinha temporária, com dois de seus homens, e o dia se anunciava difícil: depois do instituto, o domicílio do ministro, a família, e depois, novamente para sua sala. Se tudo corresse bem, no dia seguinte ele iria ver o ministro na clínica de Louveciennes. E tudo estaria resolvido. Aquele caso não lhe agradava mais, e ele se pegou implorando para que o legista fechasse o dossiê com conclusões banais. Mudara de opinião numa única noite.

Você está ficando ciclotímico.

O fluxo da circulação produzia um rosnado desagradável aos ouvidos dos passantes que se aglomeravam na parte reservada aos pedestres. Havia meses que ele deixava o carro no estacionamento quando tinha compromisso em Paris. Nem mesmo a sirene adiantava em algumas partes da capital totalmente obstruída pela construção de corredores de ônibus. No início, como todos os parisienses, ele reclamara daquela minirrevolução, depois, desistindo, começou a pegar os transportes coletivos. Para sua grande surpresa, sentia certo prazer. Ele, que não utilizava o metrô havia anos, surpreendia-se por se tornar um adepto da baldeação, brincando com as linhas, calculando o trajeto mais curto de um ponto a outro.

Atravessou rapidamente a ponte d'Austerlitz e viu, abaixo, à direita, o edifício de tijolos do Instituto Médico Legal.

Instituto Médico Legal...

Um nome sério, neutro, administrativo, mais agradável ao ouvido que "necrotério", com seu cortejo de cadáveres congelados e autópsias pouco palatáveis.

Marcas tomou o quai de la Rapée e seguiu para a place Mazas, onde ficava a entrada do venerável instituto. As formalidades foram rapidamente expedidas e, em menos de dez minutos, foi conduzido à sala de reconhecimento, onde um empregado puxou até ele uma maca coberta com um lençol azul, deixando à mostra, no alto, o rosto de uma mulher.

Marcas se aproximou do corpo. Não gostava do contato direto com cadáveres refrigerados. Embora não sentisse nenhuma repulsa diante dos mortos encontrados no lugar do falecimento, como se uma parcela de vida ainda subsistisse, tinha a sensação, irracional, de que o necrotério, com sua decoração fria e asséptica, os fizesse passar definitivamente para o outro lado.

Observou a vítima com perplexidade. Inicialmente, pensou num efeito de luz. Depois, mudando de lugar, pondo-se de frente para a maca, ficou paralisado de espanto. Era a primeira vez que via um morto sorrir, ou, pelo menos, ter o que parecia ser um sorriso. O belo rosto oval finamente desenhado exibia uma expressão de felicidade indefinível, como se os músculos da boca se tivessem imobilizado no momento da morte.

— Deus! Como a morte é bela. Não consigo encontrar o autor dessa citação.

Marcas estremeceu e se virou. Um homem de olhar penetrante, levemente curvado, de jaleco branco, estava exatamente atrás dele. Não o ouvira chegar. O crachá no jaleco indicava um tal de doutor Pragman. Marcas reconheceu o nome do legista responsável pela autópsia.

— Bom dia, comissário. Espero não tê-lo feito esperar.

Marcas apertou a mão firme que o médico lhe estendia.

— Não. Eu estava olhando para essa jovem mulher. Se não fosse a cor azul, poderíamos acreditar que ela vai despertar a qualquer momento.

— Infelizmente, não. Eu lamento. Foi uma bela mulher, que teve uma bela morte.

— Quer dizer...

O legista abriu um envelope plástico pendurado na barra da cama de rodinhas e tirou um dossiê de cartolina azul. Pôs pequenos óculos retangulares e leu em voz alta:

— Vou te poupar dos detalhes da autópsia para ir diretamente à conclusão provisória. Esta mulher morreu de um acidente vascular cerebral, muito provavelmente em consequência de relação sexual intensa. É bastante raro nas mulheres, mas pode acontecer. Em compensação...

O doutor Pragman buscava as palavras.

— Sim...

— Em compensação, ela não apresenta os sinais que habitualmente mostram que o coração também recebeu uma overdose sanguínea, como se tivesse explodido por dentro, mas sem provocar sofrimento traumático. É muito curioso.

Marcas se impacientou.

— Doutor, a única coisa que importa é saber se se trata de um assassinato. Na sua opinião, o ministro é responsável pela morte desta mulher?

O rosto do médico se fechou.

— Esses policiais, sempre apressados... Eu diria que não. É quase impossível.

Marcas deu um gritinho de satisfação.

— Que boa notícia. Suas conclusões vão permitir que o juiz emita a permissão de sepultar e conclua rapidamente este caso. O senhor me deixou encantado. Não há motivo para provocar uma crise governamental. Caso encerrado.

Sentia-se um pouco envergonhado por despachar o caso do ministro com tanta desenvoltura, mas a ideia de se livrar daquela carga lhe dava uma intensa satisfação. O inquérito preliminar terminaria antes mesmo de ter começado. Ele poderia voltar para os seus falsários e, talvez, sair de férias para a Argentina. Ia se despedir do legista quando notou que este não dava sinais de se mover.

— Há algo mais, doutor Pragman?

— Quero fazer exames complementares.

— Como assim? A causa da morte foi estabelecida!

— Eu simplesmente respondi que, muito provavelmente — insisto no termo —, o ministro não é responsável pela morte desta mulher, mas tenho que fazer exames toxicológicos e biológicos. Essa falha cardíaca me parece suspeita.

Marcas sentiu a irritação crescer. Enquanto o legista não desse o relatório definitivo, o inquérito preliminar continuava em aberto.

— E sem que se apresse, quanto tempo será preciso?

— Não sei. Três, quatro dias, talvez. Em todo caso, não antes do início da próxima semana.

— O senhor sabe que esta história está sendo acompanhada nas altas esferas. Todos estão impacientes para ver o final. Tenho Beauvau, Matignon e o Élysée em cima de mim. Um ministro apodrece num asilo e...

— Eu sei — cortou o médico —, mas você não vai me ensinar o meu trabalho. Já tivemos que tratar de casos delicados. Nesse tipo de história, como você diz, as conclusões da autópsia podem ser muito criticadas. A família da vítima dá queixa, e a minha autópsia fica no centro de uma batalha jurídica interminável. Simplesmente porque corri com o trabalho por causa das opiniões cautelosas de um policial obediente. Então, comissário, poupe-me de seus conselhos políticos. Meus cumprimentos.

O doutor Pragman girou nos calcanhares, deixando Marcas sozinho com o cadáver na grande sala vazia. A reação do legista deixou-o numa cólera fria. *Obediente.*

Do modo como o médico o pronunciara, o termo exalava um desprezo gelado. Ousava tratá-lo de funcionário servil, a ele que criara uma reputação de integridade sem mácula. Quem era ele para tratá-lo daquele modo? Marcas lançou um último olhar para a moça e saiu correndo do Instituto Médico Legal.

O vento se levantara sobre o Sena, varrendo os detritos espalhados nas calçadas. Marcas caminhava a passos rápidos, a mente obstruída por pensamentos desagradáveis. Sentia-se horrivelmente vexado com a observação ofensiva do legista e, por um instante, pensou em se vingar, consultando sua ficha para saber se não tinha rabo preso, para lhe jogar na cara na próxima vez que cruzasse com ele. Chutou uma caixa de papelão solta, sem que a raiva diminuísse.

Depois do conselheiro do ministro e sua encenação na Buttes--Chaumont, o doutor arrogante. Estava tudo errado.

De qualquer modo, nada ia bem na vida de Marcas. Desde que rompera com Jade. Eles se amaram, mas o idílio azedara ao fim de alguns meses de vida em comum. Independente demais, segura demais, falastrona demais, diferente demais. Demais para Marcas, que não aprendera a viver com esse tipo de mulher. A união deles se afundou na areia movediça da mesquinharia cotidiana, e acabaram se decidindo por uma separação salvadora. Ela tinha aceitado um posto na embaixada da França em Washington, deixando-o sozinho, numa noite, no vasto apartamento da rue Muller, em Paris.

Insidiosamente, o rancor e a dúvida apodreceram a vida dele. Seu médico, um irmão, o aconselhara a tirar férias combinadas com um tratamento com Prozac, cuja embalagem ele atirou na lixeira depois de ter sentido os primeiros efeitos. Sua profissão não o entusiasmava mais como antes, e até as sessões em loja deixavam-no vazio e sem entusiasmo.

Não podia continuar assim e, aos 41 anos, pensava seriamente em fazer terapia. *Seria necessário escolher um psicólogo franco-maçom?* A pergunta lhe parecia ao mesmo tempo incongruente e cheia de sentido. Somente um irmão poderia compreender a importância do trabalho de desenvolvimento pessoal que a assiduidade ao templo proporcionava. Se fosse preciso explicar a um psicólogo profano o fato de que ele devia transformar a pedra bruta em pedra cúbica, não chegaria a nenhum resultado. Aliás, existiria uma terapia específica para os maçons? Perguntaria a seu venerável. Sem rir.

O vento soprava cada vez mais forte, levantando uma onda nas águas cinzas do Sena. Operários tentavam cobrir com uma lona um grande monte de areia destinada a trabalhos de embasamento. Um painel de sinalização marítima soltou-se e voou para o quai d'Austerlitz.

Marcas avançava com dificuldade, quase vergado pela força do vento. Na extremidade da ponte, diante dele, uma jovem mulher grávida caminhava com cuidado, temendo, sem dúvida, ser derrubada.

A jovem mulher não pôde resistir por mais tempo aos ataques do vento e caiu a 2 metros de Marcas, na beira da calçada, no momento em que um motoboy chegava a toda velocidade. Ela gritou, a máquina parou, derrapando contra o parapeito. Marcas se precipitou para a passante deitada na rua, enquanto outro transeunte fazia sinais para desviar o trânsito. Ajudou-a a se levantar; aparentemente ela não sofrera nada.

— Obrigada, fiquei com tanto medo...

— De nada. Está tudo bem?

A futura mãe sorria.

— Não tenho nada.

Uma voz quebrada explodiu atrás deles.

— Ei, sua vaca, da próxima vez vê por onde anda! Olha o que você fez com a minha lambreta. Em dia de ventania, deviam proibir as buchudas de usarem as calçadas.

O entregador, um tipo barrigudo, já calvo, tentava recolocar a máquina em pé.

Marcas esperou a mulher se recuperar e deu um passo na direção do entregador.

— Você podia ser mais gentil.

— Estou falando contigo, seu babaca? Então não vem me encher! Estou trabalhando.

Marcas constatou, maravilhado, que tinha encontrado um derivativo para sua cólera. Sacudiu a carteira tricolor na cara do entregador.

— Você sabe o que o babaca vai fazer? Ele vai te trancafiar por desacato à autoridade e tentativa de agressão contra uma pessoa indefesa.

O entregador empalideceu sob o capacete e deixou a lambreta cair no chão.

— Desculpa, desculpa. Eu não sabia.

Marcas o agarrou pela gola do blusão.

— Agora você vai se desculpar com a senhora e vai ajudá-la a atravessar a ponte. É preciso acompanhar o futuro que está a caminho. Depois, se eu ficar satisfeito, te deixo ir embora. Estamos combinados?

— Combinados... Sim, senhor.

— Dobre a língua — replicou Marcas com voz gelada.

— Senhor, é...

— É assim que se diz: senhor comissário.

— Sim, senhor comissário.

— Vai embora, rapaz, eu sou muito bondoso.

O entregador pegou a jovem mulher pelo braço. Em agradecimento, ela deu um lindo sorriso para Marcas.

O incidente acalmara sua cólera. Aos poucos ele tentou acalmar-se por dentro.

Você joga sua irritação no pobre entregador; abusa da autoridade com o guarda do parque. Marcas, com a idade, você está ficando um miserável.

Enquanto caminhava pelo cais, pensou na conversa com o legista. Pragman tinha razão.

Ele estava fazendo o trabalho nas coxas, e o pior é que nem era por servilismo, mas por egoísmo. Não queria mais complicar a vida, era só isso, e assim esquecia por que escolhera fazer carreira na polícia: ter uma vida menos comum e fazer a justiça triunfar. Ajudar a melhorar a sociedade. Um ideal fora de moda, pomposo, mas real, o mesmo que o havia levado a entrar para a maçonaria e *construir templos para a virtude e prisões seguras para o vício.*

Pensou no rosto da morta, paralisado no frio, que logo se decomporia num túmulo solitário. Esquecida pelos homens e pela justiça, tudo isso porque ele, Marcas, queria sair de férias rapidamente e não queria aborrecimentos em sua vidinha de tira.

Sentiu-se furioso contra si mesmo por ter falhado em seu compromisso. Esperaria o dia seguinte para visitar o ministro na clínica. Pegou o celular e ligou para o escritório temporário no quai des Orfèvres.

Um de seus homens atendeu.

— Sim?

— Reunião amanhã, às oito horas.

— Fomos ver a família da moça. Eu...

— Você me dá o perfil amanhã. Vou dar uma passada no domicílio e no escritório do ministro. Vou bancar o arrombador.

— Como assim?

— Nada, estou caçoando de mim mesmo.

13

Paris,
Palácio de Pimodan,
21 horas

Pouco a pouco, o ruído do tráfego diminuiu. O velho quartier de île Saint-Louis, preso na neblina, parecia um navio sem mastro, encalhado no meio de Paris. Do Sena, que corria ao longo do quai d'Anjou, subia uma longa névoa cujos rolos diluíam os ângulos das casas, mascaravam as largas porta-cocheiras com frontão armoriado. Um algodão pesado de primavera que se infiltrava em todas as ruas, ligeiramente perfurado pelos halos amarelados dos postes e do brilho das luzes provenientes dos andares iluminados.

Na calçada, brilhante de chuva, ressoavam os passos que se apressavam para a entrada do palácio de Pimodan. Uma corrente de ar, carregada de odores do rio, fazia ondular os casacos de pele. Os homens levantavam a gola dos smokings. Perguntava-se que ideia era aquela do livreiro Kerll de convidar o *Tout-Paris* para um lugar daqueles. Mas conheciam o homem, suas fantasias, suas provocações e, como os primeiros flashes espocavam, cada um ofereceu à posteridade efêmera seu sorriso de VIP.

Finalmente as portas se abriram. Construído sob Luis XIV, o palácio se abria para um pátio quadrado com pavimento irregular, cercado de fachadas com janelas altas. Os primeiros convidados já cruzavam o pórtico. O som dos risos e das conversas se espalhava pela imensa escadaria que levava às salas de recepção. A cada degrau, no ângulo mais largo, erguia-se um mastro de bronze encimado por esfinges cujas garras recurvadas seguravam uma vela acesa. Um eco, provavelmente do Grande Século que assistira à construção daquele palácio particular, um dos mais famosos da época. Uma lembrança, também, de uma narrativa de Théophile Gautier, *La Mille et deuxième nuit* — A milésima segunda noite —, pois era dentro de seus muros que Balzac, Baudelaire, Nerval e Delacroix vinham se entregar às delícias extravagantes do haxixe, degustado como um prato especial.

De pé no patamar, Édouard Kerll era, sem dúvida, o único a conhecer e aproveitar aquela lembrança da história literária. Recebia os convidados com um sorriso nos lábios, cumprimentando-os com a cabeça, inclinando-se diante das mulheres. Havia nele como que uma galanteria ultrapassada, uma expressão de graça hereditária de que se servia tanto para seduzir quanto para esmagar. O senhor Kerll era temido no meio dos marchands e colecionadores de arte. Especializado em incunábulos, encadernações sem preço e autógrafos dos gigantes da literatura, adquirira, a custa de imenso esforço, uma posição privilegiada na praça de Paris. Nenhuma edição príncipe do Renascimento, nenhum manuscrito inédito escapava a seu sentido comercial. Sabia-se, nas famílias de escritores, na judiciosa classe dos colecionadores, que tudo o que passava por suas mãos se transformava em ouro. Em poucos anos, ele havia revolucionado o mercado de livros e manuscritos, vendendo a japoneses, ávidos de investimentos, autógrafos de Proust, e a fundos de pensão americanos, edições originais de André Breton, ilustradas por Picasso. Daí sua fortuna, sua reputação, que lhe haviam permitido tomar de aluguel, da Cidade de Paris, o palácio lendário para uma festa social, a mais esperada daquele início de primavera.

Assim como as celebridades do momento, os jornalistas se prestaram a bajular para serem convidados. Desde a venda do manuscrito Casanova, não faltou um só artigo. Aquelas páginas perdidas durante mais de dois séculos desencadearam paixões midiáticas. As melhores penas dos grandes jornais afiaram os superlativos, refinaram os adjetivos, teceram guirlandas de elogios até o último dia.

Contudo, os convites enviados por Kerll surpreenderam. Embora todos os figurões da imprensa escrita tivessem recebido o precioso sésamo, outros jornalistas, bem menos reconhecidos, estavam lá também, por vezes surpresos por estarem ao lado de expoentes da profissão. Um efeito imprevisto do método Kerll que era o de nunca negligenciar os obscuros ou os soldados rasos quando pressentia que eles tinham potencial. Pelo menos era o que supunha um grupo de jovens jornalistas que, apoiados numa lareira com frisos mitológicos, fotografavam mentalmente uma a uma as celebridades que entravam no salão.

Naquele momento, a sala onde o manuscrito fora depositado ainda estava fechada, discretamente protegida por dois guardas de smoking. Esperava-se a chegada dos representantes do Ministério da Cultura para darem início aos discursos. Édouard Kerll avançou lentamente, seguido por um homem num terno de corte impecável. O nível sonoro baixou de imediato. Todos reconheceram Henry Dupin, o estilista que tinha revolucionado a moda feminina depois de maio de 68, e que agora vivia recluso em sua vila de Nice. Sua presença surpreendeu os leigos, não os colecionadores, que conheciam a paixão do costureiro por autógrafos literários. Havia trinta anos que ele comprava sistematicamente manuscritos e livros com dedicatórias. Sua coleção particular de obras de Cocteau ultrapassava a de todas as bibliotecas públicas. Mas, desde alguns anos, ele se apaixonara pela literatura do século XVIII. Comentavam que possuía uma carta inédita de Rousseau sobre a homossexualidade e até mesmo um fragmento desconhecido das *Ligações perigosas*. Contavam, especialmente, que tinha sido o principal licitante do manuscrito de Casanova, e que sua derrota o tornara amargo. Contudo, lá estava ele, aprumado, apesar da idade, o olhar penetrante por detrás de óculos de tartaruga, ouvindo em silêncio as palavras que o livreiro lhe soprava ao ouvido.

— Senhoras e senhores — uma voz ergueu-se do outro lado da sala, num estrado. — Senhoras e senhores, por favor, um pouco de silêncio. Daqui a alguns minutos nosso anfitrião vai mandar abrir o salão onde se encontra, sob alta proteção, o manuscrito inédito de Giacomo Casanova. Um monumento desconhecido da literatura, que nosso amigo Édouard Kerll acaba de adquirir.

— ... de adquirir por um cliente que deseja manter o anonimato — interrompeu o livreiro — e que aceitou separar-

-se temporariamente deste manuscrito excepcional, permitindo-me expô-lo nesta noite única.

O animador de televisão, que tinha tomado a palavra, aplaudiu freneticamente, logo seguido por todos os convidados.

— Agradeço sinceramente, em nome de todos os presentes, ao mecenas que, espero, oferecerá em breve a todos os admiradores de Casanova, e eles são uma legião mundo afora, uma edição digna do nome destas Memórias inéditas.

Uma nova onda de aplausos percorreu a sala.

— E agora, caro Édouard, o momento que todos nós esperamos...

À porta de entrada, produziu-se uma agitação. Uma dezena de flashes espocou. Num único movimento, os rostos se voltaram para descobrir um vestido vermelho escarlate que surgia na multidão. Precedida por guarda-costas usando roupa escura, a silhueta rompeu a multidão, enquanto seu nome passava como espuma pelos lábios dos participantes. Era a última surpresa de Édouard Kerll: a atriz franco-espanhola Manuela Real, cujo sorriso angelical e o busto insolente estariam, no dia seguinte, na primeira página de todas as revistas de celebridades.

No estrado, o artista apresentador compreendeu que tinha de encadear rapidamente.

— Senhoras e senhores, peço uma ovação para...

Uma salva de palmas inflamou a sala. A atriz os cumprimentou, com a mão sobre o coração, os olhos logo marejados de lágrimas de encomenda.

— Obrigado, de todo o coração, Manuela, obrigado por sua presença. Obrigado... E agora...!

Um cravo, logo acompanhado pelos violinos, pôs-se a tocar em surdina. Um concerto de Vivaldi atravessou a sala, de início rápido como uma ventania e depois mais grave à medida que os acordes de um violoncelo ritmavam a melodia com um lamento lento.

Édouard Kerll fez um sinal para os guardas. A música se interrompeu, todas as conversas cessaram como que por encanto. A grande porta de dois batentes se abriu, um jato de luz amarela brotou de lugar nenhum.

14

Sicília

Anaïs despertou brutalmente de um sono sem sonhos. O quarto estava silencioso ao seu redor, mas ela teve a sensação de não estar sozinha. A porta do quarto estava um pouco entreaberta. Ela sondou a escuridão, mas não percebeu nada de ameaçador. A pequena pêndula indicava onze horas da noite.

A sua imaginação está te pregando peças.

Ela pegou um copo de água aromatizada com flor de laranjeira, prova da consideração que a família agora lhe testemunhava, e sentiu o discreto gosto medicamentoso do sonífero diluído. Bebeu-o de um gole, esperando mergulhar novamente numa rápida sonolência. Ao fim de cinco minutos, levantou-se e se sentou na frente do espelho posto sobre a cômoda, e diante do qual a velha pusera a bacia com água.

Ela fitou seu reflexo cansado. Para onde tinha ido a princesa da Abadia, a mulher enfeitiçante no bonito vestido vermelho? Achou-se feia. E sozinha, naquele quarto miserável.

Lamentou sua vida banal. Seu trabalho como responsável categoria b, não B maiúsculo, de analista de mercados de matérias-primas. Seus dias no escritório da Défense, as pequenas mesquinharias entre colegas, os rostos desbotados no RER — Rede Expressa Regional. A vizinha que a denunciara ao síndico porque ela tinha posto um capacho com um porco rosa, em contradição com o regimento do imóvel sobre a homogeneidade dos capachos. Os domingos enfiados debaixo da coberta, devorando, sozinha, ou com o namorado do momento, os DVDs da idade de ouro hollywoodiana. Aqueles em que safados como Dioniso sempre perdiam no final. Sentia falta até mesmo das tardes chuvosas de depressão.

Minha vidinha de parisiense no seu empreguinho com seus amiguinhos. Era tudo pequeno. Espante-se por ter engolido todas as babaquices de Dioniso com seus ensinamentos. Ele te pegou com bajulação. Fazendo você acreditar que era alguém diferente. Alguém interessante. Alguém superior ao rebanho que você cruzava no metrô todas as manhãs. Uma estrela.

Anaïs passou o indicador sob os olhos. Traços de rímel ainda eram visíveis, acentuando as olheiras negras. Queria o demaquilante, as finas esponjas de algodão, o hidratante para a noite, o...

Quero o meu banheiro. Quero voltar para casa, para o meu quarto e sala na rue Montorgueil. Não quero ficar aqui!

Bem decidida a não ceder a uma nova crise de lágrimas, Anaïs atirou-se novamente na cama.

O contato da almofada macia a consolava. Sentia-se um pouco, só um pouquinho, em maior segurança.

O rosto de Dioniso reapareceu em seus pensamentos como uma lembrança ruim que a gente teima em expulsar, mas que volta cruelmente.

Pensou de novo no primeiro encontro com ele, seis meses antes. Decepcionada com o trabalho, desencantada com o último homem com quem vivera e que a enganara, em busca de um ideal, ela aceitara fazer um estágio de desenvolvimento pessoal na Provença. No último dia do seminário, ele tinha sido convidado como participante externo e organizara uma conferência sobre o tantrismo e as práticas espirituais orientais.

Seu charme estranho agia como um potente sortilégio. Ele se apresentava como o fundador de um grupo iniciático, a Abadia de Telêmaco, que "queria reconciliar homens e mulheres com seu ser carnal e seu princípio espiritual. Para formar o andrógino perfeito".

Fazia-se chamar de Dioniso, o deus grego das festas e do prazer. Com humor, reconhecia que era muito melhor do que seu verdadeiro nome, terrivelmente banal, que ele reservava apenas para as formalidades administrativas.

Tinha até a humildade de se apresentar não como o guru de uma nova religião revelada, mas como o humilde discípulo de "entidades que o tinham precedido", como Gandhi, Krishnamurti, ou Casanova, cujo retrato de infame sedutor, segundo ele, era falso e insultante. "As grandes religiões monoteístas sempre quiseram proibir a própria noção de prazer, fonte de desabrochamento do homem e da mulher. Liberar o prazer é se libertar do verdadeiro mal, logo, é fazer o bem." Suas palavras ainda permaneciam gravadas na mente de Anaïs.

Seduzida, ela tinha, posteriormente, encontrado outros membros da Abadia, e lido atentamente os ensinamentos de Dioniso, singular sincretismo de narrativas espirituais que enalteciam a magia e as práticas sexuais. Anaïs se preocupara um pouco com essa mistura, embora não tivesse nenhum tabu no plano amoroso. Seus temores diminuíram, porém, quando descobriu que Dioniso não tinha nenhuma relação sexual com seus adeptos, quando poderia, sem problemas, seduzir a maioria das mulheres que se aproximavam dele.

Ao final de vários meses, Anaïs finalmente encontrou o que lhe faltava. Pessoas que a amavam pelo que ela era, com seus defeitos e contradições, e que não impunham nenhuma moral. Praticamente abandonou todos os velhos amigos, que lhe pareciam seres sem sabor, para se ligar à nova família, atenciosa, obsequiosa, culta, da qual um dos lemas era "Faz o que quiseres", em alusão não a Rabelais, como acreditara no início, mas a um obscuro guia espiritual inglês cujo nome ela esquecera.

Depois de sua iniciação numa casa do grupo no Var, ela aceitou com alegria participar de uma longa estada na Sicília, no seio da Abadia. Seu encontro com Thomas tinha sido a realização de um sonho.

Um sonho que se tinha transformado em pesadelo.

Anaïs se virou na cama; sua mente lutava contra o sono.

Uma seita de loucos. Foi nisso que eu me meti. E não percebi nada. Nada.

15

Paris,
Palácio Pimodan

No centro da sala contígua, numa simples mesa de madeira-branca: as páginas cobertas de rasuras do manuscrito Casanova. Iluminadas por uma luz amarelo-claro proveniente de spots embutidos no teto.

Estranhamente, nenhum obstáculo se interpunha entre o manuscrito e o público.

Nem vidro de segurança, nem sensor de aproximação. O volume estava aberto numa página ao acaso, oferecido ao olhar como uma evidência. Quase se poderia tocar o papel levemente amarelado, passar o dedo na tinta. Era, porém, uma tentação que ninguém parecia partilhar. Davam uma olhada, pronunciavam uma palavra e corriam para o bufê. O importante não era poder dizer "eu vi", mas "eu estava lá". Um único convidado permanecia imóvel, como que fascinado pelo que contemplava. Henry Dupin. Ávido, olhava os entrelaçamentos da escrita, os sinais febris traçados por aquele aventureiro cujo périplo amoroso continuava desafiando o tempo.

— É de fato muito curioso. Tantas rasuras! — afirmou uma voz feminina. — Nos manuscritos de Casanova que pude consultar, a escrita parece escorrer num só movimento. É a primeira vez que...

— Não se esqueça de que se trata de um manuscrito tardio, escrito por um velho — interrompeu a voz aguda do especialista. — Além disso, trata-se do rascunho de um trabalho. Um texto que Casanova jamais retomou. Um primeiro jato!

A curadora da Biblioteca Nacional soltou um riso forçado.

— Sem dúvida! Sem dúvida! Aliás, sabemos muito pouco sobre o modo de escrever do nosso veneziano.

— Em todo caso, o suficiente para autenticar este manuscrito. Sessenta páginas escritas às pressas. O último trabalho de um homem que a morte devorava cada dia um pouco mais.

— Seu testamento, de certo modo? — perguntou Manuela Real.

O especialista inclinou-se diante da atriz.

— Mais que isso, senhora, muito mais que isso!

Em torno da mesa forrada de veludo, técnicos terminavam de testar os microfones. Do outro lado, os jornalistas começavam a tomar seus lugares. Sabia-se que Édouard Kerll decidira concluir a festa com uma entrevista para a mídia. Um exercício que ele apreciava. Uma espécie de duelo em que sabia brilhar.

Uma primeira mão se ergueu.

— Senhor Kerll, onde o senhor encontrou o manuscrito?

A resposta disparou, rápida, imprevista como um golpe de espada:

— Onde não se procurava!

— Seja mais preciso!

— Saiba apenas que o manuscrito dormia havia mais de dois séculos na província. Casanova tinha um irmão, Francesco, um pintor célebre em seu tempo que se radicou na França antes de se exilar em Viena. Pouco antes de sua morte, Casanova fez uma dedicatória para aquela família francesa havia muito tempo perdida de vista. Uma dedicatória e um desejo.

— Um desejo?

— Sim, na carta que acompanhava o manuscrito, ele desejava que... — O livreiro contemplou o auditório, um sorriso brotando dos lábios. — Ele desejava que o manuscrito fosse entregue a um aristocrata, o duque de Clermont.

— O duque de...?

— O duque de Clermont, um príncipe real. Mas o duque tinha morrido em 1771. E Casanova o ignorava.

Várias perguntas irromperam ao mesmo tempo. Édouard Kerll deixou passar a primeira onda.

— Mas por que entregar o manuscrito exatamente a esse duque?

— Não sei. Talvez como lembrança...

— Lembrança de quê?

O sorriso do livreiro se acentuou.

— Não se esqueçam de que Casanova está mergulhado na redação de suas Memórias. Ele revê toda a sua existência. Seus encontros. Suas estadas em Paris. Seus amigos... Seus irmãos.

Uma voz viva se ergueu.

— O senhor realmente disse "seus irmãos"?

— Sim, *seus irmãos*! O duque de Clermont era o grande mestre de todas as lojas regulares da França. Foi ele quem iniciou Casanova nos altos graus maçônicos.

Um tumulto se ergueu na sala.

— Está brincando?

— De modo algum! Casanova foi iniciado em junho de 1750, em Lyon. Leiam suas Memórias. Volume 3. Capítulo 7.

— E depois?

— Ele se torna companheiro, depois mestre, em Paris, na loja São João de Jerusalém. Essa informação é dada em acréscimo pelo próprio Casanova na segunda versão manuscrita de suas Memórias. Vocês podem verificar.

— Mas o senhor disse que ele tinha sido iniciado nos altos graus?

— Confirmo. Em 1760, Casanova está nos Países Baixos. Ele assiste a uma sessão maçônica na loja Os Bons Amigos, em Amsterdã. Enquanto "grande inspetor", o que corresponde ao 33º grau, o mais alto, da maçonaria escocesa.

Uma mão se ergueu, fazendo tilintar pulseiras de prata.

— Sim, senhorita?

— Tenho aqui, diante dos olhos, a descrição do manuscrito tal como foi posto à venda. Fiquei surpresa, como provavelmente todos os meus colegas, por seu aspecto, digamos, sucinto. Certamente, encontramos ali abundantes detalhes sobre a encadernação de época, a paginação por vezes aleatória, o papel utilizado, a análise grafológica da escrita. Em resumo, todos os detalhes que permitem autenticar essas páginas como sendo mesmo de Casanova. Mas quase nada sobre seu conteúdo. A não ser, eu cito, que se trata de "um capítulo inédito das Memórias em que Casanova, à beira da morte, volta a certos aspectos relevantes de sua existência, misturando lembranças íntimas e reflexões filosóficas".

— A senhorita leu a primeira página do catálogo? — interrompeu Kerll.

— Sim, eu li. Tem os detalhes de praxe. O lugar e a data da venda... O nome do leiloeiro... Do perito...

— E também o meu, seguido de uma linha em itálico: "*... encontra-se à disposição dos amadores*". É uma linha que meus clientes raramente esquecem.

— Quer dizer que o senhor reservou as informações mais precisas para seus melhores clientes? — perguntou o jornalista encarregado da rubrica "cultura" do *L'Humanité*.

— Do mesmo modo que seu jornal guardava para si os mais tenebrosos segredos do Kremlin!

Uma longa gargalhada sacudiu a sala inteira. Édouard Kerll acabara de acertar em cheio.

— Mais precisamente, senhor Kerll, o que esse manuscrito de Casanova revela agora?

A pergunta vinha do redator de *L'Intermédiaire des Casanovistes* — o mediador dos casanovistas —, Lawrence Childer, especialista na matéria.

— Bem, inicialmente, uma viagem que não figura nas Memórias publicadas.

— Uma viagem?

— Melhor dizendo, uma estada.

— Onde?

— Em Granada, em 1768. Nessa época, Casanova passa uma temporada na Espanha. Está com 43 anos. Sente-se envelhecer. É um momento delicado em sua vida. Sua idade, sua errância o inclinam agora à reflexão.

Do outro lado da sala, Henry Dupin empalidece. Como se as últimas palavras do livreiro acabassem de tocar um ponto sensível. Procurou uma cadeira, sentou-se e abaixou a cabeça.

— Durante essa estada, Casanova escreve. Não as notas que tinha o hábito de tomar em seus cadernos, mas um ensaio. Um trabalho filosófico que vai manter durante toda a vida. E que vai retomar quase às vésperas da morte.

Lawrence Childer pediu novamente a palavra.

— Senhor Kerll, durante toda a sua existência, Casanova escreveu. Ensaios filosóficos, tratados científicos. Utopias políticas. Peças de teatro. Óperas. Crítica literária... Tudo foi encontrado, catalogado, estudado. Atualmente, conhecemos a menor de suas linhas. Então, eu lhe pergunto: o que esse manuscrito traz de novo?

O rosto de Édouard Kerll se petrificou.

— É uma pergunta, senhor Childer, que terá de fazer ao novo proprietário do manuscrito. Sem dúvida, ele tem um bom motivo para pagar um milhão de euros por essas poucas sessenta páginas!

Ao ser relembrada a quantia, a curadora da Biblioteca Nacional prendeu os lábios. O ministro da Cultura tinha interrompido os lances na metade do preço. Apenas Henry Dupin ousara continuar, até jogar a toalha exatamente antes do limite do milhão.

— Senhor Kerll, quem é o proprietário do manuscrito?

— Um colecionador anônimo que deseja continuar assim.

— Ele pretende publicar um dia essas páginas inéditas?

— Não perguntei. Mas por que não? Contrariamente ao que se pensa, os colecionadores não sofrem da síndrome de Harpagon. Eles não vivem reclusos, contemplando em segredo seus tesouros escondidos. São pessoas apaixonadas que, quando compram uma peça única, veem-se na obrigação de ser discretos. Simplesmente isso.

— Retomo sua última frase. Ninguém, exceto o senhor e alguns privilegiados, conhece o verdadeiro conteúdo desse manuscrito. O que ele contém para ter alcançado esse preço recorde, o mais alto já registrado para um manuscrito inédito de escritor?

Édouard Kerll deu uma gargalhada.

— Nem segredo, nem revelação. A não ser a última meditação de um homem que viveu apenas para o prazer.

A entrevista chegava ao fim. Os jornalistas se levantavam.

O som de um violino se espalhou pela sala. Perto do bufê, um círculo ruidoso se formava em torno de Manuela Real, que, rindo, jogou champanhe na direção dos fotógrafos. Novamente os flashes espocaram. Por um instante, iluminaram o passo de um homem sozinho que caminhava para a saída. Pelas paredes, alargou-se a sombra desmesurada de Henry Dupin.

Segunda Parte

Todo homem, toda mulher é uma estrela.

Aleister Crowley

16

Paris,
Brigada Criminal

Marcas entrou correndo no pequeno escritório e fechou a porta atrás de si. Seus dois auxiliares, sentados, encostados na parede, fumavam sem se preocupar com a espessa nuvem branca que flutuava a meia altura da sala.

— Que nojo. Volto um ano depois e continuo ouvindo seus pulmões gritando por socorro.

O tom era irônico. Marcas era um grande fumante.

Um riso tão espesso quanto a fumaça sacudiu a sala.

— Prazer em vê-lo novamente entre nós. Ficou cheio dos intelectuais?

— É, eu precisava recomeçar a falar palavras de duas sílabas, no máximo. Estou dando uma folga aos neurônios.

Sentou-se numa cadeira meio bamba e fitou os dois auxiliares.

— E então? No que é que deu a família da moça?

O moreno, o mais jovem, consultou um caderninho vermelho.

— Eles não sabem de nada. Aposentados entupidos de álcool de ameixa e encolhidos pelos seriados sentimentais do canal TF1. A filha deles rompeu com todos os laços há cinco anos. Aparentemente estão se lixando para a morte dela. Não virão. A gente rodou três horas, ida e volta, no Oise para nada. E o senhor?

Marcas pegou um cigarro do maço do auxiliar e o acendeu.

— A esposa do ministro deu um show: quer ver o esposo depois de sua viagem às Maldivas. Quer se divorciar, ao que parece. Me disse apenas que tinham brigado violentamente por causa da moça. Segundo ela, Gabrielle o teria arrastado para uma espécie de grupo de psicoterapia um pouco estranho. Não soube me dizer o nome.

Marcas preferiu não falar de sua pequena incursão ao cofre do ministro. A esposa lhe dera o código sem hesitação, mas ficara de olho nele. Ele não tinha escolha. Uma busca seria impossível naquele estágio da investigação preliminar. Não havia nenhum documento insólito lá dentro.

O auxiliar, o mais antigo, rompeu o silêncio.

— E o escritório do Palais-Royal onde ele foi às nuvens?

— Encontrei o auxiliar dele, um tipo frio como a morte. Jura que o chefe não matou a moça. Em compensação, confirmou que ele frequentava cursos ou um troço desses com a namorada, mas não sabia dizer nem o nome, nem o lugar. Nunca tinha sido violento com ela. Ele a amava demais.

Quanto aos papéis ligados à loja Regius, o cofre não tinha nada. Felizmente! Ele teria pelo menos a satisfação de ficar livre dessa parte repugnante da investigação.

— O que é que a gente faz? Nosso comissa não vê com bons olhos a transferência temporária para ajudá-lo. A gente estava com coisa da pesada.

— Compreendo. Faça uma pesquisa no arquivo para ver se a moça tem um passado. Qualquer que seja. Eu vou ver sua excelência o ministro na clínica particular. Não acho que a gente vá muito longe com essa história.

Marcas se levantou, seguido pelos dois tenentes da polícia. O que tinha tomado notas no caderninho exclamou:

— Esqueci uma informação. O papai nos disse, depois de um último copo e antes de bater a porta na nossa cara, que a filha dele tinha vendido a alma ao diabo há muito tempo.

17

Sicília

O prato de porcelana azul brilhava sob o sol, vazio, sem marca de comida, prova da fome voraz que assaltara Anaïs. Ela tinha devorado todas as especialidades preparadas pela velha cozinheira. Os *arancini*, bolinhos de arroz e carne, os *panelle*, espécie de bolinho de grão-de-bico, um pedaço de *involtini*, berinjelas recheadas com tomate, e até *caponata*, delicioso ensopado frio.

Satisfeita, os olhos semicerrados, os pés apoiados numa cadeira de madeira, Anaïs aproveitava o calor do sol de primavera, acabando de degustar um copo de moscatel.

Suas forças voltavam. Suas queimaduras, na verdade superficiais, tinham sido como que milagrosamente curadas pelos emplastos da velha empregada, e suas dores eram apenas lembranças. Graças a Giuseppe, conseguira uma protelação de quatro dias durante os quais um desejo de vingança se instalou progressivamente em seus pensamentos. Suas lágrimas tinham secado, dando lugar ao ódio contra Dioniso. O ódio, sentimento novo que ela não havia experimentado antes, mas que atormentava todo o seu ser. Um vinho acre que saboreava com uma perversa inquietação. Imaginava o "mestre" consumindo-se e urrando num braseiro do qual ela atiçara as brasas.

Morra, nojento, sofra como eles sofreram. Pela primeira vez, de manhã, ela deu um sorriso para si mesma ao se lavar.

Os pensamentos se atropelavam em sua mente.

Se, por sorte, conseguisse sair da ilha e voltar para a França, poderia então alertar as autoridades para que prendessem aquele demente. Mas a polícia italiana queria agarrá-la.

Com Giuseppe, avaliou longamente todas as possibilidades de voltar para a França.

Sentada no terraço diante do mar, abaixo, Anaïs refletia sobre o que iria fazer no dia seguinte, data de sua partida da fazenda.

Don Sebastiano considerara como ponto de honra proteger Anaïs, que lhe lembrava sua filha desaparecida. Embora sua margem de manobra fosse estreita — não poderia correr o risco de se opor frontalmente ao tabelião vicioso, protegido pelas famílias de Palermo —, ele conseguiu organizar a evasão de Anaïs com discrição e eficácia.

Uma criada tinha cortado os longos cabelos da jovem mulher, tingindo-os de louro veneziano. Em seguida, um fotógrafo foi tirar seu novo retrato. Uma foto que iria enfeitar o passaporte de uma jovem belga, roubado na véspera. Giuseppe tinha explicado, rindo, que era o *scippatore*, o punguista local, que acompanhara pessoalmente a vítima até um posto avançado da polícia. Lá, um tira cúmplice tinha registrado a denúncia do roubo e combinado, antecipadamente, em troca de dinheiro, protelar em alguns dias a declaração de roubo no computador central. O tempo necessário para que Anaïs pudesse tomar o avião.

Enquanto se preparava para a partida, ela passava a maior parte do tempo vendo as notícias na televisão que passavam ininterruptamente as mesmas imagens da Abadia e os carros de polícia cercando o corpo principal do edifício.

A descoberta do carneiro tinha provocado um alvoroço mediático em toda a Itália e além. Equipes de televisão do mundo todo foram se instalar em Cefalù para acompanhar o desenvolvimento da investigação. Os hoteleiros batiam palmas diante da chegada daqueles turistas de tipo particular, mas os habitantes viam com maus olhos os bárbaros que circulavam no campo circunvizinho, fazendo as perguntas mais esquisitas.

— *Buona sera, signorina, come va?*

A voz melodiosa de Giuseppe combinava bem com a paisagem, pensou Anaïs. Em outros tempos, e se ele não fosse tão jovem, talvez tivesse se entregado aos encantos do siciliano. Em outros tempos. Agora, vivia num mundo hostil, onde o Mal primava. O rapaz usava uma camisa branca que realçava enormemente sua tez morena. Mas, apesar da voz firme, ele parecia agitado.

— Don Sebastiano acaba de chamar. É preciso antecipar sua partida.

— Por quê?

— O tabelião apareceu e sabe que você está aqui. Um dos pastores o viu na estrada em seu carro. Estava lá desde o início da manhã. Junte as suas coisas, vou te levar até Palermo.

O tom da voz não admitia discussão; não era mais um adolescente que ela tinha diante de si, mas um homem. Anaïs se levantou, as pernas bambas.

Lançou, pela última vez, um olhar sobre a costa e as colinas de carvalhos verdes que desciam até o mar. Adivinhou, a Oeste, a localização da enseada onde quase morrera, e sentiu a bile subir-lhe à garganta. Contrariamente ao que esperara, o medo ainda estava lá, enroscado em suas entranhas, pronto para despertar.

18

Louveciennes

Os portões patinados se entreabriram sem um só rangido, respondendo à fechadura elétrica escondida no muro de pedras cinza. Marcas conduziu o carro ao longo do caminho ladeado de canteiros floridos, muito bem cuidados, e chegou em marcha lenta a um pequeno posto de guarda invisível da estrada. Um guarda de rosto desconfiado saiu da guarita e lhe fez sinal para baixar o vidro. Marcas mostrou seu distintivo, deixou-se encarar pelo vigia de nuca espessa, visivelmente pouco impressionado por seu posto, que segurava um caderno negro que lhe servia de lista. Ele lhe estendeu uma caneta para assinar o registro e o deixou passar, indicando-lhe o estacionamento situado abaixo do solar.

O carro oficial azul-escuro que ele tinha pegado rolou lentamente na pista coberta de cascalho. Marcas entrara em contato por telefone com o Ministério Público para que lhe fossem transmitidas as autorizações necessárias. A visita ao domicílio do ministro não dera em nada. Com humor ele constatara o aborrecimento do conselheiro do ministro quando ele lhe relatara por telefone a ausência de documentos comprometedores. *Está bem, está bem, mas não se esqueça de procurá-los* — acrescentara o alto funcionário num tom irritado.

Grandes árvores escuras tampavam os raios do sol, formando como que uma capa protetora sobre todo o parque. Marcas estacionou no lugar indicado e observou com interesse o edifício principal que se oferecia à vista. As torres com telhados de ardósia, estilo Renascimento, proporcionavam um toque italiano surpreendente, suavizando o aspecto um pouco austero do corpo principal, modelo mais comum na Île-de-France. Magníficos carvalhos circundavam todo o castelo, tendo no centro um pequeno jardim à francesa, guarnecido de minúsculos teixos podados em forma de piões invertidos. Duas esculturas contemporâneas de cubos de cimento negro destacavam-se à entrada, ladeando uma escada de pedra branca.

Marcas tinha dificuldade em acreditar que estava num centro psiquiátrico. Tudo dava a impressão de Resort & Castelo do qual surgiria um porteiro uniformizado para carregar suas bagagens.

A clínica de l'Ormeau doré recebia grandes servidores da República, vítimas de depressão, ou, nos casos mais graves, de loucura temporária, espécie de peneira antes de serem encaminhados para um asilo de alienados. O lugar era discretamente vigiado dia e noite por meia brigada de policias encarregados de evitar qualquer intrusão.

Informaram-no daquele estabelecimento discreto, desconhecido do grande público, financiado pelos fundos secretos de Matignon. Ele deveria se encontrar com um tal de doutor Anderson, psiquiatra diretor da clínica, que tratava do ministro desde sua transferência do Val-de-Grâce. A secretária do médico, a quem ele tinha telefonado pela manhã, confirmara que poderia ver o ministro por alguns momentos para interrogá-lo no âmbito de sua investigação.

Marcas pôs a capa debaixo do braço e caminhou para a entrada a uns 20 metros de distância.

No alto da escada, esperava-o um homem de estatura elevada e ombros largos. Daquele homem de crânio desguarnecido, maxilares salientes, olhos amendoados, tez azeitonada, mãos cruzadas sobre o jaleco branco, emanava uma impressão de força contida que evidenciava ser ele o senhor do lugar. Marcas caminhou até ele com prudência, fixando o olhar verde-esmeralda que o seguia como uma ave de rapina.

O colosso permanecia imóvel no alto da escada, parecendo barrar o caminho com o corpo. *Outro Cérbero* — pensou Marcas, pegando, com ar entediado, sua ordem de missão autenticada pelo gabinete do ministro do Interior. A alguns metros do homem, Marcas compreendeu por que o rosto e o perfil não lhe eram desconhecidos.

Sombra Amarela. O diabólico inimigo de Bob Morane, herói popular cujas histórias ele devorava quando era garoto. Aquele tipo poderia, sem dificuldade, fazer figura de matador num filme hollywoodiano. O jaleco branco parecia pequeno demais para o corpo musculoso; o torso potente e os bíceps compactos poderiam, a qualquer momento, romper a roupa.

Em seguida, num ímpeto, o rosto marmóreo do homem se animou, a estátua de carne ganhou vida, e um sorriso caloroso, surpreendente, apareceu.

— Comissário Marcas, encantado em recebê-lo na clínica de l'Ormeau. O ministério me avisou da sua chegada. Sou o doutor Anderson. Jacques Anderson.

Marcas parou, estupefato por seu erro de identificação. Pegou a mão que o médico lhe estendia, mão espantosamente fina para seu tamanho de lutador e cujo aperto, contrariamente ao que ele temia, não esmagara a sua. Como se aquelas mãos delicadas lhe tivessem sido implantadas para atenuar o aspecto maciço do personagem.

— É um prazer, doutor. O senhor tem aqui um belíssimo estabelecimento. Gostaria de vir passar uns dias quando tiver uma depressão.

O homem do jaleco fitou-o com os olhos verdes-claros, sem pestanejar.

— Espero que o senhor jamais fique aqui, comissário. O estabelecimento possui todas as comodidades de um hotel de luxo, piscina aquecida e academia de ginástica, centro de massagem, restaurante digno de um quatro estrelas do guia Michelin, mas os clientes que recebemos sofrem de desordens mentais profundas. Mesmo que a clínica de l'Ormeau apresente, com toda a modéstia, brilhantes resultados que, lamentavelmente, jamais serão publicados nos jornais médicos, duvido que o senhor passe bons momentos aqui.

Num passo vivo, o colosso deu meia-volta e empurrou uma grande porta de vidro que devia ter pelo menos três metros de altura. Marcas mergulhou atrás dele e entrou num hall de dimensões impressionantes. Nada permitia supor que ele se encontrava numa clínica. Um balcão de recepção em madeira patinada; mais esculturas: cabeças em metal polido, talvez do primeiro período de Brancusi; um piso coberto em alguns pontos com tapetes em tons quentes; nas paredes, quadros representando cenas de batalhas medievais; quatro cadeiras e um canapé Chesterfield completavam a surpreendente decoração. Por detrás do balcão, um homem e uma mulher de aparência discreta estavam sentados sob uma grande tapeçaria, magnífica reprodução de *A dama e o unicórnio.*

O doutor Anderson atravessou o hall fazendo um sinal com a cabeça para o casal, que respondeu com um sorriso.

— Meu escritório fica no primeiro andar da torre Leste. É um pequeno luxo que me ofereci quando assumi minhas funções. O do meu antecessor não me convinha.

— Por quê? Não era grande o bastante? A decoração não era do seu agrado?

Anderson apertou o passo.

— Decoração... Pode-se dizer que sim. Ele foi encontrado sangrando, as veias dos pulsos e dos tornozelos retalhadas. O piso tinha absorvido totalmente o fluido vital dele e adquirido uma cor marrom que não me agradava. Uma pena, porque o escritório tinha uma vista magnífica do parque. Foi um suicídio sem a menor grandeza...

Marcas teria jurado ver um sorriso furtivo nos lábios do colosso, enquanto tentava acompanhar as grandes passadas do médico. Atravessaram um longo e largo corredor de paredes claras guarnecidas com reproduções de brasões heráldicos de cores brilhantes. Depois, tomaram uma escada que os levou ao primeiro nível de uma torre. O médico inseriu uma chave na porta de carvalho maciço e se afastou para deixar entrar o visitante.

Marcas teve a impressão de dar um salto para o passado, para a Idade Média, mais precisamente. Um cavaleiro numa armadura cintilante, segurando uma espada entre as mãos juntas, se destacava no centro da peça circular. Enigmático e ameaçador, parecia estar pronto para, a qualquer momento, despertar do torpor e abater o gládio sobre o importuno. No fundo da sala de paredes pintadas a cal, uma mesa de vidro fosco estava perto de um grande canapé de lona crua. Um perfume adocicado flutuava no ar, um cheiro de amêndoa doce um pouco enjoativo.

O médico passou a mão pelo ombro da armadura e fitou Marcas com seu olhar estranho.

— Bem-vindo ao meu antro. Apresento a você o barão Von Hund, que me serve de guardião fiel e de alegoria da principal função da nossa clínica.

— Não entendi.

Contente com o efeito, Anderson tamborilava com os dedos no metal, provocando um leve som de rufar de zinco.

— É a reprodução fiel da armadura de um senhor medieval da Prússia, um baronete da família de Hund. Esse senhor passava o tempo guerreando, e inspirava terror em suas terras e nas de seus vizinhos. Tinha o hábito de usar esta couraça, forjada pelo melhor armeiro da época, durante suas cavalgadas assassinas, e proclamava por toda parte sua invencibilidade. Na ocasião das justas, até mesmo seus adversários mais coriáceos não conseguiam feri-lo, tanto o metal de sua armadura parecia invulnerável.

Marcas sorria polidamente. Sem dúvida, o médico narrava aquela história pela milésima vez a fim de impressionar os visitantes. *A fatuidade, primeira marca da fraqueza* — pensou ele. Anderson prosseguiu sua narrativa com voz enfática:

— Um dia, ele caiu numa emboscada armada por mercenários pagos pelo senhor de um condado vizinho onde nosso amigo, o barão, tinha cometido alguns massacres, no final das contas bem de acordo com o espírito daquela época tão rude.

Eles o amarraram a uma árvore e introduziram nas juntas de sua armadura dezenas de baratas e aranhas ávidas por penetrar nas pregas de sua anatomia. Foi um terrível calvário. O barão levou três dias para morrer, retorcendo-se, incapaz de se soltar, roído por dentro, pois a armadura se transformara em prisão de metal.

— Tempos rudes, de fato.

— Um homem tão poderoso, prisioneiro daquilo que o tornara invencível, derrubado por insetos ridículos depositados nos lugares mais sensíveis. Pois bem, aqui, na clínica de l'Ormeau, cuidamos de homens poderosos, devastados por um mal interior. Seres que ocupam altos postos e que de repente desabam por causa da intromissão de um elemento estranho em seus cérebros. Na armadura do psiquismo. A couraça que você vê é apenas a ilusão de poder; ela impressiona, mas sua vulnerabilidade reside nas juntas.

— Bravo, doutor, bela demonstração. E se voltássemos ao ministro?

Marcas queria mostrar que não era um visitante pronto a se embasbacar com bacharelices pseudointelectuais. Não gostava do modo como o médico se exibia.

O colosso abriu lentamente uma pasta vermelha contendo os resultados dos exames clínicos.

— Para ser breve, continuamos sem saber o que se passa pela cabeça do nosso ministro. As ressonâncias magnéticas e as escanografias dos meus colegas do Val-de-Grâce não mostraram nada de particular, o que é normal, na medida em que meu trabalho começa quando não existem traumatismos neurológicos evidentes. Por enquanto, ele está em observação, aguardando, antes que iniciemos um trabalho em profundidade.

Marcas percebeu uma arrogância evidente nas explicações.

— Qual é o estado dele?

— Alterna fases de prostração com o que você poderia chamar de delírio. Duvido que você tire dele qualquer coisa inteligível se o interrogar.

Marcas ergueu o tom imperceptivelmente:

— Mesmo assim, gostaria de tentar.

O doutor Anderson se retesou.

— Por quê? Você tem competências especiais de analista? Um interrogatório policial clássico não vai levar a nada e corre o risco de brecá-lo. Editei normas estritas para o maior bem dos nossos pacientes. Mais exatamente, eu chamo isso de constituições, pois estamos a serviço de servidores da República.

— As constituições Anderson... Não é um pouco pretensioso?

A partida tinha começado; os dois homens mostravam as cartas. Marcas continuou em tom glacial:

— Não tenho a pretensão de perfurar sua armadura, mas o procedimento exige que eu converse com o suspeito, já que ele é suspeito de assassinato. Ou o senhor considera que ele está incapacitado de me responder e assina um certificado que eu entregarei ao juiz, ou, então, me leva até o quarto dele.

Anderson apresentava uma máscara impassível. Marcas sustentou seu olhar. Nesse jogo, ele podia derrotar o adversário: já lhe acontecera ficar em silêncio por horas, durante as sessões. A entrevista lhe soava irreal naquela decoração medieval com o cavaleiro de armadura que parecia arbitrar o duelo silencioso.

Lentamente, o médico pegou o telefone sem afastar os olhos de Marcas e chamou um interlocutor desconhecido.

— O paciente Sable está acordado?

Esperou a resposta durante alguns segundos, desligou e se levantou, indicando a porta a Marcas.

— Venha, eu vou te levar aos aposentos do ministro — explicou ele num tom irônico.

Marcas meneou a cabeça. *Vencida a primeira partida contra a Sombra Amarela.*

— Por que chamá-lo de Sable?

— É o nome do quarto dele. Tive a ideia de atribuir a cada um o termo utilizado em heráldica para designar a cor do esmalte. Em lugar de um simples quarto negro, dizemos Sable para essa cor, ou Sinopla para o verde. Influência do barão Hund, provavelmente.

Marcas lembrou-se de uma prancha em loja sobre heráldica e simbologia apresentada por um dos irmãos, e tentou uma nova justa.

— Até onde eu me lembro, cada cor corresponde a um planeta, uma pedra e um ideal.

O médico o precedeu na escada.

— Exato. Sable, de cor negra, simboliza a tristeza. Sua pedra é o diamante, e Saturno, seu planeta. Nosso ministro explode regularmente em soluços. Achei apropriado colocá-lo nesse quarto.

Os dois homens tinham tomado um corredor ao fim da escada, que atravessava uma sala quadrada com quatro portas de vidro. Curioso, Marcas se aproximou de uma delas e ficou estupefato com o que viu.

Sobre um estrado, de pé diante de uma mesinha, um homem de terno completo declamava, em voz alta, um discurso diante de uns trinta homens e mulheres sentados em bancos de madeira. Uma equipe de televisão filmava a cena retransmitida numa tela gigante atrás do tribuno. Marcas colou o nariz no vidro e reconheceu o homem suarento que arengava a sala.

— É o deputado Censier. Pensei que ele tivesse batido a moto num plátano três meses atrás.

— Foi o que disseram à mídia. Na verdade, o deputado teve depressão: morria de medo diante da ideia de discursar para as multidões. Está quase curado. A sala que você vê é composta do pessoal da clínica, todos eles médicos escolhidos a dedo. Há inclusive um ex-jornalista encarregado de atiçá-lo.

— Muitos políticos vêm se tratar aqui?

— Você não imagina o número de depressões de que sofre a classe política. Eles são constantemente obrigados a fingir que tudo vai ficar melhor e mostrar ao público uma imagem sorridente e confiante. Contudo, são seres humanos, e alguns não podem suportar a contradição por muito tempo. Preferem vir se tratar discretamente. A imagem que têm de si mesmos desmorona. A armadura, sempre a armadura...

Uma salva de palmas ecoou na sala; o deputado exibia um sorriso radiante. Marcas passou à outra porta. Dessa vez, viu uma mulher usando um conjunto preto, sentada diante de uma grande mesa oval, presidindo uma espécie de conselho administrativo. No centro da mesa, destacava-se um enorme frango morto posto num recipiente. À direita da sala, um cômodo que servia de estúdio era ocupado por dois homens de jaleco branco, com os olhos fixos em monitores.

Marcas interpelou o médico.

— E ali? Aquele frango é completamente surrealista.

— Claire D., promoção pela ENA 1985 — Escola Nacional de Administração —, brilhante diretora de gabinete de vários ministros, alucinou durante a crise da gripe aviária. Foi encontrada numa manhã, apunhalando um frango sobre o tapete do escritório. Ela sofre de uma neurose obsessiva envolvendo frangos. Assim que vê uma ave, entra em crise. Paralelamente a uma terapia, nós a habituamos a trabalhar em equipe, como se ela continuasse sua tarefa.

— Ainda falta muito?

— Não sabemos, a psique da elite republicana é uma terra bastante misteriosa.

Marcas não soube o que responder e quis se aproximar da terceira porta quando um homem de jaleco chegou correndo.

— Doutor Anderson, temos um problema com o Sable.

— O que está acontecendo?

— Ele foi tomado por convulsões e...

O policial viu o colosso perder a máscara arrogante.

— O quê?

O homem balbuciava.

— Não é bonito de se ver.

19

Sicília

O velho Fiat amarelo corria a toda velocidade pela estradinha do interior que levava à nacional para Palermo. Anaïs contemplava a paisagem em silêncio, enquanto o jovem siciliano dirigia nervosamente, sempre vigiando o retrovisor, fumando desajeitadamente um cigarro.

De repente, à saída de uma curva fechada, ele virou o volante brutalmente. O carro saiu da estrada, metendo-se por um caminho lamacento ladeado de moitas espessas. Arrancada de sua reflexão, Anaïs agarrou-se instintivamente à maçaneta da porta. O Fiat parou de repente atrás de um grupo de oliveiras nodosas. Antes que ela pudesse pronunciar uma palavra, Giuseppe pôs um dedo sobre os lábios.

— Não se mexa.

Mal havia dado esse aviso, um carro preto desembocou na curva que tinham acabado de deixar. Anaïs teve tempo de perceber o perfil fugidio de um homem de nariz aquilino. Ela crispou as mãos no plástico do assento.

Um dos seguidores de Dioniso.

Uma onda de terror invadiu seu corpo. O homem tinha participado da fogueira, ele a queria para terminar o trabalho. Espasmos violentos percorreram suas pernas; ela foi sacudida por tremores. Queriam maltratá-la novamente.

Giuseppe apertou-a mais fortemente, tentando controlá-la. Em vão, a jovem mulher se debatia como um animal ferido, arranhando a carne de seu protetor. Os perseguidores seguiram a pista deles desde a residência da família e não demoraram a dar meia-volta ao ver que suas presas tinham saído da estrada principal. Cada minuto que passava aproximava-os deles. Giuseppe praguejou, ergueu brutalmente a jovem francesa e sacudiu-a.

— Se acalme, Anaïs. O carro foi embora. Podemos despistá-los.

— Não, você não conhece eles. São monstros, eles vão me encontrar.

O jovem siciliano sacudiu-a mais violentamente.

— O perigo passou. Se controle.

Anaïs sentiu que os tremores diminuíam. Engoliu a saliva, ergueu-se no assento.

— Você está melhor? — perguntou Giuseppe sorrindo.

Ele deu a partida, o Fiat espalhou uma nuvem de poeira ocre e voltou para a estrada asfaltada em sentido oposto, antes de virar num caminho de terra que ia para a colina. O carro se esgueirava por entre as oliveiras que margeavam a via, esquivando-se dos buracos. Ao fim de 15 minutos de direção caótica, o carro desembocou numa estrada de grande circulação. Anaïs reconheceu as imediações de Cefalù, com a massa escura da Rocca que protegia a cidade. O lugar tinha se tornado familiar para ela. Uma noite, pegara aquela estrada com os amigos da Abadia para fazer um passeio no porto da cidade.

As imagens vieram-lhe à mente. Thomas com pulôver branco trançado, tomando-a nos braços para escapar do grupo e correr para a catedral chamada de normanda. O momento exato em que ele a beijara na pequena rua sob uma sacada florida e diante dos olhos alegres de uma velhinha que tricotava em seu terraço. O cheiro de Thomas, seus braços...

Morto, ele está morto, pare com isso. Ela afastou os fantasmas e concentrou o olhar na estrada que passava.

— Eu te juro que esses nojentos não vão pegar a gente — rosnou ele, num tom que pretendia ser firme.

Anaïs surpreendeu no retrovisor o olhar inquieto de seu motorista, e estremeceu.

20

Paris,
quai de Conti

Instalado diante da tela do computador, Dioniso acabava de ativar o site de busca na internet. Uma última tecla a apertar e ele entraria no site escolhido como espaço de fórum. Era assim que se comunicava com os adeptos, pelo sistema de pirâmide. Desde a Sicília, cada discípulo conhecia apenas dois outros membros da seita. Um simples discípulo como ele e um adepto, ele mesmo discípulo, num triângulo superior. Assim, os contatos entre os níveis eram reduzidos ao mínimo, e apenas um punhado de iniciados de alto grau poderia esperar intervir junto ao mestre.

Apenas a informação subia em sua totalidade: cada discípulo, de acordo com a missão que lhe era confiada, transmitia ao superior do triângulo o relatório de sua atividade. Enviada codificada para um fórum aleatório, ela era recodificada a cada nível, reenviada para um novo fórum, até chegar à tela do mestre. A decodificação era instantânea: a página da Web se abriu.

O mestre lia com atenção. Custara-lhe emprestar, mesmo que por apenas uma noite, o manuscrito de Casanova. Sobretudo para uma ocasião mundana. Mas o fim, ao que parecia, tinha sido alcançado. Não se falava mais do manuscrito, mas da festa organizada por Kerll e dos muitos famosos que tinham participado dela. A velha estratégia da cortina de fumaça.

Ele fechou a página, teclou e conectou a unidade de recepção de televisão por satélite. Um mosaico de canais apareceu.

Dioniso afundou na poltrona e deu zoom nos pequenos quadrados de imagens turbilhonantes. Contemplava com fascinação e desprezo o incessante fluxo de programas despejados sem lógica aparente nos olhos dos telespectadores do mundo inteiro. Uma vertigem de filmes, séries, jogos, talk-shows, documentários de todos os tipos transmitidos dia e noite. Clicou nos canais de informação para ter notícias de sua fogueira siciliana.

Começou pelo canal italiano do qual apreciava particularmente os jornalistas que faziam questão de mostrar uma cara angustiada. Uma morena de uns 50 anos percorria as ruas de Cefalù sacudindo o microfone no rosto dos passantes. Conheciam os moradores da abadia? Tinham notado alguma coisa suspeita? As respostas estavam à altura da indigência das perguntas.

Um charcuteiro de aparência desconfiada explicava que sempre se recusara a entregar seus produtos na Abadia, pois sempre os achara suspeitos. Dioniso deu uma risada ao reconhecer aquele que, todas as semanas, abastecia o grupo. Ele até lhe oferecera prostitutas para relaxar os convidados.

Zapeou para outro canal, que repassava as imagens cem vezes difundidas dos restos calcinados das fogueiras. Dioniso consultou o relógio e clicou num canal francês de informações contínuas. Reconheceu em incrustação na tela a fachada da Abadia. Uma mulher de aparência séria, apresentada como especialista em seitas, explicava as motivações dos autores de massacres coletivos do mesmo tipo, que se celebrizaram: "A hipótese de uma seita é mais que certa. Temos o mesmo caso do reverendo Jim Jones, na Guiana, e do Templo Solar, na Suíça. Lamentavelmente, o guru fugiu e ainda é perigoso. A cena reconstituída pela polícia permite..." Dioniso não ouvia mais as palavras e se concentrava no olhar da mulher, Isabelle Landrieu, que o elevava ao panteão dos magos negros.

Em pouco tempo ele os superaria para sempre.

"Os responsáveis por grupos pararreligiosos são frequentemente dotados de inteligência fora do comum. Aquele ou aqueles que planejaram o massacre na Sicília parecem-me particularmente perigosos, pois querem ficar na sombra. Talvez estejam prestes a preparar outra matança. Na minha última obra sobre a dominação sectária, ofereço uma..." Dioniso agradeceu mentalmente à especialista em seitas com um cumprimento e desligou, sem arrependimento, para mergulhar novamente no manuscrito Casanova.

Sentia necessidade do macio contato do couro, da doçura do velino sob o dedo e da respiração que se acelera a cada nova página.

"... no dia seguinte à minha chegada, quando fui levado à presença do irmão Eques na sua loja Capite Galeato.

Era assim que se chamava o marquês de Pausolès na intimidade das lojas. Depois de lhe ter enviado meu cartão, fui introduzido no quarto; vi um homem de grande estatura levantar-se e me perguntar com ar risonho o que poderia, em Granada, fazer por um homem recomendado pelo conde de Clermont.

Como resposta, contei-lhe a história de minhas aventuras em Madri, causa de minha partida às pressas para Granada.

— De modo que — retorquiu ele —, sem esse duelo, o senhor jamais teria pensado em vir me ver.

— Certamente. Contudo, sinto-me muito feliz de me ter sido dada, por essa circunstância, a honra de conhecer Vossa Excelência, um irmão de quem todas as lojas na Europa falaram, falam e falarão por muito tempo.

Ele me respondeu que, como a carta do conde Clermont o obrigava a fazer algo por mim, queria me apresentar a três ou quatro de nossos irmãos que valiam a pena. Convidou-me para jantar todas as sextas-feiras, prometendo-me enviar um criado para me acompanhar.

Como a carta do duque me anunciava como um homem de estudo, ele se levantou, dizendo-me que queria me mostrar sua biblioteca. Acompanhei-o, atravessando o jardim. Entramos num quarto guarnecido de armários gradeados, protegidos por cortinas.

Mas eu ri quando, no lugar de livros, assim que abriu os nichos que ele mantinha fechados com chave, descobri garrafas cheias de vinho.

— É — disse-me ele — minha biblioteca e meu harém, pois, sendo eu velho, as mulheres abreviariam minha vida, enquanto um bom vinho só pode conservá-la, ou, pelo menos, me torná-la mais agradável.

— Imagino que Vossa Excelência obteve uma dispensa das autoridades eclesiásticas para beber vinho às sextas-feiras, dia em que se deve fazer abstinência.

— O senhor se engana. Na Espanha, cada um é livre para se danar se for de seu agrado. É preciso apenas que seus prazeres não se

tornem públicos. Sem o quê, terá de se ver com a Inquisição. Procure seguir esse conselho se quiser ser feliz entre nós.

Durante as duas horas que passei com ele, ele me pediu notícias de vários irmãos em Paris, principalmente do abade Pernety, cujo Dicionário Mito-hermético *era sempre consultado com paixão pelos irmãos amantes de mistério. Em 1758, por ocasião de minha segunda estada na França, encontrei Paris inteira mergulhada com delícia nessa obra, muito mal-escrita, porém, mas que parecia revelar todos os segredos da alquimia. À pergunta de meu anfitrião, respondi que o irmão Pernety continuava suas pesquisas na Arte Real, e não perdia a esperança de um dia encontrar a pedra filosofal. Ele retrucou que não acreditava nessas lorotas, e que o verdadeiro poder, se existisse, deveria estar em nós e não numa pretensa substância digna de fábula.*

— Estou certo — disse-me ele — de que existem em nosso espírito todos os recursos necessários para nossa felicidade.

— É no que acredito — respondi-lhe —, embora eu saiba o quanto o espírito, quando é atormentado pelo mal, pode ser nosso inferno.

— Então, sem dúvida, ele pode ser nosso paraíso. Mas, meu caro Casanova, o senhor fala em sofrimento. Um homem como o senhor teve alguma infelicidade que o fizesse falar assim?

Diante de tanta atenção e bondade fraterna, não hesitei mais e contei-lhe minhas últimas experiências. Ele ouviu atentamente, suspirando, às vezes, quando eu lhe contava meus tormentos interiores.

— O senhor — disse-me ele — é dotado de grande sensibilidade tanto para gozar quanto para sofrer. E a narrativa de seus amores, cuja confidência acaba de me fazer, prova bem que o senhor possui um dom.

— Um dom que hoje me faz sofrer, pois não o compreendo mais.

— O dom de amar e, sobretudo, de ser amado é o maior de todos, Casanova. Em certos momentos, ele nos iguala aos deuses; em outros, nos torna piores do que os danados. Mas ele nos escapa. É preciso aprender a controlá-lo.

— Compreendo-o bem, mas estou longe de possuir essa sabedoria.

— Até agora, o senhor apenas gozou, colheu flores perturbadoras que o destino pôs em seu caminho. Mas agora, o senhor se interroga sobre o motivo de sua sedução. E não tem resposta.

— Devo confessá-lo. Para minha grande confusão.

— Então, sua alma é assombrada por um amor que o senhor persegue em vão. E cada uma de suas conquistas não lhe parece senão o reflexo furtivo de um absoluto que o guia. Se de fato é assim... Mas, siga-me.

Ele se levantou novamente, e passamos aos seus jardins, que eram magníficos.

— Veja estes jardins, Casanova. Nossos antigos senhores, os mouros, os plantaram. Minha família herdou-os como um dever, e eu não deixei de acrescentar minha contribuição a esta herança. Em algumas noites, vejo neles toda a lição humana. A força, o desejo que inclinam estas plantas para a luz. A beleza que emana delas. E todo o trabalho do homem que consiste em dar apoio a esta grande obra. O amor é assim; ele exige esforço, uma superação, para alcançar a verdade.

— Ao se acreditar no que o senhor diz, existiria, portanto, um fim para o qual o amor seria apenas o caminho? Alguns homens são feitos de tal modo que o amor ocupa toda a vida deles. Eles a consomem procurando uma felicidade sempre sonhada, sempre adiada. Para eles,

o caminho está no fim; para outros, existe outra via. Mas, primeiramente, é preciso tropeçar para perceber que se está caminhando.

Meu coração estremeceu ao ouvir tais palavras. Era como uma água pura e fresca milagrosamente brotada para aplacar a sede de um viajante perdido.

— Suas palavras me surpreendem e seduzem. Neste século da razão, falar do amor como de um caminho no qual o homem se realizaria é algo bem distante do que a filosofia dos modernos insinua. Em Paris, o senhor provocaria risos!

— O senhor está aqui, em Granada, meu caro amigo. Somos uma velha terra de amor. Os palácios mouriscos ainda ecoam com o canto dos poetas que conheciam a verdadeira arte de amar. Quem sabe? Talvez tenha a sorte de ouvi-lo.

Um criado se aproximou com uma carta. Estava na hora de me despedir. Separamo-nos, encantados um com o outro. Ele me disse que esperaria com impaciência o prazer de me rever. Deixei-o, com o coração cheio de uma esperança que eu não conhecia mais.”

21

Sicília

Giuseppe ligou o rádio. Vociferações em italiano, provavelmente um jogo de futebol, sucederam a gritos de rappers e a um concerto de violino. Ele pressionou um botão lascado do aparelho de som. Um solo de trompete lancinante invadiu o carro. Anaïs conhecia aquela canção triste, mas não conseguia lembrar-se do título.

Pela primeira vez, Giuseppe permitiu-se sorrir, olhando-a de lado. Anaïs notou que ele tinha dentes muito brancos, quase brilhantes.

— Por que você está sorrindo?

— Você reconheceu a música?

— Me soa familiar, o que é?

— *Il Padrino!*

— O que é *Il Padrino*?

— O filme! *O poderoso chefão*! A família Corleone, Brando, Pacino, De Niro, você não viu?

— Vi, há muito tempo, achei um pouco caricatural. Esse tipo de filme deve chatear, dada a fama de mafiosos que ele cola em vocês.

O carro ultrapassou um caminhão que transportava com dificuldade barris de cerveja.

— Ao contrário, é muito lisonjeiro. Coppola tornou a Sicília célebre. Um dos prefeitos de uma cidadezinha da região até quis financiar uma estátua de Marlon Brando no meio da praça de sua aldeia. A Cosa Nostra ficou encantada com a trilogia e enviou presentes para a equipe de filmagem. Sicília e máfia, isso provoca fantasias.

Anaïs sorriu também. Ela se lembrava agora da cara de Brando com chumaços de algodão na boca, estufando-lhe as bochechas. E Pacino, jovem exilado naquela ilha, apaixonando-se por uma bela siciliana, até que ela acabe despedaçada num carro armadilhado.

— Todo mundo diz que eu me pareço com Pacino — disse ele dando-lhe uma olhada rápida. — O que você acha?

Anaïs ficou perplexa. *Não acredito, ele está me paquerando. Depois de tudo o que eu sofri*. Ela preferiu ficar em silêncio. Giuseppe voltou a falar dez minutos depois.

— Exagero um pouco sobre a máfia. Mesmo assim, ela matou muita gente, começando por sujeitos de bem como o juiz Falcone. A gente tem que viver com isso.

— E você anda por aí com a música do filme enquanto transporta Don Sebastiano e seus companheiros? Como um falso mafiosinho?

Giuseppe sorriu de leve, dando uma olhada no retrovisor.

— Não, é para os turistas que vêm aqui. Eles querem cor local. Então, eu visto minha camisa branca, meu colete preto, o boné velho, e passeio com eles pelo interior, contando um monte de lendas sobre a Cosa Nostra. Há uma pausa no passeio, numa pequena aldeia, onde amigos não barbeados bancam os durões, bebendo. Eu tenho até um fuzil velho na mala do carro, que eu finjo entregar a um sujeito da região.

— Os seus clientes ficam satisfeitos?

— Encantados. Pedem mais, sobretudo as mulheres...

O cara voltou a pegar pesado. Mas até que não é ruim. Anaïs deu um muxoxo cético, mas não respondeu. Estava com a garganta seca.

— A gente pode parar para beber alguma coisa?

— Não seria prudente!

— Estou com sede e apertada!

O siciliano rosnou. Anaïs achou que ele faria o que cismasse, mas depois de cinco minutos ele ligou o pisca-pisca para pegar uma estrada transversal. Um café com a fachada arruinada apareceu num cruzamento. Giuseppe parou a uns 20 metros da entrada, num canto escondido da estrada por três ciprestes gigantes. Ele apontou para a porta.

— Dez minutos, não mais. Vou aproveitar para ligar para Don Sebastiano e avisar que fomos seguidos. Ainda falta 15 minutos para chegar ao aeroporto.

— Obrigada, prometo não demorar.

Anaïs saiu do carro e se espreguiçou longamente. O brilho do sol a ofuscou, um suave calor penetrou em seus membros. Entrou no café deserto onde um garçom lhe serviu um grande copo de limonada gelada. Refrescada e saciada, voltou para o carro, mais descontraída. Tornou a pensar no homem que os seguia e percebeu que ali seria um belo lugar para morrer, naquele promontório diante do mar azul. Seu único amor morto, o que lhe restava? De repente, desejou que um homem a tomasse nos braços e lhe oferecesse um pouco de ternura e consolo.

Aproximou-se do carro e viu Giuseppe, o torso nu, inclinado sobre a mala do Fiat, pegando uma camisa numa caixa. Ela se pegou observando a musculatura fina e saliente. Pequenas gotas de suor na base dos rins brilhavam ao sol.

Ficou perturbada. Um desejo brutal, quase animal, de fazer amor com aquele desconhecido. Quis sentir-se, mesmo que por um instante, desejada novamente.

Você não deve. Se contente em fantasiar. Já esqueceu o Thomas?

Afastou os pensamentos eróticos. Realmente não era o momento! Giuseppe se girou ao ouvi-la chegar. Ergueu-se em toda a sua estatura e sorriu-lhe calorosamente.

— Desculpe pela minha aparência, eu queria mudar de camisa. Não queria te chocar.

Seus olhos negros zombeteiros desmentiam a timidez de suas palavras. Ele caminhou para ela, conquistador. O sorriso irônico acentuado por uma barba de dois dias lhe dava, de fato, um ar de Al Pacino jovem. Ela fitou a curva musculosa de seu ombro.

— Não sou uma das suas turistas apaixonadas — disse ela, aproximando-se.

Ele era pelo menos 15 centímetros mais alto do que ela e, apesar da pouca idade, aparentemente não lhe faltava segurança. Antes mesmo que ela tivesse podido reagir, ele a pegou pela cintura e a beijou gulosamente. Suas mãos se enfiaram sob seu vestido e tocaram a calcinha de algodão. Ela se sentiu desmanchar de prazer, mas se afastou.

— Não, não quero.

A culpa a corroía.

Thomas morreu. Não posso fazer isso com ele.

Ela tentou afastá-lo.

Você talvez morra também. Aproveite uma última vez.

O rapaz aumentou a pressão. Com a outra mão acariciou-lhe as costas. Ela reagiu.

— A gente não devia fazer isso, Giuseppe.

Sem se preocupar com sua hesitação, ele prendeu os lábios nos dela. Ela se sentiu acuada, mas correspondeu ao beijo com ardor. Jogaram-se para dentro do carro superaquecido e fecharam a porta. Anaïs sentiu a excitação crescer; corriam o risco de ser surpreendidos a qualquer momento.

Pouco importa. Quero ser mulher mais uma vez.

Ela abriu a braguilha do siciliano e roçou em seu membro enquanto ele metia a língua em sua orelha. Seu hálito quente atiçava o desejo e tomava todo o seu corpo. Ela tirou a calcinha, ofegante. Impaciente.

Mais uma vez...

Ele a penetrou com uma doçura surpreendente. Seu corpo quente vibrava sob as mãos trêmulas de Anaïs. Sua língua corria pelos lábios dele. Na pele, o gosto de sal. Ela vacilou e plantou as unhas em suas costas molhadas de suor e depois em suas nádegas musculosas que ondulavam ao ritmo profundo da penetração. Ele acelerou a cadência. Ela se sentiu pronta para se entregar, mas Giuseppe a precedeu, soltando um som surdo.

Ela se arrepiou. Naquele exato momento, soube que nunca mais faria amor com aquele homem. Esperou que ele recuperasse o fôlego e o empurrou sem rudeza.

Ele a olhou com grandes olhos interrogativos.

— Você é... você é muito bonita.

Anaïs se vestiu rapidamente enquanto ele punha as calças. Estava envergonhada. Nunca deveria ter se entregado. *Traí Thomas.* Uma lágrima furtiva escorreu-lhe pela face.

O carro partiu e rodou novamente em direção a Palermo. Não se falavam e ouviam os boletins informativos do rádio. Um painel de sinalização apareceu à direita, indicando a saída para o aeroporto. O Fiat se esgueirou por entre filas de carros. Em poucos minutos paravam no estacionamento subterrâneo do aeroporto. Giuseppe desligou e pousou a mão em sua coxa.

— Queria te dizer que...

Anaïs o interrompeu.

— Não, não diga nada.

— Mas você gostou do prazer que eu te dei?

Anaïs pensou que os homens quase sempre não compreendiam nada.

— Não quero falar mais disso. Cometi um erro. Não vai se repetir.

Ela sentiu, pelo tremor de sua mão sobre a pele, que ele tinha compreendido a mensagem. Desceram do carro e se dirigiram para a porta de acesso ao aeroporto. Giuseppe disse com voz hesitante:

— Don Sebastiano fez todo o necessário. Você só tem que se apresentar no balcão de embarque com o bilhete e o passaporte. Não troque o nome!

Ela parou e segurou o pulso dele.

— Não sei como...

Ele ficou sério.

— Digamos que esse é o nosso código de honra. Não somos apenas mafiosos, você sabe...

Ela ficou na ponta dos pés e o beijou na face. Ele deu uma olhada no relógio.

— Estamos atrasados. Temos que atravessar todo o aeroporto para chegar ao setor de embarque.

A voz de uma recepcionista do balcão desfiava avisos de partida dos voos. O estacionamento estava deserto.

Giuseppe e Anaïs chegaram diante da porta de correr que dava acesso ao aeroporto. No momento em que as duas abas de vidro deslizavam, um homem surgiu repentinamente à esquerda.

De pavor, o coração de Anaïs deu um salto.

Reconheceu o homem. O empregado de Dioniso puxava uma faca.

— Então, minha querida criança, o mestre arde de impaciência para te rever.

22

Louveciennes

Marcas espantou-se com a rapidez com que o médico corria, apesar da estatura imponente. Levaram apenas um minuto para atravessar todo o prédio central da clínica. Quando chegaram diante da porta do quarto Sable, duas enfermeiras estavam mantendo na cama um homem de pijama azul que nem tentava se debater.

— O que está acontecendo? — perguntou o médico, entrando no quarto a largos passos.

Marcas não precisou esperar a resposta das enfermeiras para compreender o que acabara de acontecer. As paredes do quarto estavam sujas de riscos de sangue. Grandes arabescos escarlates formavam desenhos misturados a algo que se parecia com fragmentos de frases. O vermelho vivo contrastava com o branco creme das paredes, como se tivessem sido entalhados, tal uma carne lívida estriada de cicatrizes.

— Ele abriu as veias de um dos pulsos para refazer a decoração — respondeu, penalizada, uma das enfermeiras.

— Pensei que tivessem tirado dele todos os objetos cortantes — replicou Anderson com firmeza, inclinando-se sobre o doente.

— Ele queria se barbear; pensamos que isso não representasse nenhum perigo — murmurou um dos homens de jaleco branco.

— Imbecil, procure um substituto imediatamente — rugiu o colosso.

O ministro sorria, fitando um ponto imaginário acima da cabeça do médico; riscos de sangue constelavam os lençóis e o travesseiro. Por sua vez, Marcas se aproximou do leito, consciente de que o interrogatório começava mal.

Outro enfermeiro apareceu com um carrinho cheio de compressas e um frasco de soro. O médico se afastou e pegou Marcas pelo braço.

— É melhor você ir embora. Vamos sedá-lo e fazer uma transfusão. Ele deve ter perdido um litro de sangue com esses rabiscos.

O tom firme não admitia oposição alguma. O gigante e o policial se mediram com o olhar, face a face. Marcas considerou que seria preferível bater em retirada e respondeu com voz forte para prolongar o conflito:

— Está bem, voltarei antes do final da semana. Tenho que ouvi-lo para a investigação.

— Certamente, mas, no momento, é impossível. Ele não está em condições e você faria...

Ia concluir a frase quando se ouviu no quarto uma exclamação.

— Não!

Marcas e Anderson viraram a cabeça para o leito. O ministro olhava para eles, com os olhos bem abertos.

— Estou pronto para responder. Não tenho nada a esconder da polícia.

O médico quis fazer um gesto, porém Marcas, mais rápido, pôs-se diante do leito e pegou um caderninho preto.

— O senhor tem certeza de que pode falar, senhor ministro?

O doutor Anderson reclamou.

— Te proíbo de pressionar o doente, comissário. Ele é minha responsabilidade...

— Cala a boca, doutor! — interrompeu brutalmente o doente que parecia ter recuperado todas as suas faculdades.

— Mas...

— Basta. Agora você vai me ouvir. Pare de me tomar por uma criança. Não sei o que aconteceu comigo; de repente, me vi cortando a veia e perdi os sentidos. Acordei com os seus esbirros me prendendo na cama. Droga! O que está acontecendo?

Marcas pegou uma cadeirinha e a arrastou até a cabeceira da cama. Era uma ótima oportunidade para interrogá-lo antes que perdesse novamente a consciência. A testa dele porejava suor, a tez lívida mostrava enfraquecimento geral.

— É o que gostaríamos de saber, senhor ministro. Sou o comissário Marcas, encarregado da investigação preliminar sobre a morte de... da pessoa com quem o senhor estava no ministério.

O rosto do ministro fechou-se bruscamente, seus olhos se reviraram. Marcas quis tranquilizá-lo — o ministro não era um irmão? Uma ideia germinou em sua mente. Inclinou-se sobre o ouvido do doente e sussurrou uma das fórmulas consagradas, conhecida de todos os maçons.

— Dê-me a primeira letra...

O ministro relaxou. Compreendera e esboçou um pálido sorriso para o policial, antes de responder:

— E eu te darei a segunda.

De pé, na extremidade da cama, o médico manteve-se em silêncio, olhando raivosamente para o policial. O ministro tentou levantar a cabeça enquanto injetavam o soro em seu braço.

— Meu Deus, é verdade. Não era um pesadelo... Ela morreu mesmo. O êxtase último...

O tom da voz se tornava mais irregular, saliva escorria da comissura de seus lábios. O doente parecia lutar para não naufragar. Agarrou a mão de Marcas com as unhas duras, quase cortantes. A um sinal de cabeça do médico, outro enfermeiro pôs as correias de segurança em volta do abdome e das pernas do ministro. Este tinha cada vez mais dificuldade em manter um discurso coerente, e apertava o braço de Marcas como que para se agarrar a uma boia. As lágrimas escorriam por suas faces malbarbeadas.

— Eu... Estou perdendo pé... A parede, meu irmão, a parede, você vai entender... As estrelas... Todos nós somos estrelas...

Perdeu a consciência no momento em que apontava para a caligrafia sangrenta que, em alguns pontos, escorria na parede do quarto.

Como se tivesse esperado aquele momento, o médico correu para Marcas, quase ameaçador.

— Veja em que estado você o deixou, comissário. Eu ordeno que saia deste quarto imediatamente e vá embora da clínica. Só vai poder voltar quando eu tiver decidido. Está claro?

— Muito claro — respondeu Marcas, levantando-se lentamente.

Sem se preocupar com o olhar furioso do médico, aproximou-se da parede com os desenhos enigmáticos. Num gesto maquinal, levou a mão ao bolso interno do casaco e pegou o celular.

— É proibido telefonar no quarto dos doentes.

Marcas sustentou seu olhar, sorrindo.

— Ah, é? Um artigo das constituições Anderson, suponho? Fique calmo, vou só fazer um filme.

Marcas ergueu o celular à altura dos desenhos e varreu lentamente toda a largura da parede.

— Não se para o progresso. O celular também funciona como câmera. Vou poder rever esta obra pictórica tranquilamente, em casa.

Repetiu o gesto em sentido inverso. Satisfeito, guardou o celular no casaco e cumprimentou o médico.

— Não me acompanhe. Conheço o caminho.

O colosso tinha cruzado os braços e o encarava com dureza.

— Farei um relatório sobre seu comportamento, comissário, e nem todos os irmãos do ministério serão suficientes para protegê-lo.

Marcas compreendeu que o médico tinha registrado todas as palavras pronunciadas pelo ministro. Deu de ombros e se dirigiu para a porta do quarto. Quando ia saindo, disse sem se virar:

— A propósito, não leve a mal, mas a sua teoria da armadura me pareceu um pouco simplista. Acho que já ouvi em uma série de televisão. Até logo.

Satisfeito com sua resposta, Marcas entrou num longo corredor que levava à recepção. Não ficara sabendo de muita coisa e ainda não via a relação entre os momentos de desregramento do ministro e a morte da jovem mulher. Além do mais, tinha feito do chefe da clínica um inimigo que certamente tinha relações altamente situadas. Atravessou rapidamente o grande hall medieval e, aliviado, chegou ao patamar. Aquele asilo de luxo para grandes servidores da República deixara-o incomodado. Ele também poderia vir a passar uma temporada ali. Saber que cairia nas mãos da Sombra Amarela o fez estremecer. Desceu os degraus de quatro em quatro.

Diante da escada, um Peugeot azul escuro acabava de chegar silenciosamente. Um enfermeiro de jaleco branco abriu a porta de trás com cuidado para que saísse um homem de cabelos curtos, usando um roupão marrom. Atrás dele, surgiu um homem de baixa estatura, carregando uma maleta. Marcas passou por eles, que subiam os degraus em sentido inverso, e imediatamente reconheceu o de roupão, um militar de alta patente que tinha provocado comentários e sido censurado por ter vazado uma operação falhada num país africano. Ele também tinha saído de circulação durante alguns meses. Aguçou os ouvidos durante a passagem do pequeno grupo e percebeu as palavras "recaída brutal" e "abandono de posto". Ao abrir a porta de seu carro, Marcas se perguntou se os militares tratados pelo doutor Anderson também teriam uma sala com falsos soldados pondo-se em posição de sentido e com hasteamento da bandeira, pela manhã, como nas casernas.

Ligou o motor e pegou a pequena estrada que conduzia à saída. A barreira se ergueu à sua passagem e, em menos de um minuto, estava na estrada principal que levava ao centro de Louveciennes. Ligou o rádio e ficou pensativo. O pedido do ministro para que ele olhasse os desenhos resultava seguramente do delírio.

Estrelas. Todos nós somos estrelas.

Para um profano, a palavra *estrela* não tinha sentido profundo, mas para um maçom como Antoine, era diferente. *A estrela chamejante* era o símbolo maior do grau de companheiro. Simultaneamente guia de seu caminhar e um fim a ser alcançado. Todos os irmãos conheciam a estrela de cinco pontas... E se o ministro não tivesse delirado?

Marcas tinha examinado os desenhos na parede enquanto os filmava com o celular, mas nada parecia coerente. Traços, desenhos que de fato se pareciam com estrelas, letras meio tortas. O doutor Anderson ia se deleitar decodificando o sentido psicanalítico dos rabiscos.

Diminuiu a marcha no final da encosta, parou num sinal e aproveitou para acender um cigarro. Decididamente, aquele caso era de um absurdo total, sem possibilidade de explicação lógica. Uma moça morta de crise cardíaca depois de ter se divertido com o amante cujo cérebro se desligara, e nada, nada em que pudesse se agarrar. O sinal ficou verde, ele virou à esquerda na direção de Paris. Hesitou em continuar na nacional. Chegaria a Paris pelo Oeste e corria o risco de cair nos engarrafamentos, sobretudo na altura do Arco do Triunfo. Uma grande besteira; àquela hora tardia, a Étoile estava completamente parada. Seria preferível cortar por Saint-Cloud e... a Étoile, a estrela...

De repente, lembrou-se de um detalhe que tinha entrevisto nos desenhos do ministro.

A Estrela. Por que não tinha pensado nisso antes? Tinha absolutamente de parar para verificar no celular e rever a pequena sequência de vídeo. Parou no acostamento e desligou o motor. O ministro era um irmão. Raciocinava como maçom, e seus desenhos...

Pressionou a tecla de vídeo e fez a imagem desfilar. Pausou num determinado lugar.

Tinha, talvez, uma pista. Finalmente.

23

Sicília,
Aeroporto de Palermo

A lâmina fosca do punhal se aproximava em círculos concêntricos. O homem esboçou um fino sorriso, certo de seu efeito.

— Terminal. Todo mundo desce. Vocês não são espertos. Eu quase peguei vocês no estacionamento do albergue, faltou pouco... Você, carcamano, fica quieto. *Capisci?*

Anaïs sentiu o sangue gelar. A garganta se contraiu, instintivamente agarrou-se à mão de Giuseppe que segurava a bolsa de viagem.

O homem avançou para o casal.

— Não tenho tempo a perder. E aí?

Giuseppe soltou a mão com um gesto seco e afastou Anaïs. Deu uma olhada para a jovem mulher e disse com voz branca:

— Não quero complicação. Eu só obedeço.

Anaïs se paralisou. Se Giuseppe fosse embora, ninguém poderia protegê-la dos carrascos. Em choque, viu seu protetor se afastar, deixando o empregado do mestre se aproximar.

— Volta para o carro e some. Eu trato da senhorita. Ela ainda não acabou de visitar a ilha.

No momento em que se aproximava de Anaïs para agarrar-lhe a mão, a porta de correr que dava para a entrada do aeroporto se abriu, dando passagem a uma mulher de cabelos grisalhos, empurrando um carrinho de bagagens. Sem saber o que estava acontecendo, dirigiu-se com voz aguda ao agressor.

— *Please, could you...*

O homem virou a cabeça e percebeu numa fração de segundo que cometera um erro. A bolsa de viagem de Anaïs atingiu-o em cheio. A turista deu um grito de surpresa. Giuseppe já tinha pulado em cima do homem, e eles rolaram no chão. Paralisada, Anaïs olhava a cena, fascinada pelo combate. A mulher madura soltou um insulto em que Anaïs pensou reconhecer a palavra "máfia", e sem se preocupar mais com o que estava acontecendo, empurrou violentamente o carrinho para o estacionamento.

Os dois homens continuavam brigando. Giuseppe conseguiu imobilizar o agressor, mas o punhal se aproximava perigosamente de seu ventre. Ele berrou:

— Anaïs, se manda! As passagens e o passaporte estão na bolsa.

A jovem francesa hesitou alguns segundos, agarrou a bolsa de lona, virou-se para a porta de correr, mas desistiu. De repente, a bagagem bateu de novo na cabeça do matador, lacerando, de passagem, sua face com o fecho de segurança. De dor, o homem afrouxou a pressão e rolou para o lado. Giuseppe aproveitou para bater com toda a força.

O jovem italiano se levantou segurando as costelas.

— Rápido! Nada pode acontecer com você se estiver na sala de embarque. Não se preocupe comigo!

Anaïs engoliu a seco.

— Ele vai avisar os amigos. Mesmo que não me peguem aqui, vão me esperar na chegada a Paris.

— Não, eu vou cuidar dele. Confie em mim. Vai!

O matador estava começando a se levantar. Giuseppe lhe mandou um pontapé nas costelas.

Anaïs recuou até a porta de correr.

— Boa sorte para você!

Sem esperar resposta, ela correu para a entrada. Não tinha mais tempo para olhar para trás e se obrigou a se acalmar ao chegar ao topo da escada rolante. Inspirou longamente para tentar se livrar do medo que a atormentava, esperando a qualquer momento ver surgir a alma danada de Dioniso atrás dela.

Se Giuseppe tivesse mesmo vencido, ela poderia esperar se safar. Virou a cabeça e, para seu grande alívio, não viu ninguém. Como que para chamar a sorte, cruzou os dedos da mão livre e caminhou com passo mais seguro para o hall de embarque das linhas domésticas italianas. Um relógio de parede indicava 15h30, restava-lhe apenas um quarto de hora antes do fechamento do voo.

Ao desembocar num corredor que levava à sala de embarque, seu coração começou a acelerar.

Cinco policiais armados com metralhadoras bloqueavam o acesso atrás de uma larga faixa de lona plastificada interrompida por uma passagem de segurança. Diante deles, uma longa fila de espera escoava a conta-gotas, ao ritmo do controle dos documentos de identidade. Giuseppe a prevenira sobre a vigilância das linhas domésticas, mas os policiais talvez fossem menos minuciosos que nos embarques internacionais.

Eles a procuravam. *Nunca vou passar*. Anaïs tomou lugar na pequena fila e olhou mais uma vez para trás. Se Giuseppe tivesse abatido o adversário, deveria ter aparecido. Inquieta, ela tirou do blusão o passaporte roubado. As olheiras no rosto da foto traíam um cansaço intenso, o corte dos cabelos lhe dava um ar mais duro. *Essa mulher sou eu* — repetia para si mesma, quase sem acreditar. *E esse nome idiota, Jocelyne Grignard, que ideia se chamar assim. Um nome próprio para se ter os documentos roubados*. Jocelyne Grignard, nascida a 21 de julho de 1970 em Liège. Aprendera sua biografia de cor, repetindo-a como um mantra. Nunca tinha posto os pés em Liège, nem na Bélgica, aliás. Paralisada diante da ideia de ser interrogada pelos tiras, tinha inventado um monte de detalhes sem importância, como se fosse ser submetida a um interrogatório da Gestapo.

Não me chamo mais Anaïs Lesterac. Sou Jocelyne Grignard. Grignard...

À medida que a fila avançava, seu estômago se contraía. *Não vou conseguir nunca, eles logo vão ver que eu tenho um passaporte roubado. Não tenho cara de belga*. Anaïs se sentia estúpida, desesperadamente sozinha, e estúpida.

De repente, sentiu uma presença atrás de si; alguém que se colava nela. Seu sangue gelou de uma vez só.

Ele a encontrara, e ela não ouvira nada. Não ousou se virar, com medo de ver o rosto do matador. As lágrimas lhe subiram aos olhos. Ele iria agarrá-la para pô-la nas garras daquele louco do Dioniso. O pânico se infiltrou nela, surdo, vicioso. Sua única saída consistia em correr para os policiais e se entregar.

Não tenho escolha. É mais simples, vou estar finalmente protegida. Azar se os tiras são corruptos.

Suas mãos tremeram. Ela soltou a bolsa. Nesse momento, uma trêmula voz masculina disse em francês atrás dela:

— Ora, ande, vou perder meu avião.

Ela se virou e viu o rosto ranzinza de um velho de boné, que gesticulava. Anaïs deu um suspiro de alívio.

Não é ele. Talvez eu tenha uma chance.

Diante dela, a fila tinha avançado de repente, e um metro livre a separava do vizinho à sua frente.

Um fio de suor escorreu-lhe pelas costas. Anaïs pegou a bolsa de viagem e, por sua vez, avançou. Observou o painel de partidas. Não lhe restavam mais que cinco minutos até o fim do check-in. O seguinte, com destino a Roma, estava previsto para as vinte horas. *Impossível.* Tinha de sair da ilha imediatamente. Ficar cinco horas a mais no aeroporto de Palermo significava assinar sua sentença de morte.

24

Paris,
Brigada criminal

Os desenhos de sangue do ministro salpicavam a escuridão na qual o escritório de Marcas estava mergulhado. Os motivos geométricos em estrela formavam uma trama marrom na tela do computador. Marcas selecionou a imagem e deu zoom no desenho que parecia mais nítido.

Uma estrela girava em espiral.

Ele clicou na zona ampliada e imprimiu-a para ter uma cópia em papel. O ronronar da impressora mal perturbava o silêncio em que estava mergulhado todo o andar de seu serviço, deserto àquela hora avançada. Cansado do dia que não acabava mais, e ainda trabalhando. Ele se perguntava por que cismara em voltar para o escritório em vez de ir diretamente para casa e tomar um banho quente. O Ministério do Interior não lhe pagava hora extra. De qualquer modo, horas extras não existiam em sua profissão. Quanto às 35 horas, sua aplicação beirava o grotesco.

Uma campainha aguda soou. Marcas suspirou, a impressora fazia das suas. Nada mudara desde sua partida. Bateu na tampa da máquina por formalidade, e voltou para a frente da tela.

O desenho traçado pelo ministro atraía seu olhar.

Estranho, absurdo. Uma estrela girante.

Por que um sujeito daquela envergadura vai se divertir pintando aquele tipo de rabisco com o próprio sangue? Marcas não sabia o que pensar daquela história, a não ser que o desenho não lhe era desconhecido. E o problema era exatamente esse. A relação que ele estabelecia não tinha sentido algum.

Da última vez que vira aquela estrela, estava com a ex-mulher num bar vegetariano do primeiro arrondissement, rue Saint-Martin — um lugar de que ela gostava, com música oriental e almofadas de seda. Tinham se encontrado para acertar as condições do divórcio. Depois da refeição, ela quis fazer uma última tentativa de reconciliação e, com ar inspirado, pôs sobre a mesa um jogo de tarô divinatório. Para tomar a decisão acertada. Jornalista de moda, Anne François se vangloriava de ler o futuro para o marido e para todos os amigos também, infelizmente! Um passatempo inversamente proporcional à energia que ela empregava para se convencer de seu dom. Pouco inclinado para as artes divinatórias em geral, e muito menos para as praticadas por sua mulher, Marcas alimentava mesmo assim essa mania, oferecendo-lhe em todos os aniversários de casamento um baralho diferente. Embora sem acreditar em seu caráter divinatório, apreciava-lhes a estética e a simbologia. Na sobremesa, ela pegou as cartas, lâminas, como as chamava, e fez a última tiragem de suas vidas em comum. O resultado tinha sido irrefutável: não deviam se separar. Os sinais nunca mentiam. Marcas teve um impulso emocionado diante da ingenuidade desarmante e das pequenas lágrimas que umedeciam os olhos de sua mulher. Ela pegara a última carta tirada e murmurara *a estrela*, sinal de esperança. A carta representava uma mulher derramando água de uma ânfora para outra, tendo no alto, à esquerda da carta, uma estrela.

Uma estrela girante.

Ela lhe dera a carta, fazendo-o prometer guardá-la para lhe dar sorte. Naquela noite, fizeram amor pela última vez em suas vidas. Isso acontecera já havia dois anos. Ele se fora de manhã, levando a carta, e o divórcio foi decretado seis meses depois. Ele guardara a carta durante um ano numa gaveta, até que a guardou numa caixa de velhas lembranças na casa dos pais.

A explosão do motor de uma moto abaixo do quai des Orfèvres tirou-o de seus sonhos.

Tinha de encontrar aquela carta de tarô. Entrou na internet e procurou por "tarô divinatório". Para sua grande surpresa, apareceu uma quantidade impressionante de respostas. Selecionou a primeira e entrou num site de previsões do futuro, com pagamento com cartão de crédito. Cinco euros por sessão! Ele era o 657.000º conectado. Uma verdadeira mina! Mudou de site. Uma música *new age* o acolheu, e uma bonita morena de olhar egípcio prometeu-lhe explicar todo o significado do misterioso mundo do tarô. Ele folheou as 21 lâminas maiores do tarô dito "de Marselha", o mais célebre, mas não havia explicação precisa sobre o arcano que lhe interessava. Desapontado, navegou em outro site, mas também lá nenhuma análise séria apareceu.

Para se descontrair, entrou no blog maçônico, sua referência quando queria informar-se sobre tudo o que dizia respeito de perto ou de longe à maçonaria. O irmão belga que mantinha o site tinha desencavado um site americano sobre desenhos humorísticos dedicados aos maçons. Ele clicou na seção antimaçônica, sua preferida, que relatava todos os ataques selecionados na internet contra os maçons. Dessa vez, Jiri desencavara um novo site conspiratório genial, no qual os maçons eram responsáveis pela pedofilia, pelos atentados de 11 de setembro, pelas guerras no mundo, pela homossexualidade — como se isso fosse uma tara —, tudo orquestrado em colaboração com os judeus "apóstatas". Marcas sufocou um riso. A idiotice humana não tinha limites, e os maçons eram suas vítimas.

Inclinou-se na cadeira e acendeu um cigarro. A história do tarô o atormentava.

Sua ex lhe explicara que havia no mínimo uma centena de diferentes baralhos de tarô no mundo, dos quais muitos se inspiravam sensivelmente no ancestral comum, o de Marselha. Ou ele iria passar a noite inteira remexendo na internet, ou voltaria à casa familiar para abrir suas caixas, ou telefonaria para a ex. Nenhuma das três opções o entusiasmava.

Conformado, abriu o celular e digitou o número de Anne.

É ridículo ligar para ela às onze horas da noite para pedir o nome de um baralho de tarô. Ela vai rir da minha cara. Ia desistir, mas ela atendeu no momento em que ele ia desligar.

— Alô?

Sons de conversa e de música tecno interferiam na voz da ex. Como era de hábito, ela não disse bom-dia ao atender, mas se contentou em sussurrar um alô entediado. E, como sempre, ele foi obrigado a cumprimentá-la em primeiro lugar. Um rito invariável, de 15 em 15 dias, e no início das férias escolares quando ele pegava o filho.

— Boa noite, é Antoine. Tenho um... pequeno favor para pedir.

— Se é para cancelar o seu fim de semana com o Pierre, a resposta é não. Vou para o Sul. Eu também tenho direito a um momento de liberdade.

Marcas sentiu-se em falta. Já tinha cancelado uma semana das férias de inverno com o filho no último instante por causa do trabalho.

— Não, fique tranquila, vou ficar com ele no próximo fim de semana. Eu queria... Eu queria saber o nome do baralho de tarô da carta que você me deu. Você lembra?

— Está brincando? Estou num jantar com amigos.

— Não, é muito sério. Estou metido num caso criminal e preciso dessa informação.

Marcas percebia risadas no celular e pensou ouvir a voz do companheiro da ex, em eco. Alguns segundos se passaram antes que ela respondesse lentamente:

— O caro senhor Marcas, tão racionalista, tão inteligente, quer se informar sobre tarôs! Você espera que os astros te apontem o culpado?

Marcas sentiu crescer uma onda de exasperação, mas fez força para manter a paciência.

— Está bem. Não me diga nada. Boa noite e dê um beijo no Pierre.

— Não, não fica bravo. Esse é o tarô de Thot. Ele pode ser encontrado em qualquer loja esotérica digna do nome. Por que você queria essa informação?

— Desculpa, mas é confidencial.

— Não esperava outra coisa. Faça o que quiser. A propósito...

— A propósito?

— Não guardei esse jogo. Você entende por quê?

O tom de sua voz se tornou mais suave, e Marcas reconheceu as entonações que o tinham encantado. Ele respondeu um pouco mais calorosamente:

— Desculpa por ter te incomodado. Eu sei...

— Você sempre sabe tudo, naturalmente.

Não deu certo. Ela voltou ao sarcasmo.

— Acho melhor eu te deixar voltar ao seu jantar.

— Não se esqueça: Pierre, sábado, exatamente às doze horas.

Ela desligou.

Marcas pousou o celular na mesa e voltou para o computador. Dois anos depois, a ferida estava longe de cicatrizar, e ele se perguntava por quanto tempo ainda as escaramuças ácidas iriam continuar. Entrou no "Livro de Thot" e "tarô" no site de busca.

Este lhe exibiu os resultados. Ele clicou no site que parecia o mais completo.

O site apareceu, dedicado aos baralhos de tarô de inspiração anglo-saxônica, entre os quais o Livro de Thot desenhado nos anos 1900 por uma artista britânica, Frieda Harris. A introdução apresentava as 21 cartas com seus nomes. Ele percorreu a lista e acabou encontrando o que procurava.

Lâmina número 17. A Estrela. Clicou no link e a carta apareceu.

Era a mesma de que se lembrava. Uma mulher sentada, derramando água, tendo no canto esquerdo a estrela girante. No centro de um planeta malva, outra estrela do mesmo tipo chamejava em espiral.

Ele ampliou a imagem e a pôs ao lado do desenho do ministro. A coincidência era perfeita. Excetuando-se a cor, branca na carta, vermelha na parede da clínica, os dois desenhos revelavam-se idênticos.

Satisfeito, Marcas acendeu outro cigarro e, pensativo, contemplou a tela. Em seu delírio, o ministro tinha desejado indicar uma pista, mas qual? O site oferecia poucas informações. Marcas voltou à lista proposta pelo site de busca. Acabou descobrindo uma página inteira dedicada ao Livro de Thot. Mais uma vez a conexão estava lenta.

A tela se iluminou com cores variadas, e um livro em três dimensões apareceu, com título em letras negras: *Livro de Thot, o arcano dos arcanos*. Ele sorriu diante da montagem um pouco exagerada e clicou na capa da obra, fazendo aparecer uma lista de capítulos. Páginas inteiras retomavam o vocabulário místico-esotérico usual nesse tipo de universo, com os significados de cada carta.

A estrela.

Ele ainda não via relação com o ministro. Tentou outro capítulo.

Origem do Livro de Thot.

Encontrou o nome da artista que pintara o jogo. De acordo com o redator do site, ela não era verdadeiramente a autora. Tudo tinha sido desenhado sob a orientação de uma espécie de conselheiro em ocultismo, certo Perdurabo, fundador de um grupo que praticava magia. *Mais um charlatão. Em qualquer época, sempre se encontra quem se alimente da credulidade humana.* Ele clicou no retrato do mago inglês. Um homem calvo, quase obeso, exibindo uma expressão libidinosa, a cabeça entre as mãos, com um curioso chapéu triangular na cabeça.

A postura poderia parecer ridícula se a fixidez do olhar não deixasse transparecer uma dureza quase mineral.

Marcas poderia rir daquilo, mas estava cansado daquelas complicações que não levavam a nada.

O cansaço era muito grande, e ele só tinha uma vontade: voltar para casa o mais rápido possível. Imprimiu os capítulos do site e pegou o casaco. A máquina ainda iria trabalhar por uma hora até editar tudo. Apagou a luz do escritório e se preparava para sair quando seu olhar foi atraído pela tela luminosa: o mago morto parecia fitá-lo com ar malévolo.

25

Sicília,
Aeroporto de Palermo

A fila marcava passo. À sua frente, ainda restava um grupo de uns vinte japoneses, dos quais alguns não conseguiam encontrar os papéis e remexiam em enormes valises.

Anaïs estava furiosa. Atrás do cordão de isolamento, três viajantes preenchiam etiquetas para as malas. *Vou perdê-lo, merda.* Ela precisava descobrir alguma coisa para sair daquela enrascada. *Mostra coragem, garota.* O velho turista não parava de se colar nela, sempre resmungando e soltando baforadas duvidosas em seu pescoço.

De repente, ela teve uma ideia. Gritou:

— Velho nojento!

Saiu da fila, plantou-se na frente do sujeito boquiaberto e lhe deu uma forte bofetada diante dos olhares estupefatos dos viajantes e dos policiais. Um deles interrompeu o que fazia e caminhou para ela, franzindo as sobrancelhas.

Anaïs olhou-o diretamente nos olhos, assumindo um ar ofendido.

— *Io non parlare italiano*. Belga. Esse tarado ficou se esfregando em mim e acabou de beliscar a minha bunda. Compreende o que eu digo?

Ela não acreditava em sua audácia. Um de seus amigos, Olivier, apaixonado por iídiche, desenhista falastrão, chamava isso de “Hutzpa”, referindo-se, assim, à anedota do judeu que mata os pais e implora aos jurados para não condenarem um órfão.

Ela estava se diplomando em Hutzpa.

Pôs a mão nas nádegas e se massageou diante do olhar divertido do policial. O velho, os olhos arregalados, percebeu que todos o olhavam com desprezo e tentou argumentar com o policial.

— Eu não fiz nada, ela é uma louca.

— Seu porco! Vai se tratar.

Anaïs pegou suavemente no braço do policial e assumiu um ar de quem implorava. A gentil menininha da mamãe.

— Vou perder meu avião para Roma. Será que é possível me passar na frente desse grupo? O check-in termina em poucos minutos.

O policial estufou o peito.

— Com certeza. Venha por aqui e me mostre o seu passaporte e o seu bilhete.

Anaïs inspirou profundamente e lhe entregou o passaporte de Jocelyne Grignard, habitante de Liège.

— A senhora é belga?

— Sim.

Não ousava mais olhá-lo de frente, aterrorizada diante da ideia de ser desmascarada.

— Um belo país. Meu primo tem uma pizzaria em Bruxelas. Conhece Bruxelas?

— É claro, minha mãe mora na mesma rua do Manneken-Piss.

Se você me visse, Olivier! Me daria o diploma de Hutzpa com os cumprimentos da banca.

O policial a olhou insistentemente e, em seguida, ao fim de alguns instantes, devolveu-lhe o passaporte, sorrindo.

— Bom dia, senhorita. Tem o tempo exato de fazer seu check-in, mas mantenha os documentos ao alcance da mão, outro controle de identidade está previsto antes do embarque.

Anaïs esboçou um sorriso, acenou para ele e correu para o balcão da companhia Alitalia. O embarque estava previsto para dali a quinze minutos, exatamente depois do voo para Milão. Anaïs segurou triunfalmente o bilhete de embarque e passou pela alfândega e pela polícia.

Agora se encontrava na parte do aeroporto reservada aos passageiros, fora do alcance de quem quer que fosse, protegida pela grande vidraça de separação das áreas. *Pronto, vou me safar. Vou sair desta ilha maldita.*

Uma multidão espalhada aguardava os diversos voos para toda a Itália. Ela localizou o portão C, destinado ao voo para Roma, e descobriu o símbolo dos toaletes. Só tinha tempo para ir até lá molhar o rosto e se refrescar um pouco. Dirigiu o olhar para além da barreira de controle, esperando ver Giuseppe aparecer, para agradecer-lhe a ajuda. Teria gostado muito de cumprimentá-lo mais uma vez.

Seu sangue gelou. O matador apareceu a 3 metros dela, bem atrás da porta envidraçada, encarando-a com olhar de ódio.

26

Paris,
Sede da obediência maçônica

Mais uma vez o grande mestre da obediência esforçou-se para nada deixar transparecer. Deixou que o silêncio se instalasse para passar em revista os rostos dos conselheiros da Ordem sentados ao seu redor. Havia apenas alguns meses que eles o elegeram e agora ele iria saber por quê.

— Por que vocês não me disseram nada?

Uma voz se ergueu.

— Achamos que se tratava de um detalhe. Não podemos controlar as lojas. O que importava, no momento de sua eleição, era a unidade da obediência. Atender aos desejos de todos os maçons que...

— Me poupe do refrão habitual, meu irmão! Nossos efetivos não param de crescer, fervilhamos pelo mundo todo. E por quê? Porque somos maçons livres! Porque recusamos qualquer espiritualidade duvidosa que aliena o homem! E então, vocês me dizem que, há meses, abrigamos uma loja de... de quase magos?

— Mas a gente não sabia! Pensávamos que os irmãos daquela oficina se interessavam por explorar as vias tradicionais do hermetismo europeu. Eles...

— Eles piraram! Essa é a verdade! Começam mudando os rituais, inventam novas cerimônias e acabam num delírio místico... E não me diga que é exagero! Quer um nome?

— Esse irmão se desviou e...

— Esse irmão é ministro da República e está escondido num asilo com um cadáver no armário!

O grande mestre ergueu o tom.

Um conselheiro bateu palmas suavemente. A maneira tradicional de pedir a palavra em loja. Aquele apelo discreto ao ritual trouxe de volta uma calma aparente.

— Meus irmãos, creio que não adianta nada nos afobarmos. No momento atual, o público não está a par nem dos problemas de nosso irmão, nem de seu pertencimento à nossa obediência. Oficialmente, o ministro da Cultura simplesmente ficou de repouso por uns dias. Não há motivo algum para alertar a mídia.

O grande mestre sorriu. Sempre os mesmos, esses irmãos! Sempre pensando que controlavam a situação. Pressionou uma tecla do telefone interno.

— Traga-nos café. Sim... E os jornais da manhã também. Obrigado, Claire.

Olhou em torno.

— Não há motivo para alertar a mídia? Vocês acham?

Os rostos se crisparam. Uma porta se abriu e a secretária pousou a cafeteira e os jornais sobre a mesa.

— Espere, não sirva ainda, Claire. Leia-nos antes a manchete deste jornal.

— *Morte no Palais-Royal.*

— E o subtítulo?

— *O ministro da Cultura envolvido.*

O grande mestre viu o conselheiro empalidecer.

— Obrigado, Claire, até logo. — Esperou que a secretária tivesse fechado a porta atrás de si, e retomou: — Passo a vocês os artigos principais sobre o que aconteceu no ministério. Leiam de preferência o texto abaixo da dobra. O que está ilustrado com a foto de um avental de mestre. Peguem as cópias na mesa.

O ministro, ex-membro da loja Regius

No momento atual, ninguém sabe o que aconteceu, e não se pode mais excluir a hipótese de um simples acidente como o de uma brincadeira amorosa que deu errado. Mas as línguas se soltam, e os amigos, sobretudo em política, sempre falam.

De acordo com as informações, o ministro possui o grau de mestre na maçonaria e por muito tempo frequentou a célebre loja Regius, implicada no caso das notas falsas que provocaram comentários há uns dez anos. Nos meios ligados às obediências, sussurra-se em voz cada vez mais alta que, desde algum tempo, o ministro parecia fascinado por certas experiências, bem como alguns amigos, ou antes, seus irmãos, que se reuniam regularmente a pretexto de sessões maçônicas. Compreende-se melhor, então, a pressa da obediência maçônica, à qual essa loja tão particular está ligada, em enterrar o mais rapidamente possível o assunto. Lembremos que nunca foram esclarecidas as ações dos membros altamente situados da loja Regius, entre os quais o ministro da Cultura. Os irmãos três pontos, tão numerosos nos corredores da política, não fazem questão de que se descubra uma realidade que põe tão cruelmente em evidência alguns de seus desvios internos.

— Agora, meus irmãos, vocês vão, sem dúvida, me explicar. Vamos aguentar por muito mais tempo essa loja Regius? Quando penso que fui um dos primeiros a alertar o grande mestre da época sobre as ações desses bandidos!

O conselheiro tomou a palavra:

— Regius está morta há dez anos; a maioria de seus membros foi afastada. É um fantasma. Voltando ao nosso assunto, o ministro da Cultura vai dar uma entrevista coletiva à imprensa hoje de manhã. Além disso, disposições já foram tomadas. Contrariamente ao que afirma essa... essa porcaria. O Ministério do Interior já deu início à investigação preliminar.

O grande mestre empalideceu.

— Isso quer dizer...

— Isso quer dizer que está tudo pronto. Desde o início.

— E a investigação, quem vai...?

— Um dos nossos irmãos!

— Conhecido?

— Não. Antoine Marcas, que foi da Brigada Criminal, emprestado à repressão ao tráfico de obras de arte. Participou do caso Thulé. Redige artigos sobre a história da maçonaria. Um solitário que também é um idealista.

— E você tem certeza que...

— Vamos ajudá-lo — acrescentou o conselheiro Alexandre Parell.

O grande mestre não tinha mais perguntas.

Agora ele sabia por que tinha sido eleito.

27

Sicília,
Aeroporto de Palermo

Ela quis berrar, mas nenhum som escapou-lhe dos lábios. Lentamente, o homem passou o polegar sobre a garganta, sorrindo com maldade. Ao mesmo tempo, a boca articulava sílabas que ela não compreendia.

Anaïs recuou como se o matador fosse atravessar o vidro que os separava. Sua cabeça girou. Se ele estava são e salvo diante dela era porque Giuseppe estava morto. Uma onda de ódio a dominou, e durante alguns segundos sustentou seu olhar para que ele compreendesse que ela não se dobraria à sua vontade. O duelo silencioso durou alguns segundos; depois, a jovem mulher deu as costas bruscamente ao agressor e se dirigiu a passos lentos para a área de embarque. Pôs ordem nos pensamentos. Que possibilidade tinha ele de alcançá-la? Ele não tinha cartão de trânsito, logo, não saberia que voo ela iria tomar, tanto mais que ali, onde ele estava, não poderia ver os vários portões de check-in. Seis voos se sucediam. Dioniso não deveria possuir apoio para esperá-la na chegada. De qualquer modo, em Roma, ela permaneceria na área de trânsito até pegar o voo para Paris. A mente de Anaïs funcionava a toda velocidade. O matador não iria interrogar os policiais e as recepcionistas, não tinha interesse algum em denunciá-la. Dioniso não poderia deixar que ela caísse nas mãos da polícia, já que o perímetro era mantido sob segurança.

Ela acelerou o passo para pôr a maior distância possível entre ela e o matador cujo olhar sentia em sua nuca. *Giuseppe morto. Todos os homens que me amaram nesta ilha morreram. Eu dou azar.* Avistou com alívio o portão C; o embarque já tinha começado. Anaïs penetrou na rampa que levava ao avião. Uma aeromoça de aparência severa verificou seu cartão e lhe indicou um lugar no fundo da aeronave. Dez minutos depois o avião levantava voo. Anaïs finalmente relaxou.

O contato com o vidro da janela refrescou-lhe o rosto suado. Abaixo dela, a várias centenas de metros, a costa da Sicília se afastava lentamente. Avistou Palermo à direita; em seguida, o avião mudou de rumo, e ela viu apenas o azul-turquesa do Mediterrâneo. Poderia esticar o pescoço para ver a Rocca de Cefalù, mas nada fez e deixou-se cair no encosto da poltrona.

O último trecho da costa desapareceu de seu campo de visão e, com ele, a ameaça surda e onipresente da seita que a condenara. Pensou nos amigos massacrados cujas cinzas repousavam agora naquela ilha. E dizer que ela também poderia ter acabado numa pequena urna.

E agora... O que você vai fazer? Nos últimos dias tinha considerado as magras possibilidades que se ofereciam a ela na volta a Paris. Sua primeira reação, ir à polícia, tinha sido descartada, em parte a conselho de Giuseppe. Assim que cruzasse a porta de uma delegacia, perderia a liberdade, seria interrogada sem descanso e provavelmente entregue como pasto à mídia. Por outro lado, continuava sendo a única testemunha do monstruoso caso, e sua vida estaria em perigo enquanto Dioniso e seus cúmplices não tivessem sido postos fora de combate. *As ordens paradoxais sempre levam a um comportamento psicótico*, teria analisado o psicólogo que a acompanhava havia anos.

Também não podia mais voltar ao domicílio, o grupo da Abadia conhecia seu endereço; ela chegara a convidar alguns membros durante as noites de meditação. Restavam os amigos e a família. Ela poderia dar alguns telefonemas, mas todos os seus amigos já tinham partido para os feriados da Páscoa. Sua mãe, sofrendo do mal de Alzheimer, esperava o fim numa instituição especializada. Quanto ao pai, constava da lista dos ausentes, no dia de seu nascimento.

Sozinha, sem uma voz amiga.

Uma única pessoa poderia vir em seu socorro, a última, contudo, a quem ela gostaria de pedir ajuda. O tio Anselme, com quem brigara violentamente quando ela entrara para o grupo de Dioniso. Anselme. O franco-maçom da família que a enervava assim que ele abria a boca para dissertar sobre tudo e algo mais. Os dois eram como cão e gato: ela, atraída pela espiritualidade e pela busca mística; ele, leigo convicto e racionalista enfezado, sempre pronto a atacar Deus e os seus. Contudo, desde o afastamento da mãe, ele constituía sua única família. Mas ela não tornara a vê-lo desde o último Natal, quando ele se enfureceu depois que ela lhe confessou sua participação no grupo da Abadia. Ela ainda o via em seu apartamento da rue des Martyrs, erguendo os braços para o céu e fulminando-a com seu olhar negro. "Minha sobrinha adepta de uma seita, não faltava mais nada! Você é louca! Vão te fazer uma lavagem cerebral, você vai se tornar uma escrava!" Sua resposta tinha explodido com desprezo. "Você não está em posição de me corrigir, você, adepto de uma seita de vigaristas de avental, de machistas, que dão lições de virtude e de tolerância a todo mundo! Você virou um velho babaca!" Ela batera a porta sem levar a bolsa que ele lhe tinha dado.

O avião obliquou novamente, dessa vez para a esquerda. O anúncio luminoso do cinto de segurança se apagou; Anaïs inclinou-se para a janela e contemplou muito longe, abaixo, um ponto branco perdido no meio da imensidão azul. Provavelmente um transatlântico cheio de turistas despreocupados. Despreocupação, agora uma palavra proibida.

Ela deixara três mensagens na secretária eletrônica de seu tio, durante a convalescença. Inútil. Mesmo que ele não estivesse lá, ela passaria na casa da porteira do edifício para pegar as chaves, como sempre fazia antes da briga. Anselme não usava o mesmo nome que ela, e nenhum membro do grupo poderia estabelecer uma ligação entre eles. Uma única vez ela falara a respeito com Dioniso, que se compadeceu com sua estranha voz suave e insistente. "Não queira mal a seu tio, ele não está na luz e no amor. É preciso saber perdoar aqueles que estão na ignorância."

A lembrança do assassino de seu amante a fez estremecer de nojo. Caiu num sono sem sonhos. E sem esperança.

28

Paris,
rue Muller

De repente, o telefone tocou. Marcas nunca conseguira se habituar àquele toque agressivo. Contudo, conservava o aparelho. Uma antiguidade em comparação com os telefones atuais, mas datava de seu casamento. Nada mudara no apartamento. Com exceção de seu quarto, onde os livros não paravam de se empilhar em colunas vacilantes. Sua ex-mulher nunca mais pusera os pés na casa; no entanto, ele não tinha conseguido modificar a ordem das coisas. Antoine guardava tudo no mesmo lugar. Às vezes, tinha muita vontade de novos ares, de se mudar ou de passar fins de semana inteiros repintando. É o que se vê nos livros, solteiros que, com um rádio em surdina, recomeçam a vida com um pincel e uma colher de pedreiro nas mãos. Mas Marcas não era um trabalhador braçal. Uma lâmpada esperava semanas para ser trocada, uma maçaneta ficava lamentavelmente pendurada na entrada. Quanto às raras mulheres de passagem, elas se preocupavam pouco com o interior. A visão do quarto, invadido pelos livros, bastava-lhes para compreender que se encontravam no antro de um solteiro empedernido.

O telefone continuava tocando. Marcas detestava ser perturbado logo de manhã. Eram as horas que preferia, quando podia refletir, enroscado no canapé, uma manta escocesa enrolada em volta do corpo. Levantou-se, mesmo assim.

— Antoine Marcas?

— Sim — respondeu, mal-humorado.

— Alexandre Parell. Conselheiro junto à sua obediência. Bom dia, irmão.

— Bom dia — respondeu Marcas com a voz um pouco mais amável. — A que devo...?

— Sua investigação, meu irmão.

— Minha investigação?

— Sim. Leu os jornais de ontem?

— Um só me bastou.

— Então, já compreendeu. Um ministro maçom suspeito. A obediência decidiu reagir. Ajudá-lo.

Na verdade, os irmãos não sabiam de nada. E as frases entrecortadas do interlocutor já começavam a enervá-lo.

— Pois bem, você pode agradecer aos irmãos pelo apoio. Tão rápido. E ainda mais, inesperado. Mas minha investigação vai acontecer sem eles.

— Infelizmente, temo que não.

— Estou certo que sim.

O ouvinte deu um suspiro.

— Me disseram que você não era fácil, mas...

— Não te enganaram. O que mais?

— Preciso vê-lo.

— É inútil.

— Pense primeiro. Estarei às dez horas no café da passagem Vivienne. Vou esperá-lo durante 15 minutos. E...

— Não perca o seu tempo.

— E te aconselho a ir.

O tom o incomodou tanto quanto a campainha.

Ajudar uns aos outros era uma tradição entre os irmãos. Quando do juramento maçônico, o novo iniciado prometia apoiar todos os que recorressem à fraternidade. Uma palavra respeitada na maioria das vezes. Mesmo que os limites da ajuda fossem difíceis de demarcar.

Até que ponto um irmão deveria se envolver com seus pares? E até que ponto uma obediência podia ajudar um irmão? E por que essa iniciativa? Marcas lamentou a morte de Anselme. Ele poderia aconselhá-lo. Agora estava sozinho.

Sozinho. Essa era a palavra. Uma ex-mulher definitivamente hostil. Amores efêmeros. E um filho em tempo parcial. O retrato de um tira como tantos outros, devorado pelo trabalho, e cujas têmporas continuavam pretas a despeito dos 40 anos indóceis. Ele nem podia dar o golpe das têmporas grisalhas para seduzir.

Desde algumas semanas, Marcas se sentia lúcido. Uma qualidade sutil sem a qual passaria muito bem. À noite, antes de pegar no sono, imagens cada vez menos fugidias vinham perturbá-lo. Sua vida repassava num átimo. Férias na província. Amigos mortos. Rostos de mulheres que não tinham envelhecido, coagulados na promessa da juventude. Paisagens percebidas num instante, que ressurgiam de uma memória esquecida. Todo um passado que pedia contas. Definitivamente os 40 não o poupavam. Era a idade dos primeiros balanços. Das desilusões e dos remorsos. Como um leque fechando-se com um movimento brusco. Nem mesmo suas publicações sobre a história da maçonaria o entusiasmavam mais. Ele as escrevia com indiferença. Buscando o esquecimento.

Entretanto... Como católicos agarrados à missa, ele conservava um apoio inabalável. O trabalho em loja. Não dizer nada, permanecer humilde, ouvir, executar o ritual, preciso, sóbrio. Depositar seus metais à porta do templo. Isso lhe fazia bem.

Restava seu trabalho. E a investigação que se anunciava difícil. Um motivo para se levantar do canapé. Abrir as janelas. E, talvez, finalmente, ir àquele encontro. Talvez, mas antes ele tinha de visitar um amigo.

Uma hora depois, descia do táxi na rue Monsieur-le-Prince.

Les larmes d'Éros
Livraria antiga

A inscrição — As lágrimas de Eros —, em letras de ouro desbotadas, se destacava acima do mostruário de madeira escura, que provavelmente não mudava havia várias gerações. Na vitrine, alinhados ou empilhados, livros encadernados pareciam expostos ali desde a eternidade. Visivelmente, o proprietário não se preocupava em chamar a atenção. Aliás, a rue Monsieur-le-Prince não era uma artéria comercial. Antes, uma rua tranquila que levava à entrada principal do Jardim de Luxemburgo. Pela rua sem histórias passavam apenas os *connaisseurs* e alguns vendedores de livros, que ali mantinham comércio e que se tinham especializado em determinado campo da literatura.

Marcas cruzou a porta da livraria forçando um pouco a maçaneta. Um sino tocou nas profundezas da loja, mas uma voz se ergueu, bem próxima, logo seguida por um corpo, tão alto quanto magro.

— O senhor deseja... Ah, é você!

— Sim. Bom dia, irmão.

— Paz e fraternidade, meu irmão. Está procurando um falsificador em especial? Quer me precaver contra uma fraude qualquer, ou se trata de uma peregrinação ao Jardim de Luxemburgo?

Era a brincadeira ritual entre Antoine e Stéphane Belleau. A cada passeio nostálgico ao Luxemburgo, Marcas parava na Larmes d'Éros para conversar sobre literatura. Falavam de Gide, que, quando criança, frequentara aquele lugar, da velha livraria Corti, da biblioteca do Senado que acolhera o trabalho indolente do funcionário Anatole France. Um mundo inteiro de cultura cuja lembrança se apagava, mas cuja herança Marcas e Belleau cultivavam.

— Não, tenho um encontro, digamos, profissional, e vim te pedir um conselho.

— A um velho libertino como eu?

Stéphane Belleau era especialista em livros raros de literatura erótica. Um mercado que nunca enfraquecera. Não faltavam colecionadores para esse tipo de obra. Disputavam-se a peso de ouro um anônimo do século XVIII ou uma edição original de Sade, e até gravuras libertinas. No mundo inteiro. Sobre a mesa, dois livros de encadernação impecável esperavam para ser embrulhados.

— O que é?

Stéphane Belleau lançou-lhes um olhar distraído.

— *Le Portier des Chartreux* — O porteiro dos Cartuxos — e *Les Fureurs utérines de Marie Antoinette* — Os furores uterinos de Maria Antonieta. Um panfleto revolucionário sobre as depravações dessa pobre mulher. Uma rainha infeliz e uma esposa abandonada. Totalmente pornográfico.

— E *Le Portier des Chartreux*?

— Bem escrito. Mas muito comum para o meu gosto. O que acontece num mosteiro de homens quando chega a noite? Você imagina facilmente a resposta. Mas, na época, isso agradava.

— E continua agradando.

— E como!

— Em resumo, você é um homem realizado?

— O comerciante é realizado. O amador de arte, bem menos. Olhe este livro.

Havia uma fina plaqueta sobre a mesa.

— A edição original de *Madame Lawrence* de Georges Bataille. Uma raridade editorial e uma obra-prima literária. Pois bem, ainda não encontrou comprador.

— Cerebral demais. E depois, a literatura erótica leva tempo para alcançar a posteridade. A obra de Sade esperou mais de dois séculos para ser reconhecida. A edição Pléiade ainda está quente.

— Pois é: *L'Enfer sur papier Bible*, O inferno em papel Bíblia.

— Por falar em inferno... — a voz de Marcas se fez mais grave. — O que você pode me dizer a respeito do amor e... da morte.

Stéphane Belleau se acomodou na poltrona.

— O ministro, não é?

Antoine fez uma careta.

— O ministro e o irmão!

— Pois então, você está em plena fraternidade!

— Dispensaria muito bem — replicou Marcas. — Uma puta da República, morta em circunstâncias não esclarecidas. E um ministro maninho em pleno acesso de demência.

— Os jornais dizem que...

Antoine consultou o relógio febrilmente.

— Os jornais dizem qualquer coisa!

— Mas então, do que foi que essa mulher morreu?

— Provavelmente de um acidente vascular, seguido de hemorragia interna — respondeu Marcas.

— E a causa?

— A causa? Não sei. Sei apenas que ela acabara de fazer amor. E isso me aborrece!

Marcas olhou para as estantes sobrecarregadas de livros.

O livreiro pousou as mãos em triângulo diante dos lábios. Como se quisesse falar em surdina.

— *Mors* et *amor!* Então, é sobre isso que você quer falar? Uma dupla infernal há séculos. Você sabe que o êxtase sexual é chamado de pequena morte?

Marcas concordou.

— Aliás, para alguns, o amor foi o mais belo caminho para a morte: chamam isso de epectase, um termo médico, célebre desde 1899.

— Me conta!

— Você não conhece o caso Félix Faure?

— Não!

— Um presidente da República morto no exercício de suas funções... amorosas?

— Não mesmo!

— Você tem que rever a sua cultura!

— O que eu quero é aprender.

— No dia 16 de fevereiro de 1899, o presidente Félix Faure estava em plena conversa íntima com certa senhora Steinheil...

— Está começando a me interessar.

— Uma senhora cujos carinhos eram, segundo dizem, os mais perigosos para a saúde.

— Uma mulher de dedos de fada!

Stéphane Belleau deu uma gargalhada.

— A tal ponto que o infeliz Félix Faure sucumbiu entre as mãos experientes da dita pessoa, que fugiu, seminua, pela escada de serviço. Um verdadeiro escândalo nacional.

— Isso corre o risco de acontecer com o meu ministro!

— Sem contar a pena ácida dos jornalistas...

— Quanto a isso, já sei o quanto custa — suspirou, amargo, Marcas.

— E também a palavra carniceira dos oponentes políticos — continuou o livreiro. — Depois da morte do presidente, Clemenceau subiu à tribuna da Câmara dos Deputados.

— Imagino o pior!

— E pode. Numa frase: ele jogou uma pá de cal no caixão do rival: "Félix Faure se considerava César, foi apenas Pompeu."

Marcas passou a mão no rosto, arrasado.

— Deixo que você imagine as reações na assembleia. Foi magnífico!

— Imagino a reação da imprensa se eu não encontrar explicações racionais para a morte da amante do ministro.

O livreiro inclinou-se para o irmão:

— Mas, segundo você, de que foi que ela morreu mesmo?

Marcas consultou novamente o relógio. Tinha apenas meia hora antes do encontro da rue Vivienne. Levantou-se.

— Você acabou de me dizer... DE AMOR.

Ele saiu, cumprimentando-o com um pequeno gesto da mão.

A passagem Vivienne tinha sido concebida para ligar o bairro da Biblioteca Nacional ao da Bolsa, lugar de encontro entre as finanças e o espírito. O lugar perdera o paradoxo. Tanto a Bolsa quanto a Biblioteca Nacional migraram para outros espaços. Depois de alguns anos de entorpecimento, a passagem despertara graças à instalação de novas lojas, entre elas a filial de um grande costureiro considerado vanguardista.

Construída em 1820, a galeria Vivienne, bem como sua vizinha, a galeria Colbert, foram, sem dúvida, concebidas por irmãos. Do contrário, não se explicariam as curiosas frisas de medalhões esculpidos que enfeitam suas fachadas internas.

Aliás, os iniciados, quando atravessavam uma dessas passagens, não deixavam de lançar um olhar discreto em pelo menos dois medalhões: um que representava uma colmeia, simbolizando o trabalho em loja, o outro, um aperto de mãos totalmente maçônico.

Quando chegou a esse sinal de reconhecimento, Marcas se perguntou justamente como identificaria o conselheiro da ordem. Não teve de fazer a pergunta por muito tempo; o café estava vazio. Com exceção de uma mesa.

— Parell. Alexandre. Fico contente por você ter podido se liberar.

O indicador bateu exatamente no ponto ritual. O comissário replicou do mesmo modo, antes de falar.

— Você tem pressa, acredito. Eu também. Então, o que a obediência quer?

— Transparência e discrição.

— É uma brincadeira?

Marcas fez menção de se levantar.

— Transparência para nós, discrição para os profanos. Em consequência desse caso lamentável, a maçonaria inteira corre o risco de ser enlameada.

— Já estamos enlameados!

— Então você bem vê que...

— Não, eu não vejo. Justamente. Esse caso não tem nada a ver com a maçonaria. É um assunto privado.

— Não creio que...

— Foi simplesmente um excesso entre um ministro que pensou ser um jovem e uma mulher de coração fraco.

De repente, a voz de Parell ficou mais lenta e mais firme.

— Você tem todos os relatórios da autópsia?

— Não, estou aguardando...

— Nós temos. E ela não sofria de insuficiência cardíaca.

O rosto de Marcas ficou vermelho.

— Eu mesmo falei com o legista. Ele me disse que...

— E o Ministério do Interior te disse para acelerar o trabalho e comunicar a quem de direito. Você não pediu nada? Quer um café?

— Qual é o seu jogo?

— O único que se joga quando se está em dificuldade: livrar-se o mais rapidamente possível...

— Não estou entendendo.

— E nós tememos entender demais.

Marcas olhou o irmão nos olhos. Pouco mais de 30 anos. Finos óculos de armação flexível. Terno cinza pérola. A nova geração de maçons. Entre a política e a comunicação. Homens que sabiam onde estava o verdadeiro poder atualmente. Controlar a informação: antes estar na fonte que na cachoeira. E a obediência não queria ser enlameada.

— Prepararam um dossiê para você. O mais completo possível. Nosso irmão, o ministro, tinha algumas fascinações. Você vai entender.

— Não tenho certeza.

— Cada irmão procura seu caminho. E, algumas vezes... se perdem.

Antoine repetiu:

— Se perdem?

— A maçonaria é um caminho longo e difícil. Daí a ser tentado por caminhos transversos...

— E o nosso irmão fez a passagem?

Parell empurrou o dossiê na mesa de mármore.

— Muito mais que a passagem.

29

Paris,
rue des Martyrs

O vento frio chicoteou-lhe o rosto e penetrou em seu vestido. Controlando um arrepio, Anaïs desceu do táxi e correu para a porta-cocheira. Digitou a série de seis números no porteiro eletrônico de metal, rezando para que o código não tivesse mudado depois de sua última visita. Para seu grande alívio, a porta se abriu com um zumbido agudo; a jovem mulher se dirigiu para o fundo do pátio onde ficava a cabine da porteira.

Bateu no vidro com força, com risco de quebrar a vidraça. Uma velha cortina alaranjada se entreabriu, dando passagem ao rosto de uma jovem mulher atraente. Anaïs reconheceu a filha da porteira, uma estudante que substituía a mãe durante as férias, para engrossar o fim do mês. A cabine se abriu.

— Senhorita Anaïs, entre! Vai congelar com um tempo desses!

O calor que reinava na cabine aqueceu a moça enregelada. A estudante a observava de alto a baixo, visivelmente surpresa diante da roupa estival de Anaïs.

— Sente-se. Estou tomando uma xícara de chá, está servida?

— Não, obrigada. Só quero as chaves do apartamento do meu tio.

— Pois não. Ele deve ter tantas lembranças... Mas tem certeza de que não quer uma pequena xícara?

Esgotada de cansaço, Anaïs interrompeu a conversa.

— Lembranças? Só quero as chaves; estou exausta. Estou chegando de uma longa viagem e preciso descansar. A esta hora, meu tio ainda não deve ter chegado.

A estudante ficou tensa.

— Meu Deus! A senhorita não está a par?

— A par do quê?

— Seu tio morreu há uns dez dias.

Anaïs sentiu o chão fugir sob seus pés. O pesadelo recomeçava. Sufocou, e se sentou lentamente numa pequena poltrona de tecido cinza.

— Eu... Eu não entendo...

— Seu tio teve uma crise cardíaca ao subir as escadas. Quando ouvi o corpo dele cair, corri para chamar o Samu, mas já era tarde demais. Nem mesmo o doutor aposentado do quarto andar e a vizinha conseguiram salvá-lo.

Anaïs se controlava para não explodir em soluços. Precisa mais uma vez se controlar, não se abater. Somente alguns minutos, o tempo de subir ao apartamento de Anselme. Ela disse com a voz branca:

— Me dê as chaves, por favor.

A estudante pegou um pequeno molho pendurado a uma placa de cortiça.

— Tome. Quer que eu te acompanhe?

— Não, obrigada. Está tudo bem.

Anaïs levantou-se para pegar as chaves e saiu, calada, sob o olhar entristecido da estudante. O cheiro da cera flutuava no vão da escada. Anaïs subiu os degraus lentamente; as lágrimas começavam a brotar do canto de seus olhos.

Anselme estava morto.

Agora, ninguém poderia ajudá-la. Quando chegou ao segundo andar, abriu a pesada porta de carvalho familiar e fechou-a brutalmente.

O apartamento estava mergulhado na penumbra. Abriu os cômodos um a um. No quarto, sem saber por quê, tocou a cama. Estava tudo limpo, arrumado, como se Anselme tivesse acabado de deixar a casa. Foi no escritório que ela compreendeu. A mesa estava cheia de livros, de recortes de jornais, de dossiês abertos. E já uma fina camada de poeira os cobria.

30

Paris,
quai de Conti

Dioniso pousou os jornais na mesa. Fizera questão de comprá-los pessoalmente na banca, depois de ter marcado encontros na capital.

Decididamente, sempre se podia contar com a mídia para desencadear tempestades e ainda confundir as pistas. As chamas da fogueira siciliana se acenderam em outros países. Páginas inteiras no *Le Parisien*, *Libération* e *Le Figaro*, análise no *Le Monde*. Todos se perguntando sobre os autores do massacre e suas motivações. A especialista em seitas que ele vira na televisão continuava dissertando sobre a personalidade do guru. Outro afirmava de modo categórico que a influência dos livros esotéricos sobre a sociedade conduzia a esses excessos. Ele acreditava no ressurgimento de sobreviventes da Ordem do Templo Solar.

Imbecil.

O mestre sorriu.

Era apenas o início da tempestade.

Pousou os jornais e abriu de novo o manuscrito Casanova.

"... *O criado do marquês chegou às onze horas e me levou à casa de seu senhor, que eu encontrei numa salinha de sua residência. Almofadas de seda estavam espalhadas pelo chão, e uma refeição estava disposta em espécies de mesinhas com tampo de cobre ou de prata. Os convidados do marquês não tardaram a chegar, e nos pusemos à mesa em número de sete. O jantar foi servido à mourisca, tanto pelo cerimonial quanto pelos pratos. Essa originalidade não me surpreendeu. Desde minha chegada, considerei-a como um sinal de respeito e confiança. Desde que cheguei a Granada, notei que muitas tradições do tempo dos califas tinham sobrevivido. E diziam que, na intimidade, certas famílias tinham permanecido fieis à fé de seus ancestrais. Comentava-se até que nobres cristãos não deixavam de praticar determinadas tradições de origem moura, às quais suas famílias estavam acostumadas.*

Nosso anfitrião não deixou de me apresentar a todos, mas o convidado que me interessava mais era um belo homem de uns 60 anos, cujo rosto manifestava sabedoria e doçura. Em todas as conversas que se tiveram à mesa, ele me ouviu com a maior atenção, sem nunca pronunciar uma só palavra.

Ao sair da sala onde havíamos jantado, perguntei ao Senhor de Pausolès quem era aquele convidado, e ele me respondeu que era um homem raro, cuja amizade me aconselhava a cultivar, caso ela me fosse oferecida.

Essa descrição me agradou e, depois que passeamos pelos jardins, voltei ao grande salão e sentei-me perto de Don Ortega: era o nome do espanhol que me interessara e que me convidou a fumar em sua companhia. Um criado do senhor de Pausolès trouxe-me um cachimbo, que preparou com cuidado, e acendeu com uma brasa.

Don Ortega interrogou-me sobre os motivos que me levaram a Granada. Para satisfazer sua curiosidade, contei-lhe a história de minha vida desde minha chegada à Espanha. Não omiti nenhum detalhe, nem mesmo aqueles que me teriam tornado ridículo em público.

— Meu caro, o senhor está num ponto crítico de sua vida. Poucos homens chegam a semelhante grau de consciência. Muito menos além.

Sua fala me lembrava a do senhor de Pausolès. Perguntei-lhe se também ele era meu irmão. Ele sorriu, pegou minhas mãos e fez os toques rituais. Por minha vez, abracei-o, o coração encantado com aquela fraternidade, tão boa para mim.

— O senhor foi iniciado na França — disse-me ele —; nossos irmãos de lá me parecem muito mais preocupados com as questões políticas do que com as filosóficas.

— É verdade — respondi-lhe — que o Contrato Social *de Rousseau está em todas as lojas. Ele é lido, comentado...*

— E se sonha com uma grande reforma da sociedade. Acredite, irmão, somente a reforma interior é verdadeira.

Fiquei pensativo. A franco-maçonaria não poderia se resumir a assembleias políticas ocupadas unicamente em mudar o curso da história. Muitos irmãos tinham outras aspirações, e numerosas lojas praticavam ritos com aspirações místicas evidentes.

— Acredito facilmente, tanto mais que encontrei alguns irmãos cujo objetivo na maçonaria não tinha nada de profano. Muito pelo contrário, também eles procuravam a verdade escondida.

De fato, eu não sabia o que pensar das lojas que se reuniam para praticar ritos cuja obscuridade, diziam, era a garantia mesma do valor iniciático. Embora a sinceridade dos irmãos que se dedicavam a eles não deixava dúvida alguma, não se poderia dizer o mesmo daqueles que os guiavam.

Don Ortega sorriu com tristeza.

— Vejo a que o senhor se refere, mas temo que muitas dessas tentativas sejam apenas bagatelas esotéricas que desonram a verdadeira maçonaria.

Pensei naquele Cagliostro, de quem já ouvira falar na Itália e que eu encontraria um ano depois em Aix-en-Provence. Também ele grande fazedor de milagres herméticos e especialista em rituais malucos.

— É verdade que vivemos numa época de charlatães que pretendem dialogar com o céu. Aventureiros que, todos os dias, inventam novos ritos.

E eu lhe contei que tinha frequentado em Paris e em Lyon lojas onde os irmãos tentavam entrar em contato direto com o Grande Arquiteto do Universo. Ele começou a rir.

—Assisti a algumas dessas cerimônias. Elas estiveram na moda por um tempo na Espanha, apesar dos riscos, pois a Inquisição não brinca com a magia, mesmo quando ela é ridícula.

E falamos desses rituais esotéricos em que irmãos, embora sensatos, ofereciam preces aos espíritos elementares e invocavam o anjo Uriel.

— Quando não traçam no chão pentáculos inverossímeis, para convocar todas as forças secretas do Universo!

— Ou não se perdem em meio a volutas de incenso!

— Tudo isso, porém — retomou Don Ortega com seriedade —, revela uma verdadeira falta. O homem é imperfeito enquanto não encontra sua metade.

Fiquei em silêncio.

— E o que o senhor me conta de sua aventura em Madri me faz pensar que também está à procura da parte ausente.

Eu ia responder, mas ele se levantou.

— Fiquei encantado em conversar com o senhor, pois vejo que seu coração é puro e sua alma, expectante. São as condições exigidas para uma verdadeira consciência.

Eu lhe disse o quanto sua presença e suas palavras tinham sido um bálsamo para meu espírito. E o quanto ficaria feliz em tê-lo entre seus amigos.

Seu sorriso se iluminou, e ele me abraçou.

— Fique certo, Casanova, de que logo pedirei para vê-lo, e que a amizade que o senhor me oferece será retribuída. Entre irmãos, é costume oferecer o pouco de ciência da vida de que se dispõe. Conte com minha fraternidade para ajudá-lo nessa via do coração.

Eu o acompanhei até a porta onde nos esperava o senhor Pausolès. Cumprimentei Don Ortega, que se despediu prometendo-me encontrar-se em breve comigo.

— Então, o que achou de nosso irmão? — perguntou-me o marquês quando ficamos a sós.

— Faltam-me palavras para falar da gratidão que lhe devo por me ter apresentado a um homem assim.

— Nosso irmão é um verdadeiro erudito, no sentido nobre do termo. Dedicou muitos anos de sua vida ao estudo da história de Granada. Passou noites lendo as velhas crônicas do tempo dos mouros. Deveria ver sua biblioteca; ele coletou uma quantidade de livros e de velhos pergaminhos da época muçulmana.

— Não é arriscado interessar-se pelos livros sagrados de outra religião?

— Don Ortega é um homem respeitado, e muitos dos grandes do reino recorrem a seus serviços. E depois, nossos religiosos são tão ignorantes quanto estúpidos. Quando descobrem um texto árabe em suas bibliotecas, em lugar de queimá-lo como exige a Inquisição, correm para a casa de nosso irmão para conseguir um bom preço por ele.

Sorri, imaginando um monge de batina sebosa trocando um livro raro por algumas miseráveis moedas.

— Aliás — continuou o marquês de Pausolès —, nosso irmão Ortega não é o único a cultivar nosso passado. Eu lhe disse, vivemos numa terra carregada de tradições das quais devemos ser os depositários atentos. Por outro lado, os mouros foram apenas os herdeiros de ensinamentos ainda mais antigos.

Estávamos na antecâmara, e um criado de libré esperava para me acompanhar de volta.

— O senhor terá a oportunidade de debater essas questões com o próprio Ortega. E eu não quero profanar o assunto. Mas, diga-me, o que fará amanhã?

Eu lhe respondi imediatamente que estava à sua inteira disposição.

— Conhece o convento da Santíssima Trindade?

— Não tenho a honra.

— É o mais antigo convento da cidade. Minha irmã está reclusa lá, ela reza pela paz de nossas almas e cuida da boa educação de jovens noviças.

— Uma santa e nobre vocação!

— Não tenha dúvida! As jovens que enviamos para esse convento são às vezes... surpreendentes.

— O senhor provoca minha curiosidade!

— Não está em Granada para descobrir um novo gosto pela vida?

— Com sua ajuda, sim.

O marquês me tomou a mão antes de responder:

— Você vai conhecer o Caminho."

31

Paris,
Impasse Monplaisir

Antoine apreciava o espaço dos cafés desde a época de estudante. O ruído do ambiente não o perturbava. Ao contrário, conseguia sem dificuldade abstrair-se da atmosfera sempre agitada para mergulhar em suas reflexões. Além disso, gostava de esperar. Sobretudo quando tinha encontro com um desconhecido.

Marcas se levantou, surpreso, espalhando o açúcar do café. A desconhecida sentou-se logo, pondo a identidade maçônica na mesa: *Isabelle Landrieu.*

— Não esperava ter um encontro com uma mulher, não é?

— Não, aliás, quando te vi entrar, pensei...

— Que eu era um homem? Sim, eu sei. Hoje devo estar parecendo um rapaz: a calça reta, o casaco cruzado... Em outro dia, quando estivesse de mulher fatal, você não teria me reconhecido.

— Não, mas justamente...

— Justamente o quê? Sou tão apagada assim?

— Não, muito pelo contrário. Bem...

Viu que ela franzia as sobrancelhas. Ele se enrolava como um adolescente espinhento. Ele continuou:

— Me diga, quais são exatamente as suas funções?

— Primeiro o senhor. Me diga o que sabe sobre mim. Não disponho de muito tempo hoje.

Antoine suspirou. Tinha passado boa parte da noite lendo o relatório que o enviado da obediência lhe entregara. Quando acabou, estava assustado. Pela manhã, telefonara a Parell. Este se absteve de ironizar. Ambos estavam convencidos de que a situação era explosiva. Parell lhe ofereceu ajuda.

— Preste atenção. De outro modo, não resolveremos isso. Temos uma pessoa. Um especialista nessas questões. Você tem que vê-lo. E depois, isso fica em casa, compreende?

Marcas tinha compreendido muito bem e aceitou um encontro num café, no beco Monplaisir. Esperava um irmão. Veio uma irmã.

— O que eu sei? Olha, vamos passar para o tratamento informal. Afinal, estamos...

— Em família, eu sei. E então?

— Parell me disse que você era especialista em seitas, que faz parte da comissão interministerial. Em resumo, um figurão.

— Só isso?

Isabelle mergulhou dois dedos no maço de cigarros de Marcas. No café, um dos garçons aumentou o volume da televisão a pedido de um grupo de turistas belgas, que queria ouvir as notícias.

— Não é suficiente?

— É! Eu sou mesmo, eventualmente, conselheira junto ao governo para tudo o que se refere à questão das seitas. Ajudo as associações de defesa, participo das investigações parlamentares, reúno informações. Os jornalistas recorrem a mim, às vezes. Mas o que você precisa saber...

— Você quer me assustar?

— É que estou aqui primeiramente como irmã! Você leu o artigo?

— Infelizmente, sim.

— Acredite, por intermédio do lamentável caso do ministro, não é o governo que é visado, mas nós! Trata-se nada mais nada menos de nos fazer passar por um grupo sectário.

Antoine acariciou com a palma da mão o dossiê que o conselheiro da obediência lhe entregara.

— Com isso, não vão ter dificuldade. Não acredito! Maçons que se prestam a cerimônias quase mágicas.

Isabelle remexeu na bolsa e pegou um exemplar semelhante.

— Eu tenho um igual. Estou trabalhando nisso desde o início da semana. Parell fez um bom trabalho.

— Eu não acredito! Ritos de outro tempo. Místicos sem fé nem lei, em busca de poder. Como se quisessem ressuscitar antigos deuses!

— Em todo caso, não são iluminados. O que vazou das práticas deles leva a pensar que se alimentaram diretamente da fonte.

— O que você quer dizer?

A conselheira deu um sorriso estranho.

— Uma boneca russa!

— Desisto...

— O princípio das bonecas russas: um grupo que dissimula outro.

— Mais exatamente?

Isabelle acendeu o cigarro.

— No início, temos a nova loja à qual pertence o ministro. Certamente não estou falando da Regius, que não existe mais, mas de uma nova loja criada segundo todas as regras. O que há de mais normal.

— Salvo que nela encontramos um ministro e, provavelmente...

— Personalidades, sim. Mas isso é comum. Apesar de franco-maçons, as pessoas conhecidas tendem a se agrupar em oficinas onde encontram seus pares.

— Uma bela imagem da fraternidade!

— Nem por isso é uma seita.

Antoine, por sua vez, pegou um cigarro. Tinha voltado a fumar havia pouco.

— E então, quando é que a coisa derrapa?

— Quando eles tocam no ritual. Há dois anos, solicitam uma patente para praticar um rito antigo. Algumas lojas fazem isso para reviver um momento da história maçônica.

— Um rito conhecido?

— Sim e não. No século XVIII, houve uma quantidade de ritos dos quais só se conhece o nome, casualmente, pelos relatórios da polícia e pelas correspondências privadas. No caso presente, trata-se de um rito certamente registrado, mas cujo conteúdo não é conhecido. Um simples engodo.

— Mas eles com certeza apresentaram um texto. A comissão dos ritos aceitou?

— Sim.

— Então deve haver uma cópia.

— Não. O dossiê desapareceu. Bem como o quadro das lojas que continham os nomes dos irmãos da oficina e o caderno de presença que identifica os visitantes. A mesma coisa aconteceu com as atas das sessões.

— E o que nos resta?

— O que Parell pôde ficar sabendo. Mais um ministro no asilo e um cadáver no necrotério!

— Ótimo...

— Mas há um boato, um nome que circula. Henry Dupin.

— O costureiro?

— Ele mesmo. Dizem que era um dos oficiais dessa loja especial. Mas é apenas uma suposição.

Marcas bateu com os dedos na mesa. Isabelle olhou para o relógio, e continuou:

— De qualquer modo, essa loja foi infiltrada por uma seita. Tenho certeza.

— É também a hipótese de Parell. Mas, francamente, um guru é algo que se reconhece.

— Duvido que você reconhecesse se encontrasse um. Sobretudo se ele oferecesse provas indiscutíveis dos poderes que tem.

— Como no caso do nosso ministro, que parece ter recuperado uma segunda juventude! Quem sabe seu mestre espiritual tenha ressuscitado o elixir da juventude. A menos que tenha sido o Santo Graal ou a pedra filosofal.

— A menos que os três sejam um só.

— Está brincando?

— Não exatamente.

— Você não acredita seriamente que...

De imediato, Marcas pensou em Anselme.

— Escute, agora tenho que ir, mas preparei para você um dossiê sobre algumas pesquisas científicas recentes. Você vai ver. Bem condicionado, o espírito pode muito. Basta, simplesmente, ajudá-lo a acreditar. E uma das melhores alavancas...

— É...

— O sexo!

Isabelle pôs uma pasta azul sobre o falso mármore da mesa, antes de se levantar.

— Leia isso.

Uma aclamação percorreu a sala do café. Marcas deu uma olhada no grupo de turistas. Os homens riam e exclamavam, apontando para a tela com o dedo. A atriz Manuela Real inclinava-se para um microfone, o decote largamente aberto sobre um peito que era um sonho.

Por sua vez, Isabelle inclinou-se para Antoine:

— O que é que eu estava te dizendo?

32

Paris,
quai de Conti

Dioniso se sentara no divã, no centro do salão. O apartamento dava para o Sena através de duas janelas. Uma se abria para a fachada do pátio quadrado do Louvre; a outra, para o parque Vert-Galant. Na metade da noite, o mestre tinha afastado as cortinas, e as luzes da cidade invadiam o cômodo, desenhando motivos geométricos no carpete.

O divã estava posicionado diante das janelas e de costas para a porta. Na antecâmara, um adepto estava de guarda, o olhar preso às imagens das câmeras que vigiavam as várias entradas. A certeza de controlar todo o ambiente em torno tranquilizava e, ao mesmo tempo, excitava Dioniso.

Apesar dos riscos luminosos provenientes da rua, Dioniso não conseguia distinguir seu rosto no espelho que ocupava um dos ângulos da sala. Percebia apenas uma forma, um fulgor anônimo, como que desligado do contexto. De fato, Dioniso levara muito tempo para gostar de seu rosto. O tempo de compreender que um olhar, um sorriso se construíam como se esculpe uma estátua, segundo formas perfeitas e exigentes. Se quisesse existir, um rosto deveria ser animado por uma imagem interior. E, para isso, era preciso possuir um método.

Lentamente, Dioniso pôs-se a escutar o coração. Seus batimentos. Cada vez mais regulares. Até ter a impressão de escutar um metrônomo bater. Um ritmo infalível ao qual ajustar sua respiração. A cada inspiração, Dioniso visualizava um detalhe preciso do rosto; a cada expiração, fixava esse detalhe na memória. Ao final do exercício, via como que numa fotografia. A partir daí, respirava mais lentamente, bloqueando os pulmões depois de cada movimento respiratório. Uma exigência física cuja sensação ele associava às modificações a que submetia seu retrato. Progressivamente, sua imaginação, como uma placa fotográfica, *se imprimia* com metamorfoses longamente meditadas. Quando Dioniso chegava à mais precisa imagem de si, interrompia bruscamente o exercício. Tinha notado que essa prática era mais eficaz desse modo: era preciso deixar o inconsciente trabalhar. Já o sabiam os iniciados nos mistérios gregos de Elêusis, que celebravam, em suas mais secretas cerimônias, a lenta maturação do grão de trigo na terra escura. Uma morte simbólica, uma entrega às forças das profundezas, para que a forma perfeita pudesse, enfim, vir à luz.

Dioniso abriu os olhos e estendeu a mão direita. Na beira do canapé, estava pousado um livro que já quase terminara. Uma publicação que esperava havia muito. *Casanova franco--maçom*, por Lawrence Childer.

De acordo com esse reconhecido especialista, Casanova só se tornara franco-maçom por puro interesse. Na sociedade cosmopolita e frequentemente suspeita na qual navegava o lendário sedutor, ser irmão era, inicialmente, a garantia de uma fraternidade aberta em todas as cortes e cidades da Europa. A certeza de integrar uma rede internacional que, de Nápoles a Berlim, passando por Paris ou São Petersburgo, permitia encontrar recursos em todas as lojas. Childer, aliás, não poupara esforços para descobrir os relacionamentos maçônicos de Casanova desde sua iniciação em junho de 1750, em Lyon. De Goethe a Voltaire, do cavaleiro d'Éon a Frederico II, rei da Prússia, foi todo um catálogo de iniciados que o autor das *Memórias* consultou durante sua longa carreira de aventureiro. Aliás, nas circunstâncias difíceis de sua vida, os irmãos não pouparam sacrifícios para salvá-lo das dificuldades, providenciando, sempre a tempo, antes que ele fosse preso ou expulso. Sem contar seus constantes problemas financeiros... Assim, Childer insistia com benevolência na fraterna solicitude do duque de Brunswick, que garantiu, em 1764, uma letra de câmbio de Casanova, apesar de contestada pelos próprios banqueiros de Casanova! Diante de semelhante demonstração, é de espantar a desconcertante ingenuidade dos maçons da época, a menos que se suponha que o irmão Casanova lhes tivesse oferecido algum valor em troca.

Para Childer, não havia dúvida: se Casanova frequentava as lojas e, particularmente, os altos graus, era certamente para ampliar sua rede de relacionamentos, mas, sobretudo, para ser iniciado em novos ritos que depois revelava durante suas várias viagens. Assim é que o viram frequentar a oficina do irmão Tschoudy, iniciado em Nápoles nas antigas tradições herméticas, e cujo livro *A estrela chamejante* iria se tornar um texto de referência para toda a maçonaria europeia. Encontravam-no também em companhia de certo Giuseppe Balsamo, logo conhecido como Cagliostro, que fundaria a maçonaria egípcia que hoje irradia no mundo. E até mesmo na Rússia, Casanova se tornou íntimo do misterioso Melissino, o iniciado que introduzira os altos graus na corte do tsar. A demonstração de Childer, cuidadosamente sustentada, era implacável. Sem dúvida alguma, iria convencer.

Dioniso releu a conclusão e pousou o livro no braço do canapé. Estava encantado. Como todas as vezes em que via uma controvérsia se insinuar, desenvolver-se e triunfar. Não havia dúvida de que depois de semelhante livro só se falaria de Casanova franco-maçom como charlatão, e das lojas dos irmãos como cenáculos de pobres crédulos. Childer tinha feito um bom trabalho. Errara apenas na perspectiva. Se Casanova havia frequentado assiduamente as lojas, se fora visto envolvido com a origem de numerosos altos graus, não foi para fazer deles um fundo de comércio, não! Foi por um motivo completamente diferente!

"... O senhor sabia — perguntou-me o marquês, enquanto íamos para o convento — que no tempo dos mouros, algumas moças eram educadas especialmente para o prazer?

— Eu ignorava esse detalhe voluptuoso.

— Ele o surpreende?

— Absolutamente. O Profeta não prometeu aos combatentes de sua causa que eles encontrariam no paraíso de Alá jovens virgens inteiramente dedicadas ao prazer?

— Vejo que conhece o Alcorão!

— Estudei-o, bem como todos os grandes textos sagrados.

— Interessou-se também pela sociedade esotérica dos sufis?

Eu me lembrava de que, por ocasião de minha estada em Constantinopla, falaram-me dessa seita muçulmana, ora triunfante, ora perseguida, mas que hoje parecia totalmente degenerada.

— Espécies de dervixes rodopiantes?

O senhor de Pausolès não pôde evitar um sorriso.

— O senhor fala como Voltaire! Não, os sufis eram verdadeiros buscadores da verdade. Eles procuravam as vias que levavam à divindade.

— A lei do Profeta só conhece uma.

— Embora muçulmanos sinceros, nem sempre se submeteram ao dogma. Assim é que foram transmissores de sabedoria.

Fiquei em silêncio. O marquês continuou:

— Uma das grandes riquezas dos sufis foi terem recolhido e explorado numerosas tradições que, no entanto, não pertenciam à sua cultura de origem.

— Uma tolerância que os honra!

— Por exemplo, eles observaram nas mulheres do deserto, as berberes, espantosas aptidões para dar prazer aos homens.

— Uma qualidade rara!

— Quase divina!

Não ousei perguntar, mas meu desejo foi mais forte.

— E que permanece até hoje?

O marquês me mostrou com o dedo longos muros brancos que brilhavam ao sol.

— Chegamos.

Depois de ter mandado avisar a irmã de sua presença, o marquês fez com que nos levassem ao parlatório. Pouco depois a vimos chegar com a noviça, objeto de sua ternura. Meu companheiro me apresentou. A jovem ainda não tinha 19 anos e estampava no rosto a marca da doçura aliada à fineza. Morena, voluptuosa, e com a cintura apertada num colete, ela deixava adivinhar todo o peito, encantada por se deixar contemplar e só mostrar o que o amor podia desejar. Contudo, era fácil imaginar como todo o resto de sua pessoa era feita. Por seu rosto sedutor não se podia deixar de avaliar o todo em seu maior benefício.

Por um instante, interroguei-me sobre a natureza das relações que poderiam existir entre aquela jovem noviça e a irmã de meu amigo. Esta tinha um ar insubmisso que intrigava profundamente. Para uma religiosa condenada a permanecer enclausurada, encontrei em seu rosto uma aparência de frescor e de serenidade que desmentia a sombria rigidez de seu hábito de freira. O contraste me surpreendeu. E a mecânica de meu espírito chegou a conclusões que logo inflamaram todo o meu corpo. Tal agitação interior deve ter sido vista, pois as duas jovens mulheres explodiram num riso em uníssono. O próprio marquês dignou-se a rir de minha perturbação.

— Ah, meu caro Casanova, o que eu lhe disse? Elas não são flores de perfume embriagador?

— Um buquê que encanta todos os sentidos!

A jovem noviça parecia a mais ousada. Por diversas vezes, seu olhar cruzou o meu. Creio que eu jamais vira maiores possibilidades em semelhante troca. Meu espírito divagava e no momento mesmo em que eu alimentava a conversa com meus cumprimentos, meu desejo tomava curiosos caminhos transversos. Sempre tive uma imaginação fértil, mas aquela menina de sorriso ambíguo me pareceu a encarnação de uma deusa vinda da Antiguidade para assombrar os sonhos dos mortais.

— Podemos saber seu nome, senhorita?

A irmã do marquês respondeu:

— Nós a chamamos de Alsacha.

— Em mouro antigo, significa 'a estrela' — explicou meu companheiro. — Ela vem de uma aldeia isolada na montanha e ela é... muda.

Essa revelação me surpreendeu.

— Ela não pode falar?

— Exatamente! Mas Deus lhe deu outros dons.

— É verdade que seu olhar...

— O senhor observa rapidamente. E que efeito ele lhe provoca?

Procurei uma frase tanto para seduzir aquela encantadora pessoa quanto para traduzir minha exata sensação.

— Seu olhar é como um vento que atiça as brasas da imaginação.

— Exatamente! E seu silêncio forçado é, de fato, uma sorte.

— Como assim?

— O que se perderia em palavras, aqui se concentra.

— Não o acompanho mais.

— Compreenderá em pouco tempo.

No fundo do convento, um sino tocou. Logo as duas mulheres cobriram o rosto com um véu escuro que estava posto sobre os ombros.

— É hora da missa — anunciou o marquês —, temos de ir embora.

Enquanto eu me levantava para me despedir, Alsacha, antes de cruzar a porta do parlatório, virou-se e me lançou um último olhar. Meu coração deu um salto. Senti-me remexido até o fundo da alma. Como se a terra tivesse acabado de se mover. Por um instante, acreditei perceber um mundo novo. Com a mão, procurei o ombro de meu companheiro.

— O senhor acaba de dar o primeiro passo para a verdadeira via — o marquês me sussurrou ao ouvido."

Terceira Parte

Com o Macho e a Fêmea, desenha um Círculo, depois um Quadrado, depois um Triângulo e, finalmente, um Círculo, e obterás a pedra filosofal.

1618, Michael Maier, alquimista

33

Espanha,
Granada,
bairro de Albaicin

Não era verão, mas o calor já reinava absoluto em toda a cidade. Dos contrafortes do Alhambra ao bairro da catedral, da colina de Albaicin até as grutas ciganas do Sacromonte, todos os habitantes aproveitavam a noite para passear pelas ruas e sentir o frescor noturno. Intensificavam-se as conversas sobre o único assunto de discussão que valia a pena: os preparativos para a Semana Santa, prevista para dali a quatro dias. O percurso de cada confraria encapuzada era calculado metro a metro para que a homenagem à Sagrada Família fosse a mais majestosa possível. Como em todas as cidades da Andaluzia — Sevilha, a grande rival; Córdoba, a orgulhosa; ou Cádiz, a marítima —, as ruas de Granada se encheriam com procissões fervorosas e lúgubres. Dia e noite, dezenas de milhares de fiéis se aglomerariam em volta dos carros levados pelos penitentes cobertos com chapéus pontiagudos. As confrarias mais poderosas exibiam suas cores, preto, azul, vermelho, branco, e desfilariam para a glória do Cristo e da Virgem.

Embora o mui católico Deus reinasse sobre grande parte das almas daquela Espanha andaluza, Manuela Real não participava do que considerava, com desprezo, como o rebanho dos carolas. Havia muito que a atriz afastara da mente o Nazareno e sua cruz vergonhosa, para ela símbolo da opressão e de séculos de frustração. Sua casa de Albaicin transbordava de antiguidades de todos os continentes, mas em lugar algum, quer nas paredes, quer nos armários, encontrava-se vestígio de objetos cristãos. Ela se considerava uma *bruja*, uma feiticeira que não tinha contas a prestar àquele que chamavam de Deus, ou a seus vassalos trêmulos de piedade.

Sua repulsa pela religião católica se originava diretamente das perseguições sofridas por sua família sob o franquismo. Seu avô, eminente professor de direito e cristão progressista, tinha sido torturado e fuzilado pelos partidários do Caudilho por causa de sua manifesta simpatia pela República. Manuela tinha sido educada numa instituição de freiras devotadas a Franco, e ainda guardava em seu corpo as punições recebidas por sua impertinência e, na alma, as caçoadas contra a família qualificada de *vermelha*. Ano após ano, os golpes choviam sobre sua espinha para forçá-la a baixar os olhos diante da Cruz, e seu ódio se fortalecia. Ao sair da instituição, na maioridade, ela jurara rejeitar para sempre o Cristo e sua Sagrada Família.

E jamais mudou de opinião.

Ao contrário, à medida que sua notoriedade crescia, apaixonava-se por correntes, religiosas e filosóficas, que se ergueram contra a Igreja. Por ocasião de uma filmagem no Egito, chegou a ir ao sítio arqueológico de Nag-Hammadi onde fora encontrada uma biblioteca secreta de manuscritos gnósticos. Queria ver com os próprios olhos os lugares obscuros onde viveram aqueles homens e mulheres que, durante séculos, desafiaram o poder conquistador do cristianismo. Os heréticos, como diziam os padres, faziam-na imaginar. Mais do que tudo, sentia-se atraída pela total liberdade daqueles anarquistas do pensamento que não se entregavam aos dogmas mutiladores da religião oficial. Em particular, no campo sexual, em que professavam uma independência absoluta. Uma liberdade de costumes que a fascinava.

Quando chegou ao topo da carreira, comprou a casa antiga em Granada, uma *carmen*, que dava diretamente para os muros do Alhambra. Dispusera a seu gosto um imenso terraço com jardim e piscina cujas laranjeiras e arbustos escondiam a vista ao comum dos mortais. Naquele velho bairro onde os mouros se tinham refugiado para escapar das perseguições depois da tomada de Granada pelos Reis Católicos, Manuela ficara sabendo que a casa tinha sido a última morada de um médico árabe, massacrado, assim como centenas de mulçumanos, na noite do Natal de 1568. Para a maior glória do Cristo, naturalmente.

Entre duas filmagens no outro lado do mundo, ela se refugiava em seu pequeno palácio para recuperar forças e rever o marido. Ao contrário de muitas atrizes, só se casara uma vez. Uma união que se consolidara, apesar das dúvidas e das críticas pouco dissimuladas de seus próximos. Casar-se com um homem mais jovem, mesmo na Espanha pós-*movida*,* era optar pelo contínuo enfrentamento do olhar desaprovador dos bem-

---

* *La Movida madrileña* foi um movimento que buscou a liberdade, em termos políticos e culturais, de tudo o que fora reprimido sob Franco, na Espanha. (N. da T.)

-pensantes. E eles eram muitos: hipócritas, frustrados e dissimulados. Bastava ver todos aqueles homens que, uma vez por ano, na Páscoa, se atiravam com fervor aos pés do Cristo. Carneiros que sempre esqueciam os Evangelhos, para se prosternar aos pés dos altares do vício. Ela, pelo menos, preferira amar às claras.

Seu casamento com Juan Obregon, cantor idolatrado pelas espanholas, tinha provocado uma tempestade entre os fãs do casal. À saída da prefeitura, uma louca se atirara sobre Manuela para degolá-la, berrando que a atriz tinha arrastado o cantor para o inferno. A comediante guardou de lembrança a lâmina afiada da iluminada cristã.

De pé no terraço, Manuela saboreava o momento indizível que acabara de viver, contemplando as muralhas ameadas do Alhambra. Tinham feito amor como nunca antes. Ela voltara de Paris pela manhã, e eles se jogaram nos braços um do outro, como em todos os reencontros. Mas, dessa vez, tinham experimentado algo muito especial. Alguma coisa preparada e amadurecida longamente. Ela acreditara morrer e renascer para, em seguida, mergulhar novamente no nada. Um orgasmo insensato, embora o que tivesse sentido fosse diferente do que conhecera até então. Fundir-se, dissolver-se no oceano do prazer.

Virou-se para o retrato de Casanova jovem, exibido no grande salão atrás do vidro. Um quadro executado para ela por uma amiga de origem peruana, danada de bonita, originária de uma região das margens do Amazonas onde as mulheres tinham a fama de enfeitiçar os homens. A pintora, chamada Malé, conseguira captar a sensualidade perturbadora do grande sedutor, cujo olhar enigmático, sombrio, magnetizava todos os que se deixavam capturar.

Manuela gostava daquele retrato. Como se compartilhasse com ele uma cumplicidade nascida para além dos séculos.

Ele também sentiu os mesmos gozos...

Uma longa melopeia rasgou a noite. Manuela reconheceu um canto cigano, não qualquer um, mas uma *saeta*, entoada unicamente por ocasião das cerimônias religiosas. Era de fato a única coisa que apreciava nas insuportáveis festividades cristãs. O cigano tinha de ensaiar antes do início das procissões. Ela sorriu ao pensar no que ela mesma faria durante os desfiles noturnos dos penitentes. Não expiaria nenhum pecado como aqueles carolas. Ela os realizaria. Fazia dois anos que alugava com o marido um pequeno apartamento no segundo andar da *calle* San Fernando, bem no centro da cidade, ao qual iam discretamente, na hora das procissões. Juan a penetrava no exato momento em que o carro que carrega a estátua da virgem parava diante da janela deles. Ela gostava de gozar, cruzando o olhar com o olhar da mãe do Cristo. Interiormente, não tinha a impressão de cometer uma blasfêmia. “A Virgem perdoa a todos os pecadores, mesmo a você”, dizia invariavelmente Juan depois de suas intimidades, sem nunca deixar de oferecer o óbolo à confraria da Virgem.

Manuela alisou os cabelos negros e voltou para o quarto de dormir. Ao passar diante do espelho, constatou mais uma vez que seu corpo tinha perdido a firmeza. Numa situação em que qualquer outra se sentiria extasiada diante da silhueta incrivelmente conservada para uma mulher de 47 anos, ela notava aqui e ali imperfeições cada vez mais perceptíveis. Mas o que importava? Agora sabia que a fonte secreta do prazer não residia na aparência.

Atravessou o grande salão e abriu suavemente a porta do quarto. O leito estava desfeito, os lençóis caídos no chão, e o amante, seu homem, seu marido dez anos mais novo que ela repousava de costas, a cabeça inclinada de lado. Juan, *El Rubio*, apelido dado pelos fãs, a tal ponto sua cabeleira loura contrastava com a dela. Juan, tão narcísico, que fizera uma nova cirurgia plástica para conservar a beleza. Ela o olhou com inveja. Seu sexo parecia tão frágil entre as coxas musculosas que ela sempre se maravilhava com aquele prodígio que transformava o pequeno pedaço de carne num objeto tão duro. Mais uma coisa que o cristianismo não ensinava em suas instituições.

Um raio brutal atravessou-lhe o crânio.

Ela cambaleou, atordoada com a dor. Sentou-se na cama para se recuperar e teve a impressão de que todo o seu corpo tremia. Os braços se esticavam, e as pernas se afastavam dela. Estendeu o braço para Juan, mas a distância entre eles parecia aumentar.

O que está acontecendo comigo? Nunca fora sujeita a crises de angústia, e aquela sensação imprevista a perturbava. Manuela tentou levantar-se, mas a dor voltou, mais forte ainda. Sem fôlego, desabou na cama, aniquilada pelo sofrimento.

Dever ser cansaço da viagem. Provavelmente é isso. Tentou acalmar-se e não ceder ao pânico.

Juan, me ajude.

O marido não respondeu. Ela gritou.

Juan, acorda, droga.

Ele continuava sem se mexer. Ela agarrou seu tornozelo e beliscou com força sua pele, até tirar sangue. O corpo continuava inerte. Ela se ergueu com dificuldade e notou algo estranho diante da cama.

O grande quadro na parede brilhava com uma luz intensa. O azul se destacava de modo extraordinário, mas sobretudo a estrela branca de cinco pontas parecia animada por vida própria e girava intermitentemente.

Seus raios geométricos iluminavam o quarto. A mulher de cabelos longos pintada na tela ondulava sob o efeito das espirais contínuas.

Manuela começava a compreender o que tinha acontecido.

Somos estrelas.

Tinha de pedir ajuda antes de sucumbir a uma nova crise. Com dificuldade, levantou-se e tateou até a mesa de cabeceira onde estava o telefone. Faltava um metro para ela pegar o telefone. Mais de um metro para levantar o gancho.

Ao longe, a *saeta* continuava mais forte. Manuela teve a impressão de que o cigano cantava para ela. Para a sua procissão miserável até o telefone. Esperando perder a razão a qualquer momento, agarrou o aparelho e digitou o número de emergências.

Mal ouviu a voz da atendente e desabou sob o efeito de uma nova descarga. Sua mente acabara de implodir.

34

Paris,
Hospital Saint-Antoine

Uma ambulância passou chispando diante da porta do setor de admissões, seguida de perto por um veículo do Samu. Homens e mulheres de jaleco branco saíram do hospital para receber os novos pacientes retirados do veículo. Seus gritos ressoavam entre as paredes do velho estabelecimento.

Isabelle esperava Marcas diante da porta de entrada. Ao telefone, ela notou a perturbação dele com a leitura do dossiê que ela lhe entregara. Como muitos irmãos convencidos da retidão da prática maçônica, Marcas considerava as seitas como um antro de fracos de espírito dominados por escroques de carisma doentio. Para ele, tratava-se apenas de abuso de confiança, de charlatanismo; em hipótese alguma admitia que o que funcionava na maçonaria, por meio do ritual, pudesse ser da mesma natureza das praticadas por determinadas seitas em suas próprias cerimônias. Ora, em seu dossiê, Isabelle reunira provas científicas do poder da imaginação sobre o comportamento. Algumas técnicas de concentração e de teatralização produziam sobre o ser humano os mesmos efeitos que os praticados numa loja maçônica ou numa seita de adeptos.

Ela viu o comissário, que caminhava num passo apressado, e acenou para ele.

— Obrigada por ter vindo. Espero que isso não prejudique a sua agenda.

— Não, se isso puder me ajudar — respondeu Marcas com voz neutra.

Caminharam ao longo do edifício principal, contornaram o estacionamento reservado aos médicos e entraram num anexo de construção mais recente.

— Chegamos — disse Isabelle.

O hospital Saint-Antoine abrigava em seu recinto um serviço de neurologia funcional. Um laboratório de ponta onde se realizavam as mais inovadoras pesquisas sobre as complexas relações entre o cérebro e o sistema nervoso. Isabelle ia lá regularmente por causa de seu trabalho. Fazia dez anos que novas seitas tinham surgido. Suas práticas cerimoniais, a pretexto de tradições, se pareciam estranhamente com o que os cientistas estudavam sob os termos de hipnose coletiva ou autossugestão. Hoje, a psicomedicina se desenvolvia na interseção com a psicologia clássica e as neurociências com resultados espantosos que interessavam tanto a terapeutas quanto a militares, ou a grupos sectários. Agora se tornava evidente que o espírito, sob determinadas condições, tinha a capacidade de influenciar profundamente a totalidade do comportamento humano.

Marcas era cético. E, além disso, Isabelle o perturbava. Ele lera com atenção o dossiê que lhe fora entregue. As experiências descritas o espantaram, contudo tinha ficado ainda mais impressionado com o rigor da apresentação. Aquela irmã lhe parecia um modelo de método. Tinha alma de funcionária — pensou ele —, fria, determinada... O tipo de mulher que ele temia; uma profissional até a raiz dos cabelos, sem falha, voluntariamente inacessível. E por isso mesmo muito mais desejável, o que não iria tornar o relacionamento mais fácil. Antoine se conhecia: com ela, ele iria perder pé rapidamente, sentir-se em estado de inferioridade.

E além de tudo, reduzir o poder simbólico a uma simples ilusão, a um jogo da imaginação... Como muitos maçons, ele não gostava que mergulhasse demais na desmistificação.

Quando se interrogava um iniciado sobre o segredo maçônico, este sempre respondia que era a prática do ritual que tinha como resultado modificar a consciência. Mas nunca se levava o raciocínio adiante. Nunca as cerimônias maçônicas foram estudadas de um ponto de vista psicológico. Por exemplo, todos os maçons reconheciam, privadamente, que a passagem para o terceiro grau, o grau de mestre, por sua dramaticidade, possuía uma carga emocional intensa da qual raramente se saía ileso. Por isso, contentavam-se com essa constatação como se, de tanto procurar compreender, se arriscassem a perder-se.

A porta se abriu. Uma mulher de idade madura caminhou até Isabelle. Morena, cabelos curtos, ela transmitia também autoridade e método.

— E então, você vem assistir a uma das nossas experiências ou vem se consultar? Ainda não recebi o resultado de seus exames.

— Desta vez, para as experiências. Apresento a você o comissário Marcas.

— Encantada, sou a doutora Cohen. A polícia agora se interessa pelas neuroses?

— A polícia se interessa por tudo.

— O senhor me preocupa!

Isabelle se interpôs.

— Fique tranquila. Antoine, como eu, trabalha com seitas. E ele precisa aperfeiçoar seus conhecimentos.

— E em que área, em particular?

Marcas sentiu que precisava partir para o ataque.

— Comece do início. A pesquisa científica trabalha como a polícia: há sempre um mistério na origem!

A médica fez um gesto com a mão.

— Então, vamos passar ao meu escritório.

Antoine compreendeu por que a médica queria se isolar quando a viu abrir um maço de cigarros. Mais uma vítima da repressão antitabagista que grassava agora nos lugares públicos. Isso a tornava mais simpática. A doutora Cohen deu a primeira tragada com satisfação.

— O senhor toca piano, comissário?

— Não, desde uma tentativa infeliz no colégio.

A médica sorriu.

— Então o senhor também não sabe o que é cãibra de musicista?

— Confesso que não.

— É uma deformação específica da prática de determinados instrumentos musicais, piano, violoncelo... Na verdade, um verdadeiro drama para os artistas afetados por ela. De tanto repetir um mesmo gesto, a mão acaba tomando uma postura anormal, e as dores são particularmente agudas, até que não se pode mais tocar.

— Entendo, mas...

Cohen o interrompeu:

— Mas o senhor se pergunta qual a relação com a neurologia? Os médicos também se fizeram essa pergunta durante muito tempo. Até que se percebesse que essa perturbação motora não era de origem muscular, mas cerebral.

— Cerebral?

— Sim. E, aliás, graças à imagética médica, pôde-se ver que a representação topográfica dos dedos desses pacientes era anormal.

Isabelle continuou:

— Falando claramente, o cérebro cria espontaneamente uma imagem da dor. Uma ilusão, certamente, mas que dói!

Antoine parecia estupefato.

— Nós mesmos podemos criar uma dor sem causa real?

— Sim, do mesmo modo que se pode criar o contrário. No caso dessa patologia, basta sugerir exercícios precisos e repetidos: gestos mais lentos ou menos habituais. O cérebro replica, mobilizando novas áreas cerebrais, e restabelece o equilíbrio.

Isabelle pegou a palavra no ar.

— O poder do espírito sobre a matéria!

— Perfeitamente — concordou a doutora Cohen —, e pode-se ir bem mais longe!

— Mais longe?

O tom de Marcas tornava-se insistente.

— Certamente. Simulando-se exercícios físicos em vez de fazê-los realmente.

— Pela imaginação?

— Sim! O cérebro tem duas extraordinárias capacidades. Inicialmente, sua plasticidade: ele pode se reconfigurar, quando exigido, e em seguida...

— Em seguida...

— Ele pode se iludir. Quer dizer, pode modificar-se, adaptar-se à realidade, bem como a imagens mentais..

Isabelle acrescentou, rindo:

— O homem conhece bem isso! O sexo masculino obedece muito bem à sugestão mental. Chamamos isso de fantasmas.

As duas mulheres exibiram simultaneamente um cintilante sorriso de ironia.

— E se isso funciona para a virilha...

Marcas retomou:

— Também pode funcionar...

— Com todo o resto! Quer uma prova? — perguntou a médica.

— Pode me apresentar uma?

— Imediatamente!

Alguns minutos depois, a doutora Cohen lhes abriu a porta de uma das salas do laboratório. Sentados a uma mesa, dois estudantes contemplavam com atenção a própria mão espalmada, o polegar envolvido em metal.

— A primeira experiência deste tipo foi feita em Cleveland, em 2000. Nós a repetimos aqui para aperfeiçoá-la.

— E qual é o princípio?

— Simples! Durante 15 minutos, pedimos a cada um desses jovens para imaginar, a cada cinco segundos, que contrai o músculo abdutor do polegar.

— Só isso?

— Só isso.

Marcas apontou com o dedo os eletrodos cujos fios coloridos estavam ligados a um decodificador com visor.

— Os capturadores estão lá para verificar se eles não contraem efetivamente o músculo.

Marcas olhava a cena, fascinado.

— E o resultado?

— Espantoso! Ao final de três meses de sugestão, a força desse músculo vai aumentar em 35%.

— Sem fazer o menor exercício! Unicamente pelo poder do estímulo mental — acrescentou Isabelle.

— Está brincando?

— Não! E o mesmo fenômeno funciona com qualquer músculo.

— Mas como isso se explica?

— Não se explica, se mede! O cérebro reage à sugestão dessas imagens, se modificando com as trocas desses neurônios especializados, aumentando o número de seus conectores, intensificando, simultaneamente, a resposta de sua ramificação.

— E simplesmente pelo poder da imaginação?

— Do mesmo modo que você começa a correr mais depressa diante de um perigo real.

— Ou imaginário — acrescentou Isabelle com voz calma.
— Em Seattle, no atendimento a graves queimaduras, os curativos são trocados enquanto os pacientes usam um projetor de simulação virtual, como nos video games. Ininterruptamente, um universo em 3D é projetado para eles: uma paisagem polar, cheia de iglus e icebergs.

— Não me diga que...

— Como não? A sensação de dor diminui mais de 50%. Um resultado infinitamente superior aos analgésicos químicos.

A doutora Cohen virou-se para Marcas:

— Na verdade, nós somos nossa melhor droga!

Isabelle e Antoine caminhavam silenciosamente pela calçada. De vez em quando, o comissário lançava um olhar disfarçado para sua companheira. Usando o casaco de um conjunto escuro com um jeans gasto, o salto batendo no chão, os cabelos puxados para trás, Isabelle parecia estar em pleno colóquio interior, muito longe dos pensamentos que assaltavam o colega. Naquele exato momento, Antoine gostaria de ser brilhante, de encontrar a frase certa que a fizesse parar e lhe dirigir um olhar admirado. Como diante de uma estrela.

— Espero não ser indiscreto, mas a médica falou alguma coisa sobre exames. Nada de grave?

Isabelle sorriu timidamente.

— Não. Há três anos, tive um tumor benigno no cérebro. Fui curada graças aos bons cuidados da doutora Cohen. Foi assim que eu a conheci. Ela é teimosa, faz questão que eu faça exames de rotina todos os anos. Além disso, é venerável da minha loja. Então, eu sou mesmo obrigada a prestar obediência.

Marcas pigarreou.

— Você já se interessou por cartas de tarô?

Isabelle diminuiu o passo.

— Por quê?

— Fui à clínica onde o ministro está internado. Ele teve uma crise. Grave, a ponto de cortar as veias. Com o sangue, ele lambuzou as paredes.

— Lambuzou?

— Digamos que ele se pôs a fazer pintura abstrata.

— E qual a relação com o tarô?

— Tive a impressão de reconhecer uma figura. Um desenho que vi há muito tempo numa carta, numa lâmina, como se diz.

— Você sabe de qual tarô?

— Eu verifiquei, é de um jogo de inspiração egípcia. O tarô de Thot.

— Thot — repetiu Isabelle — Thot. Acho que precisamos de um café.

A rue du Faubourg-Saint-Antoine se congestionava com a massa compacta de carros que soltavam seus vapores viciados. Uma leve chuva caía nas calçadas.

Diante do café fumegante, Antoine pensava que era a segunda vez que se sentava na frente de Isabelle. Um transeunte, olhando através da vidraça estriada de finas gotas, poderia tomá-los por um casal. Ele a achava bonita, totalmente destoante daquele bar-tabacaria popular. Ela acendeu um cigarro antes de interrogá-lo.

— O tarô de Thot. O ministro reproduziu uma lâmina desse tarô. Mas qual?

— A de número 17: *A Estrela.*

— Você sabe quem desenhou as ilustrações?

Antoine fez um gesto de indiferença.

— Uma inglesa, eu acho...

— Lady Harris. Frieda Harris, a mulher de um deputado do parlamento inglês nos anos 1930 ou 1940.

— Muito bem! Você é tão bem informada quanto a internet!

— E você sabe quem encomendou os desenhos?

— Um doido, um tal de Perdurabo. Verdadeiro pseudônimo de ator.

— Eu conheço ele por outro nome.

— Qual?

— Aleister Crowley.

Um garçom parou na frente da mesa deles para receber a conta. Isabelle pagou rapidamente, e pediu mais dois cafés.

— Aleister Crowley?

— "O personagem mais imundo e mais perverso do Reino Unido", segundo o Ministério da Justiça inglês.

— Deve ser um personagem com uma vida fora dos padrões.

— Mais do que você pensa! Ele é encontrado em todos os grupos esotéricos do fim do século XIX. Ele cria até mesmo sua própria seita da qual era o guru inconteste. A maioria dos discípulos dele, a que sobreviveu, acabou no asilo. Como o seu ministro.

— Mas por quê?

— Crowley praticava uma magia ritual que ele mesmo tinha aperfeiçoado, combinando diferentes tradições.

— Uma magia ritual?

— É! O Caminho da Mão Esquerda.

Antoine deu um tempo antes de continuar:

— Pode me dar uma luz?

— Prefiro não fazer isso.

Marcas se espantou:

— Por quê?

— Francamente, é um campo em que eu não tenho muita competência.

Antoine não insistiu. Saberia procurar sozinho.

— E sobre Crowley, o que mais você tem?

— O que quer saber?

— Tudo.

— Crowley nasceu em 1875, numa família rica, mas austera. Protestantes intransigentes que acreditavam na absoluta verdade literal da Bíblia. Sobretudo a mãe.

— Um rato de igreja?

— Pior ainda. Tudo era pretexto para sermão e para proibição. Ela aterrorizava o filho. Basta dizer que o jovem Crowley conservou uma aversão profunda ao cristianismo, mas, ao mesmo tempo...

— Ao mesmo tempo?

— Conservou um fascínio por alguns episódios bíblicos, em particular, pelo Apocalipse. Aliás, não hesitou, mais tarde, em se fazer chamar de A Grande Besta.

— A Grande Besta! Aquela que traz o Fim dos Tempos?

— Exato. E ao final da adolescência, conseguiu ser expulso de Cambridge, onde estava entre os alunos mais dotados.

— Motivo?

— Ateísmo furioso.

Marcas sorriu e respondeu:

— Um leigo antes da hora?

— Uma mistura disparatada de distinção e selvageria. Escreve poemas inspirados em Baudelaire, viaja pelo Império Britânico e pratica alpinismo de alto nível. Aliás, foi aí que a vida dele desabou.

— Sofreu uma queda?

— Melhor que isso! Um franco-maçom. Nosso Crowley deixou-se iniciar.

Isabelle estava com pressa e Antoine a acompanhou até a entrada do metrô. Ao voltar pela rue du Faubourg-Saint--Antoine, parou um momento diante de uma loja de moda masculina. Uma vendedora montava a nova coleção. Paletós impecavelmente ajustados, calças finamente desenhadas, camisas com botões de madrepérola, "*totalmente estilo Henry Dupin*", proclamava um cartaz de tamanho natural onde se via o célebre costureiro contemplar o mundo através dos óculos de tartaruga. Marcas suspirou. Como que abatido por aquele olhar altivo que parecia observar com desprezo seu velho blusão de couro e sua calça de algodão mal passada. Era melhor se dedicar à investigação.

A chuvinha tinha parado, mas a calçada brilhava como um espelho. Antoine caminhava num passo apressado. Como sempre quando um pensamento o obsedava. Isabelle, com suas revelações, tinha adensado o mistério. Ele precisava absolutamente de outras informações. Deu uma olhada no céu ainda ameaçador e acelerou o ritmo. Informações mais precisas. E ele sabia onde encontrá-las.

35

Paris,
rue des Martyrs

O velho e luxuoso apartamento estava mergulhado em silêncio. No quarto, Anaïs acabava de arrumar os papéis do tio. Agora, ela compreendia melhor a animosidade deste quando ela lhe anunciara sua entrada na confraria de Dioniso. Sem saber, tinha tocado num ponto sensível da consciência secreta do velho. Se desse crédito aos dossiês acumulados, Anselme se interrogava havia muito sobre as relações entre o amor e o sagrado. Uma surpresa, pois ela tinha dificuldade em imaginar aquele tio, de reputação sulfurosa de sedutor, apaixonado por semelhante assunto.

Na família, só se falava de Anselme por meio de subentendidos, de frases que não se completavam. Mais tarde, quando leu *No caminho de Swann*, de Proust, identificara-o com o personagem do tio, indigno da normalidade burguesa por delito de relações semimundanas... Um parentesco literário que, aliás, não os aproximara. Ela se lembrava de que aos 17 anos, adolescente complexada, tinha cruzado com o tio acompanhado de uma jovem mulher poucos anos mais velha que ela. Ela vivera o confronto como um episódio degradante. E hoje se perguntava se inconscientemente aquela imagem não a perseguira. Afinal, até encontrar Thomas, sua vida sentimental não tinha sido senão uma sucessão de derrotas. Acabara de comemorar os 30 anos, e os homens que conhecera só lhe suscitaram esperanças furtivas. Não sabia por que não conseguia estabelecer relações verdadeiras com seres do sexo oposto. Os homens a desejavam, mas não a amavam. Ela parecia pertencer a outro mundo, para além do desejo masculino. Como se obrigatoriamente ela tivesse de se situar numa categoria a parte, na qual o sexo não existisse. Em suma, a antítese de seu tio, como se este tivesse esgotado as últimas reservas de sedução da família. Aliás, ela se habituara. Até encontrar Dioniso.

Ouviu um ruído que vinha da rua. O bater de uma porta. Logo apagou a luz do escritório e se dirigiu discretamente para a janela. A luz pálida da iluminação pública mal penetrava no apartamento. Escondida na sombra da cortina, Anaïs observava a entrada do imóvel. Um homem estava inclinado sobre o porteiro eletrônico. Um visitante ou locatário que talvez tenha esquecido as chaves. O estalo da porta, que ecoou no hall de entrada, confirmou a hipótese de Anaïs. Alguém acabava de abrir.

Voltou a se sentar. Onde ela estava? Ah!, sim, Dioniso! Fora ele que a notara. Quem notara sua particularidade. Ele lhe explicara que todos os seres humanos traziam escondido um arquétipo no mais profundo de si. Estranhamente, Anaïs não ficara surpresa com tal afirmação. Sentia-se tão isolada e solitária! E Dioniso continuara a explicar. Em determinadas pessoas, esse arquétipo estava tão presente que influía com força em sua vida social, criando em outros um efeito de atração ou de repulsa irresistível.

Contudo, ele acrescentara, não era absolutamente uma fatalidade. Naquele ponto da conversa, Anaïs compreendera que Dioniso detinha as chaves de sua metamorfose. E ela o seguira cegamente. Até o fim.

Ouviu passos na escada. Mas já havia um bom momento que a porta de entrada tinha sido aberta. Quem estava subindo? Para onde fora o visitante de havia pouco?

O que ele fizera depois que ela voltara a se sentar? Dessa vez, ela não ouvia mais nada. Mas o patamar era coberto por espesso tapete. Prendeu a respiração. Não era possível. Estava delirando. Alguém devia ter entrado. Simplesmente digitando no painel. E ela não o ouvira. Simplesmente. De repente, relaxou. Decidiu beber um copo d'água na cozinha. Azar se tivesse de atravessar todo o apartamento no escuro. Agora estava tranquila. Foi então que ouviu o barulho da chave na fechadura.

Já estava no fim do corredor quando a maçaneta girou. Num salto, ela se protegeu atrás da porta entreaberta do quarto de hóspedes.

O homem entrou lentamente. Anaïs só distinguia seu perfil. Com um pouco de sorte, ele andaria na escuridão até o escritório. Se não fechasse a porta com a chave, ela teria tempo de fugir. Mas o intruso frustrou sua expectativa; acionou o interruptor e a luz inundou o apartamento.

Anaïs se encolheu um pouco mais atrás da porta. O rosto do desconhecido estava escondido.

Ele me encontrou. O cretino.

Sentia novamente a sensação ácida roendo-lhe as entranhas. Como na Sicília. O medo voltava a tomar conta de sua carne.

O mesmo medo. O mesmo ódio.

Ela conhecia bem o quarto de hóspedes por ter dormido ali na juventude. Na parede oposta à janela, seu tio pendurara um machado primitivo que datava do neolítico.

Uma longa pedra pesada e oval engastada num ramo de buxo, herdado do próprio pai. Fora ele quem encontrara a pedra num campo do Périgord, e talhara o ramo para dar à arma sua aparência original. Anselme era muito apegado àquele machado que lhe lembrava as férias passadas em criança na Dordogna.

Não imaginara que um dia ele serviria para proteger a vida da sobrinha. Anaïs recuou com cuidado até a parede. Pegar o machado de pedra e voltar a ficar à espreita atrás da porta tomou-lhe apenas um instante.

O desconhecido não se movia; contemplava uma série de fotos num quadro. Todas representavam Anselme. Ele as colocara na entrada, bem à altura do olhar dos visitantes. Uma vaidade entre outras.

Estranhamente, o homem não se movia, hipnotizado por aquilo que contemplava. Um suspiro escapou-lhe e, com a mão direita, bateu duas vezes no antebraço. Anaïs, estupefata, ouviu-o pronunciar uma palavra que ela não entendeu. Ela recuou ligeiramente. Contudo, não poderia atingir o homem por trás. Mas os matadores de Dioniso não hesitavam.

Ela empunhou a arma acima da cabeça e abaixou-a, no momento em que o homem se virava.

36

RTL

A atriz Manuela Real foi hospitalizada ontem em consequência da morte brutal de seu marido, Juan Obregon, encontrado morto em seu palacete de Granada. A intérprete de Funestos desejos, *que deve ser lançado no próximo mês, foi posta sob severa vigilância médica numa clínica do subúrbio de Sevilha. Seu agente em Paris limitou-se a publicar um comunicado informando que a atriz estava bem e que em breve estaria de volta aos palcos. Por sua vez, a produção de* Funestos desejos *informou que Manuela Real provavelmente não participará da turnê de promoção que deveria começar no início de abril.*

Em Granada, diante da casa da atriz, centenas de buquês de flores foram depositados pelas admiradoras espanholas do cantor. A polícia teve de evacuar um grupo de uma dezena de moças que se acorrentaram nos portões da residência. Uma delas, aliás, tentou suicidar-se, mas foi socorrida.

O mundo do espetáculo enviou mensagens de simpatia, e seu ex-companheiro, o ator Thierry Sirdas, não escondeu a emoção.

"Manuela é uma mulher formidável. Tenho certeza de que vai se recuperar dessa tragédia. Irei vê-la nos próximos dias para obter notícias dela."

O corpo de Juan Obregon será sepultado no jazigo da família, perto da cidade de Jaen, depois da autópsia que deverá determinar as causas exatas da morte.

France Info

Soube-se ontem, pelo Ministério Público da província de Granada, da abertura de uma investigação preliminar sobre a morte do cantor Juan Obregon, marido de Manuela Real, encontrado morto em sua residência de Granada. A atriz, ainda em choque, não estaria em condições de ser ouvida pelos policiais. Por outro lado, em alguns meios judiciários, correm boatos de que teria sido encontrada cocaína no quarto de dormir de Juan Obregon.

O fã-clube do cantor anuncia o lançamento de uma subscrição nacional para erigir uma estátua do ídolo em sua cidade natal.

A emoção é grande na Espanha e na França, países em que Manuela Real é muito popular, embora sua carreira no cinema estivesse estagnada havia alguns anos.

37

Paris,
rue des Martyrs

O machado bateu no quadro de vidro, que explodiu com a violência do impacto. O homem girou numa fração de segundo e com um movimento do pulso bateu com o lado da mão no braço de Anaïs. A jovem mulher berrou de dor. O homem a segurou pelo ombro e a desequilibrou com um golpe seco. Eles rolaram no chão.

O intruso colou-a no chão e gritou:

— Polícia. Comissário Marcas. Não se mova.

Estavam sentados. Anaïs levantou-se para preparar chá. Sentia-se melhor, como que aliviada depois de quase uma hora de monólogo. No divã, o policial parecia perdido em profundo devaneio. Como se agora fosse ele quem carregasse nos ombros o peso do drama.

Anaïs contara tudo. Tudo, desde o início. Sua entrada para a seita, seu progressivo envolvimento, sua partida para a Sicília e, depois, Thomas... O resto, o comissário já sabia. As imagens das fogueiras fumegantes na praia ainda desfilavam em todas as telas catódicas. Sobre a fuga da Sicília, ela tinha sido menos prolixa. Tanto mais que a polícia italiana a procurava, mas ele não tinha feito nenhum comentário a esse respeito. Quanto a ele, tinha falado de Anselme, de sua obsessão pelas seitas durante os últimos meses. Agora, ambos compreendiam por quê. Enquanto Marcas folheava os dossiês de seu tio cuidadosamente organizados, Anaïs tomou outra xícara de chá fervente. Pela primeira vez havia muito tempo, sentia-se em segurança.

Antoine acabava de abrir um dossiê que levava o título de Crowley. O adorador da sombra, de que lhe falara Isabelle, que concebera o tarô de Thot. Numa página, Anselme anotara títulos em latim: *De arte magica; De homunculo; De nuptiis secretis deorum cum hominibus.* Marcas passou a folha para Anaïs.

— Você lê latim?

— Estudei na faculdade. Espere. Acho que o último quer dizer *As núpcias secretas dos homens com os deuses.*

O comissário balançou a cabeça. Crowley! De novo aquele alucinado que queria dialogar diretamente com o céu. Um louco de pedra. Como aquele Dioniso.

— Não compreendo, você parece sensata. Se deixar envolver por uma seita!

Anaïs balançou a cabeça.

— Sinceramente? Nunca me senti tão bem como quando participei do grupo da Abadia. Antes... Antes tinha a impressão de ser um fardo para os meus próximos. Tinha 30 anos, uma vida sem graça. Completamente desiludida. Ninguém compreendia por quê.

— E você?

— Eu também não. Inutilmente, me esforcei. Me convenci de que tudo ia bem. Havia alguma coisa em mim que me afastava dos outros.

— Era o caso dos outros adeptos?

— Não, mas todos eles tinham uma relação particular com a questão amorosa. Os homens, muitas vezes, eram sedutores, mas não aguentavam mais.

— Não aguentavam mais?

O tom do comissário era cético.

— É, uma espécie de excesso. Eles tinham a impressão de não dominarem mais nada, de estarem confusos. Era, aliás, por eles que Dioniso começava seu ensinamento.

— E o que ele pretendia?

— Na verdade, ele explicava que cada homem trazia em si o poder divino, mas que esse podia assumir formas muito diferentes. Como entre os gregos, em que cada deus antigo representava uma faceta da divindade absoluta.

— E você engoliu isso?

— Todos nós engolimos isso! Pense: todos os adeptos eram vítimas de uma experiência pessoal que não compreendiam mais, de uma força interior que os excedia e, em vez de te aconselhar a consultar o psicólogo mais próximo, te explicam que é a sua parcela de divino que se exprime!

— Se exprime pelo mal-estar?

Anaïs refletiu e respondeu:

— Na opinião de Dioniso, não poderia ser diferente.

— Como assim?

— O ser humano só pode conter uma parte da divindade. Apenas uma. E o mal-estar começa quando ele se torna consciente de sua natureza fragmentária.

— De sua natureza fragmentária? — retomou Antoine, não sem ironia.

— Não brinque! A ideia central de Dioniso era, na verdade, que trazemos o poder divino em nós, mas de modo incompleto.

— E daí?

— Seria preciso encontrar a parte que nos falta.

Antoine fez uma pausa. Não havia o que objetar: todas as seitas funcionavam em torno das mesmas bobagens.

— Francamente, você devia ter ouvido o seu tio! Ele não era homem para cair nessa filosofia barata. A parte que falta!

— Vocês, maçons, passam o tempo procurando a palavra perdida — replicou Anaïs num tom irritado.

Ela imaginava estar ouvindo novamente o tio.

— Não tem nada a ver!

— É verdade que vocês nunca encontraram!

— Foi o seu guru quem te disse isso?

— Ele dizia que vocês, os franco-maçons, nem compreendem mais os ritos que praticam.

Marcas ficou em silêncio. A réplica atingira o alvo. Ele também vira muitos irmãos que seguiam um ritual cujo alcance simbólico lhes escapava totalmente. De fato, a maçonaria era principalmente um espaço de liberdade em que cada um podia edificar o significado de seu próprio engajamento. Mas era também e, sobretudo, uma sociedade iniciática que devia transmitir um ensinamento herdado da sabedoria das idades. Uma missão que as obediências tinham propensão a esquecer. Para talhar a pedra bruta até a forma perfeita, era preciso inicialmente aprender a utilizar as ferramentas.

Anaïs começou a bocejar. Ao se levantar, Marcas olhou pela janela. A rua estava calma. Uma quietude que poderia ser enganosa.

— Vou te colocar sob proteção.

Anaïs levantou-se de um salto.

— Está brincando? Quer que me mandem de volta para a Itália?

— Um dos meus homens vai se encarregar da sua vigilância. Ele agirá, digamos, a título privado. Não tenho intenção de prevenir meus superiores.

— Posso confiar em você?

Antoine contemplou-a. A sobrinha de Anselme.

— Pode.

Ele pegou o paletó e o sobretudo. Mas uma pergunta o perturbava.

— A respeito do ritual...

— Sim?

— O seu grupo praticava algum?

Anaïs corou.

— Pode-se dizer que sim.

— Pode me dizer em que ele consistia? — A jovem mulher baixou os olhos. Marcas insistiu: — Tinha um nome?

Antoine compreendeu que não conseguiria mais nada.

— Vou deixar o número do meu telefone. Mas você vai estar sob proteção desde esta noite. Se... Enfim... Não hesite!

Passou para o corredor. Precisava pegar as chaves para devolver à porteira.

— Ouça... — Marcas parou. — O nome que você me pede... Dioniso... Ele deu um nome para ele.

— Qual?

— A Via da Mão Esquerda.

38

Europe 1

Reviravolta no caso Real. Acabamos de saber que a atriz tentou o suicídio ontem, na clínica onde foi internada. Os enfermeiros a encontraram no momento em que ela acabava de abrir as veias. No momento, não se sabe mais de seu estado de saúde. Mais informações no nosso próximo boletim.

France Inter

O juiz encarregado da investigação da morte do marido de Manuela Real acaba de anunciar o fim da investigação preliminar nesta manhã. A autópsia de fato concluiu que Juan Obregon foi vítima de um acidente vascular cerebral e não tinha tomado nenhuma droga. Quanto à sua esposa, a atriz Manuela Real, foi transferida para uma clínica, mantida em segredo, para repouso. Seu agente acaba de informar que todos os seus compromissos estarão suspensos durante os próximos três meses.

Segundo uma fonte da polícia, a atriz teria recebido ameaças de morte anônimas, acusando-a de ter assassinado o marido. A polícia suspeita dos fãs desesperados do cantor.

39

Continuação das Memórias de Casanova

"... No dia seguinte, depois de minha visita ao convento, uma velha criada me parou na rua e me apresentou uma bolsa de fumo bordada de ouro. Vendia-a por uma piastra. Eu ia recusar quando, pondo-a em minhas mãos, ela me fez sentir que, dentro, havia uma carta. Paguei-lhe discretamente, e segui meu caminho para a casa do marquês de Pausolès. Não o tendo encontrado, fui passear pelos jardins. Estando a carta selada e sem endereço, e sendo possível que a criada se enganasse, minha curiosidade aumentou. E eis a tradução: 'Se tem curiosidade em rever a pessoa que lhe escreve, aceite o convite de seu amigo Don Ortega.'

Fiquei surpreso com o laconismo do bilhete. Mais ainda, porém, com o verbo 'rever', pois, desde minha chegada a Granada, eu vira apenas duas mulheres: a irmã de meu anfitrião e a muda de olhar enfeitiçante, Alsacha. Não tive dúvidas de que era uma delas, e meu gosto tendia fortemente para a mais desejável.

— Ah! Se for você — exclamei —, saberei recuperar todo o meu vigor.

— É todo o bem que eu lhe desejo, Casanova, mas pode-se saber quem é a feliz eleita de sua paixão?

O marquês de Pausolès acabara de entrar nos jardins. Só tive tempo de pôr o bilhete na manga do meu casaco.

— Não me responde? É alguém que eu conheço?

Decidi não mentir, mas fazê-lo esperar um pouco.

— Quer tanto saber?

O marquês me segurou pelo ombro.

— Confesso que sim!

— Então, não lhe esconderei mais a verdade. Sim, estou apaixonado! Mas, infelizmente, por uma imagem, pois esta mulher não está ao meu alcance.

— Como assim?

— Não adivinha?

O senhor de Pausolès me olhou com interesse.

— Seria Alsacha?

— Por quem mais?

— É verdade que ontem me pareceu que ela lhe causou grande impressão.

— Mais do que o senhor pensa!

Demos alguns passos pela aleia que levava ao mirante.

— Seria uma sensação semelhante à que o senhor já experimentou por outras mulheres?

Não ousei dizer a natureza exata do êxtase que a jovem religiosa me inspirava. Ele insistiu:

— Fale-me sem medo como a um irmão. Não estou aqui para ajudá-lo?

— O senhor vai me considerar um velho libertino!

— Tem certeza disso?

— Conheci muitas mulheres...

— Eu sei. Sua reputação o precede!

— E todas as vezes em que minha imaginação se inflamou, sempre associei o respeito à paixão.

O marquês me olhou com um sorriso divertido.

— Seja mais claro, Casanova!

— Bem... Acreditei sinceramente que se tratava da mulher de minha vida. Todas as vezes. E por mais curioso que isso lhe possa parecer, eu era sincero!

— E agora?

— Agora? Não a desejo apenas pelo sexo. Pela promessa do prazer que ela possa me dar. Há outro sentimento.

Paramos para olhar a cidade que se estendia a nossos pés. O marquês parecia estranhamente calmo.

— O que confessei não o choca?

— Nem um pouco. O senhor apenas acaba de perder uma ilusão. Está no caminho.

— Mas que ilusão?

— A do papel social do amor. Acredite-me, a Igreja, bem como a literatura, sempre quis julgar o amor com base em valores que lhes são estranhos.

— O que o senhor diz me surpreende.

A voz do marquês tornou-se mais forte.

— A prática da fidelidade ou do sacramento do casamento são apenas cadeias em que a verdadeira paixão se estiola e se perde. O amor é algo completamente diferente. Ele é poder e vontade. Não sente isso ao pensar em Alsacha?

— Sim, mas também sei que assim que o desejo, que abrasa meu corpo e minha alma, for satisfeito...

— Essa sensação de plenitude desaparecerá?

— Sim. E, muitas vezes, tive essa experiência.

— Homo triste post coïtum! *O homem fica triste depois do coito. Como diziam os antigos.*

— Eles não se enganavam.

— Eles se enganavam e eu o provarei.

Fiquei perplexo. Um criado adiantava-se por entre as árvores. Estava na hora de eu me despedir. Quando o cumprimentei, o marquês me olhou profundamente:

— Pense em tudo isso, Casanova! E guarde bem a imagem de Alsacha. O senhor ainda não conhece todos os poderes!

— Meu irmão, seguirei seu conselho.

Ele me sorriu com bondade.

— E amanhã à noite, passe por minha casa! Prometi levá-lo à casa de Don Ortega."

40

Paris,
place Beauvau

Marcas consultou o relógio com uma ponta de irritação. Fazia mais de meia hora que mofava na antecâmara do escritório de um dos conselheiros do Ministério do Interior. O homem com quem se encontrara no parque des Buttes-Chaumont mandara lhe dizer pela secretária que se atrasaria. Um encontro importante.

Ele pegou uma revista sobre os VTT (veículos para qualquer terreno) que estava sobre uma mesa e viu passar um jovem tenente, que entrou diretamente no escritório do conselheiro levando um maço de folhas. O comissário sorriu. O policial seguramente saía do temível e eficiente escritório da "sala de permanência", situado no mesmo corredor. Verdadeiro centro nervoso da informação policial que recebia dia e noite todo fato, delito, incidente, relatório confidencial capazes de interessar a alta direção de Beauvau. O conselheiro devia adorar.

Marcas largou a revista; não gostava de bicicleta. E muito menos de motoneta em caminhos cheios de lama. Tinha de se ser masoquista para gostar disso.

Pensou em telefonar para Anaïs para saber se estava tudo bem, mas mudou de ideia. Um de seus homens estava de guarda.

Não precisava exagerar. A chegada da jovem mulher, com suas revelações, perturbava singularmente sua investigação. Pela segunda vez lhe falavam da *Via da Mão Esquerda* a respeito das práticas sectárias. Primeiramente, Isabelle Landrieu sobre aquele mago inglês e, em seguida, Anaïs com seu grupo de psicopatas.

Antoine suspirou.

Ele deveria deixá-la nas mãos de seus colegas e prevenir a Interpol. Ele deveria...

Exatamente depois de ter deixado Anaïs, um de seus auxiliares tinha telefonado para seu celular para lhe contar o drama que atingira Manuela Real. A morte do marido da atriz suplantara na mídia o massacre da Sicília.

Para um olhar experiente, as semelhanças com a morte da amante do ministro eram perturbadoras. E, sem dúvida, ele não seria o único a perceber.

Marcas dera um pulo no escritório para passar duas horas na internet, com seus auxiliares, juntando tudo o que aparecera sobre o morto de Granada e a atriz.

Teve um choque ao descobrir fotos da casa da atriz que estavam na primeira página dos jornais espanhóis. Pouco antes do drama, Manuela Real tinha convidado os jornalistas de uma revista de decoração para uma foto-reportagem. E agora todos podiam visualizar nos menores detalhes o lugar do drama.

Uma verdadeira cena de voyeurismo global. Uma foto, contudo, tinha dado um susto em Antoine.

A do quarto de dormir do casal. Um quadro na parede que representava uma mulher segurando uma ânfora que se enchia de uma água que parecia vir do céu. Do lugar onde havia uma estrela. Uma estrela branca girante.

A cópia perfeita da lâmina de tarô de Thot.

Em seguida, ele telefonou para um irmão das Informações Gerais que trabalhava com seitas. Mas não havia nada comprobatório sobre grupos sectários suscetíveis de praticar a Via da Mão Esquerda. Em compensação, sobre o nome de Crowley a colheita tinha sido mais rica. Visivelmente, o mago inglês gozava de uma reputação mais do que favorável em certos cenáculos satanistas e pagãos.

Ele ia observar mais atentamente aquele personagem enigmático quando a secretária do conselheiro do ministro lhe pediu para passar na place Beauvau imediatamente.

— Comissário! O senhor conselheiro vai recebê-lo.

Uma secretária mandou que ele entrasse sem se dignar olhá-lo, e fechou a porta atrás de si.

— Caro Marcas. Como vai?

O tom de voz do conselheiro era falsamente íntimo.

— Tão bem quanto possível, senhor.

— Estou contente por você não ter encontrado nenhum dossiê sobre a loja Regius. Estamos livres de um velho fantasma. E a investigação? Terminada, suponho.

— Para dizer a verdade, acho que não!

— Vamos lá! Você não chegou a nenhuma conclusão? O pobre ministro estava esgotado. Aliás, está na hora de respondermos à curiosidade da mídia. Planejei uma coletiva. Apresentaremos a autópsia da infeliz vítima. Uma mulher de coração fraco. E também um especialista, um psiquiatra...

— O doutor Anderson, imagino?

— É verdade, você o conhece. A propósito, eu estava dizendo...?

— ... que um especialista, um psiquiatra, vai explicar com autoridade e competência como o pobre ministro, já tão sobrecarregado por sua dedicação, não suportou a morte súbita da infeliz vítima. Um choque emocional do qual ele se restabelece lentamente.

— Está debochando de mim, Marcas?

O conselheiro o olhava com olho brilhante.

— Não. Tenho que ir à Espanha para interrogar Manuela Real.

— Manuela Real?

— A atriz.

— Obrigado, eu sei quem é. Vou ao cinema uma vez ou outra. O que não compreendo é por que você quer vê-la.

— Ela tem ligação com o nosso caso. O que aconteceu com nosso ministro se parece muito com o drama de Granada.

O conselheiro encarou Marcas com perplexidade.

— Eu li os jornais! Mas não vejo ligação!

— As duas vítimas morreram em condições similares. Tanto o ministro quanto a atriz parecem sofrer do mesmo tipo de confusão mental.

— Me escute bem, comissário: são apenas coincidências, não semelhanças. E as suas conclusões, posso afirmar, são apressadas e errôneas.

Marcas detestava se justificar diante daquele tipo de personagem que galgara os escalões mais por oportunismo que por brilhante folha de serviço. O conselheiro nunca conduzira uma investigação em sua vida e se permitia dar opinião.

— Tem mais um elemento, comum aos dois casos, que os jornalistas ainda não perceberam. Um símbolo particular, pintado na casa da atriz e pelo ministro na clínica.

— Um símbolo... — respondeu o conselheiro num tom de brincadeira. — Vocês, franco-maçons, veem símbolos por todo lado!

O comissário não rebateu a alusão.

— Repito, a coincidência não é fortuita. Além do mais, Manuela Real e o ministro se conheciam. Eles se cruzaram recentemente quando da venda do manuscrito na Drouot. Como o ministro não está disponível para um interrogatório...

— Eu sei. Aliás, recebi uma queixa contra você, comissário. Justamente o doutor Anderson, chefe da clínica onde seu infeliz irmão está sendo tratado! Esse médico acusa você de ter posto a terapia do ministro em perigo.

— Esse doutor Anderson não está qualificado para julgar o meu trabalho de policial.

— Até o momento, seu trabalho não forneceu resultados brilhantes. Sem contar esse último capricho: interrogar Manuela Real! Está fora de questão, está me ouvindo? Ir a Granada! Aliás, as autoridades espanholas não deixarão que isso aconteça. Eu cuidarei disso pessoalmente.

O homem secretava uma arrogância que exasperava Marcas.

— Lembre que foi o senhor que me procurou para esclarecer esse caso! E se eu tiver que me justificar a cada etapa da investigação, prefiro abandoná-la eu mesmo.

Levantou-se, fitando o conselheiro. Tinha feito bem em não mencionar Anaïs.

— Seria melhor que você assumisse outro tom!

— Eu assumo o tom que bem entender.

O conselheiro bateu com os dedos na mesa de carvalho do escritório e se levantou bruscamente.

— Repito: está fora de questão, você não vai à Espanha. Quanto à investigação em curso, te aconselho a ser mais discreto e, sobretudo, mais eficiente.

Marcas se levantou e girou nos calcanhares. A voz do conselheiro o alcançou bem na porta.

— Pense em sua carreira! Não vou te acompanhar.

O comissário saiu sem cumprimentar a secretária, que, de qualquer modo, tinha os olhos presos na tela do computador.

O celular vibrou dentro do casaco. Imediatamente reconheceu a voz afobada de Anaïs.

— Dioniso...

— O que está acontecendo?

— Dioniso me encontrou.

41

Paris

A lambreta corria desabalada pelos Champs-Élysées, costurando entre os carros que rodavam lentamente. Marcas se felicitou por ter usado a máquina para ir ao Ministério do Interior. Pegou a place de la Concorde em direção à Madeleine. O chamado angustiado de Anaïs não o surpreendera, mas ele tomara o cuidado de garantir a segurança da jovem mulher, posicionando um dos homens em observação discreta. Exatamente após o telefonema da moça, ele o chamara para saber dos detalhes. O policial de campana não tinha notado nada; ninguém se aproximara do prédio de Anselme, e Anaïs não tinha saído. O contato deveria ter sido feito por telefone.

O trânsito ficou mais leve. Ele acelerou — 70km por hora no velocímetro, um recorde em plena Paris àquela hora — e bifurcou na direção da gare Saint-Lazare.

Se Dioniso tinha telefonado para o apartamento de Anselme, Anaïs deveria mudar rapidamente de esconderijo. De qualquer modo, ele não poderia deixar um inspetor de guarda sem uma justificativa oficial. Brincar de guarda-costas com fins privados poderia custar muito caro; alguns colegas imprudentes foram pegos com a boca na botija quando engrossavam o fim do mês fazendo proteção pessoal depois do expediente. Eles foram imediatamente chutados.

O sinal do cruzamento na place de la Trinité ficou vermelho. Marcas continuou sem se preocupar com as buzinas dos carros que vinham na perpendicular. A lambreta entrou a toda na rue des Martyrs. Quando chegou diante do prédio de Anselme, Marcas estacionou na calçada, mostrou o distintivo da polícia a uma guarda de trânsito que vinha apressada ao seu encontro e entrou num bar onde seu inspetor estava de prontidão.

— Então?

— Nada, chefe. Ninguém suspeito. Se ela é alvo de vigilância, é com uma discrição que ultrapassa a minha competência.

O inspetor, um jovem do Sudoeste, designado havia dois anos para o serviço, antes que Marcas saísse da Criminal, acabava de tomar um café. Marcas tinha livrado sua cara no ano anterior, fechando os olhos para uma rixa numa boate na qual ele tinha batido feio num cafetão, informante dos RG — serviço de informações. O jovem compreendera sua primeira lição: jamais ter aventura amorosa com uma puta quando se é tira.

Marcas observou a rua.

— Bom. Vamos partir do princípio de que ela está sendo efetivamente seguida. Eu subo para buscá-la. Enquanto ela arruma a bagagem, você pega o carro e espera a gente diante da porta, verificando se a área está limpa. Vamos descer quando você nos der sinal verde. Depois, a gente tenta uma transferência albanesa. Vou pedir à central um carro sem identificação.

O jovem inspetor sorriu. A expressão transferência albanesa vinha da operação preferida por cafetões originários da Albânia para mudar subitamente o ponto das garotas, quando estas se deixavam localizar pela polícia. Eles embarcavam as prostitutas num carro, e iam para um estacionamento onde um cúmplice os esperava com outro carro. A garota só tinha tempo de sair do estacionamento e pular para o segundo carro. Era impossível para o carro que seguia os bandidos entrar de ré no estacionamento. Depois de terem sido enrolados, os policiais tinham respondido: acrescentavam um carro cúmplice que seguia atrás para bloquear a saída e interceptar os perseguidores.

— Vamos de transferência albanesa.

O comissário digitou um número no celular.

— Aqui é Marcas. Quero um carro sem identificação na esquina do centro comercial da passagem do Havre, quartier Saint-Lazare. Quanto tempo?

— Vinte minutos no máximo.

Satisfeito, Marcas consultou o relógio. Se alguém estivesse brincando de segui-los, seria apanhado num cerco no centro comercial. Marcas e Anaïs teriam servido de isca. Restava ainda a opção extrema. A perseguição poderia virar um fiasco.

Uma execução pura e simples no meio da rua.

Marcas se arrependeu de não ter trazido sua pistola Glock de serviço. Ele nunca a usava, e ela mofava no cofre do escritório. Pior, ele nunca punha os pés no centro de tiro como o regulamento previa. Ao menor furo, ele seria o culpado.

Marcas saiu do café, atravessou a rua para entrar no prédio e subiu os degraus de quatro em quatro.

A porta se abriu quando ele chegou. Anaïs estava lívida.

— Eu estava espiando na janela. Tenho que ir embora imediatamente. Os safados vão vir me pegar.

Marcas empurrou-a suavemente e fechou a porta atrás de si.

— Fica calma. Um carro está à sua espera lá embaixo e vai te levar para um lugar seguro. Ponha suas coisas numa bolsa, mas antes me conte o que aconteceu.

Anaïs se encolheu na larga poltrona de couro perto da estante.

— Eu estava cochilando, vendo televisão. O telefone tocou e eu pensei que era você. Em vez disso...

— Dioniso?

— É. O... monstro me disse que eu não correria nenhum risco se me calasse. Ele explicou que tinha me deixado escapar com conhecimento de causa porque me amava. Disse um monte de coisas doces como se nada tivesse acontecido, como se o horror da Sicília nunca tivesse existido. Aquele porco!

Ela socava o encosto de couro vermelho. Sua voz tremia.

— E depois?

— Ele me disse que viria me buscar e que eu estaria segura com ele.

A jovem mulher estremeceu. Marcas pegou uma bolsa num armário e entregou a Anaïs.

— Se acalme. Você agora está sob a proteção da polícia. Nada vai te acontecer. Sei que não é fácil depois do que você passou.

— Tem outra coisa que me preocupa.

— O quê?

— A voz dele. Era como que um acalanto. Por um instante, quase me deixei convencer. Dioniso usa a voz como um... sortilégio. A gente tem a impressão de se afogar nela. Você já se sentiu enfeitiçado por uma voz?

— Não, mas entendo. Há não muito tempo, vi uma prancha sobre as últimas pesquisas em matéria de entonações vocais. Parece que as mulheres seriam mais sensíveis às inflexões de voz do que os homens.

— Isso é machismo!

— Isso me surpreenderia; foi uma irmã quem apresentou a prancha. Você não pode se apressar um pouco?

— Não tenho nada para vestir!

Marcas começou a rir.

— Desculpe, é o tipo de detalhe que eu tenho a tendência de esquecer.

Ele foi até o escritório de Anselme e pegou o dossiê que este havia reunido sobre Crowley. Quando voltou para o corredor, Anaïs o esperava com a bolsa de viagem da Sicilia. Olhava o apartamento com tristeza.

— Não sei se um dia voltarei aqui. Está impregnado demais com a lembrança do meu tio. Teria a impressão de vê-lo sair de cada cômodo.

— Eu também vou sentir falta de não mais passar as noites edificando sombrias prisões para o vício e templos para a virtude.

Anaïs estremeceu.

— O que é que você acabou de dizer?

— Que vou sentir falta dos meus encontros noturnos com Anselme neste apartamento.

Ela segurou com força o braço dele.

— Não. Sua expressão sobre o vício e a virtude...

— Uma fórmula maçônica um pouco em desuso utilizada em loja. Anselme sempre falava isso antes de abrirmos um bom vinho.

— É estranho. Dioniso começava as reuniões de reflexão com essa frase. Estamos aqui para edificar sombrias prisões para a intolerância, e templos para o prazer e o amor.

Marcas abriu a porta, deixando-a passar.

— É realmente curioso! Talvez seja um ex-maçom que reutilizou nossas práticas em sua própria receita. Já aconteceu antes.

Desceram rapidamente os andares e passaram diante da cabine da porteira. Anaïs parou.

— Espere. Tenho que dizer algo a esta moça.

— Deixe com ela a chave da minha lambreta; um dos meus homens virá buscá-la.

Marcas pegou o celular.

— Leroy? Estamos no pátio do prédio.

— Ninguém à vista, tudo ok.

— Chegamos em cinco minutos.

Marcas desligou. Sabia que só provisoriamente poderia esconder Anaïs em sua casa. Não poderia transferi-la para um esconderijo oficial sem uma autorização, mesmo que hipoteticamente. Por outro lado, ela poderia lhe ser útil na investigação se o massacre da Sicília, o caso Real e o do ministro estivessem ligados. A observação de Anaïs sobre o vício e a virtude reforçava sua suspeita. Mas era só.

Anaïs saiu da cabine.

— Eu lhe entreguei as chaves. Ela cuidará do apartamento de meu tio até minha volta. Se eu voltar...

Ela hesitou antes de continuar:

— Gostaria de te pedir um favor. Realmente preciso de roupas. Será que a gente podia parar num centro comercial da gare Saint-Lazare antes de me prender novamente?

Antoine refletiu. Afinal, a ideia não era má.

— Por que não? Vamos a um centro comercial da gare Saint-Lazare. Será um pretexto.

Saíram para a rue des Martyrs e entraram no carro do auxiliar de Marcas. O Peugeot do serviço logo partiu. O motorista deu uma olhada no retrovisor.

— Moto preta, capacete azul-escuro atrás da gente, a aproximadamente 20 metros. O que é que eu faço?

— Sobe para a place Clichy. Vamos ver se estão na nossa cola.

O carro rodava em velocidade regular. Anaïs olhava constantemente para trás e pela primeira vez apertou a mão de Marcas.

— Tem certeza de que vai ficar tudo bem?

Marcas sorriu.

— Não se preocupe. Nossos colegas vão nos esperar no centro comercial para interceptar os perseguidores. Se eles realmente existem.

O carro virou à esquerda, depois à direita; a moto continuava atrás deles.

— Moto confirmada, chefe. Chamo os colegas para que eles a cerquem ou esperamos até chegar ao estacionamento e continuamos agindo à albanesa?

— Não mudamos o dispositivo. Para na place Clichy. Vou comprar um maço de cigarros para não chamar atenção, e você vai direto para o estacionamento do centro comercial em Saint-Lazare. Eles vão encurralá-los na rampa de acesso.

O Peugeot estacionou na frente do bar conhecido de todos os notívagos por fechar tarde. Marcas saiu do carro e localizou a moto do outro lado da praça. Ele entrou no bar e pediu um maço de cigarros. Depois, abriu o celular e digitou o número da central que o contatou com o carro que fazia a perseguição.

— Aqui é Marcas, conhecem as instruções?

— Não esquenta, comissário. A gente cerca ele de mansinho e leva para a delegacia.

— Está bem. Eu me encontro com vocês mais tarde.

Marcas saiu do bar e se meteu no carro que partiu discretamente. Anaïs não dizia nada e olhava as ruas passarem. O carro sem identificação continuava seguido pela moto.

— Chegamos, chefe.

O comissário se virou para Anaïs.

— Presta atenção. Quando eu mandar, você sai do carro e me segue rápido. Quanto às compras, a gente vê isso mais tarde. Está certo?

— Sim, mas...

— Não tem "mas".

42

Paris,
Escola prática de altos estudos

Numa grande sala em lambris de madeira escura, que datava do Segundo Império, Isabelle acabava de concluir sua exposição como especialista em seitas. Olhava para os estudantes. A quantidade deles num seminário de terceiro ciclo era mais significativa que de costume.

É preciso dizer que o título — *Erotismo e espiritualidade* — provocava a curiosidade. Era verdade que a Escola tinha o hábito de abordar temas muito diversificados, mas a síntese do título sugeria conivências imprevistas. Aliás, dois professores que ficaram sabendo de sua visita não se privaram de interpelá-la discretamente para lhe pedirem detalhes do tema de sua pesquisa.

Ela respondeu com o profissionalismo habitual, mas isso não impediu sorrisos disfarçados. Oferecer um curso sobre um assunto em que se encontravam o desejo sexual e o sentimento religioso desconcertava a instituição e fustigava as boas consciências. Os estudantes não pareciam chocados, mas simplesmente surpresos por verem mesclarem-se dois universos que acreditavam irreconciliáveis. Foi, aliás, por esse motivo que Isabelle tinha proposto, ao final da aula, um tempo para debate, quando os estudantes poderiam fazer perguntas mais precisas.

Uma mão se ergueu. Antes de lhe conceder a palavra, Isabelle observou a estudante. Vestido azul plissado, *chemisier* de gola fechada, cabelos cuidadosamente trançados. Já se podia adivinhar a pergunta.

— Sim?

— Na sua aula, a senhora desenvolveu a tese por meio de dois exemplos tomados de espiritualidades ou tradições orientais, o taoismo e o tantrismo. Noto que a senhora não fez, ou não pôde fazer, nenhuma referência ao cristianismo.

— Você pensa, então, que o sexo não tem nada a ver com a espiritualidade cristã?

— Sim.

Isabelle sorriu.

— Pois bem, você está errada! Conhece os gnósticos?

— Creio que são hereges.

— São cristãos, mas que a Igreja considerou hereges. Para eles, somente Cristo era o verdadeiro Deus, o do Bem, que eles opunham ao Deus do Antigo Testamento, símbolo do Mal.

— É uma teoria dualista!

— Perfeitamente. E para alguns desses grupos gnósticos, era necessário combater o Mal, digamos, na raiz.

De imediato, os estudantes pareceram mais atentos. Ela continuou:

— Para combater o Mal, era preciso romper o círculo das gerações. Logo, desviar a prática do sexo de seu fim habitual, a procriação.

— Por que meios?

A questão foi disparada, anonimamente.

— Pelas práticas sexuais. Particularmente por uma forma de *Coïtus interruptus* a fim de recuperar o esperma exatamente antes da ejaculação na matriz feminina.

— Está brincando?

A voz da estudante se tornou mais ácida.

— De jeito nenhum! Essa prática ritual é narrada por uma testemunha da época, chamada Epifânio, que você vai considerar digno de fé, já que a Igreja católica o fez santo!

Ouviram-se alguns risos.

— Mas o que é que eles faziam com o... enfim... o que tinham recolhido?

— Ainda segundo santo Epifânio, o esperma era, em seguida, consumido em comum, e a cada absorção, os gnósticos pronunciavam esta frase ritual: "Eis o verdadeiro corpo do Cristo."

— É nojento!

— Não para eles. O esperma recolhido no ato do amor simbolizava o poder reencontrado da divindade; consumi-lo era reintegrar a unidade primordial.

— Mas é uma maluquice!

A jovem estudante levantou-se bruscamente.

— Quem sabe? Se Deus habita o pão e o vinho, como creem alguns, por que não o esperma?

Um murmúrio de perplexidade percorreu toda a sala. Sorrindo pacificamente, Isabelle encarou um por um os alunos para avaliar-lhes a reação. No fundo, perto da porta, um homem de terno e gravata fez-lhe um sinal discreto com a mão. Ela reconheceu Alexandre Parell. O irmão.

— Muito bem, agradeço a atenção de vocês. A aula terminou. Até a próxima semana.

O conselheiro da obediência se aproximou do estrado.

— Impressionante! Você sempre termina as suas aulas com... revelações como essa?

— Ah, mas eu não disse tudo para eles! Os gnósticos consumiam também ritualmente o mênstruo de suas companheiras.

— Agora você está brincando?

— Não. Depois do corpo do Cristo, era necessário beber seu sangue.

Parell olhou-a, sacudindo a cabeça.

— Ouça, não vim aqui para ouvir isso.

— Bem que eu desconfiei.

— Disseram que Marcas não é mais bem-visto pelo ministro. Decidimos nos afastar discretamente da investigação. Você também deveria tomar cuidado.

Isabelle esboçou um sorriso irônico.

— E você avisou Marcas dessa reviravolta?

— Não, mas o caso vai ser arquivado, e tudo vai entrar nos eixos. A começar por ele.

— E se ele não quiser?

— Ele está livre para se perder nas trevas. Mas vai entrar nelas sozinho.

43

Paris,
quartier Saint-Lazare

O carro pegou o corredor dos ônibus e, enquanto descia a rampa estreita do estacionamento, o inspetor reclamou.

— Com o preço exorbitante que se paga por hora nesses estacionamentos, eles poderiam construir acessos mais largos. Só tem lugar para um Twingo!

Marcas pegou a arma de serviço do auxiliar dentro do porta-luvas, verificou o carregador, soltou a trava e chamou o segundo carro.

— Eco 1. Onde você está?

— Na frente da entrada; o suspeito está nos seguindo. Vai chegar ao estacionamento em trinta segundos.

— Obrigado. Boa sorte e aja de mansinho.

— Compreendido, Eco 1 desligando.

— Leroy, você sabe o que tem que fazer.

— Sei, pego o tíquete, a barreira se ergue e eu paro imediatamente depois para bloquear a passagem. Os outros vão estar atrás dele.

O Peugeot interrompeu a descida e parou diante da barreira.

— Vamos, Anaïs!

O casal saiu em disparada e correu para a escada que levava aos andares do centro comercial. A porta metálica se fechou atrás deles com um barulhão. Subiram os degraus em disparada e desembocaram no térreo do shopping. Uma densa multidão se aglomerava nas lojas. Marcas deu uma olhada em volta e se virou para Anaïs.

— Tudo bem. Agora podemos ir mais devagar. Vamos andar tranquilamente para a saída do centro comercial.

Seu celular tocou.

— Sim?

— Aqui Eco 1. Mudança de plano. O motoqueiro não entrou no estacionamento. Ele foi para a rue de Châteaudun.

— Merda!

— Estamos tentando alcançá-lo, mas vai ser difícil. O sacana está costurando entre os carros.

— Verificou a placa?

— Sim. Roubada ontem.

— Tente cercá-lo, mas mande um homem para se encontrar com a gente no centro comercial.

— Sem problema! O inspetor Duval, moreno, alto, de blusão de couro bege. Ele desce e se encontra com o senhor. Eco 1 desligando.

Marcas acelerou o passo. Anaïs olhava para ele com ansiedade.

— Eles não pegaram o cara?

— Não. Não gosto disso.

Ele olhou mais uma vez em volta. As lojas estavam entupidas de gente; centenas de homens e mulheres circulavam em torno deles. Uma zona sem segurança, pensou Marcas. Se alguém quisesse fazer tiro ao alvo nessa multidão, ninguém poderia impedi-lo.

Marcas pegou Anaïs pela mão, como se eles fossem um casal. Gente comum.

Ao atravessar o corredor central, quase tropeçaram numa mulher grávida com seus embrulhos. Alto-falantes difundiam uma música ensurdecedora, entrecortada por anúncios publicitários. Estavam a apenas 30 metros da escada rolante quando Marcas viu o inspetor descrito ao telefone. Ele os esperava no alto da escada rolante, lançando olhares em torno de si.

— Anaïs, fique atrás de mim enquanto a gente vai para a escada. Se eu mandar, se abaixe sem discutir.

— Você é o tipo de cara que acalma...

Marcas não respondeu à provocação e acelerou o passo. Alguma coisa estava errada. O motoqueiro deveria, pela lógica, segui-los no estacionamento. A não ser que... De repente, Marcas percebeu seu erro. Havia uma segunda equipe atrás do motoqueiro, em contato telefônico permanente.

— Precisamos sair daqui!

Era tarde demais para recuar. A escada rolante subia lentamente, lentamente demais. Marcas apertou a pistola no bolso. Eles eram tão visíveis quanto patos num estande de tiro de parque de diversões.

Uma música de rap ensurdecedora soava por todo o centro comercial num nível sonoro acima do suportável. Marcas foi o primeiro a chegar ao alto da escada e, sem responder ao aperto de mãos do inspetor, arrastou Anaïs atrás de si. Só faltavam 15 metros para chegar à porta de entrada quando no campo de visão de Marcas apareceu um homem usando um longo sobretudo cinza.

— Deita — berrou Marcas empunhando a arma.

Dois tiros soaram. O homem de sobretudo cinza pegou um fuzil automático e atirou na direção deles. Marcas, Anaïs e o inspetor rolaram no chão ao mesmo tempo.

O homem de sobretudo arrancou uma menina com seu ursinho dos braços da mãe e a colou ao peito, como um escudo.

Anaïs levantou a cabeça e gritou.

— É o homem que me seguiu no aeroporto, o matador de Dioniso.

— Se abaixa — disse Marcas.

O inspetor tinha caído do lado oposto a Marcas e Anaïs, e se refugiara debaixo da vitrine de um fast-food.

Outra detonação ressoou; o vidro acima de Marcas explodiu em pedaços. O matador recarregou e gritou:

— Vim te buscar, Anaïs. O mestre precisa de você.

O homem de sobretudo cinza avançou num passo mecânico, segurando a menina como uma boneca de trapos. Atrás deles, a mãe da criança urrava de pavor.

O inspetor mirou uma das pernas do matador e apertou o gatilho. A bala não atingiu o alvo e furou a divisória de uma vitrine de doces. O homem de sobretudo girou e atirou à queima-roupa contra o jovem policial.

Sua cabeça explodiu, salpicando de sangue o mostruário do fast-food. Um pedaço do cérebro respingou no pôster de um enorme hambúrguer escorrendo ketchup.

O atirador abriu fogo contra outra vitrine, fazendo explodir o vidro fumê. A bala acabou sua louca corrida no peito de uma vendedora. O demente exultava.

— Tempo de liquidação, aproveitem. Queima de estoque.

Impotente, Marcas assistia à matança, sem poder usar a pistola com medo de atingir a criança. O tempo funcionava a favor do adversário que avançava para eles.

Os passantes, assustados, corriam em todas as direções, escondendo-os temporariamente da vista do matador. Anaïs exclamou:

— Conheço este centro comercial. Tem uma escada de serviço à nossa esquerda. Podemos alcançá-la quando ele não estiver olhando. Se ficarmos aqui ele vai nos ver.

Estupefato, Marcas viu a jovem mulher se levantar de um salto e se precipitar para a porta entreaberta. Ele se controlou e a seguiu, correndo também. Ouviu uma bala silvar bem rente à testa.

O matador tinha compreendido a manobra. Deixou a criança cair no chão como se fosse um saco de lixo e atirou às cegas na direção dos fugitivos. Uma mulher usando um conjunto preto caiu no chão, arrastando na queda um adolescente que berrava.

— Solte a arma, imediatamente.

Um negro, num uniforme de agente de segurança, chegou correndo, empunhando um cassetete tão inútil quanto um brinquedo. O matador sorriu e descarregou mais duas balas no guarda que caiu para trás, com os olhos arregalados de pavor.

Marcas e Anaïs corriam desabaladamente. Mergulharam na escada de serviço. O policial bloqueou a barra de segurança da porta e se virou para Anaïs:

— Agora vamos ter uma folga. Mesmo com o fuzil automático ele não vai conseguir arrombar.

— Eu achava que nós éramos os policiais e eles, os maus.

— Eu também achava isso!

— Se não me falha a memória, daqui a gente pode chegar à conexão do metrô.

Marcas abriu o celular e constatou que, no vão da escada, estava sem sinal. Correram novamente. Anaïs, sem fôlego e rouca, parecia possuída. Esbarraram numa dezena de passantes antes de chegar ao subterrâneo do metrô. Anaïs apontou com o dedo a saída que desembocava na Cour de Rome. Ao chegar à superfície, Marcas usou o celular:

— Central, urgência. Peço resgate na Cour de Rome. Enviem reforços para o centro comercial do Havre. Há feridos no local.

— Copiado, comissário. Já fomos avisados. As viaturas estão chegando.

Anaïs recuperava o fôlego e se espantava com a energia para aguentar. Como se o que tinha acontecido na Sicília a tivesse transformado. Ela nunca teria acreditado poder suportar tais provas e, contudo, ela resistia e descobria em si até mesmo recursos desconhecidos.

Marcas observava as ruas que desembocavam na praça. Um Renault preto chegou em disparada até perto deles. Um homem de pulôver marrom com uma braçadeira marcada com "polícia" saiu e fez sinal para o casal.

Marcas e Anaïs entraram no carro, que saiu em disparada, acionando a sirene.

— Para o quai, comissário?

— É. Vai fundo.

Marcas pensou no terrível estrago que tinha provocado. Um colega assassinado em pleno dia, feridos e mortos, talvez, num centro comercial. Não tinha ilusão alguma. Se redigisse o relatório de modo objetivo, estaria pronto para ser imediatamente suspenso. Esperando pelo pior. Ele não tinha o direito de proteger uma moça por motivos pessoais.

Organizar uma transferência num lugar público poderia ser considerado falta grave. Deveria tê-la levado diretamente da rue des Martyrs para o quai des Orfèvres. Só que seria preciso uma notificação oficial. E cuidar da sobrinha de Anselme não teria justificado de modo algum tal exibição de força. E se ele dissesse que a moça era a testemunha número um da matança na Sicília, e que ele não considerara necessário entregá-la às autoridades, então se exporia às piores complicações. A fraternidade da polícia não poderia fazer nada para acobertá-lo, e o conselheiro do ministro sentiria prazer em acusá-lo.

Dia estragado. Ele se insultou em silêncio quando pensou novamente em todos os riscos que tinha assumido. Por nada. Lembrou-se do rosto do jovem inspetor derrubado pelo matador. Teria ele uma namorada, uma mulher, filhos? E a garota que servira de colete à prova de balas do matador?

As sirenes das ambulâncias e dos carros de polícia chegavam de todos os lados, convergindo para a entrada do centro comercial.

Marcas apertou os punhos, com raiva. O carro tinha saído do bairro e corria para o Sena. Chegariam ao quai des Orfèvres em menos de cinco minutos. Tinha de tomar uma decisão.

Pela primeira vez em sua vida ia mentir em seu trabalho. A via da retidão estava bem longe. Debruçou-se sobre o motorista:

— Vire à direita. Mudamos de direção.

Anaïs se agarrou no braço dele. Ele deixou.

— Vamos dar uma passada na minha casa — disse ele com voz cansada. — Lá você vai ficar em segurança.

44

Paris,
place Beauvau

— Estamos esperando suas explicações!

O conselheiro do ministro observava Marcas com ar aborrecido, cercado pelo diretor da polícia nacional e por um representante da chefia de polícia de Paris.

— O senhor leu meu relatório, não sei o que posso acrescentar.

O conselheiro pegou uma pasta de papel amarelo e atirou-a com desdém para o comissário.

— Não sou imbecil, Marcas. Isso cheira a relatório falsificado!

— Por quê? O senhor tem o hábito de escrevê-los?

O representante da chefia, membro influente da fraternal da polícia, sorriu discretamente. O conselheiro não percebeu, furioso como estava.

— E não seja insolente! Você estava encarregado de uma investigação oficiosa sobre o ministro, não de bancar o caubói em plena Paris. E essa moça que aparece de repente como testemunha-surpresa, e que não encontramos? Você deveria me manter constantemente a par!

— A moça entrou em contato comigo, se apresentando como testemunha-chave no caso do ministro. Se sentiu ameaçada e pediu proteção, e eu intervim pela urgência. Não tive tempo de reportar o caso.

— É claro! E para melhor protegê-la, você aproveita para fazer comprinhas em Saint-Lazare em vez de pô-la em segurança!

— Provavelmente o senhor não leu bem meu relatório, senhor conselheiro. Ela tinha se refugiado naquele centro comercial; eu disse a ela que esperasse lá. Depois eu deveria ter deixado ela receber um balaço, como um coelho?

O conselheiro se virou para os dois homens que o cercavam.

— Senhores, o que pensam disso?

O diretor da polícia limpou a garganta.

— É preciso tratar do que é urgente: encontrar o matador! Abater um policial a sangue-frio não pode ficar sem punição. Já obtivemos um retrato falado das testemunhas. Precisamos iniciar a caça ao homem. Depois...

— Depois, senhor diretor... — perguntou o conselheiro, fitando Marcas.

— Assim como o senhor, penso que a história do comissário Marcas apresenta partes obscuras. Sem duvidar da sua boa-fé — é um profissional que todos nós estimamos —, sugiro diligenciar uma investigação da Inspeção Geral dos Serviços. Eles vão interrogar discretamente os policiais que participaram da operação e vão corroborar, espero, sua versão dos fatos. Está de acordo, comissário?

Marcas concordou. Ele esperava a intervenção da polícia das polícias.

— Se o senhor considera que isso vai esclarecer as coisas, eu só posso acatar. Posso me retirar agora? Tenho que continuar uma investigação e...

— Você não tem mais investigação — interrompeu-o o conselheiro com voz cortante. — O ministro está muito decepcionado com a sua atitude. Ele esperava conclusões claras que permitissem fechar o caso. Em vez disso, nos deparamos com um massacre em plena Paris e com avaliações sem pé nem cabeça.

Marcas recebeu o direto bem na face.

— Não esqueça que tenho uma pista séria com Manuela Real e uma testemunha ocular, eu estou...

— Basta. Você vai tirar uma licença. O caso foi entregue ao comissário Loigril. É o que eu devia ter feito desde o início. Pode se retirar, Marcas.

O conselheiro lhe lançou um olhar gelado enquanto os outros dois funcionários viravam a cabeça.

Marcas se levantou sem uma palavra, ainda abalado com a notícia. Nunca tinha sido tão humilhado em toda a sua carreira. Caminhou para a porta crispando os punhos. Precisava de ar, precisava sair dos escritórios sufocantes e se livrar de toda aquela podridão.

A place Beauvau estava quase deserta àquela hora adiantada da noite; a sentinela se aquecia batendo as mãos. Marcas se dirigiu para o palácio do Élysée e bifurcou para a place Clemenceau. Tentou se acalmar e afastar a raiva, fonte nefasta de todas as coisas. Ponto positivo, não estava suspenso e continuava senhor de suas idas e vindas. Por outro lado, tinha instruído suficientemente o colega, que confirmaria sua versão: ele não tinha embarcado a moça e Marcas na rue des Martyrs.

Quanto a Anaïs, estava em segurança em sua casa, mas apenas provisoriamente, e, sobretudo, ele não queria que ela caísse nas mãos de Loigril. Se ele a interrogasse, ele a devoraria e, logo que descobrisse sua presença na Sicília, ele lhe devolveria o golpe direto na cara.

Sua margem de manobra era ridícula.

Caminhou longamente até a Opéra, sem conseguir encontrar uma solução para se safar. Estava atolado até o pescoço.

Seu celular tocou.

— Então, Marcas, estamos adulterando relatórios, é isso?

Ele reconheceu a voz gozadora do representante da polícia.

— Não é hora de me gozar!

— Claro que não. Só queria conversar um pouco com você. Você está atolado até o pescoço. Tem tempo para um café?

— Estou no Boulevard des Capucines.

— Estou indo na direção da Opéra, te encontro no Grand Café em uns 15 minutos.

Marcas mudou de rumo e caminhou lentamente para a place de l'Opéra. Telefonou para Anaïs, mas ela não atendeu. A secretária eletrônica entrou; ele não deixou mensagem; ela deveria estar dormindo. Digitou o número do auxiliar que tinha ficado no apartamento para protegê-la.

Uma voz sonolenta respondeu.

— Sim, comissário?

— É só para saber se está tudo bem.

— Não se preocupe. Como foi a sua reunião no ministério?

— Mal. Eu te ligo mais tarde. Não perca ela de vista.

— Não se preocupe.

Marcas desligou. Tinha de pôr Anaïs num lugar seguro e depois partir para interrogar Manuela Real. Dois objetivos incompatíveis.

Acelerou o passo rumo à place de l'Opéra. Não havia trânsito; alguns poucos carros se dirigiam para os Grandes Boulevards. Contudo, em menos de uma hora, aquela região estaria completamente engarrafada.

Empurrou a pesada porta do Grand Café e entrou na vasta sala. Pediu um café enquanto lia seu relatório.

Ergueu a cabeça ao ouvir baterem no vidro. O representante da polícia lhe fez um pequeno sinal e começou a dar a volta para ir até ele. Apesar do tamanho imponente, o *irmão obeso*, como era chamado no meio maçônico, se deslocava com surpreendente agilidade. Marcas o conhecia havia seis anos e mantinha com ele relações fraternas, sem deixar de ter certa desconfiança. Contava-se nos bastidores que aquele alto funcionário tinha arrumado uma história de overdose para salvar a cabeça de um grande empresário envolvido num caso sórdido. Pequenos arranjos entre amigos da mesma fraternidade. Quanto ao toma lá dá cá, bastava esperar. Assim que se aposentou, o representante da polícia teria recebido a oferta de um posto como consultor de segurança numa filial no exterior, com um salário quatro vezes maior que o de um funcionário.

O homem gordo sentou-se ao lado de Marcas e chamou um dos garçons para pedir uma cerveja e um prato de batatas fritas.

— Você me obriga a deitar tarde.

— Como você vê, estou lamentando. Mesmo. Aliás, eu dispensaria tudo isso!

— É uma história feia...

— Mais do que você pensa.

— Quero te ajudar.

Marcas sabia perfeitamente que ele poderia, mas que teria um preço a pagar. Um favor por outro. Nada era gratuito com aquele irmão que pertencia a uma obediência maçônica diferente da sua.

— Eu sei que você adora prestar favores.

— Pois é, a gente não se emenda. Não posso abandonar um irmão, mesmo que ele pertença a uma obediência de esquerdistas.

Marcas bebeu um gole do café pelando.

— E eu? Quer que te fale dos irmãos do Sudeste? Dos feitos do seu amigo, aquele juiz corrupto de quem a mídia caçoa? De...

— Ei, se acalma. Eu estava brincando. O que eu te proponho é o seguinte: primeiro, posso te manter a par da investigação do IGS; tenho um bom amigo lá. Depois, como você sabe, o conselheiro é um pouco ambicioso demais para o meu gosto, ele vai longe e rápido demais. Não é da casa.

Marcas sabia que o jovem conselheiro do ministro atraíra a hostilidade crescente das velhas raposas do galinheiro. Algumas nomeações tinham sido malvistas. Muitos tiras ficariam contentes se ele saísse da linha.

— Obrigado por tanto empenho. E em troca?

O companheiro devorava as batatas fritas como se não comesse havia três dias.

— Por enquanto, nada. Você não está mesmo em condições de ajudar neste momento. Mais tarde, veremos.

Marcas refletiu por um instante, bebericando o café.

— Está certo. Tenho que partir para a Espanha o mais rápido possível: aproveitar as minhas férias! E queria levar alguém comigo. Você pode interceder para que isso aconteça, digamos, sem incidentes?

— Quem é?

Marcas sabia que tinha de pôr as cartas na mesa. Não teve tempo.

— A famosa testemunha?

— É! Preciso dela. Mas, principalmente, não quero deixá-la nas garras de Loigril.

— Vai ser difícil esquecê-la. Ela está mais do que implicada na matança de ontem.

O irmão aumentava as apostas; o toma lá dá cá seria alto.

— Eu sei. Mas é assim, ou eu dispenso você.

O representante da polícia avaliou-o durante alguns segundos, e deu uma risada.

— Ah! Vocês se parecem todos em sua obediência, sempre de bravata e impondo condições. Um dia, seremos mais numerosos do que vocês na França e vocês darão menos lições aos outros.

Marcas não riu.

— E então?

— Então, eu farei o necessário. Algo mais?

— Sim. Tenho que interrogar a atriz, mas não tenho nenhum mandato oficial lá. Eu teria que convencer o agente dela na França. Tenho o nome dele: Alain Tersens. Você pode descobrir informações sobre esse senhor se, por acaso, meus argumentos não bastarem?

— Posso, mas com a condição de que esse agente tenha algo a se censurar.

O comissário piscou o olho.

— Procurando bem...

45

Paris

O escritório da *Sortilèges*, agência de relações públicas, exalava um perfume antiquado. Escondido numa pequena rua sem saída do 8º arrondissement, no térreo de uma antiga casa senhorial, as acomodações exibiam nas paredes fotos de atrizes na moda nos anos 1980. Apenas alguns raros retratos de nomes sempre em voga davam ainda a impressão de que a agência não estava definitivamente adormecida. Marcas reconheceu o rosto gracioso de Manuela Real, com 15 anos a menos, numa das paredes da pequena sala de espera decorada por um designer célebre, cujo retrato com dedicatória o proprietário havia pendurado na parede, a fim de mostrar aos visitantes que o proprietário da agência não desprezava a aparência.

Na sala de espera, sentado num pequeno canapé, um homem de cabelos brancos e porte aristocrático roía as unhas, lançando olhares furtivos para a porta de entrada. Anaïs sussurrou ao ouvido de Marcas:

— Já vi esse cara em filmes, mas não me lembro mais do nome dele.

— Eu não sei. Provavelmente um desses eternos papéis subalternos que nunca vão aparecer em destaque no cartaz.

No momento em que Anaïs ia interpelar o desconhecido, o agente de Manuela Real abriu a porta dupla. Alto, cabelos louros cortados rente, olhos verdes de incrível intensidade, um terno bege sob medida, Alain Tersens revelava um carisma imediato.

O homem de cabelos brancos se levantou de um salto e se precipitou ao seu encontro com os braços estendidos.

— Ah, finalmente! Tem notícias de uma nova escalação? A sua secretária me barra todas as vezes que eu telefono. Não aguento mais esperar!

O agente pousou a mão em seu ombro.

— Lamento, eles não te escolheram. No entanto, você estava na lista dos preferidos... Mas haverá outras.

O ator parecia atordoado. Seus olhos se encheram de lágrimas.

— Mas esse papel era para mim. Para mim!

O agente fez sinal para Marcas e Anaïs por cima do ombro do ator e acompanhou este até a porta.

— Assim que eu tiver uma nova proposta, prometo que te chamo.

A porta bateu, o agente voltou para a sala de espera e mostrou uma sala entreaberta do outro lado do corredor.

— Me acompanhem, por favor.

Anaïs fez a pergunta que a importunava.

— Quem era?

— Daniel Cox. Ele atuou em vários filmes, alguns anos atrás.

— Era um papel importante? Ele parecia arrasado!

— Trinta segundos na publicidade de um camembert. Mas, para o gosto do produtor, ele era muito velha França.

Pobre Cox. Há mais ou menos três anos que ninguém mais quer saber dele! Ajudo como posso. A profissão de agente é difícil, vocês sabem!

Quando chegaram a uma grande sala luminosamente decorada com telas francesas do século XVIII, sentaram-se em torno de uma mesinha na qual havia um bule de chá e pratos com torradas.

— Eu ia tomar um chá. Aceitam uma xícara?

Marcas recusou; Anaïs aceitou. O diretor da casa se acomodou num sofá malva que parecia pequeno demais para sua grande estatura. Mergulhou o olhar verde no de Anaïs.

— Minha cara, você tem um rosto muito fino e olhos magníficos. Eu não sabia que a polícia organizava elencos para recrutamento! Você devia fazer cinema.

Por sua vez, a jovem mulher o olhou calmamente.

— Sinto muito, já passei dos 30. Devia ter te encontrado dez anos atrás.

— Nunca é tarde demais para a 7ª arte.

Anaïs não respondeu. O homem se virou para o policial.

— Comissário Marcas, não é?

— Sim, e essa é a inspetora Müller. Obrigado por nos receber.

— Confesso que seu telefonema me deixou surpreso. Em que posso ser útil à polícia?

— Gostaríamos de ter um encontro informal com Manuela Real.

Tersens esboçou um fino sorriso e retomou:

— Muitas pessoas querem vê-la, sobretudo neste momento. Se vocês soubessem a quantidade de jornalistas que me importunam para conseguir uma entrevista exclusiva...

— Não somos jornalistas — insistiu Marcas num tom autoritário.

O agente se serviu de outra xícara de chá. Sua voz ficou mais seca.

— E vocês são ainda menos importantes aos meus olhos, comissário. Não vejo por que Manuela pode interessar a vocês.

— Ela pode estar ligada a um caso de que eu... de que nós tratamos.

Alain Tersens passava geleia de groselha nas torradas de modo quase obsceno, brincando com a pequena faca de cabo de chifre como se fosse uma língua amorosa.

— O caro ministro da Cultura! Um homem delicioso, muito atento à nossa profissão. Vou decepcioná-lo: Manuela e o ministro não se conheciam.

Anaïs interveio:

— Mas eles se encontraram recentemente na Drouot por ocasião da venda do manuscrito Casanova.

O agente soltou uma gargalhada, querendo dar a impressão de natural.

— Manuela adora sair, e encontra uma centena de pessoas célebres todas as semanas. Se vocês acham que isso basta para torná-las íntimas... Deem uma olhada nas páginas sociais das revistas dos famosos e entenderão o que estou dizendo. Eu mesmo passo as noites sorrindo ao lado de pessoas que me são totalmente estranhas.

Marcas retomou a palavra.

— Concluo então...

— A resposta é não! Manuela tem que descansar. Um encontro com policiais vai perturbá-la. E depois, seus colegas espanhóis já arquivaram o caso. Ela sofreu muito com a perda do marido. Seu luto é imenso.

Anaïs pousou a xícara e disse a meia-voz:

— Essa história, de qualquer modo, deve ter resultado num grande golpe publicitário. A carreira dela estava um pouco a reboque... Li que, alguns dias atrás, ela recebeu convites de produtores.

Tersens ficou tenso.

— Essa observação é equivocada. Manuela é uma grande atriz e não precisa desse drama para relançar a carreira. Se não se incomodam, o trabalho me espera.

Ele começou a se levantar.

— Senta — disse Marcas com dureza.

— Como?

— Ainda não concluímos nossa conversa — replicou o policial, pondo na mesa uma pasta de cartolina vermelha, com a inscrição em preto: Caso Keller.

O agente deu uma olhada no título do dossiê e empalideceu. Marcas abriu a pasta e tirou a cópia de um processo.

— As histórias que se encontram nas gavetas da polícia são tão loucas que dariam um bom roteiro. E eu gostaria muito de conhecer a sua opinião a respeito desta.

Tersens sentou-se. Mudo.

— Ela conta a história de uma jovem que queria fazer cinema. Então encontra um gentil empresário que promete a ela um futuro extraordinário. E para lançar sua carreira, é convidada para uma espécie de festa particular no grande apartamento que pertence a esse agente das estrelas. Não se sabe por que a noite fica um pouco quente e, acaso infeliz, ela bebe de um copo no qual alguém tinha posto um remédio, o GHB.

— A droga do estupro? — perguntou Anaïs.

— Sim! E, com certeza, o gentil empresário aproveita para traçá-la. Por todo lado. Aliás, não fez sozinho. Uma grande atriz e o marido, morto recentemente, também se aproveitaram dos encantos da jovem *starlet*.

— Como você conseguiu isso?

A voz de Alain Tersens era quase inaudível.

— Espere, eu ainda não acabei. Imagine que nosso empresário já não é mais tão gentil. No dia seguinte, ao despertar, ele responde às perguntas da jovem ingênua, destruindo o rosto dela com um cinzeiro de vidro. Certamente ele tinha a desculpa de estar completamente chapado de coca! Quanto à moça, vai para o pronto-socorro, com o rosto massacrado.

— Ela não deu queixa?

— Como que por encanto, um advogado apareceu com uma bela soma em dinheiro. Suficiente para comprar a consciência e a habilidade de um cirurgião plástico.

Anaïs deu uma olhada de desprezo para o agente, que empalidecia visivelmente e cujo rosto estava marcado por um tique nervoso.

— É um caso... arquivado.

— Para a polícia, sim! Para os jornais, me surpreenderia. Eu também conheço jornalistas, não críticos de cinema, mas do tipo abelhudo... Tudo o que diz respeito à vida de Manuela Real e ao seu círculo, neste momento, apaixona as multidões.

— É chantagem!

— Vamos, vamos! Sem exageros. É possível reconsiderar nosso pedido inicial?

O agente estava derrubado no sofá e tinha perdido toda a pose de desprezo.

— Tudo bem. Vou telefonar daqui a pouco para ela. Minha secretária vai dar a vocês as coordenadas da clínica onde ela se encontra. Manuela os receberá.

Marcas levantou-se sorrindo. Anaïs olhou para Alain Tersens de alto a baixo.

— É inútil dizer que a sua proposta para eu me tornar atriz não me seduz mais. Na verdade, deve ser difícil.

— O quê?

— Aguentar se olhar todas as manhãs no espelho.

— Podem ir, não vou acompanhar vocês até a porta.

Assim que eles cruzaram a entrada, Anaïs se virou para Antoine.

— Ele é mesmo um sujeito sujo, mas os seus métodos também não são melhores.

Marcas lançou-lhe um olhar cúmplice.

— Estou me desviando desde que a conheci.

Ela respondeu:

— E a sua ética de maçom?

— Não toque na ferida.

Ela se divertiu com a indiferença dele e retomou, de repente:

— Acabei de me lembrar de um detalhe. Você viu os quadros na parede?

— Vagamente. Por quê?

— Tenho certeza de que um deles representa... representa Casanova.

— E daí?

Anaïs hesitou.

— Nada. Mas tudo o que se refere direta ou indiretamente a Casanova me deixa nervosa.

Marcas quis consolá-la, mas não ousou pôr o braço sobre seus ombros. Eles entraram no carro sem identificação que os esperava na rua adjacente.

— Quer ir comigo para Granada? — perguntou Marcas com voz surda. — Aqui eu não vou mais ter como te proteger. Ou então, serei obrigado a te entregar aos meus colegas.

A jovem mulher sorriu sem olhá-lo.

— Me sinto bem com você.

Alain Tersens tinha puxado as cortinas do escritório e digitava um número de Paris. Esperou quatro toques, desligou e, em seguida, redigitou o mesmo número. Uma voz suave e quente respondeu.

— Sim, meu caro Tersens?

— Eles acabaram de sair daqui. O tira e a garota.

— Bom.

— Fui obrigado a autorizá-los a se encontrar com Manuela.

Um silêncio gelado se instalou do outro lado do fio. O agente sentiu as gotas de suor brotarem em sua testa.

— Ele me ameaçou com um dossiê. Eu...

— Você é um imbecil e um covarde.

— Se eu recusasse, ele teria desconfiado de alguma coisa. E depois, eu pensei... eu pensei que você poderia interceptá-los antes que eles viajassem.

— Pare de pensar; você não é dotado para isso! Não posso fazer mais nada na França. Eles estão sob constante vigilância.

— Desculpe, mas...

O interlocutor já desligara. Alain Tersens sentiu o estômago se contrair. Tinha infringido a regra básica: jamais contrariar Dioniso.

46

Continuação do manuscrito de Casanova

"... Encontrava-me na casa de Don Ortega em companhia do marquês de Pausolès, por volta das nove horas da noite. A Lua que se levantava por detrás das colinas já iluminava os jardins, que eram muito diferentes dos do marquês. Visivelmente, Don Ortega gostava de tranquilidade e discrição. Longos ciprestes dispostos em linha cercavam todo o parque como uma fronteira que o separava do mundo profano. No centro, via-se um labirinto de buxos esculpidos.

— Em breve a Lua estará mais alta, e o senhor poderá ver melhor — disse-me Don Ortega. — Enquanto isso, venha conosco; meus criados prepararam a refeição no quiosque.

Eu os segui até uma pequena construção de madeira, onde nos instalamos para jantar. Conhecendo seu entusiasmo habitual, surpreendi-me um pouco com o silêncio deles. Pareciam muito sérios, como sacerdotes de uma religião desconhecida, que se preparavam para um sacrifício misterioso qualquer. Não pude deixar de caçoar.

— E então, meus irmãos! Esta refeição é excelente, mas não os vejo alegres como de hábito.

— Acredita, Casanova, que o convidamos apenas para uma festa? — perguntou Don Ortega.

— Não sei — respondi —, mas percebo em ambos um ar de conspiradores.

O marquês de Pausolès foi o primeiro a sorrir.

— Você não sabe como o que diz é verdadeiro! Mas, enquanto espera, diga-me, pois, se refletiu sobre nossa visita do outro dia.

— Se está falando do encontro no convento pelo qual lhe sou grato, ele não me saiu da mente.

Don Ortega interveio.

— Nosso irmão, o marquês, contou-me sobre a visita ao parlatório e sobre a conversa que o senhor teve com sua irmã e... sua aluna. Parece que ela produziu sobre o senhor um efeito intenso!

— A tal ponto que sonhei com ela na noite passada!

Os dois amigos me olharam surpresos. Apesar da fraca luz das velas, eu podia ver seus rostos, e minha última palavra pareceu impressioná-los.

— O senhor sonha com frequência, Casanova?

— Muito raramente. Ou, pelo menos, não me lembro deles de manhã. Mas são apenas fantasias do pensamento que vagabundeia à vontade. E vocês não encontrarão em mim um espírito crédulo que se precipita sobre uma chave dos sonhos *ao despertar!*

— Sem dúvida, o senhor tem razão; os sonhos não são o que o vulgo crê e espera. Eles não indicam nosso futuro. Em compensação, é saudável não desprezá-los.

— Como assim?

— Jamais se sonha em vão. Sobretudo, com uma mulher.

Fiquei perplexo diante da seriedade dos meus amigos. Don Ortega continuou:

— Pense em Dante com sua Beatriz. Não foi a Beatriz real que o inspirou, mas a que ele via em pensamento. Uma impressão tão profunda que modificou toda a sua vida.

O marquês acrescentou:

—Algumas imagens exercem em nós uma estranha influência. Por vezes, elas são mais verdadeiras que a realidade. E elas podem nos levar a verdades mais altas.

— Mas conte-nos seu sonho — interrompeu-o Don Ortega.

— Os senhores ficarão decepcionados! Ele não tem pé nem cabeça. Ou melhor...

— Deixe-nos julgar!

— Pois bem, lembro-me de uma cidade por onde caminho. A multidão é densa e ruidosa. Continuamente esbarram em mim. Não consigo encontrar meu caminho. Entro por ruas transversais, mas as pessoas continuam a afluir. Todo esse barulho me cansa, preciso de calma.

— Se eu fosse seu confessor, Casanova, diria que todo esse tumulto no qual está preso é a imagem de sua vida: o labirinto das paixões onde nos perdermos sem volta.

— Como o que eu vi em seu jardim? Vi desses labirintos na Itália. Eram, especialmente, lugares de encontros galantes!

— O jogo do amor e do acaso! Mas voltemos ao seu sonho; sinto que o final pode ser inesperado.

— O senhor não imagina como o que diz é verdade, pois logo me encontro numa igreja. Vazia e silenciosa. Apenas algumas velas iluminam as abóbadas. Procuro o altar. E quando o encontro, não há nele nenhum símbolo cristão. Nem mesmo uma cruz. Em seu lugar, há um quadro.

— Um quadro religioso?

— Não. Porque eu vejo uma mulher. E... ela sai do quadro. Nua.

O marquês pousou o copo de vinho que acabara de pegar:

— Ela se parece com Alsacha, não?

— Sim, mas a continuação...

— É justamente a continuação que nos interessa, Casanova — retomou Don Ortega —, sem falso pudor.

Eu corei.

— Não se trata de uma dessas fantasias eróticas que às vezes nos possuem. Não há nenhum desejo brutal, nenhuma vontade de saciedade. Simplesmente a necessidade de estar nela. Uma necessidade fulgurante. Absoluta.

— E então? — perguntou o marquês.

— Gozei-a, mas não como vocês imaginam. Jamais experimentei semelhante excitação. E era exatamente a excitação que me impedia de...

— De...

— De soltar minha semente! Quanto mais a penetrava, mais meu desejo aumentava e me excedia. E ela não parava de me provocar. Pouco a pouco eu sentia meu coração crescer em meu peito. Estava sem fôlego. A cada instante, acreditava beirar o desmaio... contudo...

— Contudo?

— Eu não sentia medo. Ao contrário. Parecia-me que, se eu continuasse a tomá-la assim, sem me derramar nela, eu iria...

Meus dois amigos me olharam com atenção. Baixei os olhos.

— Foi aí que eu acordei.

Don Ortega pegou minha mão, olhando-me estranhamente:

— Você pensa às vezes na morte, Casanova?"

47

Espanha,
Província de Granada

Os campos de oliveiras ondulavam a perder de vista sob o sol brilhante. O carro alugado corria pela pequena estrada, tentando esquivar-se dos tratores de horticultores e dos caminhões que se arrastavam pelas encostas.

Anaïs sentia verdadeiro prazer em dirigir; concentrar-se na estrada afastava a angústia que, esporadicamente, voltava. Ela olhou para Marcas, cochilando no lugar do passageiro. Os raios do sol iluminavam intermitentemente seu rosto grave. Ela se sentia em segurança em sua presença, tanto mais que algo nele lembrava-lhe o tio Anselme, embora eles não tivessem a mesma idade. Uma espécie de autoconfiança que ela encontrava cada vez mais raramente nos homens. A imagem fugidia de Thomas reapareceu, mas ela a afastou imediatamente. O quadro idílico do campo andaluz fazia com que quase se esquecesse de que lutava pela vida.

Praticamente não tivera tempo de se restabelecer ao longo da viagem entre Paris e Almeria! Tudo acontecera muito depressa. Com a ajuda do irmão obeso, Marcas tinha conseguido um falso passaporte para Anaïs. Os voos para Granada, via Madri, estavam completos por causa da proximidade da Semana Santa. Tiveram de se contentar com um charter para Almeria e alugar um carro para percorrer a distância entre a cidade costeira e Granada, situada no interior das terras.

O carro desviou por pouco de uma moto que surgiu de um caminho transversal. Anaïs deu uma buzinada raivosa, o que tirou Marcas do torpor. Ele se espreguiçou e olhou em volta.

— Ainda estamos longe?

— Uns 10 quilômetros, não mais.

O comissário se ajeitou no banco.

— Se você quiser, eu pego o volante.

— Não, eu conheço bem a cidade. Passei seis meses aqui quando era mais jovem, por programas interuniversitários europeus.

Marcas massageou o pescoço.

— Tipo aquele filme *Albergue espanhol*? Um grande apartamento com estudantes que farreiam noite e dia?

Ela reprimiu um sorriso.

— Longe disso. Eu estava hospedada num estabelecimento para moças certinhas, mantido por freiras. Nem rapazes, nem álcool nos quartos. Felizmente...

— Felizmente?

— Às vezes a gente pulava o muro! Aos 20 anos, você imagina?... Como adolescentes! Mas tenho saudade dessa época. Tive um pequeno flerte com tanto gosto de proibido que era muito romântico... Mas você não vai saber de mais nada!

Antoine a olhou de lado. O perfil reto e os lábios que ela prendia para não sorrir faziam-na muito sedutora. Em vão ele procurava uma semelhança com Anselme. Pela primeira vez desde que a encontrara, ele a via como uma mulher. Mas transformado em seu protetor, em nome da amizade fraterna, proibira-se qualquer ambiguidade com ela.

Voltou a pensar no filho. Como esperava, sua ex-mulher o censurara por mais uma deserção da guarda no final de semana. Ele nem mesmo tentara explicar o objetivo da investigação. Quando pronunciou a palavra "Espanha", ela se fechou numa cólera fria. O pior é que ela tinha razão. Um mês sem ver Pierre. Ele estava virando um pai fantasma.

Expulsou da mente o sentimento de culpa e pensou no que os esperava. Tinham de ir para o hotel, situado em pleno centro da cidade e, de lá, correr para a casa de Manuela Real, que tinha saído da clínica mais cedo do que previsto e descansava em casa. A secretária do agente lhe tinha dado o telefone da atriz e encaixado um encontro no início da noite.

Marcas levava as anotações sobre o ministro. Estava persuadido de que havia um laço que o unia à atriz, e não acreditava nem por um segundo numa simples coincidência.

A estrela girante, a do livro de Thot, não era um simples motivo de decoração mural. Aliás, ele veria como ela responderia às suas perguntas. Diferentemente do ministro, que não saía da demência, a atriz recuperara a razão. Tinha até dado uma breve entrevista para a televisão numa coletiva improvisada na clínica.

Além de suas próprias anotações, Marcas levava as pesquisas de Anselme sobre Crowley. Até o momento, simplesmente as folheara, mas se lembrava do retrato que Isabelle tinha esboçado. Em muitos aspectos, Crowley, o mago, fazia-o pensar no misterioso Dioniso que ele perseguia inutilmente. Como se a história se repetisse.

O carro saiu da estrada principal e contornou para Granada e as muralhas ameadas dos palácios mouros do Alhambra. Atravessaram um subúrbio vagamente industrial onde se concentravam centros comerciais banalmente idênticos a todos os que se encontram nas grandes cidades europeias.

— Na chegada, é um pouco decepcionante. Eu imaginava o cenário mais cintilante. Parece um subúrbio parisiense na estrada A1.

— Os habitantes de Granada também têm o direito de empurrar seus carrinhos e fazer trabalhos manuais. Eles não moram em jardins mouros, chamando os criados com um assobio, ao seu bel-prazer. Espere chegar ao centro da cidade.

— Ora!

O carro tomou a direção do centro da cidade e, depois de uns dez minutos, chegou à entrada medíocre do hotel El Splendido. O porteiro, mal-humorado, indicou um estacionamento subterrâneo na esquina da rua. Marcas deu um suspiro.

— Também não é tão ruim. Vir a Granada para dormir num hotel de uma estrela.

— Considere-se feliz por termos encontrado um quarto durante a Semana Santa. Os espanhóis fazem reserva no mínimo um mês antes.

— Se você diz...

Deixaram o carro no estacionamento e voltaram para o hotel. O recepcionista entregou-lhes duas chaves, sem sorrir. Porque o elevador não funcionava, eles subiram, conformados, ao quarto andar, por uma escada oscilante. Gritos explodiram por detrás de uma das portas. Marcas fez uma careta.

— Realmente encantador...

— A gente tem que se conformar. Duvido que Dioniso venha nos procurar aqui. Ah, este é o meu, somos vizinhos.

O quarto lamentável exalava um vago cheiro de umidade. Persianas meio quebradas pendiam de uma janela que dava para um quintal juncado de diversos detritos. Acima da cama, um Cristo de plástico olhava para o vazio, à espera de dias melhores. Marcas pousou a bolsa de Anaïs no chão.

— Grande luxo. Cento e vinte euros por noite é de graça. Digno da corte de um sultão. Vou ver o meu.

— Não reclame, a gente só vai dormir aqui uma noite. Amanha à noite, você vai estar de volta ao seu pequeno apartamento de solteirão.

O policial abriu a porta intermediária.

— Eu tenho mais sorte. Não tem janela; assim, não vou precisar olhar o quintal.

A voz da jovem mulher veio do corredor.

— Não estou te ouvindo mais, a gente se encontra daqui a meia hora, na recepção. Só o tempo de eu tomar uma chuveirada. Localizei onde fica a casa da atriz. É melhor deixar o carro aqui e ir para lá a pé. Vai ser um passeio agradável.

A porta se fechou com uma batida sonora.

Marcas arriou na cama, surpreendentemente firme. Não conseguia sair do torpor que o dominara ao descer do avião. Perguntou-se se tinha sido uma boa decisão trazer Anaïs com ele.

Ela era um alvo privilegiado.

48

Granada

— *Calle San Juan de los Reyes*. É aqui — disse Marcas, mostrando a Anaïs a fachada de uma grande casa de muros brancos.

Impossível enganar-se. Uma dezena de jovens sentados entre buquês murchos empilhados contra o muro e imensas fotos de Juan Obregon, o marido defunto. Marcações de todas as cores estavam desenhadas no muro branco. Anaïs notou que havia insultos contra Manuela. "Assassina" era a palavra que mais se repetia.

Os dois franceses tinham subido a pé a colina do Albaicin, admirando de passagem as ruelas do antigo bairro mouro. Marcas lamentava não poder bancar o turista e, por vezes, sem deixar Anaïs perceber, virava-se para ver se não estavam sendo seguidos.

O casal se apresentou ao segurança de plantão. Prevenido da chegada deles, ele abriu o pesado portão preto de ferro fundido e os deixou entrar. Um empregado com maxilares salientes que evidenciavam origem indiana cumprimentou-os respeitosamente e os levou ao andar superior. Ele os guiou até o salão e fez com que se sentassem num canapé. Sem uma palavra, retirou-se.

O cômodo se parecia com um museu em homenagem aos proprietários. Ou mesmo com um mausoléu. De um lado, um quadro de cores vivas representava Manuela dançando numa festa cigana. Usando um vestido vermelho curto, seu corpo se requebrava de modo lascivo diante dos olhos dos guitarristas em roupas negras.

Na outra parede, diante deles, acima de uma mesa baixa, estava pendurado um imenso retrato de Juan Obregon. De traços finos e viris, olhar sombrio, pose vaidosa, o ator exibia um leve sorriso irônico, como se debochasse dos visitantes sentados no canapé.

— Sujeito bonito. Uma pena, para ele — disse Anaïs, com ar divertido.

Marcas acabava de passear o olhar pelo cômodo.

— Os proprietários desse lugar sofrem de narcisismo agudo!

— Você está com inveja porque ele é mais bonito que você!

— Sem comentários! — disse Marcas num tom que procurava ser seco.

Mas, no fundo, ele reconhecia que sentia uma ponta de inveja daquele bonitão de olhar presunçoso. Sobretudo porque, apesar de morto, tinha atraído a atenção de Anaïs.

Sons de passos que desciam as escadas soaram na casa. Na soleira, apareceu Manuela Real, a expressão dura, o rosto emagrecido. Usando uma calça esportiva e um pulôver verde-claro, o olhar escondido por um par de óculos escuros, a estrela estava a mil léguas da mulher incandescente pintada no quadro.

Ela atravessou o salão e estendeu a mão aos dois franceses.

— Bom dia. Meu agente insistiu para que eu recebesse vocês. Em que posso ajudá-los?

O tom era neutro, sem um pingo de presença. Como se a atriz só estivesse de passagem.

— Obrigado por nos receber depois do que a senhora passou. Seremos breves.

— Eu espero. Já falei com a polícia espanhola.

O empregado indiano entrou no cômodo e trouxe numa bandeja uma garrafa de água e um só copo. Um cristal finamente trabalhado, reservado ao uso exclusivo da dona da casa. Anaïs empalideceu levemente diante daquela falta de polidez, mas Marcas continuou:

— Estamos encarregados de esclarecer a morte em Paris de...

— Eu sei — a atriz interrompeu. — Meu agente me informou. Mas eu não conheço nem o seu ministro, nem a sua... Cruzei com ele apenas uma vez em Paris, durante uma recepção. E não vejo relação com a morte do meu marido.

O empregado derramou a água da garrafa no copo da atriz e se retirou discretamente, fechando as portas do salão.

— Por favor, como o seu marido morreu? — perguntou Anaïs.

A atriz não respondeu. Podia-se pensar que ela dormia por detrás dos óculos opacos. Nem um só músculo se movia. Imóvel como uma estátua, permanecia em silêncio. Fantasma numa casa invadida por espectros. O olhar tenebroso de Juan

Obregon dardejando-a. Um longo minuto se passou. Marcas interveio.

— Senhora Real, eu sei que é doloroso, mas precisa nos responder.

A estátua saiu de sua imobilidade. As pernas se desdobraram lentamente.

— Vocês fizeram uma longa viagem à toa. Não tenho nada a dizer. Meu empregado vai acompanhá-los.

Ela se levantou e lhes deu as costas como se eles já não mais existissem. Anaïs e Marcas se olharam, paralisados. O empregado reapareceu, como por encanto, e estendeu o braço na direção da porta.

Manuela se afastava para o terraço.

— Dioniso!

A voz de Anaïs cortou a sala como uma flecha em busca do alvo.

Como que sob o efeito de um sortilégio, a estrela se paralisou, exatamente diante da porta corrediça.

— Quem deu a vocês o nome do mestre invisível?

49

Granada

— O mestre invisível? — repetiu Marcas.

Manuela Real agora atravessava o cômodo em largas passadas. Com um gesto brusco, tirou os óculos. Seus olhos brilhavam com um clarão selvagem.

— Onde ele está? Preciso vê-lo! Ele tem que me explicar! Tem que me dizer por que Juan está morto!

Anaïs se interpôs. Num instante, as duas mulheres ficaram face a face.

— Eu conheço Dioniso. Segui os ensinamentos dele. Conheço a Via da Mão Esquerda! Sou a única sobrevivente do massacre de Cefalù.

Todo o corpo de Manuela Real vacilou de uma só vez. Tateando, agarrou-se ao canapé.

— A história na Sicília? Mas não vejo a relação. Contudo, você conhece Dioniso...

— Foi ele quem organizou as matanças por lá — disse Anaïs, com voz trêmula.

Antoine, boquiaberto, olhava as duas mulheres que se enfrentavam. Duas vítimas expiatórias, usando a mesma coroa de espinhos.

— Senhora Real, eu lhe peço, me escute. A senhora foi manipulada, enganada e traída. Como eu. Em memória de seu marido, que te amou, nos diga o que sabe!

A atriz se serviu de um copo d'água, tremendo.

— Meu marido! Vocês querem saber? Hein? Saber o que é amar um homem mais jovem? Um homem adulado, com quem milhares de mulheres sonham passar uma noite? Mulheres desejáveis, jovens, provocantes, que se atiram sobre ele quando ele põe o nariz fora de casa? Mulheres que também conhecem a minha idade...

Anaïs e Marcas se calavam.

— Não, vocês não sabem o que é envelhecer. Quando a dúvida se instala, quando o corpo se esquiva, quando a gente se levanta à noite para se olhar num espelho.

Ela procurou os óculos com as mãos.

— Não sabia mais o que fazer. Eu estava desesperada. Ele me enganava com as vadiazinhas. Eu sentia que um dia, em breve, Juan partiria. Nosso amor se transformaria numa água pútrida. Eu iria ficar sozinha! E depois... depois, teve a Mostra em Veneza, no ano passado.

— O festival de cinema?

— É, um dos meus filmes estava na competição. Foi lá que eu encontrei...

— Dioniso? — sussurrou Anaïs.

— Não. Henry Dupin. O costureiro.

Marcas e Anaïs ficaram quietos. Não podiam interromper a confissão.

— Estávamos sentados lado a lado num jantar de gala. Ele não aparentava a idade. Era brilhante, engraçado, sedutor ao extremo. Era... jovem! Não encontro outra palavra. Durante toda a refeição, ele me contou histórias sobre Veneza, seus personagens célebres; ele era inesgotável. Quanto mais falava, mais me atraía. Como se possuísse uma luz escondida. Uma estrela interior. Eu estava sob seu feitiço. E no final da refeição, ele me convidou para ir à sua casa, numa ilha particular.

— A senhora aceitou?

Manuela esboçou um sorriso triste.

— Com Henry, uma mulher não arrisca grande coisa! Então, sim, eu aceitei. Ele me fascinava.

— E na casa dele, como a noite se passou?

— A conversa tomou um rumo mais íntimo. De brilhante, ele passou a profundo. Não sei como, mas acabei falando sobre Juan.

— Ele ficou surpreso?

— Não. Parecia que esperava tal confidência. Como se tivéssemos enfrentado os mesmo obstáculos, mas que ele tivesse saído do túnel. Eu poderia reconquistar Juan. Existia um meio incrível. E foi então que ele falou de...

— Dioniso?

— Não! De Casanova!

O comissário não reagiu, mas veio-lhe à lembrança um artigo de jornal que lera sob as arcadas da place des Vosges. A venda do manuscrito Casanova. Naquele dia, na Drouot, encontravam-se reunidos a atriz, o ministro da Cultura e Henry Dupin. A voz de Manuela Real se tornou mais entrecortada:

— Dupin estava fascinado por esse personagem. Me disse que Casanova só pôde realizar sua carreira de sedutor graças a um segredo, e que esse segredo se transmitia de geração em geração. E que ele, Henry Dupin, tinha sido iniciado, e se eu também quisesse, ele poderia me ensinar a arte suprema.

— A Via da Mão Esquerda, não é? — perguntou Anaïs.

— É.

Marcas não estava mais compreendendo.

— Mas, enfim, o que é essa Via da Mão Esquerda?

A atriz baixou a voz e respondeu:

— Um modo particular de fazer amor. No Oriente, é chamado de Tantrismo. Você não procura mais o prazer efêmero, mas a potência.

— A potência?

— A força intacta do desejo. Juan aceitou praticar esses exercícios, e voltou para mim. Eu o recuperei pelo sexo... Irônico, não? E para isso, você tem que se abster de gozar, tem que retardar o mais longamente possível o momento do prazer, fazer o desejo crescer em você, sem satisfazê-lo.

— Deve ser frustrante!

— No início, sim! Mas, na verdade, é como um curso de água que se domestica, construindo-se uma barragem. Uma energia que, em vez de se perder, invade você por inteiro. Como um sol que abrasa o corpo.

— É fabuloso — acrescentou Anaïs.

Ao ouvir a palavra “sol”, Antoine lembrou-se da estrela pintada pelo ministro na clínica.

— A senhora possui um quadro que representa uma estrela de cinco pontas?

— Como você sabe? — replicou a atriz, desconfiada.

— Por uma reportagem em fotos numa revista. Vi a mesma estrela pintada pelo ministro na clínica.

Sem uma palavra, a atriz se levantou, com ar cansado, e lhes fez sinal para que a seguissem. Passaram pela varanda e entraram num vasto quarto tendo no centro uma cama imensa. Na parede branca, em frente à cama, um grande quadro representava exatamente a carta de tarô de Crowley. Marcas se aproximou da tela.

— A estrela... — murmurou ele.

A atriz se sentou na cama enquanto Anaïs se colocava ao lado do policial.

— Este quadro foi oferecido para mim por Dupin. De acordo com ele, simboliza a consciência da energia sexual que toda mulher pode desenvolver dentro de si. Eu e Juan praticávamos os exercícios recomendados por Dupin. Tínhamos que visualizar este quadro quando fazíamos amor.

— Foi o que aconteceu na noite da morte do seu marido?

— Sim. Eu tinha experimentado um gozo inacreditável. Quando acordei, meu campo de percepção visual estava multiplicado, mas eu me sentia mal. Dupin nos tinha explicado que no dia em que eu visse a estrela girar, teríamos atingido o estado reservado aos grandes iniciados do ensinamento de Dioniso.

Marcas suspirou. Seu velho fundo racionalista tomava a dianteira. Como é que pessoas sensatas podiam acreditar naquelas imbecilidades? Ele recuou para ter uma visão mais completa. Dizer que sua ex-mulher lhe tinha dado aquela carta sem imaginar nem por um segundo a confusão místico-sexual que se associava a ela! A atriz tinha se recostado nas almofadas e massageava as têmporas.

— Eu menti, há pouco, a respeito do ministro. Fazíamos parte de uma... loja.

Antoine estremeceu.

— Que tipo de loja?

— A loja Casanova.

O policial e Anaïs se olharam desconcertados. A atriz continuou:

— Fundada por Dioniso, e da qual Dupin era o Grande Mestre. O ministro entrou para ela um ano antes de mim. Quando eu soube da morte da amante dele, fiquei muito sentida.

Anaïs franziu as sobrancelhas.

— O que é que vocês faziam nessa loja?

— Éramos homens e mulheres reunidos, praticando ritos sexuais. Meu marido e a amante do ministro também faziam parte dela.

— Uma suruba mística — ironizou Marcas.

— Não, é muito bonito. Acreditem em mim.

— Droga, essa sua história de loja é uma usurpação — cortou Marcas, irritado. — É delírio. Loja é um termo maçônico. Jamais um irmão ou uma irmã no mundo se perdeu nesses delírios sexuais.

A atriz ofereceu um pálido sorriso.

— Dupin me disse que Dioniso era um ex-maçom. Ele pegou o nome da loja Casanova porque... Não sei mais... Eu... Lamento, mas tenho que descansar. Minha enxaqueca está voltando. É horrível; quando isso começa, tenho a impressão de que a minha cabeça vai explodir por dentro.

Marcas não queria perder o fio da confissão.

— E Dioniso? Onde podemos encontrá-lo?

Manuela Real começou a gemer.

— Não sei... Não sei... No baile, talvez?

— Que baile?

— Todos os anos, Henry Dupin organiza o grande baile de máscaras que reúne os membros da loja Casanova. Acontece na casa dele, em Veneza. O mestre invisível nunca falta ao baile anual de Dupin, mas permanece anônimo. Todos usam uma fantasia. É... daqui a três dias.

Sua voz se tornava cada vez mais fraca.

Marcas se impacientou. Muitas perguntas ficavam sem resposta. Ele olhou novamente para o quadro da carta de tarô. Ele não ia desistir agora.

— Você conhece a relação entre esta carta e Casanova?

— Dupin me disse que ela se inspirava numa descrição de Casanova. Em suas Memória, suponho. Mas por favor, eu não aguento mais.

Anaïs interveio.

— Impossível. Este quadro é a réplica de uma carta de tarô, de um tal de Aleister Crowley.

— Não sei — respondeu Manuela com uma voz pouco audível.

— O que você sabe sobre Crowley? — perguntou Marcas.

O rosto de Manuela ficou lívido. Gotas de suor escorriam em sua pele. Seus braços e pernas tremiam sobre o lençol. Ela apertou um botão atrás da cama.

— Crowley é o diabo! É ele... É ele!

O empregado chegou correndo ao quarto com um copo de água e uma caixa de remédios. Marcas teve a mesma sensação desagradável que na clínica do ministro.

— E Dioniso? A senhora já o viu?

— Nunca — balbuciou Manuela com voz fraca. — Dupin dizia que era ele quem conhecia a iniciação. Que era ele que a transmitia, e que ele conhecia o segredo último de Casanova.

Suas convulsões se tornaram mais frenéticas. Seus olhos rodavam em todas as direções.

— *El medico. Por favor. Tengo tanto miedo*. Vejo a estrela brilhar novamente...

Marcas fez uma última tentativa.

— Meu Deus, mas que segredo é esse?

A atriz gemia de dor.

— Aquele... que nos faz conhecer... superar a... morte.

50

Granada

As imediações da cidade estavam mergulhadas numa semiescuridão. Os fãs tinham levantado acampamento, deixando para trás um monte de sacos plásticos e latas de cerveja.

Sem dizer uma só palavra, Marcas e Anaïs desceram a rua deserta. O som de seus passos ressoava na noite. Caminhavam, mergulhados em pensamentos. Antoine foi o primeiro a romper o silêncio que se instalara entre eles desde as revelações da atriz.

— Precisamos encontrá-la de novo e voltar imediatamente para Paris. O caso tomou um rumo completamente diferente.

Anaïs parou e se virou para ele:

— Tinha um quadro de Casanova na casa. Bem como na casa do agente artístico. E também na Abadia na Sicília. É uma loucura.

Antoine continuava pensativo. Anaïs prosseguiu:

— Além disso, qual é a relação entre o que aconteceu em Cefalù e esse grupo Casanova?

— Não é um grupo, mas uma loja. Uma espécie de maçonaria invertida.

— Mas Dioniso nunca nos falou de uma loja! Nunca vi esse Dupin na minha vida, nem ministros ou membros da elite!

Marcas encostou-se num muro. Um perfume de laranjeira flutuava no ar.

— Tenho a impressão de que Dioniso dirigia dois grupos distintos. Uma loja, elitista, escolhida a dedo, cujos membros eram recrutados por recomendação. E do qual faziam parte o ministro, a atriz e Dupin.

— Isso se parece com a maçonaria...

— Não exagere... E outro grupo, o seu, o da Abadia. Com um recrutamento menos seletivo. No qual, se eu entendi bem, todos eram bem-vindos. É o que fazem as seitas para atrair novos adeptos. Eu acho que...

— Antoine. Olha lá!

Anaïs estendeu o dedo, berrando.

O matador do centro comercial de Paris estava de pé na calçada. Um estranho sorriso, os lábios entreabertos, ar satisfeito. Lentamente, ergueu a mão e lhes fez um sinal amigável, como um velho amigo que se perdeu de vista.

Marcas e Anaïs recuaram instintivamente. A voz do policial disparou:

— Vamos. Agora!

O casal começou a correr sem que o homem fizesse menção de se mover, mantendo a expressão de serenidade. Um carro surgiu de uma rua adjacente, bloqueando a passagem. Dois homens saíram dele. Marcas pegou Anaïs pela mão:

— Meia-volta!

Deram apenas um passo. O matador de Dioniso estava diante deles, uma automática na mão:

— Fim da viagem. Entrem no carro.

Enquanto dava a partida, o matador olhava-os pelo retrovisor, com ar divertido.

— Sicília, Paris, agora Granada... Estou quase decepcionado por ter pegado você, pequena Anaïs; esses giros turísticos vão me fazer falta. Quanto a você, tira, não adianta tentar sair por aí, as portas estão trancadas.

O capanga sentado à esquerda deles encarou-os, tenso. Não havia mais nenhuma margem de manobra.

— O que você quer?

O motorista não respondeu e fez um sinal com a cabeça para o vizinho. Marcas só teve tempo de ver brilhar o reflexo prateado de um soco-inglês que voou no ar e lhe atingiu o maxilar.

O grito de dor do comissário ressoou dentro do carro.

O sangue jorrou-lhe da boca e sujou o banco do motorista. Anaïs gritou:

— Safados, ele...

Uma bofetada atingiu-a direto no rosto.

O motorista observava a cena, quase entediado.

— Primeira regra: nunca se faz pergunta a Édipo. Do contrário, tem castigo.

Marcas ergueu-se com dificuldade. A cabeça queimava. A boca pingava sangue.

— Não me enche, seu tarado. Quem é Édipo?

A pequena massa de metal prateado estourou-lhe no plexo. O policial se dobrou para a frente como se o estômago fosse explodir. Anaïs tinha se levantado, os olhos cheios de lágrimas. O motorista apoiou o pedal do acelerador sem se preocupar com os transeuntes que subiam nas calçadas, insultando-os.

— Repito. Sem perguntas para Édipo sem sua autorização. Quanto a Édipo, sou eu. — Ele suspirou. — O mestre me aconselhou a só falar de mim na terceira pessoa. Um exercício saudável para a consciência. Sobretudo quando se exerce o duro ofício de eliminador.

O carro tinha saído do Albaicin e desembocava na Plaza Nueva, que marcava a entrada do centro da cidade. O condutor inclinou a cabeça de lado.

— Dioniso me aconselhou essa distância com minhas vítimas. E, vocês vão rir...

Marcas cuspiu o pedaço de um dente.

— Eu não estou com vontade de rir.

Édipo esboçou um sorriso e jogou um lenço de papel para o policial.

— Ora, é uma expressão! Vocês vão rir, mas isso funciona. Ele tem menos dificuldade para dormir. Édipo não é um monstro, sabe? Enxugue a boca, você vai manchar os bancos. Confesso a vocês que, depois da fogueira de Cefalù, Édipo tem pesadelos. Todos aqueles corpos calcinados, aquelas jovens vidas carbonizadas. Mas graças a Dioniso, ele recuperou o sentido da missão.

— Ficamos contentes por ele, seu babaca — murmurou Marcas, segurando a barriga.

— Como?

— Nada, eu não disse nada.

O quatro portas diminuiu a marcha. Édipo xingou numa língua que Marcas não entendeu. Um cordão de policiais barrava a rua dos Reyes Católicos, artéria que cortava a cidade de Leste a Oeste. Hordas de curiosos se amontoavam nas calçadas. Anaïs apertou a mão de Antoine e sussurrou:

— O centro está bloqueado por causa das procissões.

O carro quase parou atrás de uma fila de veículos pegos na armadilha. Os pedestres, cada vez mais numerosos, invadiam a praça. O motorista olhou em volta, buscando uma saída, mas tudo parecia fechado. Ele murmurou algumas palavras para o passageiro sentado ao seu lado e se virou para os prisioneiros:

— Aconselho vocês a não se mexerem.

O vizinho de Édipo enfiou um blusão, saiu do carro e se dirigiu a um policial sentado numa grade de isolamento, fumando um cigarro. Pegou um mapa na frente do tira, que balançou a cabeça em sinal de negação.

Édipo observava a cena, tenso. Tirou um envelope do bolso.

— Já ia esquecendo. Dioniso me entregou uma carta para você, Anaïs. Toma.

Depois, pegou uma pequena câmera digital, ajustou a luminosidade, e a direcionou para o rosto da jovem mulher que abria o envelope com ar aterrorizado.

— Mais rápido. Pega o que está dentro e me dá um sorriso bonito. Tenho que imortalizar este acontecimento.

O envelope continha um conjunto de fotos e um pequeno bilhete escrito num papel apergaminhado. Anaïs arregalou os olhos, analisando as fotos.

A primeira mostrava Thomas e ela beijando-se no jardim da Abadia. Na noite que precedeu o massacre. A segunda os mostrava fazendo amor no quarto de Thomas. A terceira era um retrato de Thomas, sorrindo, os cabelos despenteados. A última tinha sido feita na fogueira, uma pequena massa escura onde se percebia vagamente a forma de um rosto craqueado. O de Thomas.

Anaïs sentiu ânsia e vontade de vomitar. Ergueu o rosto para a câmera. Mas nenhuma lágrima brotava. O ódio a submergia.

— Soberba expressão, minha bela. Dioniso vai ficar encantado. Leia a cartinha que ele acrescentou — disse o matador com ar irônico.

Anaïs pegou o bilhete como se ele fosse uma serpente venenosa.

51

Granada

Minha pequena estrela,

Como você não tinha nenhuma lembrança das férias na Sicília com seu belo amante, eu me permiti remexer ao acaso em minha coleção particular.

Fiz esta seleção esperando que lhe agrade. Minha preferida é, sem dúvida, a quarta. Queimar de amor é o que há de mais belo...

Todo seu, tenho pressa em revê-la.

D.

— Filho da puta — exclamou Anaïs com ar sombrio, olhando novamente para a câmera. — É nojento.

O homem que se fazia chamar de Édipo brincava com os botões de regulagem, acionando a função zoom para os olhos da jovem mulher.

— Relaxa. Você até pode me insultar. Ele vai gostar quando eu mandar as imagens esta noite.

Marcas se pôs entre Anaïs e o homem com a câmera.

— Deixa ela em paz!

O matador fez um sinal para o capanga sentado atrás, que bateu violentamente nas costelas do policial com seu soco-inglês. Marcas berrou.

— O que irrita em vocês, franceses, é que nunca obedecem. A regra é simples: sem perguntas para Édipo. E sem ordens, também.

Anaïs se inclinou para Marcas para levantá-lo. Apertou-lhe a mão.

— Pare. Esse cara é um sádico.

— É um merda — respondeu em voz baixa Marcas, segurando as costelas.

A multidão compacta se comprimia em volta do carro. Os curiosos afluíam de todos os lados para ver a chegada da procissão da confraria de penitentes prevista para a noite.

O motorista fez uma careta quando se deu conta de que o carro estava completamente cercado. Viu o cúmplice que pedia informações ao policial espanhol abrir caminho para voltar ao carro. Exclamações explodiram na multidão.

— *¡Estan aquí!*

— *La confradía roja* — ouviu-se, em anúncio à confraria vermelha.

Os ocupantes do carro olharam na direção dos dedos apontados e viram aparecer as primeiras filas de penitentes. Iluminados pelo fogo das tochas, os longos capuzes vermelhos ondulavam ao ritmo lento dos tambores graves. Pareciam espectros em brasa ressuscitados depois de longos séculos de entorpecimento. As fendas escuras dos capuzes deixavam entrever olhares fixos que demonstravam o cansaço suportado havia longas horas. Alguns caminhavam descalços, deixando atrás de si marcas de sangue pela calçada. Sobre suas túnicas vermelhas, pesados crucifixos balançavam da esquerda para a direita. Sacerdotes usando longas batinas pretas cercavam a procissão, segurando ostensórios incensados.

Édipo resolveu debochar.

— Eu não sabia que a Ku Klux Klan era popular entre os espanhóis...

A multidão começou a aplaudir freneticamente. Ouviram-se gritos.

— *¡Mira, la Virgen!*

— *¡Que guapa!*

Levada por uma dezena de fantasmas vermelhos, sentada num imenso trono de prata, uma Virgem de vestido preto com paetês de ouro e pedras cintilantes avançava, 5 metros acima do chão. Homens, mulheres e crianças persignavam-se respeitosamente à sua passagem, enquanto o grave rufar dos tambores enchia agora toda a praça.

O homem com a mão dentro do blusão marrom chegou ao carro. De repente, um pequeno grupo de crianças saltou sobre o capô e sobre o teto para ver melhor o espetáculo, sacudindo o carro e seus ocupantes.

O homem agarrou brutalmente uma garotinha e a atirou ao chão sem se preocupar com ela e empurrou um dos meninos. O pequeno grupo fugiu do capô sem olhar para trás. O homem se meteu no carro e bateu a porta.

— Estamos bloqueados. Todos os acessos estão fechados até que a procissão chegue à catedral.

— Quanto tempo? — perguntou o motorista.

— Pelo menos vinte minutos.

— Merda.

Anaïs e Marcas cruzaram o olhar, como que trocando um sinal mudo de esperança.

De repente, bateram com a mão na porta de Édipo, que se assustou. Dois policiais fizeram sinal para que ele abaixasse o vidro.

— Não quero ver nenhum movimento infeliz — disse Édipo.

Marcas sentiu o contato duro do soco-inglês contra as costelas feridas. O policial espanhol bateu no vidro, insistindo.

Édipo pressionou o botão. O vidro deslizou num sopro, deixando que o barulho ensurdecedor dos tambores invadisse o interior do carro.

— *Sí?*

— *Usted tiene que esperar media hora.*

Ao ouvir sobre a espera de meia hora, o motorista balançou a cabeça, deu um largo sorriso e imediatamente desligou o motor. O policial meteu a cabeça dentro do carro e examinou os ocupantes. Anaïs deu uma rápida olhada para Marcas:

— *¡Me ahogo! Por favor... ¡Me falta aire!* — gritou ela. Segurando a barriga, ela começou a gemer diante do olhar incendiário de Édipo e a reclamar da falta de ar.

— *¡Socorro! Me siento muy mal!*

O policial bateu no ombro do motorista.

— *Dejala salir del coche* — disse ele, ordenando que Anaïs saísse do carro.

Os três matadores se olharam, desconcertados. Um deles meteu a mão no bolso do casaco. A coronha de uma pistola apareceu na sombra. Édipo balançou a cabeça.

— Guarda isso, cretino.

O olhar do policial ficou mais insistente.

— *¿Tienes algun problema, señora?* — perguntou ele a Anaïs.

— *¡Ayudame! ¡Necesito aire!* — respondeu ela, em novo pedido de socorro.

Édipo olhou-a espantado.

Anaïs começou a berrar.

Um dos policiais tinha contornado o carro e examinava a placa. Em seguida, pediu os documentos:

— *¿Usted tiene sus papeles, por favor?*

No retrovisor, Édipo viu o rosto contorcido de Anaïs. Com um gesto cansado, latiu para o homem sentado no banco de trás:

— Deixe ela sair.

— Mas...

— Não discuta — respondeu ele, entregando uma carteira preta ao policial.

A porta se abriu com um clique suave. Marcas e seu raptor saíram na frente; um dos policiais ajudou a jovem mulher a sair do veículo.

A multidão se aglomerava em volta deles. Com os papéis na mão, o policial se virou para a moça.

— *¿Quieres un medico?*

— *No, gracias* — respondeu ela, aliviada.

Marcas olhou em torno. Milhares de pessoas tinham invadido a praça. Se conseguissem alguns minutos de dianteira, poderiam se fundir na multidão e desaparecer. Édipo tinha acabado de sair do carro; seu vizinho tomou lugar na direção. O matador sorria novamente, balançando a cabeça, como que para dissuadi-los de qualquer tentativa de fuga. Marcas observou a maré humana que ondulava ao ritmo da procissão. Viu barreiras de segurança metálicas a menos de 5 metros, isolando da procissão a multidão em pencas. Se conseguissem atravessar as barreiras e atravessar o desfile...

— Diga discretamente a esse tira que um dos homens porta uma arma. Alegue que você precisa andar um pouco — cochichou ele para Anaïs. — Assim que o policial virar as costas, corra para as barreiras.

— Ótimo, uma boa e velha perseguição. Está louco?

— Não tenho mais nada em estoque!

Édipo se aproximava lentamente do casal. Anaïs pegou no braço do policial que estava se afastando e murmurou algo em seu ouvido. O tira balançou a cabeça, deixou a moça se afastar e fez um sinal com a mão para o colega postado na frente do capô. Este pousou a mão na arma de serviço. Édipo percebeu o gesto do policial e gritou para o cúmplice:

— Pega eles. Agora!

O policial espanhol fitou Édipo com ar duro e levantou a pistola em sua direção.

— *¡Manos arriba!*

Uma senhora que caminhava exatamente ao lado gritou ao ver a arma. Os transeuntes se viraram para o carro. Marcas correu para Anaïs.

— Corre, merda!

O casal se chocou com a primeira fila de passantes e avançou através da massa compacta. Imediatamente, Édipo compreendeu. Sorriu antes de pôr a mão no bolso.

52

Fim do manuscrito Casanova

"... a última pergunta de Don Ortega sobre a morte me fez pensar. Tinha de reconhecer que não a compreendia. Que relação poderia haver entre a imensa sensação de poder interior que tinha experimentado em meu sonho e o aniquilamento de toda a consciência?

Como o criado tirasse a mesa, eu me virei para meu vizinho para interrogá-lo:

— Confesso, Don Ortega, que sem dúvida não percebi o sentido de sua última pergunta. Por que me fala de morte no momento em que eu senti como nunca o fluxo da existência no que, contudo, foi apenas um sonho!

— O que sentiu, Casanova, é, porém, tudo o que há de mais real. A força da imagem erótica teve sobre o senhor um efeito de atração maior.

— Ela revelou forças obscuras. Em algumas tradições, é chamada de a força da Serpente — insistiu o marquês de Pausolès.

— Entretanto, um animal diabólico, se se acredita no Gênese!

— Para os ignorantes, ela é o diabo! Para nós, é a potência aninhada no coração do homem, e nós sabemos como lhe dar vida.

— Vocês me assustam na mesma medida em que me tentam! Mas ainda não vejo relação com a morte.

— Essa potência que a imagem de Alsacha despertou só foi sentida fugidiamente pelo senhor. E o senhor só a conhece como lembrança.

— Não desejaria vê-la definitivamente fixada no senhor?— perguntou Don Ortega.

— Daria muito para poder dispor à vontade de semelhante verdade interior.

— Possuir essa força é uma arte, e ela demanda um sacrifício. Um homem sozinho não pode alcançá-la, pois é incompleto. Precisa de uma mulher, sua parte faltante, para atingir a verdadeira plenitude.

De imediato, repensei no que disseram meus dois irmãos sobre as jovens berberes especialmente educadas, no tempo dos mouros, para o prazer. Mas o marquês falou:

— Só existe verdadeira potência na fusão dos contrários, na junção das forças macho e fêmea. E se deseja ultrapassar o estado do sonho, apenas...

— ... terá de conhecer a iniciação suprema — acrescentou Don Ortega.

Levantaram-se e me convidaram a segui-los. A Lua tinha surgido e iluminava o parque com uma luz azulada. O labirinto, no centro do jardim, parecia uma fortaleza sombria e inexpugnável. À medida que avançávamos, um soluço interrompido se ouvia; um lamento que eu não conseguia identificar como de prazer ou de dor. Don Ortega e o marquês pararam diante da entrada do labirinto.

— Ainda busca a verdade, Casanova?

Não ousei responder.

— Está na hora de escolher. Mas nada o obriga a isso. Sobretudo, não nós.

Sentia-me devorado tanto pelo medo do que iria descobrir quanto pelo desejo de encontrar ao menos um fragmento de meu sonho da véspera.

— Ouça bem. Se decidir cruzar o limiar deste labirinto, jamais será o mesmo. Então, reflita e decida.

Através das cercas de buxo, o gemido continuava. Parecia-me até mesmo que se acelerava. Havia ali um mistério que eu não podia deixar escapar. Virei-me para meus dois irmãos e busquei suas mãos na noite. Silenciosamente, formamos uma cadeia de união. Depois, eles se afastaram.

Entrei no labirinto.

Ainda hoje, passados tantos anos, não sei como acabei encontrando a saída daquele Dédalo. À medida que vagava, notava como que uma superfície que refletia a Lua. O gemido tinha cessado e não podia me servir de guia. Guiei-me, portanto, pelo reflexo que percebia, por vezes, entre os interstícios das cercas. Supunha que se tratava do centro do labirinto. Pelo menos, esperava que fosse. A lembrança de meu sonho me conduzia como uma indizível esperança.

[passagem rasurada]

... À força de idas e vindas, acabei desembocando num espaço a céu aberto. No centro, havia um lago, um retângulo de água cintilante, cercado por uma borda de pedra. Na beirada...

[passagem rasurada]

... Reconheci a irmã do marquês. Só a tinha visto em suas vestes de religiosa e descobri-la assim, no mais simples aparato, reanimou toda a minha paixão. Num instante, acreditei estar novamente em meu sonho. A mesma sensação de energia me dominou. Sentia o desejo subir como um excesso que só desejava brotar. Todo o seu ser me atraía como um ímã. Ela me viu, mas não fez nenhum sinal. Ao contrário, afastou-se. Segui-a. E foi então que eu a vi.

Alsacha estava deitada sobre pedras. Seu corpo tremia sob a Lua. Aproximei-me. Mas não muito rapidamente. A irmã do marquês me havia precedido. O que vi, então, excedeu meus sonhos mais loucos.

O amor sáfico sempre me pareceu apenas uma preliminar. Um aperitivo para o prazer do homem. Uma lenta excitação que prepara a união dos sexos opostos. Mas o que eu via assumia um aspecto muito diferente.

A religiosa, também nua, estava de joelhos, e seu rosto explorava profundamente o sexo de sua aluna. Contudo, não era esse exercício que me fascinava. Caí em contemplação diante do rosto extático de Alsacha. Um fogo interior queimava suas faces, seu lábios aspiravam um sopro invisível, seus olhos arregalados se abriam para os infernos. Ouvi sua respiração marcar um ritmo que se acelerava. A cada impulso da companheira, ela gemia a ponto de entregar a alma. Parecia possuída por um demônio interior que tomava conta de todo o seu ser. A cadência de seus gritos se tornava quase insuportável. Dir-se-ia um animal perseguido no instante da captura.

A irmã do marquês se levantou bruscamente, Alsacha retorceu-se no chão. Suas mãos agarraram-se ao sexo, e ela emitiu um longo som tão estranho que ele me ficou na memória. A religiosa se virou para mim:

— Ela está pronta.

Não ousei avançar, embora meu desejo se tornasse incandescente.

— Tome-a! Agora!

Num instante fiquei em fogo. Soltei meu sexo e parti para o ataque. Mergulhei em Alsacha como na água de um novo batismo.

Assim que entrei nela, senti uma descarga subir ao longo de meu corpo. Uma luz branca cegou-me os olhos. Alsacha deu um urro. Não sei como, desfaleci. Sentia-me varrido por uma maré de violência inaudita. Todo o meu espírito cedeu sob o impulso de uma força desconhecida.

Virei-me lentamente. Cambaleei ao levantar. Meu coração batia precipitado. A potência incendiava minhas veias. Um fogo interior me devorava como se eu fosse um maldito.

Felizmente, uma mão pousou em meu ombro. Virei-me, alucinado. Don Ortega segurou-me as mãos.

— Agora você conhece a estrela chamejante!

De imediato, ouvi o silêncio. Alsacha não gemia mais. Precipitei-me num salto.

Ela estava morta."

53

Granada

O policial apontou a arma, em posição de tiro e joelhos flexionados, e pediu novamente que Édipo deixasse as mãos à vista:

— *E por la ultima vez, manos arriba.*

Édipo, imperturbável, continuava sorrindo para o policial, mas seus olhos acompanhavam o perfil dos fugitivos que tentavam se fundir na multidão.

Dois raios de luz saíram de dentro do carro. O som das detonações foi coberto pelos tambores e trompetes ensurdecedores da procissão. O policial abriu os olhos pela última vez, e a parte inferior de sua mandíbula desapareceu com a força do impacto das duas balas. Ele vacilou por um instante sobre as pernas e desabou no chão. No mesmo instante, Édipo sacou a Beretta e deu três tiros no outro policial. O corpo caiu, inerte, atrás do carro.

Um grupo de curiosos se paralisou, horrorizado com a cena.

— Eles estão indo para a procissão — berrou Édipo.

— Não estou vendo eles — gritou o homem de blusão marrom.

Édipo girou, mirou os passantes que iam em direção às barreiras onde Marcas e Anaïs tinham desaparecido alguns segundos antes. Hesitou um pouco e abaixou a arma.

Marcas e Anaïs pularam as barreiras diante do olhar ofendido de um bando de velhos. Entraram no cortejo, empurraram dois penitentes que carregavam uma tocha e se meteram na direção do carro que carregava a Virgem.

— Por aqui — gritou Antoine.

Contornaram o carro, esbarraram num homem de capuz que tentava pará-los e surgiram do outro lado da procissão. Marcas se virou e viu o cúmplice de Édipo saltar uma das barreiras.

— Eles estão atrás da gente, acelera! — gritou para Anaïs.

Corriam para a extremidade do cortejo e quase derrubaram um padre que abençoava um recém-nascido. O coração de Anaïs batia disparado. Ela também tinha visto o rosto avermelhado do matador entre os capuzes dos penitentes. Viram um espaço sem barreira de segurança nas fileiras da multidão aglomerada rente às vitrines das lojas. Passaram pela abertura e se espremeram atrás de um abrigo de ônibus. Num gesto instintivo, Marcas segurou o ombro de Anaïs, colou-a contra ele e forçou-a a se abaixar no meio dos curiosos. A jovem mulher não opôs resistência, aproveitando aquela frágil proteção.

— O que vamos fazer?

— Esperar. Ele estava a poucos metros. Vamos deixar que ele nos ultrapasse, depois...

— Depois? — insistiu Anaïs, que sentia contra a pele a face malbarbeada de Antoine.

— A gente foge! Mas eu estou completamente perdido aqui.

Anaïs se aproximou um pouco mais.

— Eu não. Conheço a cidade, estive aqui quando era estudante. Estamos na Calle Elvira.

Marcas recuperava o fôlego. A garganta lhe doía, o sangue pulsava nas artérias.

— Não podemos recuperar nem as bagagens, nem o carro. A esta hora não tem mais trem. A única solução é roubar um carro. Vou precisar de uma rua tranquila.

A jovem mulher nem sorriu diante da incoerência da situação. Um tira que sugeria roubar um carro parecia quase normal. Marcas se levantou lentamente para tentar ver os matadores.

— Vamos pegar uma rua perpendicular para nos afastar da procissão.

— E se eles localizarem a gente?

— É um risco... não calculado. Se levanta.

Deslizaram por entre os curiosos e viraram à esquerda, numa rua de pedestres. Correram a passos curtos por uns 50 metros.

— Temos que contornar a catedral e sair do bairro — disse Anaïs. — Por aqui tem poucas ruas para estacionar.

Cruzaram com uma família espanhola e um grupo de mulheres de mantilha e desembocaram numa ruazinha mais estreita que virava à direita.

O som dos tambores ressoava cada vez mais forte à medida que avançavam. Marcas teve a impressão de que faziam o mesmo caminho. Anaïs parou num cruzamento para ler uma placa acima de uma loja de calçados. Deu um suspiro.

— Não conheço todas as ruas de Granada, mas tenho a impressão de que estamos andando em círculos. Vamos para a esquerda.

Assim que ela terminou a frase, deu um grito abafado e se colou a Marcas. Três penitentes vestindo sedosas batas negras vinham na direção deles, com os longos capuzes pontudos quase tocando as luzes dos postes. Caminhavam lado a lado, barrando toda a largura da rua.

O casal se colou às vitrines de um açougue para deixá-los passar.

— Desculpa. Eles me meteram o maior medo. Verdadeiros fantasmas.

O trio encapuzado tinha acabado de desaparecer na esquina da rua. Anaïs e Marcas diminuíram o passo. Os tambores redobravam de força.

— Espero que a gente não tenha voltado para a praça. Nossos camaradinhas vão nos pegar como ratos.

— Não. Tenho certeza de que estamos indo para o norte. Tem outras procissões que percorrem a cidade. Cada confraria vem de um bairro diferente, e elas se dividem por ruas. Até que é bom sinal. Logo teremos certeza, pela cor das batas. Se toparmos com as vermelhas...

Marcas não reagiu e se deixou arrastar pela jovem mulher. O corpo todo lhe doía. Para resistir, obrigou-se a pensar no caso. Tinham uma pista séria com o nome de Henry Dupin. Assim que voltassem a Paris, ele reuniria informações sobre o costureiro. E, com um pouco de sorte, chegaria a Dioniso. De repente, percebeu que se conseguisse realmente ligar todos os fios, sua carreira daria um enorme salto. Caso contrário...

Chegara a uma artéria mais larga, entupida com uma multidão em pleno recolhimento.

— É outra procissão que começa. Inacreditável — disse Marcas, pasmo.

Um imenso cortejo de penitentes, dessa vez vestidos de branco, ocupava mais de 100 metros de rua. No lugar da Virgem, um Cristo se destacava, majestoso. Seu olhar triste voltava-se para o chão.

— Nunca vamos conseguir; a cidade inteira está em pleno delírio — reclamou o comissário.

Ele, franco-maçom, leigo, tinha a impressão de ter caído num carnaval católico. A profusão de imagens piedosas e de multidões de beatos deixava-o pouco à vontade. Não compreendia aquele fervor irracional. Acreditava-se estar na Idade Média. Aquelas máscaras ameaçadoras faziam-no pensar na temível Inquisição, aquela minoria tenebrosa do catolicismo que perseguira seus irmãos até a fogueira. Nada parecia mudado. Não era de espantar que Franco tivesse tido tantos devotados zeladores.

Pegou a mão de Anaïs.

— Tire a gente daqui, senão vamos passar a noite dando de cara com esses encapuzados.

Anaïs o encarou, espantada.

— Até que eu acho isso bonito.

— Melhor para você. Então, aproveite para perguntar o caminho para a saída. Vamos embora daqui.

Anaïs abordou uma mulher num vestido austero, levando pela mão um pequeno fantasma. Ela lhe perguntou onde estavam. A espanhola apontou severamente para a extremidade da rua e arrastou o pequeno penitente que segurava uma Bíblia.

— Existem até modelos para as crianças — brincou Marcas. — Que maluquice. Você acha que os bebês também têm capuzes para o tamanho deles? Imagino as reuniões familiares!

— Seja tolerante. As suas reuniões de avental também não são grande coisa. Mas tenho uma boa notícia. Estamos na Gran Via de Colon, que vai para o bairro do hospital. Você logo vai poder exercer seus talentos de ladrão de carro.

O comissário pegou-a pelo braço.

— Se abaixa. Imediatamente.

Sem que ela pudesse reagir, ele a empurrou para o pé de um poste. Marcas estava tão lívido quanto a roupa dos penitentes.

— Um dos matadores. Do outro lado da calçada. Ele viu a gente, vamos.

O casal se lançou no sentido inverso ao da procissão. Anaïs sentia novamente a pulsação subir. Um gosto metálico, agora familiar, invadiu-lhe a boca novamente. O sabor do medo. Seguiu Marcas sem refletir, sem nem mesmo olhar em volta. Não queria mais olhar para trás.

O matador corria na outra calçada, paralelamente. Mais troncudo, abalroava os curiosos, fazendo-os dançar para os lados durante sua correria. Metro após metro, ganhava terreno. Só lhe faltava atravessar no fim da fila da procissão para se atirar sobre eles.

— À direita — berrou Marcas, apontando para uma ruazinha atulhada de mesas de bodegas.

O casal bifurcou de repente, e se precipitou para a pequena rua. O matador parou e decidiu cortar a procissão, atirando violentamente ao chão um dos penitentes que, com o choque, perdeu o capuz.

O comissário diminuiu a marcha diante de uma das mesas ocupadas por três turistas alemães e roubou uma faca sobre um prato. Pegou o braço de Anaïs e correu de novo para a extremidade escura da ruela. Virou-se e viu o matador desembocar por sua vez na rua. O homem tinha tirado a arma e a brandia, correndo.

Marcas arrastou brutalmente Anaïs para o recuo de uma porta e fez com que parasse subitamente. Empurrou a jovem mulher para trás de si, na parte menos iluminada.

— Não se mova.

O matador se aproximava inexoravelmente. Marcas considerou que as circunstâncias estavam contra ele. Uma faca não valia nada contra um revólver, sobretudo quando este era manejado por um profissional. O homem diminuiu a corrida e parou a menos de um metro do casal, desorientado. De repente, compreendeu seu erro e girou para o recuo.

Na escuridão, Marcas estendeu o braço. A faca se plantou no ventre do matador, que se dobrou para a frente. O policial retirou a lâmina e a mergulhou nas costas dele. Anaïs deu um grito abafado. O matador agarrou a calça de Marcas como que para jogá-lo ao chão. Sua camisa branca se manchava de sangue. Marcas deu um chute na cabeça do ajudante de Édipo. O homem soltou o aperto e caiu no chão.

Anaïs fitou Marcas sem nada dizer. O comissário contemplava o cadáver a seus pés.

— Merda...

A jovem mulher foi a primeira a se controlar.

— Não temos tempo de rezar, vamos embora.

Mecanicamente, a jovem mulher tomou a frente da corrida louca. Correram durante dez minutos pelas ruas. Anaïs repetia para si mesma os nomes das placas, e desembocaram numa avenida de aspecto mais moderno com carros estacionados dos dois lados.

— Desta vez, encontre uma carango. Vamos sair logo desta cidade.

Marcas, surpreso com a determinação de sua parceira, segurava as costelas e tentava recuperar o fôlego.

— Dois minutos. Estou com os pulmões ardendo.

— Não temos nem um minuto — disse ela. — Você vai poder descansar quando a gente estiver livre.

O policial pegou a lâmina da faca ensanguentada.

— Olha aqui nosso sésamo; espero não ter perdido a prática. Preciso de um carro com mais de dez anos.

Marcas verificou os carros estacionados diante de si e escolheu um pequeno Seat que conhecera dias melhores. Cinco minutos depois, estavam sentados no carro. Ele arrancou o tampo de plástico sob o volante, tateou um pouco, arrancou os fios e fez uma ligação direta. O motor rateou duas vezes, depois produziu um ronco asmático.

— Lá vamos nós. Direção?

— Vou te indicar.

O Seat passou pelo bairro do hospital, seguiu pela avenida de la Constitución e, na altura do austero prédio da estação, pegou a estrada para Madri.

Quinze minutos depois, os fugitivos rodavam em pleno campo, sob um céu sem estrelas.

— Eles não vão nos largar mais, Antoine.

— Eu sei.

Édipo estava debruçado na pequena ponte do rio Darro que separava o bairro do Albaicin do conjunto do Alhambra.

Sentia-se lamentável. Mergulhava de novo na dúvida, sua velha inimiga.

Quando Dioniso o levara para seu grupo, três anos antes, ele era apenas Jean-Pierre, auxiliar de contabilidade, apagado, anônimo, de uma timidez doentia, indeciso ao extremo. Imediatamente o mestre detectara nele uma vontade de poder desmedida, acompanhada de ausência total de sentido moral, qualidades que ele se esforçara para fazer crescer. A transformação tinha sido mágica. Estágio comando nos Estados Unidos, participação em salas de combate extremo, seguida de ensinamentos do mestre. O coquetel revelou-se explosivo. No início, ele se exercitara com os sem-teto que não podiam se defender e, a partir daí, adquiriu segurança. Seu primeiro assassinato, um estradeiro numa parada de autoestrada, apunhalado quando saía do toalete, o encantara. O segundo, o do pai, um ser dominador, alcoólatra, que fazia da mãe um saco de pancadas, o metamorfoseou.

Por causa desse feito, o mestre escolheu seu novo nome, Édipo, herói de tragédia grega e totem da psicanálise.

Dioniso dizia, ironicamente, que Édipo o fazia pensar em Heinrich Himmler, o míope tímido, especialista em criação de frangos, que se transformara em senhor implacável das SS graças à doutrina nazista.

Ele não lamentava nada. Tinha trocado a antiga vida de empregado desprezado pelos chefes pela de matador preferido de Dioniso. As imagens da matança do centro comercial o tinham deixado exultante de alegria, embora tivesse desobedecido um pouco ao mestre.

Lamentavelmente, às vezes, não conseguia se livrar de um vicioso sentimento de culpa, e então a dúvida voltava mais forte.

Voltava a ser Jean-Pierre.

Édipo olhou longamente o celular e em seguida digitou o número particular do mestre. Uma voz doce ressoou.

— Sim, Édipo?

— Nós os perdemos.

— Édipo tem me decepcionado ultimamente.

Édipo não gostava quando o mestre falava dele na terceira pessoa.

— Eu... eu lamento.

— Sigam com as outras instruções.

— Sim, mestre.

A comunicação foi cortada. Édipo entregou o celular ao companheiro.

— A honra é sua!

Enquanto o companheiro usava o celular, Édipo pegou o binóculo e o apontou para o Albaicin. A casa de Manuela Real ainda estava iluminada. Seu acólito digitou os sete primeiros números no teclado.

— A eternidade... Manuela.

A oitava tecla.

Uma chama brotou na noite, seguida de uma explosão retumbante.

Édipo pensou ouvir ao longe o canto lamentoso de um cigano.

54

Espanha

Foi acordado pelo martelar das gotas de chuva no teto do carro. A friagem da manhã o envolveu. Instintivamente puxou sobre si o blusão de brim. Sentiu contra o ombro a cabeça de Anaïs. A jovem mulher se aproximara dele durante a curta noite. Não ousava mover-se com medo de despertá-la. Embora dormente por causa da posição noturna, tentou alongar lentamente as pernas.

Na noite da véspera, tinham fugido de Granada para chegar a Madri e depois a Paris, mas logo decidiram mudar os planos.

A perseguição pelas ruas de Granada os esgotara. O próprio Marcas percebeu que suas mãos tremiam no volante. Ele tinha apunhalado um homem a sangue-frio. O olhar perdido da vítima permanecia gravado em sua memória. Anaïs sugerira que saíssem da estrada principal para dormir algumas horas. Depois de uma curva, tomaram um caminho estragado que levava às ruínas de um velho albergue. Uma tabuleta iluminada pelos faróis tinha um nome em letras quebradas: *venta quemada*. Anaïs traduziu para ele: albergue queimado.

Com o carro estacionado longe dos olhares, abaixaram os bancos para arrumar um leito improvisado. Morto de cansaço, Marcas foi o primeiro a dormir. Só teve tempo de ver Anaïs observar a paisagem em volta deles, sem uma palavra. Uma lágrima escorria-lhe pela face.

A luz fraca do amanhecer iluminou o planalto deserto que se estendia a perder de vista. A chuva redobrou de intensidade. Ele sentiu um arrepio.

Anaïs tinha virado a cabeça de lado, ainda adormecida. Ele a contemplou com uma ternura desconhecida. Maltratada, perseguida sem piedade, sobrevivente de uma morte atroz, ela mostrava uma tenacidade que deixava Antoine admirado. Vendo aquele rosto imóvel num sono pacífico, ninguém teria suspeitado que sua vida se transformara num pesadelo. Ele soltou a mão e apertou contra si a companheira de infortúnio. Sentiu o calor de sua pele através do *chemisier*. Seu olhar passeou pela renda do sutiã que se via sob o tecido. De repente, para sua grande vergonha, teve um pensamento erótico. Vontade de passar a mão sob o *chemisier* e acariciar os seios que adivinhava firmes. Sem querer, Anaïs tinha pousado a coxa sobre seu sexo. O sangue afluiu para o baixo-ventre.

Que nulidade. Você é um obcecado.

Afastou brutalmente o desejo e se moveu para o lado para conseguir um pouco mais de espaço. Seu espírito emergiu lentamente. Como que por encanto, a chuva acabava de parar, e uma estreita faixa de luz se filtrou do bloco de nuvens cinza amontoadas no céu. Os vidros do carro estavam cobertos por uma camada de vapor. Um cheiro de tabaco frio pairava em seu interior. Ele esticou o pescoço para exercitar os músculos e viu um corvo magricela passar acima das ruínas do albergue.

Um sinal de mau agouro. Ele não era supersticioso, felizmente. Para escapar dos pensamentos mórbidos, passou em revista todas as soluções possíveis.

Nenhuma o satisfez. Se voltassem a pôr os pés em Paris, seria obrigado a confessar tudo, em detalhes, a seus superiores. Era o único modo de pôr Anaïs em segurança. E mesmo que ele lhes oferecesse o que ficaram sabendo sobre Dupin, isso não impediria sua suspensão automática. O conselheiro do ministro esperava-o como a uma presa. Haveria, talvez, uma investigação sobre o grande costureiro, mas ele não obteria nenhuma vantagem com isso.

Antoine se sentia completamente à deriva, sem amarras, perdido num país estrangeiro, sem meios de defesa. O comissário Marcas, que dava ordens, o profissional da investigação, não existia mais.

Uma nulidade. Desarmado como uma criança. Ele não era nada naquela região, e o pior, é que perderia todos os poderes quando voltasse a Paris. Ninguém levantaria um dedo para ajudá-lo.

Sentia uma falta terrível de Anselme. De repente, Marcas foi envolvido por uma onda de desespero. Sentia-se como um náufrago sacudido em pleno mar numa minúscula jangada ameaçada pela onda negra, gigantesca, inevitável.

O medo o invadiu. Se os cães matadores de Dioniso os agarrassem, desta vez ele não poderia mais lutar.

O sol transpassava gradualmente as nuvens e começava sua caminhada para o Oeste. Marcas pensou no Oriente. O

Oriente maçônico. Início de todas as coisas e encarnação do recomeço.

Fez voltar à memória seu trabalho em loja. Sua respiração ficou mais lenta. Pensar no pavimento mosaico, na pedra cúbica, na retidão do esquadro e do compasso. Todos esses símbolos de harmonia experimentados em loja centenas de vezes.

E sempre o Oriente. A esperança que renasce a cada manhã.

Um cheiro de terra molhada começou a se mesclar com o do tabaco. Ao mesmo tempo, seu medo recuou, a intervalos.

Uma ideia se insinuou em seu cérebro cansado. Sentiu uma excitação nova crescer dentro de si. Não queria fazer o papel de caça e tremer novamente. Uma sutil energia percorreu-lhe as veias doloridas.

Não mais se submeter. Jamais se submeter.

Anaïs abriu os olhos. Sorriu para Marcas e se aconchegou em seus braços. Marcas deixou-se invadir pelo calor tranquilizante da jovem mulher.

A ideia voltou com força.

Dupin era a chave. Apenas ele poderia levar a pista até Dioniso. Repensou no que a atriz lhe dissera antes que eles a deixassem. O baile de Dupin em sua ilha particular, previsto para dali a três dias. *O mestre invisível nunca falta ao baile anual de Dupin.* A frase de Manuela Real dançava em sua cabeça.

Precisava comparecer e atacar onde o guru não esperava.

Em Veneza. No coração do mal.

55

Paris

Édipo descia os degraus que levavam à pista de dança. Quando chegou embaixo, fez sinal com a cabeça para a recepcionista de vestido supercurto, e se instalou num tamborete, no balcão. O barman, um negro alto de cabeça raspada, cumprimentou-o jovialmente.

— Senhor Édipo. Há muito tempo não o vemos.

— Passei uns dias de férias na Andaluzia.

— Um *bloody mary*, como sempre?

— É claro, Jonas. Como vão os negócios?

— Olhe em volta. Estamos recusando gente. O pessoal do *Bougies* vai ficar furioso; os clientes chovem desde o artigo que apareceu no... Não lembro mais em que jornal.

— Mais uma cobertura de um jornal sobre suingue? Com os franco-maçons e o imobiliário, isso está ficando banal! Embora, de hábito, tenha mais cu no verão.

O garçom gargalhou.

— Verão, inverno, primavera... Toda estação é para o prazer. Desde que eles tenham leitores e nós, clientes!

Édipo observou a pista. Uma dezena de casais dançava lascivamente um sucesso de Polnareff dos anos 1970. Ele viu uma ruiva de saia e botas altas, de joelhos diante da barra de metal, que, à noite, fazia strip-tease amador. No grande canapé vermelho, via-se um escritor, ex-Goncourt, numa conversa apaixonada com um jogador do Paris Saint-Germain. Uma animadora de televisão acariciava distraidamente a coxa de um desconhecido que parecia encantado.

"A mistura das diversidades para o prazer dos sentidos", era o lema da cadeia de clubes Casanova, cuja fama de libertinagem estendia-se agora pelo mundo todo. Até mesmo os não iniciados eram admitidos naquele clube do Oeste parisiense, com a condição de desembolsar 150 euros pelo direito de entrada, e a mesma quantia pela garrafa de champanhe. Trepar com uma estrela não tinha preço. *E isso era uma lembrança para os velhos dias*, pensou Édipo, lembrando-se da noite do Ano-novo quando foi agarrado por uma *top model* americana enlouquecida.

Depois do drinque, o matador desceu do tamborete, contornou a pista e entrou no banheiro dos homens. Imensos sanitários, vastos como um salão burguês, com altos espelhos em todas as paredes. O convidado que ali se aliviava podia se admirar em plena ação. Édipo não respondeu ao sorriso insistente que lhe lançou um rapaz de cueca, visivelmente embriagado. Fechou com cuidado a porta e acionou imediatamente um botão escondido atrás da descarga. Um dos espelhos girou, dando lugar a um corredor fracamente iluminado. Enfiou-se pela passagem estreita. A porta-espelho fechou-se atrás dele. Édipo sentiu o discreto perfume almiscarado que planava no corredor.

Dioniso impunha esse perfume. *O almíscar exacerba os sentidos sem saturá-los*, dizia o mestre. O matador percorreu o corredor de espelhos sem estanho que dava no salão Entendimento Cordial, dominado por uma cama com dossel, de cinco metros de largura. Admirou com olhar entendido a posição acrobática de dois casais que se agitavam no leito. Três garrafas de champanhe destacavam-se sobre uma mesinha. Maquinalmente, calculou que o exercício de Kama Sutra múltiplo representava uma entrada em espécie de aproximadamente 1.500 euros. Congratulou o pragmatismo financeiro de Dioniso, que investira nos clubes requintados de suingue, situados em bairros ricos das grandes capitais.

E cujo dinheiro irrigava suas atividades ocultas.

Édipo continuou a caminhar ao longo do corredor e abriu uma janelinha na altura dos olhos. O quarto negro. O canto dos casais que ficavam semivestidos e se exibiam uns para os outros. Era o preferido de Édipo, nitidamente mais sensual que o primeiro salão. Tudo acontecia nos olhares. Ele sabia que, dentro do cômodo, a janelinha ficava camuflada no olhar do quadro de Casanova... Examinou uma jovem mulher ruiva num vestido decotado acariciada por dois homens, enquanto outra mulher observava a cena, acariciando-se.

Édipo fechou a janelinha e caminhou para a porta de metal que fechava o corredor. Um sinalizador azul brilhava no escuro, indicação de que ele podia entrar. Acionou a maçaneta e entrou num cômodo de dois metros por três cujas paredes eram cobertas por monitores de televisão. Acima de cada coluna de sete monitores, o nome de uma cidade estava gravado numa pequena placa com um relógio eletrônico. As telas recebiam ao vivo imagens filmadas por câmeras cuidadosamente escondidas nos clubes Casanova do mundo inteiro.

O mosaico de telas transmitia imagens de centenas de homens e mulheres fazendo amor em todas as posições. Miríades de corpos se retorciam ao infinito. Édipo reconheceu num dos monitores os salões vitorianos do clube de Londres com sua célebre orgia Bollywood. Bem ao lado, aparecia a descolada boate de Los Angeles em plena noite das correntes e vadias, muito apreciada pela elite. Mais para a direita, o clube de São Petersburgo praticava sua noite Tsarinas e Mujiques...

No centro do cômodo, uma figura sentada numa poltrona giratória vermelha contemplava seu império. A cadeira estava de costas para Édipo, que ficou respeitosamente de pé. O matador viu apenas a mão pousada no braço, segurando um cigarro. A voz melodiosa falou.

— Ele sabe por que eu gosto deste lugar?

Édipo realmente não gostava quando o mestre falava dele na terceira pessoa.

— Não...

— Ele me lembra um quadro representando um dos círculos do inferno onde se veem hordas de danados cavalgando uns aos outros. O meu quadro, o meu, está perpetuamente em movimento. Édipo gosta?

— Sim. É especial. Uma orgia universal.

— De fato. O mais fascinante reside na energia despendida por toda essa gente. Uma potência sexual ininterrupta.

Com um controle remoto, deu zoom na tela que transmitia os embates amorosos do clube de Berlim. O rosto de uma morena sensual encheu a tela. Ela parecia a ponto de gozar. Os olhos arregalados fitavam um ponto imaginário; sua boca ofegava.

— Veja esta convidada. Observe os olhos dela. Suas pupilas estão dilatadas. Diferentemente dos homens, as mulheres, sob o império do desejo, apresentam esta particularidade. É o que se chama de midríase.

— É mesmo...

— Sim. A pupila das mulheres se abre para abismos de prazer. Gosto de guardar o momento de êxtase na memória dos meus computadores. Estes rostos jamais envelhecerão. À sua maneira, são minhas estrelas.

Édipo ficou em silêncio. Preferia não olhar para as telas por muito tempo com medo de cair numa vertigem sem fim. Dioniso girou a cadeira e ficou de frente para o matador.

— Seu erro em Granada foi lamentável. É preciso encontrá-los antes que eu chegue a Veneza. Anaïs não pode escapar. Ela é preciosa demais para mim.

— Será feito. Ele lhe pede desculpas.

Édipo sabia que isso não bastaria. Não era o momento de seu castigo que importava, mas sua exata natureza. Dioniso parecia adivinhar seus pensamentos e sorriu, fitando-os com seus olhos claros. Sua beleza deixava o matador confuso.

— Que ele venha para perto de mim! Vou presenteá-lo com a dor.

Édipo aproximou-se do mestre e se pôs de joelhos diante dele. O som dos alto-falantes tinha aumentado. Gritos de prazer invadiam o cômodo.

— Édipo tem o grau de Ipsissimus, aquele que é superior a tudo, em nossa ordem. Sendo assim, seu sofrimento é meu dever... e meu prazer — sussurrou Dioniso.

O dono da casa retirou da lapela do casaco um pequeno broche representando o olho de Horus e segurou o alfinete diante dos olhos. Édipo não piscou.

Dioniso pegou a mão do adepto e aproximou o alfinete da ponta de seu indicador. O tição de metal afundou-se lentamente sob a unha. O matador crispou as mandíbulas. A dor ia além do suportável. E ele sabia que estava só começando.

A agulha enfiava-se inexoravelmente na carne viva. Dioniso murmurava, com o olhar extático:

— Prazer e sofrimento são uma coisa só. Seus gritos se mesclarão com os cantos de gozo dos meus convidados.

Dioniso não despregava o olhar da tela de Berlim, da mulher que gozava a milhares de quilômetros. Sentiu a energia ganhá-lo.

Édipo urrou ao final de alguns segundos de suplício.

56

Almeria

O cybercafé El Loco estava quase deserto naquele fim de tarde. Situado no velho bairro, a dois passos das muralhas da antiga fortaleza moura de Alcazaba, o estabelecimento tinha substituído um *tablao* flamengo. Os novos proprietários tinham mantido os cartazes de ciganas chamejantes para acentuar o contraste com as fileiras de telas planas rutilantes, alinhadas em pequenos boxes.

Anaïs e Marcas estavam sentados diante de uma tela no fundo da sala. O policial pegou o cartão de crédito e acabava de digitar a série de números confidenciais. Depois de alguns segundos, o site da companhia aérea espanhola Iberia enviou a confirmação de reserva. Antoine recuou a cadeira e bebeu o resto do copo.

— Pronto. Partida do aeroporto de Almeria às dezessete horas, chegada a Barcelona às 17h20. Transporte e decolagem para Veneza às vinte horas.

— Quando vamos chegar?

— Por volta das 21h45 — respondeu Marcas, pousando o copo na mesa. — Na melhor das hipóteses, estaremos na cidade em torno de meia-noite.

— Meia-noite em Veneza... Muito romântico, não? Naturalmente, teremos um quarto no Danieli... — disse a jovem mulher com o mais sedutor dos sorrisos.

Marcas levantou-se, consultando o relógio.

— Vou me informar imediatamente. Tenho que ligar para o meu contato em Paris. Preciso ir lá fora, aqui não dá sinal.

— Vai, então — continuou Anaïs no mesmo tom de brincadeira.

O policial atravessou a sala e pegou o celular. Sentou-se ao sol diante da vitrine do café. Sua excitação não diminuíra desde que saíram, quatro horas antes, da construção em ruínas onde encontraram refúgio. A jovem mulher deixara-se convencer a partir para Veneza, sem resistência. Foi mesmo muito fácil. Ela queria vingança. Ele teria de vigiá-la de perto. O objetivo deles era pegar Dioniso, não matá-lo. *Se é que a gente pode se aproximar dele*, pensou Marcas.

Se ela conseguisse identificá-lo em Veneza, e se eles pudessem avisar a polícia, o pesadelo estaria terminado. Sua condição de testemunha do massacre de Cefalù a protegeria. E daria a ele a prova da relação com as mortes do Palais-Royal e de Granada.

A conselho de Anaïs, tinham desistido de ir para Madri e se dirigiram para Almeria, mais próxima, na costa, e cujo aeroporto internacional oferecia voos regulares. A meio caminho, durante uma pausa num albergue no planalto entre Granada e Almeria, Marcas tinha telefonado para o irmão obeso. Convencera-o a ajudá-lo mais uma vez. Sozinhos, não teriam nenhuma chance em Veneza. O conselheiro da polícia de Paris pedira-lhe que telefonasse antes de chegar ao aeroporto.

Antoine usou a discagem automática. Os raios do sol aqueciam seu rosto. Gostaria de ficar ali a tarde inteira e abandonar tudo. O tom da discagem internacional se desencadeou. Pegou na mesa um número do *ABC*, jornal conservador espanhol.

Los asesisos de la semana santa. Ele reconheceu imediatamente o rosto sorridente do policial que os ajudara a escapar das garras de Édipo. Marcas compreendeu aproximadamente que duas outras pessoas tinham sucumbido à fuzilaria, da qual os autores escaparam.

Na metade inferior da primeira página, aparecia a foto de Manuela Real. Não teve tempo de compreender o artigo. Uma voz familiar soou no telefone. Marcas enfiou o jornal no bolso do casaco e perguntou:

— Você conseguiu arrumar tudo?

— Sim. Um dos nossos irmãos italianos vai receber vocês no aeroporto Marco Polo. Ele vai te levar para a cidade em total segurança.

— Como o reconheço?

— Ele vai segurar um cartaz com o nome do senhor...

— Senhor?

— Boaz.*

— Muito engraçado. E o nome dele, o verdadeiro?

— Giacomo Teone. Veterano dos serviços especiais, transferido para os transportes marítimos, venerável da loja Hermes de Veneza. É um amigo meu, um medalhão. É uma loja negra.

---

* Ver o *Glossário maçônico* no final do livro.

Marcas compreendeu a alusão do irmão obeso. O italiano participava dos altos graus na maçonaria. Na base da graduação maçônica, a loja azul representava as oficinas clássicas cujos graus paravam no de mestre. Vinham em seguida as verdes, vermelhas e negras. Membro de uma loja negra, Teone devia se situar entre o 19º e o 30º grau. Marcas apreciava pouco as condecorações, a corrida pela atribuição de graus. Encontrava mais poesia do que interesse nos títulos colados aos graus. *Cavaleiro da Serpente de Bronze*, *Príncipe do Tabernáculo*, *Patriarca das Cruzadas*, *Sublime Escocês da Jerusalém Celeste*... Nomes fora de moda, mas que muitos maçons sonhavam usar.

— Tranquilize-me, ele não é um ex da loja P2?

— Se eu te dissesse que não, você acreditaria?

— Não, mas no ponto em que estou, não presto atenção aos irmãos dos meus irmãos.

Marcas ouviu o pequeno sinal de alarme da bateria. Ainda tinha uma chamada importante a fazer.

— Tenho que me despedir. Obrigado pela ajuda.

— Se cuida. Na verdade, a investigação sobre a morte da amiguinha do ministro vai ser oficialmente arquivada hoje. Morte natural, sem trepada. O colega que te substituiu não perdeu tempo. Parece que o médico do Instituto Médico Legal ainda não conseguiu digerir. O conselheiro está encantado, e os jornalistas engoliram a fábula sem dificuldade.

O comissário deu um suspiro de irritação.

— Eu desconfiava. Te ligo amanhã.

— Não, espera. Tenho outra notícia. Ruim para você. O conselheiro do ministro pediu ao seu superior a sua volta imediata a Paris. Eles descobriram a identidade da moça que está com você. Meu colega da IGS me disse que eles dobraram seu auxiliar. Ele foi obrigado a abrir o bico.

— As trevas invadem o Oriente — disse ele em voz cansada.

— O seu celular vai ser grampeado. Me liga de outro número em Veneza.

— Obrigado por tudo.

Ele digitou outro número em Paris. Assim que tivesse desligado depois daquela conversa, tinha de ir para o aeroporto. Outra voz se ouviu no celular. Feminina.

— Sim?

— Aqui é Marcas.

— Antoine, eu estava preocupada. Onde você está?

— Em Almeria, no sul da Espanha. Preciso da sua ajuda. Estou na pista de Henry Dupin.

Houve um instante de silêncio.

— O costureiro?

— É. Lembre-se de que foi você quem me falou dele. Mas foi Manuela Real que me pôs na pista ontem à noite. E isso parece colar com outros indícios. Aliás, eu queria informações sobre esse Crowley de que você me falou.

— Por quê?

Desde a partida de Paris, Antoine não conseguia achar um minuto para consultar o dossiê preparado por Anselme. No entanto, no caso de Manuela e do ministro, o símbolo da estrela tinha um papel. Ele precisava encontrar a chave.

— É sobre a carta do tarô de Thot, a estrela.

— Vou ver o que posso encontrar, mas vai levar tempo. Você vai voltar para Paris?

— Não, vou para Veneza. Tem grande chance de Dupin estar lá.

— Isso é loucura! Você não tem prova alguma.

— Acho que vou encontrar. Enfim, espero. De qualquer modo, não tenho mais nada a perder. Amanhã, ligo de Veneza.

— Um abraço.

— Para você também.

Ele desligou. Anaïs tinha surgido da penumbra do bar. Ela pôs a mão em seu ombro. A pressão dos dedos se tornou insistente.

— Uma amiga íntima?

Antoine sorriu por dentro. Nada podia contra a intuição feminina.

— Uma irmã, Isabelle. Ela vai nos ajudar.

Anaïs ficou um instante em silêncio e retomou:

— Veneza, então?

— Veneza.

Quarta Parte

Os mestres eleitos fazem ainda mais:
amam a morte
porque ela é o caminho único
que leva à perfeição.

1765, rito maçônico de Melissimo,
amigo de Casanova

57

Veneza

O *motoscafo* corria sobre a água gelada, levantando jatos que se perdiam em pequenas ondas na noite negra. O pequeno barco se esquivava agilmente das balizas de orientação. Confortavelmente sentados em banquetas de couro, na popa do barco, Anaïs e Marcas tentavam enxergar as luzes da Cidade dos Doges através das vigias, mas viam apenas as raras luzes dos barcos. Ainda estavam sob o choque da morte da atriz. No avião, Anaïs traduzira o grande artigo do jornal espanhol que se referia à hipótese de uma explosão de gás. Eles não acreditaram nisso nem por um segundo.

O homem que os recebera depois do controle da alfândega conversava com o piloto do barco, e estendia o braço para a direita da pequena embarcação. O voo deles era o último da noite; as formalidades tinham sido executadas rapidamente; os policiais tinham pressa em voltar para casa. Um voo cheio de turistas espanhóis não tinha como despertar-lhes a curiosidade.

Giacomo Teone, um quinquagenário de cabelos brancos, perfil de ave de rapina, tinha cumprimentado Marcas com um aperto de mãos de reconhecimento e se inclinara para beijar a mão de Anaïs. Uma polidez obsoleta que o veneziano parecia executar maravilhosamente bem. *Ele se parece com o conde da Transilvânia num velho filme, A dança dos vampiros*, sussurrou a jovem mulher para o policial. O homem possuía uma companhia de *motoscafi*, lanchas que ligavam o aeroporto a Veneza, e participação numa linha de barcas no Adriático. Teone manifestava carisma e autoridade refinadas. Dirigira-se, na chegada, aos dois fugitivos num francês perfeito.

O *motoscafo* virou à direita e penetrou entre duas fileiras de postes imersos.

— Finalmente, Veneza! Veem-se as fachadas iluminadas — disse a jovem mulher, que se levantara para ver melhor.

Marcas esticou o pescoço e admirou o magnífico espetáculo que se oferecia aos olhos. A cidade lacustre surgia das trevas aquáticas. Irradiava uma luz frágil como se, a qualquer momento, fosse se apagar, submersa pela lama do fundo. Marcas, que já tinha ido lá duas vezes na vida, reconheceu os telhados das casas do bairro de Cannaregio, situado no Norte da cidade. Possivelmente, o barco tinha entrado pelo Canale delle Fondamente Nove. Passou para a outra banqueta e olhou do outro lado para verificar se sua memória não o tinha traído.

Ela estava bem ali. Sua ilha veneziana preferida. San Michele, mergulhada na escuridão, onde apenas fracas luzes brilhavam. A ilha-cemitério de Veneza, afundada em ciprestes. Bela e austera. Provável modelo do quadro de Bocklin, *A ilha dos mortos*. Algumas imagens ressurgiram em sua memória. Outra mulher. Foi há muito tempo.

Giacomo Teone desceu e se sentou ao lado de Marcas, enquanto lançava olhares fugazes para Anaïs.

— Vamos acostar um pouco mais longe no bairro do Arsenal. Vocês vão ficar na casa de um amigo, atualmente de férias. Eu os teria recebido na minha casa, mas nosso irmão me explicou que você queria autonomia. De que precisa, exatamente?

— De informações e... de armas.

O homem olhou para Marcas calmamente, como se seu pedido fosse evidente.

— Duas mercadorias preciosas. Comecemos pelas informações. Suponho que isso diz respeito a Henry Dupin e seu palácio.

— Sim. Vejo que nosso irmão fez bem as coisas.

— Na mesa do salão da casa, você vai encontrar um dossiê que mandei reunir.

— Você o conhece?

— Não. Muita gente rica possui casa em Veneza, mas vem apenas rapidamente. Na maior parte do ano, essas belas residências, infelizmente, ficam vazias, frias e silenciosas. Dupin, como outros, vem em fevereiro para o Carnaval e alguns dias no verão. Mas...

— Mas...

— Ele não pertence à categoria banal de rico estrangeiro. Comprou a ilha de San Francesco del Deserto, do outro lado da cidade, na laguna. Daqui a três dias, vai fazer uma grande festa à fantasia. Parece que isso é pouco comum, pelo menos nesta estação. Um banqueteiro e um locador de fantasias da cidade receberam encomendas para umas cinquenta pessoas.

— Interessante — acrescentou Anaïs, que se aproximara de Marcas.

O motor do *motoscafo* se tornou mais forte.

— E quanto às armas?

— Fiz uma lista. Duas pistolas de pequeno calibre. Tipo Beretta. Uns óculos de visão noturna e uma granada incendiária.

Teone começou a rir.

— Está preparando a invasão da ilha? Quer um lança-foguete e uma barca para desembarque também? Venha, vou te levar ao apartamento.

O *motoscafo* se colara ao pontão. O piloto saltou para o cais, prendeu a embarcação e estendeu a prancha de acostagem. Anaïs estremeceu. Uma leve neblina se levantara. Lampiões elegantes jogavam sobre as altas fachadas riscos de luz levemente ocres. À esquerda, marcando a entrada do antigo arsenal da cidade, erguiam-se duas grandes torres ameadas, encimadas por um estandarte escuro flutuando ao vento.

Caminharam em silêncio durante uns dez minutos através de ruas estreitas, atravessando duas vezes minúsculos canais, passando sob pórticos roídos de umidade. Marcas teria sido incapaz de reconhecer o caminho, mesmo em pleno dia. O percurso labiríntico se fundia na neblina que se agarrava às casas fantasmáticas.

— Chegamos — disse Teone, pegando uma pesada chave antiga que enfiou na porta de madeira, ovalada.

Antes de entrar na casa de quatro andares, Marcas anotou mentalmente que se encontravam na Calle dell'Arco. Atravessaram um pequeno pátio pavimentado que desembocava numa única porta de carvalho. Teone digitou um código no teclado de aço incrustado na pedra. A porta se abriu para um alto corredor de mármore verde-água. Subiram uma escada forrada com um tapete da mesma cor e pararam no segundo andar. Teone pegou novamente seu molho de chaves e escolheu uma mais moderna, com vários dentes. Uma onda de calor invadiu o corredor quando entraram no apartamento.

— Finalmente, um pouco de conforto — disse Anaïs, pousando o mantô numa poltrona.

Teone os conduziu a um pequeno salão decorado em estilo precioso, final do século XVIII. Um canapé e cadeiras forradas de veludo azul introduziam um toque mais feminino que a entrada, mais sóbria, não permitia supor. Teone puxou as cortinas, revelando a vista escondida sobre o canal escuro e a fachada de um palácio de janelas fechadas.

— Sentem-se — disse o quinquagenário com voz firme, apontando para duas cadeiras em volta da mesa. — Sejamos sérios. Gostaria de saber, o que você pensa fazer exatamente com essas armas?

— Prefiro me manter discreto — disse Marcas.

— Claro, imagino, mas... não comigo. Não quero chamar a atenção da polícia sobre mim se a sua expedição à casa do senhor Dupin der errado. É inegociável. Do contrário, você parte amanhã de manhã em sentido inverso. O primeiro avião para Paris é às 7h30.

Assim que pronunciou o aviso, um homem alto, de pescoço grosso, a face riscada por uma cicatriz, entrou na sala a passos rápidos. Marcas adivinhou o objeto saliente sob o paletó. O homem se posicionou de pé atrás da jovem mulher, as mãos pousadas nas costas da cadeira.

Anaïs lançou um olhar inquieto para o policial. A diferença de tom a surpreendera. Teone não sorria mais. Marcas refletiu um momento e viu sobre a mesa um dossiê vermelho com o nome HENRY DUPIN escrito em letras elegantes.

— Está bem. Não tenho escolha, mas já vou avisando: vai levar tempo.

— O tempo em Veneza não tem o mesmo valor que em outras partes. Estou ouvindo.

Foi preciso uma longa meia hora para que Marcas e Anaïs explicassem detalhadamente a odisseia deles e a perseguição de Dioniso. O guarda-costas de Teone serviu uma colação aos franceses enquanto eles contavam a aventura. No fim, exatamente depois que Antoine tinha acabado de explicar como contava entrar de surpresa na ilha particular de Dupin, Teone despachou o auxiliar com um gesto. Cruzou os dedos sob o queixo, fitando os dois fugitivos.

— Impressionante. Esse Dioniso é um homem que não se pode subestimar. Sem querer irritá-los, o seu plano tem a marca do amadorismo. A ilha é guardada por uma esquadra de segurança particular quando o proprietário põe os pés lá. Agarrar esse Dioniso e em seguida chamar a polícia local com um celular é irreal.

— Não tenho escolha.

— Como não? Talvez haja outro meio de penetrar no palácio. Fingir que é convidado para a festa à fantasia.

Anaïs, até então em silêncio, tomou a palavra e se virou para Marcas:

— Nem pense em me deixar de fora do caso. Foi a condição para que eu participasse dessa viagem a Veneza. Tenho contas a ajustar com Dioniso.

— É muito perigoso para uma bela mulher como você — disse Teone à jovem. — Você vai ter mais segurança aqui.

— Eu não te desejo a vida que tenho levado há uma semana, senhor Teone. Já aprendi o que a palavra "perigo" significa. Melhor do que ninguém nesta sala.

Marcas pegou a mão da jovem mulher.

— Ele só quer te ajudar.

— Eu não queria te deixar aborrecida.

— Deixa pra lá, vocês dois. Vou ao encontro de Dioniso. Ponto final.

O silêncio se instalou. O italiano acomodou-se na cadeira.

— Como quiser. Vamos continuar. A ideia seria entrar na festa. Conheço o dono da loja de locação de fantasias. Ele vai me dar uma cópia da lista de convidados do costureiro, a quem ele tem que entregar as roupas. Tenho também amigos importantes na polícia veneziana. Informarei o capitão da criminal.

— Um irmão?

— Príncipe de Jerusalém, para ser exato.

— Décimo sexto grau, não?

— Bravo! Então, acenando com a prisão do responsável pelo massacre de Cefalù, vou poder convencê-lo a pôr alguns de seus homens em alerta num barco, nas proximidades da ilha. Vocês só terão que identificar Dioniso e, depois, preveni-los.

O rosto de Anaïs se iluminou.

— Pode dar certo. A gente também precisaria dos convites. Não poderemos entrar simplesmente por estarmos fantasiados.

Teone sorriu.

— Tenho minha ideia sobre isso! Ah, nosso irmão comum em Paris também me pediu informações sobre um especialista em Casanova. Por quê? Eles não faltam em Veneza.

Marcas recordou a confissão de Manuela Real. Se o que ela dizia era verdade, Dupin e seus comparsas se consideravam herdeiros ocultos do sedutor veneziano. Uma informação delicada que ele não tinha vontade de partilhar. Pelo menos no momento.

— Parece que Henry Dupin se interessa muito por Casanova. Poderia ser uma pista.

— Um pouco fraca como indício, comissário! Aqui, em Veneza, há constantemente uma dezena de casanovistas que passam o tempo remexendo nos arquivos. Verdadeiros ratos de biblioteca.

— Então, me dê o melhor!

— O mais sério: André del Sagredo. Ele trabalha na Fundação Finni. A mais renomada biblioteca privada de Veneza. E é uma autoridade em Casanova. Posso contatá-lo rapidamente se você quiser.

— Sim, gostaria de vê-lo o mais rápido possível.

— Faremos isso! Agora tenho que deixá-los. Tem um celular à disposição de vocês na gaveta da pequena cômoda da entrada. O código está preso com fita adesiva por dentro. E os seus quartos estão prontos.

— Obrigado pela ajuda.

— Por nada. Isso me lembra os bons e velhos tempos das operações complicadas. Além do mais, eu nunca renego o juramento de ajudar um irmão em dificuldade. Até amanhã.

Anaïs cumprimentou polidamente o italiano, que se afastou para a entrada, seguido de seu guarda-costas. No momento em que ele fechava a porta, sua voz soou em surdina:

— Tinha esquecido. Vocês quase cruzaram com Dupin no aeroporto. Ele chegou no voo de Paris uma hora mais cedo.

58

Veneza

A manhã estava bem avançada quando Marcas acordou, com as costas doloridas. Sua primeira noite calma depois dos acontecimentos de Granada. Tinham dormido em quartos separados, embora Marcas tivesse secretamente preferido dividir a mesma cama. Lembrava-se ainda da emoção que sentira ao despertar perto do albergue em ruínas. Mas teria ficado envergonhado por se aproveitar da situação.

Quando entrou no salão, viu Anaïs sentada na poltrona, os pés pousados numa cadeira. Com uma xícara de café ao lado, ela lia atentamente o dossiê Henry Dupin. Ergueu a cabeça ao ouvir o policial.

— Bom dia. Você é uma verdadeira marmota.

— Na minha idade avançada, temos a necessidade de repousar longamente.

Ela sorriu. Antoine gostava daquele sorriso.

— O velho Antoine quer um café? Ainda tem na cozinha. Teone ligou há pouco. Ele arranjou o encontro com o especialista em Casanova daqui a uma hora no café...

— Não diga nada... Café Casanova?

— Esse Teone tem muito humor — acrescentou a jovem mulher que se espreguiçou longamente. — E muito charme também.

— É o seu tipo de homem? As têmporas grisalhas, modos de antigamente... A figura do pai — respondeu Marcas rápido demais.

Ela se levantou e sorriu novamente.

— Meu pequeno comissário está com ciúmes... É uma gracinha. E qual é o seu tipo de mulher? O tipo da Isabelle? Intelectual, irmãzinha de avental, o tipo que faz amor dissertando sobre compasso e esquadro.

— Não tem graça — disse Marcas, confuso.

Nesse terreno, ele não tinha certeza de ganhar. Nem em nenhum outro, naquele momento.

— Acertei o alvo com essa Isabelle.

— Observação estúpida — ele rosnou, pegando o dossiê de Henry Dupin. — E esses documentos?

Anaïs fez uma careta.

— Recortes de jornais, uma anotação resumindo a fortuna dele. Uma entrevista em que ele fala de sua paixão por Casanova. Tem também uma reportagem sobre sua casa veneziana, um antigo monastério franciscano com detalhes interessantes, como uma planta da casa. Isso pode ser útil para a gente.

Marcas contemplava a vista de Veneza. A neblina persistia, e a cidade ainda conservava o encanto fantasmático entrevisto durante a noite. De repente, ele se lembrou de que tinha de telefonar para Isabelle.

— Tenho que dar um telefonema.

— Isabelle, suponho. Como é tocante — disse a jovem mulher repondo o dossiê no colo.

Marcas pegou o celular na entrada e digitou o número.

— Isabelle Landrieu falando.

— É Marcas, bom dia.

— Antoine! Onde você está?

— Em Veneza.

— Você é mesmo teimoso. Mas me conte o que aconteceu.

O policial tinha voltado para o cômodo principal e se instalado numa poltrona diante da janela. Começou a contar. De vez em quando, olhava disfarçadamente para Anaïs, enternecido por seu jeito vivo, flutuando dentro de um pijama de homem grande demais para ela, os cabelos em desalinho. Ele acabou de expor seu plano para entrar na ilha de Dupin.

— Você é louco. Não tem condições.

Marcas não gostava que pusessem em dúvida suas capacidades. Sobretudo quando isso vinha de uma mulher. Velho reflexo machista. Ele se contraiu na poltrona.

— Tomei minha decisão. Eu te peço apenas que me mande as informações que eu pedi. Mande para o meu e-mail que eu vou consultar daqui.

— Como vai Anaïs?

Antoine ficou sem voz por um instante.

— Como é que você sabe?

— Alexandre Parell. Parece que o seu auxiliar falou. Ela está mesmo com você. Sabe que eles te abandonaram magnificamente?

— Sei — confessou o comissário.

— E continua decidido a se infiltrar com a moça na toca desse louco?

— Continuo.

— Está certo. Se os tiras venezianos demorarem a intervir, aproveite o trunfo que você tem. A dama de ouro. Sua Anaïs.

— Explique.

— De modo geral, os gurus têm um ponto fraco. Não suportam que seus antigos adeptos se voltem contra eles. Podem ficar loucos de raiva, com medo de perder seus poderes. A maior vitória deles é conseguir trazer de volta a ovelha desgarrada para o aprisco. Já conheço alguns casos desse tipo nas associações com que lido.

— Não estou entendendo. Anaïs odeia esse sujeito, a ponto de, provavelmente, querer matá-lo com as próprias mãos.

— Trata-se apenas de ganhar tempo se os tiras demorarem. Diga a Anaïs para fazer um drama se vocês ficarem em maus lençóis. Que ela se atire aos pés deles, finja trair você. Talvez consiga uma trégua.

— Ele jamais vai acreditar nela.

— Não obrigatoriamente. Estudei longamente a psicologia dos fundadores de seitas. Humilhação e domínio são as palavras-chave da perversão íntima deles. Ele vai ficar todo cheio de si ao vê-la se prostrar aos seus pés, sobretudo diante de um público de adeptos.

— Vou ver — respondeu Antoine com voz pouco segura. — Me liga quando tiver enviado o que encontrou sobre Crowley.

— Cuide-se bem, meu irmão.

— Obrigado.

Marcas desligou. Os avisos de Isabelle eram sensatos. O medo reapareceu. Restavam-lhe apenas pouco mais de 24 horas para se preparar para enfrentar Dioniso e os seus. Pela primeira vez desde sua chegada a Veneza, Antoine percebeu sua vulnerabilidade.

59

Paris

Uma chuva fria varria o quai de Conti. Os raros passantes se abrigavam sob os guarda-chuvas ensopados. Édipo saiu do pórtico e entrou no táxi que o esperava diante da calçada.

— Roissy, terminal 2D — disse ele ao motorista, um asiático com um boné com viseira enterrado na cabeça.

— Vamos nessa.

O táxi deu a partida e meteu-se no trânsito. Édipo olhou o indicador envolto num curativo branco. Foi o preço a pagar para aproveitar as múltiplas vantagens que Dioniso lhe oferecia. Mesmo assim, a pequena cena de tortura impedira-o de aproveitar os clientes do clube. Um privilégio que ele se concedia todas as vezes que visitava Dioniso em seu antro. Aliás, não compreendia por que o mestre nunca se misturava com os clientes. Ele, para quem o sexo tinha uma importância desmedida, ocultava totalmente sua própria vida sexual. Desde que se associara a ele, havia cinco anos, nunca o vira em companhia de uma mulher ou de um homem. Mesmo durante as sessões práticas dos iniciados, ele apenas olhava os outros. Um dos inúmeros mistérios do mestre.

O táxi corria pelos corredores de ônibus, desafiando os motoristas bloqueados nas pistas paralelas. Édipo verificou mais uma vez se levava no bolso do paletó o bilhete da Air France para Veneza, e um de seus passaportes dentro da validade.

Passou mentalmente em revista todas as tarefas que o esperavam na cidade da laguna. As ordens de Dioniso eram sem apelação. Até ele estremeceu ao pensar no projeto que o mestre arquitetara longamente.

O mundo inteiro se lembraria do que ia acontecer em Veneza.

Dioniso suplantaria Casanova na memória dos homens.

60

Veneza

Esperaram pacientemente que o grupo de turistas chineses passasse pela minúscula ponte de pedra para atravessar o canal atulhado de barcas e gôndolas. Bem atrás deles, uma turma de colegiais franceses pressionava-os para que andassem mais depressa. Anaïs e Marcas puseram-se de lado para dar passagem aos bagunceiros.

— O prefeito da cidade deveria proibir o turismo em bando. Isso estraga tudo.

Marcas tocou a mão da jovem mulher.

— Sem elitismo. Essas pessoas também têm direito de sucumbir aos encantos da cidade.

— Lamento, não sou adepta da democracia turística. Veneza é a cidade dos casais, dos paralisados de paixão, das rupturas sentimentais, não dos ridículos e das hordas bárbaras incultas.

O policial leu as letras negras gravadas na placa fixada acima de uma colunata.

Ponte della Nostalgia.

Em seguida, consultou o mapa plastificado da cidade. Depois de um momento de hesitação, apontou com o dedo para a extensão do canal.

— Se não me engano, é a próxima rua à direita.

— Onde estamos?

— No antigo bairro judeu. O gueto. Um conceito rapidamente exportado para toda a Europa. Uma invenção do Senado veneziano no século XVI. Os judeus eram acomodados no bairro das fundições, os *geto*, daí o nome. Era prático, as autoridades fechavam as pontes à noite por ocasião das festas cristãs.

— Os venezianos não devem se orgulhar muito disso.

— Os venezianos sempre foram gente pragmática. Ah, chegamos. Café Casanova.

O estabelecimento, apertado num recuo, era bem diferente do célebre Café Florian, na praça de São Marcos, que, havia mais de um século, era a alegria dos turistas do mundo inteiro. Sem dúvida um dos donos tinha pensado que o patronímico do sedutor internacional atrairia alguns turistas, mas em vão. Assim que se cruzava a porta de entrada, só se viam frequentadores assíduos, a maioria absorta numa partida de dominó que parecia infindável. Um homem usando um terno de tweed se levantou, alisando a barbicha branca.

— Você são os amigos de Giacomo Teone?

Marcas teve dificuldade em imaginar que o afetado homem de negócios, ex-secreta de profissão, pudesse conhecer o pesquisador com ares de Professor Tournesol.

— Sim. Essa aqui é...

A frase de Antoine ficou em suspenso. Já o velho bibliotecário encurvado apressava-se em direção a Anaïs e lhe beijava a mão.

— Permita que eu me apresente: André del Sagredo. Meu amigo Teone me falou da sua grande beleza, mas ele cometeu um eufemismo. Ele devia ter empregado uma metáfora!

— O senhor conhece o irm..., o senhor Teone? — perguntou o comissário, com pressa de interromper o dilúvio verbal que se anunciava.

— Aqui em Veneza todos se conhecem. Muitos interesses convergem. Giacomo foi muito generoso com a Fundação Finni, onde trabalho. Então, quando ele me disse que dois visitantes estrangeiros se interessavam por Casanova...

Anaïs o interrompeu.

— Infelizmente somos apenas neófitos no que se refere à obra de Casanova. Simplesmente, gostaríamos de obter informações...

— Mais exatamente, a sua opinião sobre a venda do manuscrito inédito que aconteceu em Paris, apenas algumas semanas atrás — insistiu Antoine.

— Vocês trabalham com seguros, não?

O olho do pesquisador brilhava maliciosamente.

Anaïs e Marcas ficaram perplexos.

— Mas eu compreendo, eu compreendo! Vocês desejam permanecer em discrição. É preciso dizer que...

— Que...?

— Que, tendo em vista o preço de venda...

O velho sabia criar efeitos como se estivesse num palco de teatro.

— O que é que o senhor quer dizer, exatamente? — impacientou-se Marcas.

— Que não é pouca responsabilidade segurar semelhante manuscrito.

Anaïs decidiu entrar no jogo. Afinal, se o bibliotecário de barbicha tomava-os por agentes de seguro, era melhor assumir o papel.

— Sabe, a nossa companhia já fez o seguro de objetos de arte por quantias muito mais importantes.

— Acredito! Acredito! Mas, imaginem que o manuscrito venha a sofrer um infeliz acidente, vocês teriam que desembolsar uma quantia significativa.

— Um milhão de euros — anunciou Antoine, que tinha passado a noite da véspera examinando os detalhes da venda na internet.

— É caro — insistiu Del Sagredo.

— Contudo, bem menos que os preços de venda dos manuscritos de Céline ou de Kafka.

— Continua caro — obstinou-se o velho.

— Mas, enfim, por quê?

— Porque é uma falsificação!

61

Veneza,
Calle de Oro,
Loja São João da Fidelidade

O irmão Teone foi um dos primeiros a sair do Templo. No átrio, os mestres conversavam em voz baixa sobre a prancha apresentada durante a sessão. Outros desciam para se juntar aos irmãos na sala dos ágapes. Do bar, chegavam os primeiros risos, enquanto a fumaça dos cigarros se infiltrava pela escada, em volutas já densas. Um dos oficiais da loja, o grande especialista, dobrava cuidadosamente os cordões dos ofícios numa pasta preta, enquanto o mestre de cerimônias tirava a correspondência oficial da obediência do quadro de informações.

Veneza era uma cidade tolerante com os maçons, mas nem sempre fora assim na história. Os irmãos tinham, então, decidido não deixar no Templo nada que pudesse tentar um visitante imprevisto. Na parede do átrio, ficava apenas a cópia emoldurada da carta de criação da loja em 1780. O original era guardado no Arquivo Nacional.

Teone era um homem de reflexão. Jamais decidia sem dedicar um tempo para verificar as informações recebidas. Uma prudência que o manteve vivo. Desde que acolhera os dois franceses a pedido do irmão obeso, tinha ouvido sem preconceito a narrativa da estranha odisseia deles. Naquela noite, iria verificar e decidir.

O venerável se aproximou de Teone e o pegou pelo braço.

— Venha, vou te apresentar a quem você me pediu.

Teone acompanhou o irmão sem dizer uma palavra. Na antevéspera, depois de ter deixado Marcas e Anaïs, entrara em contato com seu venerável. A conversa foi breve. O venerável tinha compreendido perfeitamente. Iniciado nos altos graus, não poderia recusar nada a um irmão de mesmo nível. Sobretudo quando ele se chamava Teone.

— Mandei abrir o salão inglês. Quase não o utilizamos, mas lá vocês vão ficar tranquilos.

O salão inglês! Para os irmãos da loja, aquele lugar era quase um mito. No século XIX, Veneza se tornara um lugar de peregrinação estética para os ingleses cultos. Seguindo o compatriota John Ruskin, que, através de seus livros, fez com que se redescobrissem os encantos esquecidos da Sereníssima em toda a Europa, centenas de britânicos se instalaram na cidade, alugando ou comprando palácios que mandavam restaurar a custos altos.

Muitos eram maçons, e começaram a frequentar a loja São João da Fidelidade, que praticava o rito escocês, o mais difundido no Império Britânico. A coabitação com os irmãos italianos era excelente, mas os anglo-saxões também desejavam reunir-se entre si. Tinham obtido autorização para se mudar para um salão particular no andar superior, onde podiam se encontrar no ambiente recriado de um clube inglês. Aquele lugar de encontro, que acolhera gerações de súditos de Sua Majestade, deixou de abrir as portas depois da chegada de Mussolini ao poder. Desde o fim da Segunda Guerra Mundial, o salão não era mais utilizado, mas os veneráveis que se sucediam cuidavam dele com devoção, como testemunho de um passado fraterno para sempre desaparecido.

Teone entrou no salão. Um homem usando um terno escuro estava sentado numa poltrona de couro. Uns 50 anos, cabelos cortados curtos. O venerável fez as apresentações.

— Teone, me permita apresentá-lo ao irmão Michele.

— Muito prazer, irmão. Em que loja você está?

Um brilho malicioso passou pelos olhos de Michele, enquanto o venerável se punha a rir.

— O irmão Michele pertence à ordem dos dominicanos! Você me pediu um especialista em seitas, então...

Teone compreendeu subitamente por que haviam reaberto o salão inglês. Um religioso não poderia entrar numa loja. Ia se desculpar pelo engano, quando o irmão Michele tomou a palavra para explicar sua presença.

— Desde a nossa fundação no século XIII, nossa ordem sempre esteve à frente do combate contra as heresias. Hoje, são as seitas que nos preocupam.

A voz do dominicano era clara, fria. Teone sentiu um arrepio nas costas. A lembrança da Santa Inquisição ainda estava presente na memória de muitos venezianos e, sobretudo, dos maçons. Mas precisava de informações sobre as seitas, então...

— Na verdade, procuro informações sobre...

— Seu venerável me informou que são os grupos sectários praticantes de ritos sexuais que te interessam, é isso?

Giacomo hesitou antes de responder.

— Para falar a verdade...

O dominicano pegou um charuto num estojo de couro.

— Você fuma?

— Sim.

— Então, sirva-se, por favor. Quando saio, me permito este pecado venial. Aliás, são *Romeo y Julieta*. Um casal mítico. Veja que continuamos no assunto.

Teone saboreou a alusão humorística do religioso, pegou o charuto e o levou aos lábios. O dominicano iniciou sua explicação.

— Na base de todas as correntes sectárias que colocam a sexualidade no centro de sua prática, existe a crença num casal primordial cuja união permitiria engendrar um ser novo e andrógino.

— De onde vem essa crença?

— No mundo cristão, é uma interpretação errônea do Gênese. Para alguns sectários, a separação dos sexos no paraíso é o verdadeiro início do pecado original.

A fumaça dos charutos começava a subir para o teto. Teone deu uma baforada antes de fazer a pergunta que o importunava.

— E é pelo sexo que se conseguiria reintegrar esse estado primeiro?

— Há dois métodos. Ambos baseados no sexo, de fato. Pode-se escolher a orgia, ou a abstinência ejaculatória.

— A orgia, eu entendo. Mas a abstinência ejaculatória...

— A conservação da semente. É a via mais aconselhada.

O irmão Teone não pôde deixar de ironizar.

— Mesmo na tradição cristã?

O dominicano sorriu.

— Você já leu *As perguntas de Maria?*

— Não.

— É um texto gnóstico bem do início do cristianismo. Nele se vê Jesus evocar a imagem de Maria Madalena antes de ter uma ereção fulminante.

— Uma ereção?

— Uma ereção e uma ejaculação.

— Está brincando?

— Não. Se o senhor soubesse a mixórdia que se encontra nesses textos heréticos! Graças a Deus, uma triagem judiciosa foi feita pela Santíssima Igreja para eliminar essas narrativas, fruto de espíritos perturbados.

Teone pousou o charuto no cinzeiro. Decididamente, aquele dominicano sabia retrucar.

— Jesus e Maria Madalena se casaram e tiveram muitos filhos. Que eles chamaram de filhos do Graal. Isso me lembra um best-seller que se vende como água ultimamente. Outras tradições religiosas desenvolveram concepções semelhantes sobre o sexo?

— Sim, o tantrismo na Índia e o taoismo na China. Nos dois casos, a prática é a mesma. No momento da relação sexual, o homem deve reter a ejaculação. Gradualmente, essa retenção deve despertar o que os tantristas chamam de *força da serpente*, a Kundalini.

— Uma energia espiritual?

— É, ela deve permitir uma metamorfose do ser humano e fazê-lo ascender ao plano divino, permitir que ele atinja o *corpo do relâmpago*. Uma iluminação absoluta.

O ex-secreta fitou o religioso:

— Você sinceramente acredita nisso?

— O que me preocupa é que as seitas acreditam!

Teone duvidava. Ele acolhera os dois franceses, certamente, mas ainda se interrogava sobre certos aspectos da história deles. Posto isso, tinham sido recomendados pelo irmão obeso, cujo apadrinhamento era mais do que uma garantia. Contudo... ainda precisava verificar uma coisa.

— Aleister Crowley te diz alguma coisa?

O dominicano esmagou o charuto.

— Esse é o pior! Não era a energia que ele procurava, mas o poder. Poder sobre os seres. Praticava a magia sexual para obter esse poder. O que ele procurava era o enfeitiçamento.

— E como conseguia?

— Por copulação ou masturbação. Nos dois casos, ele recolhia o resultado da operação e se servia dele como suporte de rituais de exorcismo.

Logo, os franceses não tinham mentido. Havia realmente uma tradição histórica, desde pelo menos a Antiguidade, que fazia de determinadas práticas sexuais uma porta aberta para o paraíso ou para o inferno. Agora Teone sabia o que devia fazer.

— O senhor tem outras perguntas?

A voz do dominicano tirou-o da meditação.

— Não, eu agradeço. Aliás... — Teone se levantou. Estava na hora de ir. — Não sei como te agradecer por ter vindo... aqui.

O dominicano fez um gesto com a mão.

— O prazer foi todo meu. Nunca tinha entrado num espaço maçônico.

O irmão Teone se deteve. Por um instante, imaginou o religioso voltando lá, mas dessa vez com todo um aparato de cruz... e fogueira, caro à Inquisição. Agora, ele tinha pressa de ir embora.

Dez minutos depois da saída de Teone, o venerável acompanhou o visitante. Irmão Michele se aproximava da porta quando disse:

— O seu amigo parece muito interessado nas seitas.

— Provavelmente está preparando um trabalho, uma prancha, como dizemos, sobre a questão.

— Provavelmente. Mas ele já está bem informado. Raros são os que podem citar o nome de Aleister Crowley.

O venerável não respondeu, ocupado em girar a chave na fechadura.

— Aliás, fiquei espantado por ele não me perguntar sobre outro nome.

— Qual?

O venerável acabava finalmente de abrir a porta.

— Casanova.

62

Veneza

No café, Anaïs e Marcas observavam o vizinho com estupefação.

— O manuscrito Casanova, falso?

André del Sagredo balançou a cabeça, sorrindo.

— Com certeza, falso.

Anaïs foi a primeira a argumentar.

— Mas afinal, por esse preço, os especialistas verificam tudo! A escrita, a tinta, o papel!

— Certamente, e eu tenho certeza de que todos os resultados são positivos. Exatamente porque, por esse preço, os falsários não correm nenhum risco.

— Mas não dá para falsificar a escrita daquela época!

— Não se engane, é justamente a mais fácil de imitar. No século XVIII, todos os letrados aprenderam a escrever fazendo caligrafia. Compare a letra de Voltaire com a de Rousseau; é quase a mesma. O que as distingue é o tamanho e a inclinação, mais alguns tiques característicos. Quando se assimilam esses parâmetros, nada mais simples do que fazer uma falsificação, com uma boa pena de ganso.

Marcas ainda não acreditava.

— E a tinta, basta uma amostra, uma análise...

— É possível conhecer com exatidão os tipos de tinta da época e a dosagem precisa de diversos elementos químicos. Quanto aos laboratórios especializados, eles publicam suas amostras de análise na internet. Basta refazer a mistura certa. E não me falem de datação por carbono 14. É ineficaz para aquela época. Próxima demais.

— E o papel? — perguntou Anaïs.

— Procurem o site *livresrares.com*, uma livraria suíça que vende livros antigos. Busquem o link "manuscrito". Ali vocês vão encontrar livros contábeis do século XVIII. Frequentemente, os comerciantes que anotavam suas transações não preenchiam todo o volume. E restam dez, vinte, cinquenta páginas virgens, por vezes mais. Só precisam se servir!

Antoine não compreendia mais.

— Mas qual o interesse em fazer uma falsificação?

Del Sagredo fez um gesto fatalista.

— A atração pelo dinheiro. Os manuscritos de Casanova à venda são raríssimos. Quando morreu, nosso veneziano deixou uma grande quantidade de inéditos. Mas logo foram recolhidos pela família Waldstein, que o hospedava. Em seguida, foram diretamente para os arquivos do Estado de Praga. Não há possibilidade de que uma só folha tenha se perdido.

— E o manuscrito das Memórias?

— Propriedade do editor alemão Brockhaus desde 1820. Ele conseguiu preservá-lo até os dias de hoje. Certamente não foi para se desfazer de parte dele. Resultado: manuscrito algum em circulação. Daí o interesse financeiro de *inventar* um!

— Resumindo — retomou Antoine —, não há possibilidade de que um inédito de Casanova pudesse permanecer desconhecido, logo...

— Trata-se de uma falsificação, eu *confirmo e assino*, como se diz entre nós.

— Mas então, e o conteúdo?

Foi a vez de Sagredo se espantar:

— Como assim, o conteúdo?

— Sim, para interessar os compradores é preciso também que o texto apresente algum interesse. E, se não me engano, esse manuscrito apresentaria novas revelações sobre Casanova.

— Particularmente sobre suas atividades maçônicas — acrescentou Anaïs.

O especialista deu uma gargalhada.

— Casanova franco-maçom! Mas todo mundo sabe disso! Perguntem ao amigo de vocês, Teone. Não há nada de novo sob o sol.

— Então, por que fazer uma falsificação em torno da questão da maçonaria?

Subitamente, Del Sagredo mudou de tom.

— Por quê? Mas reflitam! Você é um falsificador. Atualmente, a vida de Casanova é conhecida nos menores detalhes; o que você pode trazer como novidade?

— Não sei, uma nova amante? — perguntou Anaïs.

— Impossível! Casanova é um nostálgico; assim que faz uma nova conquista, não pode deixar de evocá-la, de falar novamente dela, nem mesmo de procurar revê-la! Assim que volta a uma cidade onde amou, imediatamente põe-se à procura de suas antigas paixões. Cada amante é citada pelo menos dez vezes nas Memórias. Nenhuma chance de que ele tenha dedicado um capítulo a uma mulher sem escrever de novo sobre ela.

— Então, o que é?

— Pois bem, justamente, a maçonaria! Porque é a parte das atividades — como é mesmo que vocês dizem? — *discretas* que menos se conhece, apesar das dezenas de livros que se escreveram sobre o assunto. Pensem, só existe um único documento que comprova que Casanova pertence à maçonaria, uma simples assinatura no final do quadro de uma loja!

— Mas há pouco o senhor não dizia que todo mundo sabia que Casanova era franco-maçom?

— Porque ele gritou aos quatro ventos! Porque era de bom-tom ser um irmão naquela época, e porque ele falava e escrevia para a posteridade! Em compensação, o que ele fez exatamente na maçonaria? Mistério...

Dessa vez, Antoine se impacientou.

— O senhor afirma que um falsário teria deliberadamente escolhido esse aspecto da vida de Casanova para agir com mais liberdade?

Del Sagredo olhou a pêndula de madeira descascada suspensa acima do balcão. A noite avançava.

— Sim, e por outro motivo.

— Qual? — perguntou Anaïs.

— Alargar o círculo de clientes em potencial.

— Para quem?

O especialista começou a pegar a carteira. Marcas fez um gesto para impedi-lo.

— Não, não! Vocês são amigos de Teone; são meus convidados. Sabem, há uma lenda que corre por aqui, em Veneza.

Dizem que Casanova tinha fundado uma loja e que, sobretudo, tinha criado seu próprio ritual.

— Seu próprio ritual... — repetiu Antoine em voz alta, sem perceber.

— É, um ritual com práticas estranhas. Quando Casanova foi preso aqui em Veneza, foram encontrados muitos livros em sua casa. Livros de magia! Cabalas!

— Isso é certo? Confirmado? — perguntou Anaïs, atordoada.

— Sim, existe o relatório dos inquisidores que apreenderam os livros e os catalogaram. Uma verdadeira biblioteca secreta!

— Mas então?

— Então, imaginem que se encontre, por milagre, um manuscrito, uma falsificação perfeita, na qual esse rito fosse reconstituído por um terceiro, na qual tudo seria descrito. Imaginem! Quem seriam os compradores?

De repente, a luz se acendeu na mente de Marcas. Mas muito breve; ele não pôde captá-la por inteiro.

— Não dizem nada? Então, eu vou dizer! Todos os místicos, os esotéricos, os fanáticos do espiritual, todos se precipitariam!

— Mas por quê? — gritou Anaïs.

— Para fundar uma nova religião. A religião deles.

63

Veneza

O prédio cinza de quatro andares aparecia como uma ofensa arquitetônica ao esplendor de Veneza. Espremido entre dois armazéns desativados que davam para a via férrea da estação ferroviária Santa Lucia, a sede das empresas Teone poderia muito bem se encontrar numa zona industrial abandonada de Milão ou de Turim. Três *motoscafi* enferrujados, encalhados como peixes mortos, bloqueavam uma antiga via de deslastre ferroviário abandonada havia trinta anos. Um cheiro de lodo subia do pequeno canal que ladeava o prédio.

— Sublime. Aqui está a Veneza misteriosa de que nenhum guia turístico fala. Comparados a isso, a praça de São Marcos e o Danieli não têm interesse algum — resmungou Anaïs prendendo a respiração.

— Pouco importa. Vamos fazer turismo mais tarde. No palácio de Dupin, por exemplo... — respondeu, irritado, Marcas, que batia os pés para lutar contra o frio.

Chegaram diante de uma porta pintada de verde-oliva, protegida por uma janelinha gradeada. Marcas apertou a campainha. Ao final de uns dez segundos, a grade deslizou deixando entrever o olhar de um homem.

— Hermes — disse Marcas com voz rouca.

— Trimegisto — respondeu o interlocutor.

O colosso que os havia recebido na noite anterior no apartamento deles abriu-lhes a porta e lhes mostrou o fundo de uma sala atulhada de boias, velhas peças soltas de barcos e plaças de madeira envernizada. Na parede, uma âncora que conhecera dias melhores pendia de um grosso prego, como um velho anzol enferrujado. Atravessaram a sala e entraram num cômodo ainda mais estragado. Na parede da direita, uma foto gigante de um nascer do sol, muito em moda no período hippie, acabava de amarelar. À esquerda, um velho calendário, parado em 1969, desvendava os encantos fatigados de uma *pinup* que agora devia passar os dias senis numa casa de repouso. Quanto à mesa, de compensado maciço, desaparecia sob montes de papéis Kraft.

— Os negócios do senhor Teone não parecem andar muito bem — cochichou Anaïs.

Sentado numa cadeira manca de rodinhas, o dono das empresas Teone tirou os olhos do computador e sorriu.

— Bem-vindos ao palácio Teone, caros amigos.

Anaïs deu um sorriso forçado para Marcas. O veneziano não se movia da cadeira, deixando-os de pé, com os braços pendentes.

— Confessem. Esperavam coisa melhor?

— As aparências... — disse Marcas, com ar de brincadeira. — Onde está o policial que deveríamos encontrar?

— Tudo é apenas aparência, de fato — respondeu Teone, levantando-se.

Ele se balançou nos calcanhares e apoiou a mão numa pequena âncora de plástico presa à parede.

Diante dos olhos surpresos dos dois franceses, uma porta escondida apareceu bem debaixo do grande pôster do nascer do sol.

— Lá onde o astro nasce, surge a verdadeira luz... Queiram me acompanhar — acrescentou Teone com ar grave. — Prestem atenção, a escada é íngreme.

O pequeno grupo desceu um lance de escada de cimento, que se prolongava num corredor estreito. Dava passagem apenas para um homem de frente. A intervalos regulares, lâmpadas difundiam uma luz apenas suficiente para evitar as poças no solo úmido. Os três visitantes caminhavam lentamente. Em seguida, subiram outra escada e chegaram diante de uma porta metálica encimada por um grande retrato de Mussolini com capacete. Os olhos saltados do ditador fitavam o teto. Abaixo, uma inscrição em letras pretas: *Con il Duce, fino alla morte!*

— Encantador — disse Anaïs. — Estamos indo para o alojamento da comunidade dos velhos fascistas? Esqueci as minhas botas ferradas.

A voz de Teone ressoou no corredor.

— Descobri esta passagem secreta quando meu pai instalou sua empresa nos anos 1960. Tinha sido construída pelos fascistas para ligar o posto avançado da polícia secreta a uma saída escondida. Isso possibilitava a entrada dos delatores, sem que fossem percebidos pela resistência.

— E agora, para que serve? — perguntou Marcas.

— Para eu ir até o meu verdadeiro escritório. Meu refúgio. Desde que me aposentei, guardei certa nostalgia da clandestinidade. Quanto ao Duce, é uma simples piscadela.

Teone introduziu um cartão de plástico preto numa fenda de aço escovado, presa à fechadura. Empurrou a porta e se afastou diante dos franceses. O cômodo se iluminou assim que entraram. Um imenso escritório moderno apareceu. Ao longo das paredes revestidas de madeira alaranjada, janelas estreitas deixavam passar a luz do dia. Um longo tapete persa vermelho-escuro cobria o assoalho. Acima da estante, uma grande tela retangular representava a igreja San Giorgio Maggiore vista do canal de la Giudecca. Marcas teve uma dúvida. Perguntou-se se se tratava de um verdadeiro Canaletto ou de uma excelente cópia.

Sentado num canapé areia, um homem corpulento, de paletó de tweed, fumava negligentemente um charuto. Uma de suas faces era marcada por fina cicatriz. Com os olhos azul--claros, examinou longamente os recém-chegados. Teone caminhou até ele e estendeu o braço para Marcas e Anaïs.

— Caro capitão Pratt, aqui estão nossos amigos. Fizeram uma longa viagem para chegar à Sereníssima.

Todos se sentaram. O homem apertou rapidamente as mãos dos três.

— Pratt também fala a sua língua. Ele teve um cargo na Interpol, em Lyon, há dez anos — explicou Teone. — Vamos lá, capitão.

O policial italiano abriu sobre a grande mesa de vidro o mapa detalhado da ilha de San Francesco del Deserto. Olhou Marcas e Anaïs nos olhos.

— Teone me explicou demoradamente a sua história. Não escondo que se trata de um empreendimento muito arriscado. Está fora de questão que um dos meus homens acompanhe vocês ao palácio de Henry Dupin. Não disponho de nenhum mandato legal para isso.

— Não pedimos tanto. Apenas um apoio logístico para capturar Dioniso — retorquiu Marcas.

— Me explique brevemente o que vocês pretendem fazer — disse Pratt, tragando o cigarro.

— Chegamos ao baile de Dupin com os convites de outro casal. Lá, Anaïs identifica Dioniso sem nos deixar desmascarar. Eu telefono do celular e o senhor desembarca com seus homens para prendê-lo.

Pratt desviou os olhos para Teone e depois voltou aos dois franceses.

— Perigoso demais... Ainda não me convenci. Corro um risco muito grande se a coisa escapar do controle.

Anaïs se interpôs com voz doce.

— Capitão, somos nós que assumiremos todos os riscos. Se Dioniso ou um de seus matadores nos reconhecer, eles vão nos matar sem pensar duas vezes.

— Certamente, mas eu terei contas a prestar. Mobilizar meus homens sem estar coberto por um superior pode me custar muito caro.

— Salvo se o senhor prender o responsável pelo massacre de Cefalù. As honras serão todas suas — sugeriu a jovem mulher.

O policial amassou a guimba no cinzeiro.

— Tem também outro meio, mais simples. Eu te prendo agora como única testemunha. A senhorita é procurada por todas as polícias de meu país. Depois disso, cerco a ilha de Dupin para agarrar o seu Dioniso durante a noite. Fazemos desfilar todos os convidados, e a senhorita o aponta para nós. Eu também terei toda a glória. E a senhorita não terá que arriscar a vida.

Anaïs lançou um olhar inquieto para Marcas.

— Raciocínio impecável, caro colega — disse Antoine. — Mas a prisão de Anaïs não significa que a sua chefia vá te autorizar a surpreender Dioniso em seu antro. Tanto mais que Anaïs é testemunha e... suspeita. Uma suspeita que poderia perfeitamente servir.

— Ninguém vai acreditar que uma seita tão diabólica seja dirigida por uma mulher. Infelizmente, são sempre os homens que cometem esse tipo de atrocidade — respondeu o capitão.

— Agradeço pela observação machista — rangeu Anaïs.

Teone cruzou as pernas sobre o canapé.

— Meu caro Pratt, eles têm razão. É preciso deixá-los entrar no antro da besta. Além disso, decidi acompanhá-los para dar uma ajuda.

Antoine e Anaïs o olharam, estupefatos. Até Pratt arregalou os olhos. Teone afastou as hesitações com um gesto da mão.

— Sem negociação possível. Isso vai me lembrar os bons velhos tempos. Desde que estou neste caso, sinto saudade dos meus anos de serviço ativo.

Marcas foi o primeiro a reagir:

— Sim, mas vai ser preciso encontrar um convite extra.

Teone sorriu maliciosamente.

— Tudo já foi previsto com o locador de fantasias. Três convidados identificados serão interceptados pelos meus auxiliares, exatamente antes do baile. Gente da alta. Um é banqueiro em Lugano, reconhecido especialista em evasão fiscal das grandes fortunas. Os outros dois são um casal de produtores de televisão de Milão. A loja Casanova recruta na elite. Vamos deixá-los na gaiola o tempo que for preciso. Depois os soltaremos. Eles vão ficar de bico fechado, contentes por terem escapado do que vão considerar um rapto crapuloso.

Anaïs gargalhou. Decididamente, os costumes na Itália eram inacreditáveis.

— Temos um dia antes do baile. Você está conosco, meu caro... Príncipe de Jerusalém? — perguntou Teone, virando-se para o policial.

— Espero fraternalmente que você saiba para onde está me arrastando.

— Não, e isso é o pior — concluiu Marcas.

64

Veneza

O sol mergulha atrás dos telhados dos palácios de fachadas decrépitas. As janelas das moradias dos andares mais expostos ao horizonte reverberavam reflexos avermelhados, idênticos à cor do mar. Embaixo, nas ruas estreitas que ladeavam os canais, a noite se infiltrava progressivamente nos menores cantos desprezados pelo astro solar.

Três silhuetas fantasmáticas, usando capas negras, caminhavam em silêncio, cruzando às vezes com raros transeuntes de modo algum surpresos com a fantasia deles. Dez minutos antes, o pequeno grupo tinha deixado a loja de aluguel de fantasias no bairro de Dorsoduro e se dirigia para o embarcadouro da Accademia.

A neblina se levantara novamente sobre a laguna, e os venezianos voltavam para casa. Apenas os turistas, pouco numerosos naquela estação, se demoravam nas margens do Grand Canal.

O pequeno grupo chegou ao pontão deserto que um *vaporetto* engasgado acabara de deixar. Atrás deles, a fachada da Accademia mal se distinguia, já afogada nas trevas que se instalavam, dominantes.

Anaïs levantou o capuz de sua pesada capa, deixando à mostra uma meia-máscara veneziana branca, enfeitada com plumas negras com reflexos verdes, que deixava à mostra apenas a boca.

— Este lugar não é muito tranquilizador à noite — disse a jovem mulher aos dois companheiros, cujas máscaras ela quase não via mais, também elas escondidas sob os capuzes.

— Houve um tempo em que os matadores jogavam suas vítimas no canal, exatamente neste lugar. Foi muito antes da construção da Accademia — explicou Teone, abaixando, por sua vez, o capuz.

A máscara ébano lembrava a cabeça de um rapinante, com as aberturas para os olhos estiradas em fendas oblíquas.

Marcas consultou o relógio. O *motoscafo* devia pegá-los em menos de três minutos para conduzi-los à ilha de Dupin. Tirou do bolso o cartão de convite rígido, laqueado de negro, tendo no centro um simples retrato de Casanova num medalhão oval. Uma inscrição em francês estava impressa no verso em letras caligrafadas:

Festa da estrela à janela do Oriente.

Henry Dupin.

Palácio del San Francesco del Deserto.

Antoine sentia o cheiro de couro duro de sua meia--máscara em forma de lua. *A estrela à janela do Oriente*, pensou, guardando o convite. Sempre o mesmo símbolo favorito de Crowley. Também a lembrança de um livro estranho de cujo título enigmático se lembrava: *O Anjo à janela do Ocidente*. Ou melhor, uma aventura de Corto Maltese, cujo autor tinha sido maçom de alto grau. Sua memória lhe pregava peças. Ele viu Anaïs, que batia a mão enluvada na capa, nervosamente. Aproximou-se dela.

— Podemos desistir de tudo. Ainda é possível.

Ela apertou-lhe a mão.

— Estou quase indo embora correndo. Tenho... medo do que vou encontrar lá.

— Vamos parar!

Ela segurou-lhe os dedos.

— Não. É covardia. Uma parte de mim está morrendo de medo, e a outra...

— A outra?

— Me empurra para ver aquele doente. É tão confuso, mudo de opinião a cada minuto. Se o barco não chegar imediatamente, minha coragem vai fraquejar. Tenho inveja da sua calma.

Marcas segurou-a pelos ombros.

— Não acredite nisso, é apenas aparência... Tento manter o sangue-frio. Além disso, estou tranquilo porque Teone está com a gente.

— Obrigado por reconhecer isso, meu irmão — disse Teone calorosamente. Tenha um pensamento caridoso para os três membros da loja Casanova que substituímos vantajosamente e que, neste momento, apodrecem num porão úmido. Ah! Nosso condutor chegou.

Uma lancha preta surgiu da neblina lentamente e acostou diante deles. Pratt surgiu do fundo do barco, usando um longo casaco grafite, uma máscara meio levantada sobre a testa.

— Lamento o atraso. A neblina nos obrigou a diminuir a velocidade no canal. Subam.

Embarcaram, e assim que se sentaram nos bancos, a lancha rumou para a saída do Grand Canal e passou diante do museu Guggenheim. Pratt continuava de pé, com as mãos agarradas às alças do teto baixo.

— Temos pouco tempo até chegar à ilha. Escutem bem. Vou te dar um dispositivo, do tamanho de um chaveiro, que permite transmitir um sinal eletrônico com alcance de um quilômetro. Esse sinal vai ativar um foguete sinalizador que será visto pelos meus homens.

— Por que um foguete? Isso vai dar o alerta! Dioniso vai se mandar.

— Nós vamos alcançá-lo, não se preocupe. Se vocês estiverem em situação difícil, digam que a polícia está cercando a ilha. No pior dos casos, eles vão usar vocês como elemento de barganha para tentar escapar.

— Maravilha. Onde estão os seus homens?

— Três barcos, postados em triângulo em volta da ilha, a 200 metros dos pontões. Fora dos radares de segurança da casa, previstos para detectar a chegada de intrusos.

— E o foguete?

— Um dos meus mergulhadores o instalou num pilar submerso, a 50 metros ao largo da ilha. Se vocês estiverem na grande sala do convento, ela vai ser visível à nossa esquerda.

Marcas tinha retirado a máscara. O suor lhe escorria na testa. Anaïs, imóvel, conservava a sua. Pratt parecia nervoso.

— Outra coisa. Teoricamente, entre o momento em que vocês enviarem o sinal e o desembarque dos meus homens na ilha, terão que contar uns bons cinco minutos. Vamos acionar as sirenes de polícia para confundir o serviço de segurança.

Anaïs tomou a palavra com a voz gelada:

— Quem disse que eles não vão usar artilharia?

— Os vigilantes particulares contratados por Dupin jamais fariam isso contra a polícia. Mas, com certeza, o pior é sempre possível. A guarda próxima de Dioniso, ela, sim, pode nos causar dificuldades.

A lancha acabava de passar pelo Lido, iluminado pelo poente. Antoine se virou para Anaïs:

— Tudo bem?

— Não. Bem que eu tomaria um trago para levantar o moral.

Teone pegou uma garrafa marrom numa grande gaveta sob a banqueta e duas pequenas xícaras de cerâmica. Um líquido ambarino escorreu. Ele entregou as duas xícaras aos franceses.

— Curaçau, nada melhor antes de se lançar na boca do lobo.

— Obrigada, você é tranquilizador — disse Anaïs, bebendo de um trago o licor de laranja.

O barco diminuía a velocidade. Um canal, ladeado de árvores, levava à ilha de Dupin. Ao fundo, viam-se os muros ocre do convento. Um antigo monastério franciscano. Um cheiro acre de lodo subia do mar lacustre.

— Está na hora — disse Pratt, que se aproximou do piloto.

Os três convidados recolocaram as máscaras e se levantaram. Marcas pegou o braço da jovem mulher

— Uma única palavra sua e o barco dá meia-volta. Depois, será tarde demais.

Anaïs o olhou por detrás da máscara. Os olhos verdes expediam um brilho de dureza quase inquietante.

— É tarde demais... desde a Sicília. Vamos.

O barco acostou ao longo do molhe de madeira. Umas cinquenta tochas instaladas a intervalos regulares no cais iluminavam a noite.

Ao final do molhe, como um tribunal de fantasmas, três personagens da Commedia dell'Arte estavam no alto da escada.

Anaïs e seus companheiros subiram um a um. O homem fantasiado de Arlequim estendeu a mão para erguer Anaïs até a plataforma, executando uma reverência de comédia.

— *Benvenuti a San Francesco del Deserto. Mi presenti i suoi inviti.*

Marcas pegou os três convites e os entregou ao Polichinelo que fez uma nova reverência, dizendo com voz melodiosa:

— *Vi aspetta una notte de piacere. Che colui che regge il cielo abbia cura... del resto!**

— *Grazie mille* — respondeu Teone.

Polichinelo examinou rapidamente as fantasias dos três recém-chegados, e os deixou passar. O ronronar do motor da lancha que os trouxera se fez ouvir. O barco dava ré, lentamente. Anaïs sentiu o estômago se contrair ao ver o barco afastar-se na neblina. Seu pulso se acelerava à medida que se aproximavam do destino. As tochas dançavam na noite escura.

Eles lhe lembravam outras chamas, assassinas, impiedosas.

---

* "Uma noite de prazer os espera, e que aquele que governa o Céu cuide... do resto!" (N. da T.)

Atrás da máscara, ela quase podia sentir seu calor. Tudo iria recomeçar, como lá. Eles acabariam na fogueira. Queimados vivos. Ela parou de repente. Não podiam pedir-lhe para ir adiante. *Eu nunca devia ter aceitado. Que sacanagem!* Ela virou a cabeça e viu o barco de Pratt fundir-se na bruma. Era tarde demais para recuar.

Pegou a mão de Antoine.

— Coragem! — disse-lhe ele ao ouvido.

A jovem mulher não respondeu. Cada passo que dava aproximava-a do mal em estado puro.

Diante deles, agora, se erguia o convento, cercado de ciprestes. Ao final de uma aleia de cascalho, diante de uma larga porta esculpida, estava um homem de sobrecasaca preta, usando peruca, mas sem máscara.

Quando chegou a menos de 3 metros, Anaïs quase deu um grito de pavor. A última vez que tinha visto aquele homem, ele lhe servira vinho. Na grande sala da Abadia de Cefalù. A última noite. A do massacre.

65

Veneza

Teone apresentou os convites ao empregado, que baixou respeitosamente a cabeça e abriu a porta. Anaïs passou, enregelada, diante do homem de Dioniso, tão próxima dele que sentiu o perfume enjoativo de seu pós-barba de limão. O homem ergueu a cabeça e sorriu-lhe. Anaïs apressou o passo. *Minha máscara me protege. Até quando?...*

Um criado pegou suas capas e lhes indicou uma porta oval de onde vinha uma música sincopada. Chegaram a uma imensa sala que devia ser o corpo principal do convento. De cada lado das janelas romanas, grandes arcadas de pedra iluminadas por feixes de luz prateada davam a impressão de que o teto se alongava até o infinito para o céu. No ocre de cada parede, um spot projetava o rosto de Casanova, semelhante a um estêncil.

Uma massa movente de homens e mulheres com fantasias venezianas ondulava no centro. As fantasias disputavam elegância. Vestidos barrocos que cintilavam sob o sutil jogo de luzes;

casacos bordados refletindo brilhos de cristal, mantos de trevas com sombras aracnídeas, todos exibindo máscaras crepusculares para melhor esfumar qualquer individualidade. Fantasmas de outra época cujas silhuetas dançavam ao clarão de dezenas de candelabros postos em muretas de pedra. A batida surda dos baixos, entrecortada por uma melopeia sustentada por uma voz aguda, quase andrógina, fazia oscilar os espectros fantasiados no espaço irisado de cintilações lançadas do alto das arcadas.

No fundo da sala, uma tribuna de mármore, tendo no centro um trono de pedra, estava mergulhada numa semiescuridão.

Dos lados, outros grupos de convidados se aglutinavam em torno de bufês guarnecidos de vitualhas apetitosas: taças cheias de caviar, montanhas de codornas recheadas, bandejas de peças de caça fatiadas.

— Tem o suficiente para alimentar metade da cidade — sussurrou Anaïs para Marcas.

Criados passavam por entre os convidados, oferecendo-lhes champanhe. Teone pegou uma taça, que estendeu à jovem mulher:

— Beba, não pode te fazer mal. Agora vai ser preciso localizar o seu guru no meio de toda essa gente. O melhor é mergulhar na multidão, fingindo se divertir — sugeriu Teone.

Risos e exclamações em todas as línguas batiam em ondas nas paredes do convento.

— Bem, vejamos. Diversão... — disse Anaïs com voz cansada. — Me sinto em *A dança dos vampiros*.

— Esse filme é uma obsessão — disse Antoine, que varria a sala com um olhar circular para localizar saídas possíveis.

— Principalmente no momento em que os heróis dançam diante de um espelho entre todos os vampiros fantasiados. O reflexo deles os trai e os sugadores se atiram sobre eles.

— Sei — interrompeu Marcas, irritado. — Fique calma, não tem nenhum vampiro aqui.

— Só tarados que mandam cremar as pessoas.

A música parou de repente. As luzes mudaram bruscamente de cor. A sala inteira foi mergulhada numa luz azul-noite que dava uma coloração irreal aos convidados fantasiados. Somente os retratos de Casanova se destacavam.

Uma figura se afastou do grupo e subiu os quatro degraus de mármore do que provavelmente fora a cátedra do pai abade. Ela se postou atrás do microfone. Um feixe de luz branca envolvia seus contornos. Vestido de negro, usando chapéu triangular, o olhar coberto por uma meia-máscara que lhe dissimulava o alto da fronte, o homem ergueu a mão.

As conversas cessaram entre as fileiras de convidados, todos com o olhar voltado para a tribuna.

O comissário pegou a mão de Anaïs:

— É ele?

Anaïs tinha perdido o fôlego e não respondia, como que hipnotizada. Marcas remexeu no largo bolso da fantasia onde se encontrava o dispositivo de alerta. Apalpou com alívio o pequeno objeto retangular. Bastava uma pressão, e o sinal seria acionado.

— Anaïs, responde. É Dioniso?

A jovem mulher virou a máscara para o policial.

— Eu... eu não sei. Com a meia-máscara, é difícil. Ele teria que falar.

Marcas se virou para Teone, mas viu que este tinha se esgueirado até perto da tribuna.

O homem ao microfone retirou a máscara lentamente.

Anaïs pensou que seu coração ia explodir. Prendeu o olhar no queixo que aparecia, esperando descobrir o rosto tão odiado. O lábio inferior do homem surgiu. A boca... *Mais rápido! Porco! Mostra a sua cara de porco!* O sangue lhe pulsava a ponto de romper as artérias.

Antoine apertava o dispositivo como se fosse esmagá-lo. Uma pressão, e estaria terminado.

O rosto do homem apareceu, por fim, na luz lunar.

Henry Dupin. O senhor de San Francesco del Deserto.

— Não... não — disse Anaïs com voz abatida.

Marcas soltou a pressão em volta do retângulo de plástico.

— Merda.

A voz de Henry Dupin fez um estrondo sob as arcadas.

— Sejam bem-vindos. Prazer e amor são novamente os mestres deste lugar.

Uma salva de palmas brotou da multidão compacta.

— A noite da estrela à janela do Oriente está aberta. Mas antes... — o grande costureiro conseguia o efeito desejado. — Gostaria de cumprimentar aquele sem o qual nada teria sido possível. Nosso único e verdadeiro mestre. Sir Aleister Crowley. O liberador da estrela.

No momento em que ele pronunciava o nome do mago inglês, todos os rostos de Casanova projetados nas paredes desapareceram como que por encanto. No lugar, surgiram retratos de um homem calvo de olhar alucinado.

— Crowley — xingou Marcas.

O mestre da magia contemplava seus súditos com ar aborrecido. Arcanjo disforme, ressuscitado para recuperar seu cetro de loucura mística.

A multidão urrou de alegria. Os malditos aclamavam seu messias. Henry Dupin ergueu a mão.

Saudemos agora o mestre secreto. O herdeiro do profeta da verdadeira palavra. Ele se encontra entre nós — disse ele, mostrando com a mão as primeiras fileiras da multidão.

Antoine sentiu a mão de Anaïs se crispar. Ele agarrou de novo o dispositivo. O momento chegara.

— Vou alertar Pratt.

— Não — gritou Anaïs com voz rouca. — Ainda não, quero vê-lo.

— Mas...

— Antoine, por favor, eu te peço.

Henry Dupin abaixou as mãos e as juntou como para uma prece. Uma frase saiu de sua boca.

— Que a sessão comece!

Logo um círculo se formou, movente, indeciso, como uma serpente pronta para morder a cauda.

— Que venham os eleitos!

Cinco máscaras se destacaram.

— Que desenhem a estrela!

Os eleitos se colocaram em pontos-chave no centro do círculo.

— A estrela está formada! Que a tragam para a Terra!

Anaïs e Antoine voltaram o olhar para uma porta estreita de onde saiu uma mulher nua, sem máscara, de rosto alucinado. Era jovem; seus seios, pesados.

— Que ela seja colocada no centro da estrela.

Marcas olhou o corpo desnudo que já ondulava no chão.

— Minhas irmãs, façam brotar a semente escondida na terra.

Duas máscaras saíram de duas pontas da estrela e se deitaram sobre a desconhecida. Anaïs baixou a cabeça. Do lajedo subia um surdo arquejo.

— A semente brota!

— A semente brota! — urrou a multidão em coro.

O gemido se acelerou.

— Que os irmãos se preparem.

Nos três ângulos restantes, as máscaras tiraram a parte de baixo da fantasia.

— Que surjam as árvores da vida.

Antoine baixou a cabeça. Ele ouviu os passos regulares dos três homens ressoarem na grande sala subitamente silenciosa. As máscaras se colocaram em volta da mulher nua. A voz vibrante de Dupin elevou-se como uma chama.

— Meus irmãos, esta noite é única. Vocês vão ser iniciados no último grau, o dos mestres eleitos. Como Crowley, como Casanova, vocês vão descobrir a estrela.

Um arrepio percorreu a assembleia. Os dois convidados mascarados tomaram suas posições.

— Que os três pontos sejam preenchidos.

O grito rouco da mulher subiu do chão, seguido de um urro quando o último homem a penetrou. A multidão ergueu as mãos em sinal de alegria.

— A Terra foi lavrada! A Terra foi tomada! A Terra está cheia.

As aclamações frenéticas duraram alguns minutos. De repente, a ordem do costureiro explodiu sob a abóbada da sala.

— Retirem-se, meus irmãos!

Marcas levantou os olhos.

No chão, a desconhecida não era mais que uma carne inerte. Morta.

— Meu Deus — sussurrou Anaïs. — São todos doentes.

Um pouco afastado da tribuna, um personagem de máscara branca contemplava a cena levando as mãos ao ventre. Seus olhos pareciam hipnotizados pelo cadáver da jovem mulher.

— E agora, que a dança da morte comece — urrou a voz aguda de Henry Dupin.

— A dança macabra! — retomou a multidão em transe.

Jatos de luz verde e branca brotaram das arcadas.

— Estou sonhando, eles vão dançar — balbuciou o comissário.

Um som selvagem saiu dos alto-falantes escondidos. O ritmo se acelerou brutalmente. As máscaras se deram as mãos, e a farândola fúnebre começou.

Anaïs se virou para Antoine:

— Que palhaçada é essa?

O policial não teve tempo de responder. Uma mão o pegara à força e o arrastava para uma fila de dançarinos. Ele viu Anaïs se afastar, andando de costas como se tivesse sido sugada pelo redemoinho.

— Antoine! Socorro!

A voz aterrorizada da jovem mulher se afogava nas fileiras de espectros que a engoliam.

Ele quis soltar a mão, mas o punho potente quase o fazia cair. Tentou levar a mão ao bolso, mas outra mão aprisionara a sua. Ele reconheceu Arlequim e Polichinelo, que o arrastaram numa corrida louca. Tentou escorregar no chão para ir mais devagar, mas os dois homens mascarados o mantinham numa prisão implacável, esmagando-lhe as falanges. Eles o faziam girar como uma boneca desarticulada. A vista de Marcas se turvou no turbilhão grotesco. Máscaras trocistas borboleteavam em torno dele como um caleidoscópio. O rugido sonoro dobrara de volume. Ele sentia as batidas viciadas tomarem seu coração.

Arlequim e Polichinelo o transportaram para diante da tribuna e o derrubaram nas lajes.

Ele tentou se levantar, mas sua cabeça não parava de girar.

Ao fim de alguns segundos, ele viu, acima dele, o rosto maléfico de Crowley.

Um gemido ao seu lado o fez estremecer.

Viu Teone ajoelhado diante dele, a máscara levantada sobre a cabeça. Um filete de sangue escorria-lhe da boca.

— Dio... eu vi Dioni...

O veneziano caiu, a boca cheia de sangue.

— Não! — berrou Marcas.

Quis levar a mão ao bolso. Um cassetete atingiu sua têmpora.

66

Veneza

Diante das largas janelas em ogiva erguia-se o trono de pedra. No encosto corroído pelo tempo, uma estela, marcada com a estrela de Salomão, se arredondava. Um símbolo que os séculos e os homens jamais deixaram de disputar.

A luz azul-noite que cobria a grande sala parava na base do trono. Ali, lâmpadas em feixes emolduravam o assento místico com finas colunas de luz de brancura incandescente.

Ao lado do trono, numa pequena mesa, repousava um grande livro encadernado em couro.

Dioniso subiu lentamente os degraus e parou ao lado do trono antigo, acariciando com a mão enluvada o braço de pedra. Ele falava consigo mesmo e com a assistência.

— Este assento é conhecido em Veneza pelo nome de Cátedra de Antioquia. Quer a tradição que ela remonte a Simão Pedro, o primeiro papa. Até pouco tempo, ela se encontrava na igreja San Pietro di Castello. Aproveitei sua transferência por ocasião de uma restauração para substituí-la por uma cópia.

Ele contemplou a multidão, que parecia mergulhada num transe coletivo, e fitou Anaïs, solidamente mantida por dois homens de sobrecasaca negra. A máscara da jovem mulher estava caída aos seus pés. Seus olhos brilhavam com um ódio selvagem.

A 2 metros dela repousava Marcas, inconsciente, o corpo dobrado ao meio. Ao lado dos degraus, o cadáver de Teone banhava-se numa larga poça de sangue.

Dioniso continuou:

— A lenda afirma que quem quer que se aposse dela e nela se assente vê todos os seus desejos se realizarem. Vejamos, então... — Lentamente, ele tomou lugar no trono e pousou as mãos nos apoios. — Meu primeiro desejo foi realizado. Eu gostaria de rever minha pequena estrela Anaïs. E ela está diante de mim.

A jovem mulher o envolveu com um olhar assassino.

— Como é que você nos descobriu no meio desse bando de tarados?

Dioniso levou o indicador à boca.

— Sem insultos no palácio do nosso anfitrião. Foi muito simples. Quando vocês chegaram ao pontão, Polichinelo os recebeu, declamando uma breve passagem de Ariosto, citado por Casanova em suas Memórias, quando ele se evade da prisão des Plombs. *Che colui che regge il Cielo abbia cura... del resto*. Seria preciso responder em seguida: *Che la Providenza se ne occupi se non spetta al Cielo.** Todos os nossos convidados estavam a par da senha. Com exceção de vocês.

— Você sabia desde a nossa chegada...

---

* "Ou que a Providência se encarregue, se não for assunto do Céu." (N. da T.)

— Sim, Polichinelo deu o alarme, toda a ilha é vigiada por câmeras... Mas eu tenho um segundo desejo. Vejamos se este trono realiza maravilhas. Gostaria de ver este policial francês morrer. Não deixemos que a lenda minta. Édipo, meta uma boa bala na cabeça dele.

— Não — gritou Anaïs.

Todos os olhares se voltaram para a jovem mulher que se debatia. Marcas tinha de despertar a qualquer custo para apertar o dispositivo. Os tiras italianos viriam. *Ganhar alguns minutos. Meu Deus, até mesmo um minuto.* Tinha de seguir os conselhos de Antoine. Estimular o orgulho do mestre diante dos discípulos. Enquanto Marcas recupera os sentidos.

Ela berrou para que todos a ouvissem.

— Reconheço os meus erros. Peço perdão pelo que fiz. Dioniso, me aceite.

O mestre ficou impassível, como que congelado na pedra. Em seguida, murmurou:

— Apesar do que eu te fiz passar? Do seu amante queimado naquela praia da Sicília? Eu assassinei o único homem que você amou, e implora meu perdão?

— Sim — disse a jovem mulher, que encarou a assistência. — A morte não é nada mais que uma passagem. Eu o proclamo diante de todos vocês. O mestre me mostrou o caminho, e eu não soube compreendê-lo.

Dioniso fez um sinal com a mão para Édipo, que relaxou a pressão. Anaïs fitou o ser que ela mais odiava em todo o mundo. Precisava representar aquela comédia humilhante. Ganhar tempo. Ela se pôs de joelhos.

Dioniso, sentado no trono, contemplava a cena, imóvel. A luz fria e pálida circundava seu rosto mascarado com uma aura crepuscular. Um sorriso de poder iluminou seus traços. Anaïs continuou sua súplica:

— Eu lhe peço, me conceda a minha redenção.

Murmúrios percorreram a assistência.

— Levante-se, minha criança. Édipo, deixe-a vir até mim, já que é o desejo dela.

Anaïs lançou um olhar em direção a Marcas. Ele parecia ainda inconsciente. *O sinal, meu Deus, faça com que o sinal funcione.* Ela se levantou lentamente, consciente de sua postura submissa. O ódio queimava-lhe a alma, consumia seu espírito. Ela ouviu-se responder com a voz branca:

— Meus erros estão perdoados... mestre?

Dioniso tinha apoiado o cotovelo no trono, sua mão segurava o queixo. Os olhos brilhavam atrás da máscara.

— Posso acreditar em sua sinceridade, minha pequena estrela, mas você já duvidou de mim. Eu te concedi a imortalidade. O que você está pronta para fazer para me mostrar sua boa-fé? É curioso como as mulheres me traem, como a querida Manuela.

— Qualquer coisa — murmurou ela, a voz estrangulada pela raiva contida. — *Marcas, acorde, envie o sinal.*

Dioniso estendeu a mão para a ela e fez sinal para que se aproximasse.

— Venha se sentar perto de mim. Sua missão ainda não terminou.

Anaïs subiu os três degraus que a separavam do trono. Viu o corpo do policial mexer-se levemente. Seus dedos arranhavam o lajeado.

A jovem se sentou no último degrau; sua cabeça chegava à altura dos joelhos de Dioniso. Sua pele se arrepiou. O mestre pousou a mão em seus cabelos e os acariciou distraidamente. Como se acaricia um cão fiel. Ela urrou interiormente. Queria pular na garganta do assassino de Thomas, arrancar-lhe a máscara e rasgar-lhe o belo rosto. Socar-lhe as maçãs do rosto, apagar, fazendo sangrar, aquele sorriso demoníaco. *Se acalme. Cada segundo é importante. Enalteça essa sujeira.*

Anaïs disse com voz clara:

— Dioniso é meu único mestre.

— É mesmo? Então isso merece uma recompensa. Olhe!

Lentamente, o homem no trono retirou a máscara. Seu belo rosto andrógino resplandeceu sob a luz irisada. Um fluxo de raiva eletrocutou o corpo de Anaïs. Ele era tal como na Sicília. Seguro de si, dominador e impiedoso.

— Mas vamos ver se a nossa jovem estrela é mesmo sincera. Édipo, dê a sua arma para ela. Anaïs, mate o senhor Marcas.

Docilmente, o matador entregou a arma a Anaïs. A jovem mulher se levantou, pegou-a automaticamente e crispou os dedos na coronha fria. Dioniso contemplava a cena com ar divertido.

— Então, minha estrela! Esqueceu nosso lema, *faz o que quiseres*? Eu confio em você. Pode virar essa arma para mim e me matar.

Ela tinha apenas uma vontade. Encostar a arma na testa de seu carrasco e esvaziar o carregador. *Ver o seu crânio explodir em pedaços*. Vingar Thomas. Finalmente. Ela certamente seria abatida pelos guardas. *Pouco importa. Pelo menos estarei em paz.*

Mas havia Marcas. Ele não devia morrer. A vingança não era dele. *Levanta, eu imploro*. A voz de Dioniso explodiu.

— Minha pequena estrela, você nos faz perder tempo. Mate-o!

No momento em que o mestre pronunciava o final de sua ordem, Marcas levantou o pescoço. *Finalmente*, pensou Anaïs. O policial francês se levantava com dificuldade diante do olhar frio de Édipo. Talvez ele tivesse a chance de enviar o sinal. Ela desceu o primeiro degrau, depois o segundo. O policial, por sua vez, se pusera de joelhos e massageava as têmporas. Ele levantou a cabeça para Anaïs, que não estava a mais de 3 metros dele. Sua vista tremia. Ele abaixou o braço para a lapela do paletó. O dispositivo.

— Minha doce Anaïs, não fraqueje — disse Dioniso com voz forte.

Marcas fitou pela primeira vez Dioniso, sentado a 3 metros dele, e ficou paralisado.

— Antoine, pega o dispositivo! — gritou Anaïs. — Aperta o botão!

Mas o policial continuava imóvel, os braços pendentes. Os olhos arregalados de horror diante do que descobria. Anaïs tinha a atroz sensação de mergulhar num pesadelo. Tudo se desajustava, ele tinha de dar o alerta.

— Antoine, por piedade! Aperta, aperta! — berrava Anaïs.

O policial se aproximou dos degraus como um sonâmbulo. Sua voz estrangulada soou.

— Não é verdade. Você não!

Dioniso soltou seu riso andrógino. Marcas disse num sopro:

— Isabelle.

67

Veneza

— Antoine, meu caro irmão, seja bem-vindo entre nós.

A voz de Isabelle, amplificada pelo microfone invisível, ressoava nos alto-falantes escondidos no antigo convento. Os adeptos se amontoaram todos diante da tribuna para melhor assistir ao espetáculo. Marcas não conseguia desviar os olhos da mulher que se fazia chamar de Dioniso. Anaïs gritou mais uma vez.

— Antoine!

O policial permanecia surdo às súplicas e examinava Isabelle. Não acreditava no que via. Os traços finos, o olhar duro, o sorriso zombeteiro. A mulher doce e inteligente que o ajudara não existia mais. Isabelle se metamorfoseara naquele personagem monstruoso. O rosto era idêntico, mas uma entidade demoníaca parecia possuí-la. Nem homem, nem mulher, os dois ao mesmo tempo. O andrógino perfeito.

Ela o examinava com insolência.

— Antoine Marcas, meu gentil irmão. Surpreso que Dioniso seja uma mulher? Quer comungar conosco neste tocante reencontro? Já que, aparentemente, Anaïs não quer alojar uma bala na sua cabeça.

O comissário conseguiu se levantar.

— Por quê?

Isabelle se afundou no trono, mostrando um ar de triunfo.

— Existem tantos "por quê"... Você não compreenderia todas as respostas. Digamos que você é instrumento de um futuro que os excede.

De repente, Anaïs girou e apontou a arma para Dioniso. Imediatamente, Édipo, que tinha tirado a máscara de Arlequim, pulou na tribuna com dois guardas. Apontaram a arma para a jovem mulher e para Marcas.

— Solta essa arma, imediatamente. Senão eu te encho de chumbo — gritou o matador, com os olhos loucos.

— Vamos, vamos, Anaïs não vai fazer nada. Não é, minha estrela? — disse Isabelle.

A mão de Anaïs tremia; crispou os dedos na coronha. Via o rosto de Dioniso na mira. Uma única pressão no gatilho, e o pesadelo estaria terminado.

— Eu não me importo de morrer. Você reduziu Thomas a cinzas e os outros também. Está me perseguindo. Por quê?

— Mais um "por quê?"... — disse Dioniso, aproximando as mãos uma da outra como se fosse rezar. — Tenho que fazer uma confissão: a sua vida nunca esteve ameaçada. Nem uma só vez! Nunca te quis mal.

Anaïs gritou de raiva.

— Mentira. O seu cão me perseguiu na Sicília e se eu não tivesse encontrado abrigo, estaria morta. Você vai pagar.

— É mesmo? — disse Dioniso, levantando a mão direita e movendo-a em direção a si mesma como que para chamar alguém na multidão.

Dois homens fantasiados de príncipe da Renascença se adiantaram. Anaïs gritou:

— Não se movam. Do contrário eu atiro.

— Meus amigos, tirem as máscaras para tranquilizá-la e cumprimentem nossa pequena Anaïs — disse Dioniso.

Os dois homens assim fizeram. Anaïs deu um grito de pavor:

— Não, não é... verdade.

À sua frente, Giuseppe e o pai, os sicilianos que lhe salvaram a vida, sorriam-lhe como se acabassem de reencontrar uma velha amiga. Anaïs se sentiu estúpida, incapaz de compreender. O jovem siciliano lhe mandou um beijo.

— Não é possível.

— É claro que é. Giuseppe e o pai são meus mais fiéis discípulos na Sicília. Desde o início eu queria que você escapasse da fogueira. Você recebeu uma dose fraca de sonífero para que acordasse a tempo. Meus homens te seguiram a uma boa distância até o aprisco. Fui vê-la uma noite na casa do pai de Giuseppe. Você dormia como uma criança. Acariciei sua testa...

— E Don Sebastiano, e a filha que se suicidou?

— Fábulas.

Assustada, Anaïs olhou para Giuseppe. Aquele homem que a amara furtivamente, tão doce e sensual. Ele estava diante dela, caçoando! Eles todos a manipularam!

— Mas isso não faz sentido! — gritou Marcas, por sua vez. — A perseguição no aeroporto, em Palermo!

— Uma ilusão! Era preciso que o seu ódio crescesse. Que se alimentasse, se fortificasse. Em Paris, o apartamento de Anaïs e do tio estavam sob vigilância. Ela nos contou toda a sua vidinha quando fazia parte do grupo.

— Mas por que a matança em Paris?

— Concordo que Édipo teve que improvisar. Na verdade, foi tudo premeditado, salvo o encontro de vocês. O acaso fez com que o tira maçom se encarregasse do ministro e estabelecesse uma relação com Manuela. E ainda que Anselme unisse vocês. Continuamente tive que adaptar meus planos. O mais engraçado foi quando a obediência recorreu a mim para ajudá-los. Vi nisso um sinal do destino.

— E Sevilha?

— Édipo tinha simplesmente que capturá-los e eliminar Manuela. A fuga de Granada complicou as coisas. Pensei que ia perdê-los. Felizmente, o gentil irmão Marcas teve a ideia de pedir ajuda à sua cara irmã Isabelle. Sua decisão de vir a Veneza foi perfeita. De qualquer modo, Édipo faria com que vocês viessem.

Anaïs abaixou a pistola.

— Esta arma não está carregada, não é? Você me manipulou nisso também.

— Claro que não. Mas eu sei que você não vai atirar. Não sem saber seu papel final neste plano.

Antoine se interpôs e sacudiu o dispositivo.

— Acabou, Isabelle. A ilha está cercada pela polícia veneziana. Você vai contar o final da sua história no tribunal.

Um movimento de pânico tomou conta dos adeptos, que se olharam, hesitando.

— Ele está blefando — disse Henry Dupin, aproximando-se do trono.

O comissário se virou para a multidão hostil. O dispositivo parecia uma arma insignificante. Atrás dele, Isabelle tinha um sorriso de desprezo. Nas paredes, o rosto ameaçador de Aleister Crowley observava seus fiéis.

Marcas exerceu uma leve pressão no botão. Uma detonação surda retumbou atrás das janelas do convento. A massa de adeptos se virou para as ogivas. Um foguete explodiu no céu. Ouviu-se outra detonação. No alto da trajetória, o foguete, como um sol efêmero, explodiu, iluminando o céu noturno, antes de cair na laguna.

Murmúrios percorreram a multidão como uma onda. Máscaras caíram, revelando rostos tensos. Novamente a voz de Dioniso encheu o convento.

— Soberba estrela, de fato. Devia ter pensado nisso quando preparei a fogueira de Cefalù.

No mesmo instante, o barulho das sirenes de polícia ressoou na bruma. Marcas gritou para a multidão:

— Daqui a pouco, os *carabinieri* estarão aqui. Não sejam cúmplices de outros assassinatos. Acabou.

Houve pânico. Os adeptos corriam em todas as direções à procura das saídas. Henry Dupin tinha deixado a tribuna. Édipo e os dois capangas também tinham desaparecido.

Isabelle ficou estranhamente calma no trono, observando o atropelo com desinteresse.

— Partam, meus filhos, nós nos reencontraremos — exclamou ela. Depois, virando-se para Anaïs: — Tenho uma última surpresa para você.

Ela se levantou lentamente e pegou uma bolsa de lona escondida atrás do trono de Pedro. Segurou-a à altura dos olhos e, com um gesto brusco, esvaziou o conteúdo nos degraus.

Anaïs continuava com a arma apontada para Isabelle. O suor escorria-lhe da testa.

Uma bola marrom caiu nos degraus e rolou até os pés da jovem mulher, que mantinha o olhar preso ao carrasco.

— Não quer olhar, Anaïs? Guardo-a preciosamente, desde aquela famosa noite na praia de Cefalù.

Anaïs sentiu a coisa tocar a ponta de seu pé. Não quis abaixar a cabeça. *Não olhe. Faça qualquer coisa, mas não olhe*. Ela sabia do que se tratava.

O comissário se aproximou da jovem mulher e viu o último horror imposto por Isabelle.

Uma cabeça calcinada na qual se viam as órbitas negras e o resto dos ossos coagulados numa careta grotesca. Restos de carne pútrida ainda estavam colados às mandíbulas e à fronte. Antoine suplicou:

— Não atire, Anaïs. Me dê a arma. Acabou. Não olhe.

A jovem mulher abaixou o braço como se fosse obedecer ao policial. Lá fora, sob as janelas, os holofotes das lanchas da polícia varriam as fachadas do convento. Os *carabinieri* acabavam de desembarcar. A voz de Isabelle explodiu nos alto-falantes.

— Anaïs! Não quer ver o seu amante pela última vez? Eu mesmo lhe cortei a cabeça, logo depois que você fugiu.

— Não — gritou Anaïs, baixando os olhos para o crânio queimado que jazia a seus pés.

Seus olhos se encheram de um ódio indizível. Ela levantou o revólver para a cabeça de Isabelle. Seu dedo tocava o gatilho. Marcas gritou.

— Não atire, Anaïs! Jamais saberemos a verdade se você matá-la.

No mesmo instante, policiais entraram na grande sala.

Isabelle pegou o livro antigo, encadernado em couro, posto sobre a mesinha ao lado do trono. Ela parecia possuída. Segurou a obra como Moisés o fez com as Tábuas da Lei.

— A resposta para o mistério último do amor e da morte está contida neste manuscrito de Casanova. Todas as falsas religiões vão cair, uma após outra, depois que todos tomarem conhecimento de seu ensinamento. Assim como predisse Aleister Crowley. Na verdade, este livro tem o poder de transformar os homens e as mulheres em estrelas. Doo a liberdade última a toda a humanidade.

— Deixe de delírios. É falso. Uma fraude a mais. Casanova nunca escreveu esse manuscrito. Deixe esse livro e se renda — berrou Marcas.

Isabelle exultava. Seus olhos fitavam Anaïs.

— E você, minha estrela preferida, não acredita? Você sabe que tive dificuldade em cortar as vértebras do seu amante na fogueira? Seu belo rosto...

Um tiro explodiu. Depois outro.

Isabela arregalou os olhos e viu o peito ficar vermelho, o manuscrito de Casanova caiu no chão.

Marcas correu para Anaïs e lhe arrancou o revólver.

Isabelle vacilava. Seu sangue se espalhava sobre o manuscrito.

— Anaïs... eu sou uma estrela...

Girou e caiu.

68

Dois meses depois

A tela de transmissão gigante se iluminava com chamas que se erguiam na noite. Nas cinco fogueiras armadas, quatro mulheres e cinco homens gritavam de pavor. Dioniso levantava os braços diante do braseiro, o rosto coberto por uma máscara negra. Ele salmodiava encantações, enquanto os corpos das vítimas se retorciam. Ao seu lado, dois grandes dobermann, o focinho arregaçado sobre os dentes afiados, latiam. Uma jovem mulher nua, de seios pesados, se arrastava na relva, atrás da fogueira.

Uma voz em *off* ressoou.

A jovem francesa assistia, impotente, ao massacre ordenado pelo sádico mestre bissexual da loja Casanova. Ela via Thomas, seu amante, tentar desesperadamente se debater. Em vão. Escondida atrás de uma árvore, inteiramente nua, ela jurou então vingar seu amor martirizado.

Logo após o intervalo comercial, acompanhe a continuação de nosso documentário, reconstituído por atores, sobre o massacre de Cefalù.

* * *

Convidada de honra do programa *A verdade sobre a informação*, Anaïs descobria com crescente desgosto o documentário televisivo inspirado em sua história pessoal. A atriz que fazia seu papel, loura oxigenada com ar alucinado, não se parecia absolutamente com ela. Quem interpretava Dioniso parecia um travesti saído do Boulevard des Maréchaux. Tudo estava repleto de controvérsias. Ela esperou o término do programa, embaraçada e forçada. Jamais deveria ter aceitado participar daquele programa, mas era tarde demais para recuar.

Acabara de se submeter a meia hora de perguntas antes da apresentação do documentário. Porém, na montagem final, a produção preferira mostrar a entrevista depois da ficção, evitando as críticas posteriores de Anaïs.

Os projetores se acenderam no palco. Um trovão de aplausos ecoou no estúdio.

A apresentadora de lábios siliconados abriu um largo sorriso e baixou os braços para interromper os aplausos.

— Um documentário perturbador! Podemos louvar a extraordinária coragem dessa jovem mulher diante do mal encarnado! Anaïs Lesterac, obrigada por ter vindo ao palco de *A verdade sobre a informação*.

O animador de auditório mostrou um cartaz. Nova salva de palmas explodiu no estúdio de gravação. Ofuscada pelos refletores, Anaïs não conseguia distinguir o rosto do público erguido como uma só pessoa para executar a ovação teleguiada. Os aplausos, bem como o rosto de Dioniso estampado na tela gigante acima dela, deixavam-na constrangida. Tinha apenas um desejo: sair daquele lugar o mais rápido possível.

Sentada a seu lado, a apresentadora lhe deu um sorriso caloroso e apertou levemente os fones de ouvido. Ela a ouviu murmurar palavras inaudíveis. O animador de auditório levantou outro cartaz com a palavra STOP escrita em grandes letras vermelhas. Os aplausos cessaram num segundo. O público tinha ensaiado essas ordens com o assistente da apresentadora uma dezena de vezes antes da gravação. Anaïs quis tomar a palavra para retificar os erros grosseiros da reconstituição, mas seu microfone tinha sido cortado. A apresentadora, vendo crescer a impaciência de sua convidada, exclamou:

— Obrigada a todos por terem acompanhado esse apaixonante especial sobre a pavorosa seita Casanova. Um caso que está longe de ser concluído. Na próxima semana, em *A verdade sobre a informação*, abordaremos um assunto tabu: a transexualidade entre os deficientes motores. Amigos da Info Verdade, até breve!

Uma música tonitruante invadiu o estúdio enquanto o público se levantava em massa, orientado por agentes de segurança. A apresentadora, toda sorrisos, virou-se para Anaïs:

— Foi previsto um pequeno coquetel nos bastidores. Você vem?

— Não, obrigada, vou embora. Meu amigo está me esperando na saída. Mas o seu documentário está cheio de erros, eu não fiquei nua, e...

— Não tem importância — interrompeu a estrela, que estampava a capa das revistas de celebridades três vezes por ano —, é preciso prender os telespectadores. Agora você é uma estrela midiática. A propósito, quando é que vai publicar o livro?

— Que livro?

— Ora! O caso Dioniso saiu na primeira página de todos os jornais. Ao lado de um escândalo desses, o Templo Solar é a Biblioteca Rosa! A bela Isabelle, o andrógino do mal, brilhante, perversa, manipuladora, encarnação do mal absoluto, grande sacerdotisa de um culto sexual, envolvida numa cadeia de clubes de trocas de casais de luxo. Os jornalistas batalham para saber tudo sobre ela! E você, a única a escapar da fogueira de Cefalù, não vai escrever suas Memórias?

— Não.

A apresentadora pousou a mão em seu braço.

— Duas obras de investigação sobre Dioniso saem no mês que vem. Vários editores, eu sei, te procuraram para escrever sua aventura, com importantes propostas. Um dos meus jornalistas foi contatado para te ajudar na redação...

— Lamento por ele, mas recuso qualquer oferta.

Anaïs retirou o microfone da lapela do casaco e se levantou. A apresentadora continuou sentada, surpresa e decepcionada.

— Sexo, esoterismo, franco-maçons, um ministro no asilo. Material para um horário nobre! É uma pena não existir nenhuma imagem das práticas da loja Casanova. Enfim... Obrigada por ter vindo. O programa vai ao ar no próximo sábado. Ah, já ia me esquecendo. Nosso chefe de segurança expulsou dois jovens na entrada do programa. No momento da revista regulamentar, descobriram que levavam duas bandeirolas dobradas. Estava escrito nelas: “Dioniso, nossa libertadora.” A polícia os interpelou.

— Era só o que faltava! Doidos que reivindicam Dioniso e o ensinamento dela! Enfim, mudei de apartamento e larguei o emprego, por segurança. Se pelo menos meu testemunho pudesse servir para alguma coisa... Agora tenho que ir.

Anaïs cumprimentou a apresentadora, foi tirar a maquiagem rapidamente e, menos de cinco minutos depois, estava diante da pequena porta de entrada dos convidados. Viu a figura familiar de Marcas e correu ao seu encontro. Beijaram-se como se não se vissem havia dias.

— Antoine, me leva para longe daqui.

— Um táxi nos espera. Então, como foi?

— Infernal. O documento-ficção foi... — ela balançou a cabeça, sem concluir a frase. — Mas o pior foram as perguntas da apresentadora... Principalmente sobre as práticas sexuais da loja; ela volta a elas o tempo todo. Uma verdadeira obsessão.

— Normal. A audiência antes de tudo. Talvez também por ela ser uma cliente assídua do clube libertino de Dioniso... Um colega me passou a informação.

— Estou pouco ligando. É a vida dela, e eu seria a última a julgá-la. Mas foi mesmo um nojo.

Entraram no táxi. Anaïs se aconchegou nos braços de Marcas. A estrada que levava à porte de la Chapelle estava livre; o táxi costurava por entre os carros. Anaïs murmurou, vendo os conjuntos habitacionais no entorno.

— Tem notícias da investigação?

— Sim. A polícia italiana concluiu a inquirição. Dupin e seus amigos contaram tudo. Nosso amigo Pratt confirmou a seu favor a versão de legítima defesa. Você não corre nenhum risco. De qualquer modo, todos os membros da loja tinham se espalhado para fora do salão de baile no momento em que você abateu Isabelle. O julgamento vai ser daqui a três meses, provavelmente em Roma.

— E Édipo?

— Não pôde ser encontrado. Os *carabinieri* acham que ainda restam uns dez adeptos por aí. Vai levar tempo.

O táxi entrou na estrada periférica na direção de Porte d'Auteuil. Os cartazes luminosos instalados no alto dos edifícios cintilavam na noite. Marcas acariciava o ombro da companheira. Tinha pressa em voltar para o novo apartamento deles na rue de l'Assomption, onde se instalaram na semana anterior.

O celular de Anaïs vibrou no bolso do mantô. Ela deu um suspiro.

— Este é o celular especial para os jornalistas. Acho que vou jogá-lo no Sena. Dei este número a três ou quatro caras e, em menos de uma semana, todas as redações estavam me ligando...

Marcas sorriu. Ele tinha estimulado a amiga a fazer o jogo da mídia. No início, ela recusara decididamente, mas, diante de todos os absurdos escritos a seu respeito e depois de uma falsa entrevista, ela concordou. A jovem mulher atendeu com ar cansado:

— Alô...

Marcas sentiu a mão de Anaïs se crispar em seu braço. Sob as luzes alaranjadas do túnel do periférico, a jovem mulher estava lívida e abria os olhos assustados.

— Eu... Eu... Não é possível...

Ela jogou o celular no banco. Marcas agarrou-a pelos ombros.

— O que está acontecendo?

Uma expressão de terror imobilizava-lhe o olhar.

— Isabelle...

— Isabelle, o quê?

— Está viva, acabou de me ligar.

69

Paris

— Merda! Mas o que foi que ela disse?

Anaïs não encontrava palavras, como se estivesse enfeitiçada.

— Para eu ver o meu e-mail.

O táxi passou diante da Porte Maillot; encontravam-se a dez minutos do apartamento.

Marcas sentiu o coração acelerar.

— Não é possível — ele soltou. — Isabelle está morta, morta! Não pode fazer nada contra nós. Eu mesmo fui identificar o cadáver no necrotério de Veneza com o capitão Pratt. Alguém está pregando uma peça infeliz, imitando a voz dela.

Com os dedos ainda crispados no braço do amante, Anaïs murmurou:

— Então a imitação é bem feita... Ela disse que eu ia compreender... Que eu ia compreender tudo. Era a voz dela, Antoine. A voz de Dioniso.

O comissário abraçou a companheira. No fundo, durante os acontecimentos de Veneza, ele sabia que o caso da loja de Dioniso só estaria concluído depois da morte de Isabelle.

Contudo, ele havia imaginado as piores histórias, mas nenhuma incluía a volta dentre os mortos da mestra da loja Casanova.

O táxi tinha saído da estrada periférica na altura da Porte de la Muette e entrava numa sucessão de pequenas ruas. Anaïs se calava. Sua respiração curta estava coberta pelos estalos do rádio da central da companhia de táxis.

Marcas tinha dificuldade para conter a impaciência. Só uma coisa importava: correr para o computador, entrar na caixa de e-mails e descobrir a mensagem, aquela farsa sórdida.

Finalmente o táxi entrou na rue de l'Assomption. A maioria dos apartamentos estava apagada. O táxi parou suavemente. Marcas remexeu nos bolsos para pagar. Enquanto procurava trocado, murmurou para Anaïs:

— Sobe e liga o computador. É só o tempo de eu encontrar uma nota...

— Não, estou com medo! Não quero subir sozinha!

Marcas não insistiu e pagou o motorista. Desceram do carro. Anaïs olhou em volta; a rua deserta pareceu-lhe hostil. Os cantos de sombra da entrada do prédio pareciam possíveis esconderijos para o inimigo. Para Édipo. Ou pior, Isabelle em carne e osso, que surgiria de lugar nenhum. A jovem mulher reprimiu um arrepio. Sim, era mesmo Isabelle que lhe falara do outro lado do fio. Marcas estava enganado. As entonações adocicadas, o tom irônico, ameaçador. Dioniso não estava morto.

Marcas digitou o número do porteiro eletrônico e empurrou a grande porta envidraçada da entrada. Maquinalmente, levou a mão ao coldre para confirmar se a arma estava lá. Desde a volta de Veneza, não se separava mais dela.

Tudo parecia calmo no hall que levava ao elevador. Anaïs apertou o botão e olhou angustiada para o companheiro.

— Você se lembra das últimas palavras de Isabelle quando eu... a matei?

Marcas confirmou, estava tudo gravado em sua memória. A expressão de demência no rosto de Isabelle, os braços sacudindo o manuscrito Casanova e sua última palavra:

— Sim. *Eu sou uma estrela*. Não entendi o que isso queria dizer. Mas ela estava louca...

Entraram na cabine do elevador. A subida ao sexto andar pareceu-lhes durar uma eternidade. Anaïs remexeu no bolso e pegou um molho de chaves.

— Espero que... ninguém esteja esperando no apartamento.

Marcas apertou-lhe a mão como resposta e foi o primeiro a sair da cabine. Ele pegou o molho e enfiou a chave na fechadura. Fez sinal para que Anaïs ficasse para trás e sacou a arma de serviço. A porta se abriu com o habitual rangido das dobradiças. Marcas entrou prudentemente, ligou o interruptor e apontou a automática para o corredor. Esperou alguns segundos e se dirigiu ao salão. Estava tudo calmo. A luz suave do poste de iluminação lançava um halo alaranjado na grande peça que servia de sala de estar. Satisfeito, passou pelos outros dois cômodos e voltou para o corredor, fazendo sinal para Anaïs entrar.

Ela deu um breve suspiro, jogou o mantô na mesa e correu para o escritório.

Assim que se sentou, ligou o computador.

— Antoine, me dê alguma coisa para beber. Preciso de coragem para abrir a caixa de e-mails.

O comissário pegou no bar uma garrafa, abriu-a e pousou o saca-rolhas na mesa de vidro. Anaïs bebeu de um trago o copo que ele lhe entregou. O disco rígido rodava. Ela entrou na internet. Logo um envelope apareceu na barra do menu. Ela apertou a tecla de acesso. Um arquivo anexado apareceu. Um arquivo de vídeo. Anaïs hesitou, mas clicou novamente. Agora não podia mais recuar.

Marcas estava atrás dela, as mãos sobre seus ombros, os olhos presos na tela. O pequeno ícone indicando o carregamento do arquivo parou. Uma imagem apareceu na tela.

Antoine soltou uma blasfêmia abafada. Anaïs recuou instintivamente.

Isabelle os olhava fixamente, sorrindo. Sentada no trono veneziano de Pedro, fez um sinal e seu rosto ficou subitamente em close.

Sua voz andrógina ressoou no alto-falante do computador.

— Estou encantada por revê-los. — O tom era suave, ponderado. — Surpresos, não? Não é todo dia que se volta dos mortos para falar com os vivos! Para falar com aqueles cuja tarefa não está terminada. Como vão vocês, Anaïs e Antoine, desde o nosso último encontro?

Um silêncio se fez, como que para permitir que os interlocutores respondessem. Eles se olharam, perplexos. Dioniso continuou:

— Estava esquecendo, vocês não podem me responder... Aliás, no momento em que vocês receberem este vídeo, gravado no dia da minha execução, eu serei um cadáver apodrecendo.

A voz fez uma pausa e continuou:

— Esse é o meu testamento virtual, destinado apenas a vocês dois. Aconselho, portanto, que vocês ouçam atentamente.

Outro testamento, tão virtual quanto este, será divulgado em seguida, para toda a humanidade. Anaïs, você tinha o direito de saber por que eu permiti que me matasse. Você foi o único instrumento da minha morte. Mas fui eu, apenas eu, quem assim decidiu.

Marcas dedilhou o teclado na tentativa de copiar o vídeo. Uma peça capital para o processo que viria.

Isabelle fitou intensamente a câmera.

— Tudo começou há quatro anos, quando meu pai reapareceu na minha vida, ou melhor, um de seus advogados. Morto num acidente de carro, ele me legou um império inesperado, os clubes libertinos Casanova, personagem que sempre o fascinou. Na época, eu era apenas uma pesquisadora em sociologia, especialista em grupos sectários, e jovem aprendiz em maçonaria. Tudo caiu em cima de mim. Para mim, era inconcebível retomar oficialmente essa atividade. Então, com o contador do meu pai, combinamos montar uma série de sociedades de fachada para que eu pudesse continuar levando minha vida comum, pagar os impostos e não aparecer nos documentos da sociedade. O contador se encarregava de gerenciar esse negócio.

Isabelle se aproximou do objetivo.

— No funeral do meu pai, encontrei seu amigo mais próximo, Henry Dupin, que o ajudara a montar o negócio. Ele me seduziu, não foi tão ruim na época, e me fez entrar para o pequeno grupo esotérico que praticava magia sexual. Para mim, foi uma revelação. Inimaginável! Sem comparação com a minha vida de antes. Um renascimento! O ensinamento prático se baseava nos escritos de um homem extraordinário, Aleister Crowley, que Marcas aprendeu a conhecer por meu intermédio. Durante meses, estudei a fundo seu pensamento, suas técnicas, e rapidamente a aluna se revelou superior ao mestre. Paralelamente, meu trabalho maçônico com as minhas irmãs em loja, tão austero, tão inutilmente rigoroso, se revelava de uma insipidez absoluta. O sexo, totalmente ausente dos rituais maçônicos, me parecia uma via de desenvolvimento espiritual mais... enriquecedora. Meu destino me foi revelado. E o fato de possuir os clubes do meu pai me dava um poder financeiro e um terreno de experimentação sem limites. Em dois anos, me tornei Dioniso, mestre da loja Casanova. Mas sempre Isabelle Landrieu, especialista famosa em seitas, humilde e obediente irmã na maçonaria. Quanta ironia!

O rosto do guru se enrugou num sorriso.

— Quando de uma viagem à Escócia para visitar o antigo solar de Crowley, em companhia de Dupin, o destino novamente se manifestou. Compramos de um antiquário, que o conservava havia anos, um lote de escritos inéditos do mago, e também um documento surpreendente: um manuscrito assinado Casanova, obtido por Crowley durante sua passagem pela Alemanha. De volta a Paris, estudamos longamente aqueles textos, dos quais se concluía que havia uma técnica tântrica desconhecida, criada por Crowley, com base na experiência de Casanova em Granada. Ele ia mais longe que a sedução veneziana na arte do amor. Ele a chamava de "via da estrela", pondo em consonância sexo, coração e cérebro. Você se lembra, Anaïs?

A companheira de Antoine corou.

— Mas Dupin, discretamente, mandou analisar o manuscrito Casanova. Era uma falsificação, sem dúvida alguma redigida pelo próprio Crowley para legitimar parte de seu ensinamento ou espoliar um rico adepto de seu grupo espiritual! O mago virou mestre na arte da duplicidade. Como eu.

A fala se interrompeu bruscamente. Isabelle pôs as mãos na cabeça, tendo no rosto uma expressão de dor.

Marcas e Anaïs ficaram calados, fascinados pela narrativa da morta. Alguns segundos se passaram; Isabelle se ergueu e continuou:

— Sugeri a Dupin praticar a técnica de Crowley com os nossos amigos de loja. Era fantástico. Uma espécie de acupuntura amorosa baseada nos pontos do corpo supostamente capazes de liberar a energia sexual. A coisa se transformou numa droga, num orgasmo à vontade. Contudo, era apenas o começo. Crowley dizia que era necessário progredir incansavelmente para ir além do êxtase, chegar a um ponto último, às portas da morte. Fundir Eros e Tanatos. Uma noite, fui a primeira a fazer essa viagem com meu parceiro preferido. O que experimentei foi indescritível. Quando acordei, o homem com quem eu tinha feito amor estava morto, não suportara o choque. Uma ruptura de aneurisma. Compreendi então todo o alcance da minha experiência. E da minha futura missão.

— Não é possível — murmurou Anaïs.

— Então, paralelamente, criamos o grupo da Abadia, uma estrutura aberta, calcada nos métodos dos grupos sectários. Aberta a todos, diferentemente da loja elitista, para, como dizer, experimentar nossas práticas, sem revelar aos nossos adeptos o fundo, para não falar o verdadeiro objetivo, do ensinamento. Dupin tinha me ensinado a cultivar meu lado andrógino; seu talento de grande costureiro tinha algo a ver com isso. Graças a ele, eu passava facilmente por homem. A ideia lhe foi dada pela publicidade de uma grande loja parisiense que, em fotos, tinha travestido em homem sua modelo fetiche, Laëtitia Casta, eu creio. O resultado foi fascinante. Para mim, foi ainda mais espetacular. Eu podia me vestir de homem, pensar como homem, desejar como homem. A observação dos clientes do meu clube, filmados à revelia deles, me revelava uma incomparável anatomia do desejo masculino. Mas...

Isabelle se interrompeu para se massagear as têmporas; seu rosto parecia suado.

— Tudo desabou pouco tempo depois. Eu sofria de enxaquecas inexplicáveis. Uma das minhas amigas, a doutora Cohen, sugeriu que eu fizesse exames. Rotina, dizia ela. Anaïs, seu amigo, o comissário Marcas, não te falou? Ele estava sob encantamento quando a encontrou no hospital Saint-Antoine!

Anaïs dirigiu um olhar interrogativo para Antoine, que meneou a cabeça rapidamente.

— Ela descobriu a existência de um tumor. Um pequeno grupo de células apareceu no meu cérebro. Isso se chama cancro, no jargão médico. Na ultrassonografia, é como uma minúscula constelação, uma espécie de estrela da morte. Eu tinha dois anos, no máximo. Foi aí que eu compreendi.

— A estrela! — repetiu Marcas.

— Foi aí que eu compreendi o sentido do destino. Eu não queria desaparecer sem deixar a minha marca. Tinha que revelar à humanidade a via da estrela. Era preciso um acontecimento extraordinário para perpetuar o meu ensinamento. Se eu morresse de um simples câncer, meus fiéis da loja e do grupo da Abadia teriam praticado o culto de Dioniso num pequeno cenáculo. Como centenas de seitas batalhadoras mundo afora que veneram seus gurus mortos. Como o pobre

Crowley, que virou um mago obscuro, desconhecido das massas. Não, meu destino necessitava de um fim grandioso.

A voz se inflou subitamente:

— Eu vou instrumentalizar meu mal. Vou me tornar mártir. Como Cristo, serei crucificada; meus contemporâneos cuspirão em mim, antes de perceberem que eu era a eleita...

— Ela é louca! — exclamou Marcas.

— Mas para isso eu precisava de um Judas. Você, Anaïs!

O dedo em riste de Isabelle invadiu a câmera.

— Eu te escolhi entre meus fiéis do grupo da Abadia. Sobrevivente cheia de ódio, somente você poderia me crucificar. Depois da fogueira, fiz com que o seu ressentimento aumentasse. Édipo lhe transmitiu a minha mensagem em Granada para manter a chama. Gostei do seu olhar ardente de cólera diante da câmera. Quanto a Veneza, se você não tivesse tido a coragem de me matar, um dos meus fiéis tinha a tarefa de me abater no momento em que você estivesse com o revólver na mão.

Isabelle parou de falar. Seus olhos invadiam toda a tela.

— E você, Marcas, quase me esqueci de você. Meu pobre irmão de maçonaria! Deve estar se sentindo demais nessa história em que as mulheres, pelo menos desta vez, representam os papéis principais. Você veio de contrapeso com o relatório sobre a morte do Palais-Royal. O ministro da Cultura e Manuela tinham decidido perseguir a via da estrela com seus parceiros. Eles sabiam o preço... Você herdou o resultado! Marcas! Marcas, eu me diverti muito com você ao te entregar as pistas sobre Crowley, te levando ao hospital Saint-Antoine. Você me divertiu bastante. Se vocês tivessem sido um pouco mais espertos, você e seus irmãos teriam pedido informações sobre mim à obediência feminina. Eu fui um pouco entusiasmada demais em uma das minhas pranchas, acabei citando Crowley. Algumas das minhas irmãs começaram a ter dúvidas a meu respeito. Pobre Marcas! As mulheres são sempre mais perspicazes!

Isabelle deu um grito de dor. Fez um sinal para a câmera, que focalizou as grandes janelas em ogiva do monastério de San Francesco.

Anaïs parecia hipnotizada pela tela vazia.

— Eu me deixei manipular. Eu me deixei...

— Não, é um blefe! Uma provocação *post mortem*! Coisa nenhuma! Você não vai mais deixar ela te pegar — disse Marcas com a voz pouco segura.

A câmera se fixou novamente no rosto tenso de Isabelle.

— Chegou a hora de eu terminar este testamento. Tenho que me preparar para esta noite. Para a vinda de vocês dois ao meu grande baile de máscaras da estrela à janela do Oriente. Vocês serão meus convidados de honra. Os responsáveis pela minha morte, que será filmada para a posteridade. Mas não é só isso. Acompanhando as pegadas de Crowley, eu também instrumentalizei o velho libertino Casanova. Meus adeptos logo irão divulgar seu verdadeiro-falso manuscrito, com um novo testamento de minha parte. O fato de eu mesma ter comprado o manuscrito por um milhão de euros servirá para validar sua autenticidade. Caro Casanova, ele será o fundador de um culto do qual eu serei o messias. Eu, uma mulher... Não é uma sutil ironia? Essa gravação está terminada. Ela se apagará automaticamente. Adeus aos dois. Meu culto começa esta noite!

O rosto triunfante de Isabelle desapareceu da tela. Marcas se levantou de um salto e digitou febrilmente para salvar o vídeo.

— Merda. Foi tudo apagado.

Anaïs observou a tela vazia.

— Essa história de novo testamento? Eu... tenho a impressão de que o pesadelo vai recomeçar.

Antoine a tomou nos braços.

— Não! Ela é uma louca. Uma doente. Amanhã, vou pôr os especialistas no caso. Vamos encontrar quem enviou a mensagem. Talvez tenha sido Édipo, ou outro adepto, não sei, mas prometo que vou encontrá-lo. E não vai ter mais nenhum pesadelo.

— Tem certeza?

— Tenho, vem dormir. Você precisa.

Anaïs o empurrou de leve.

— Não, não vou conseguir. Estou muito nervosa. Vou ver televisão. Já te encontro, preciso relaxar.

— Tudo bem, mas não demore muito.

— Prometo.

Marcas foi para o quarto e tirou a roupa. Ouviu a televisão ser ligada. Habituado às insônias dela, ele sabia que ela só se deitaria dali a uma hora. O cansaço tomou conta dele. Acabou de tirar a camisa e se deitou nos lençóis frescos. O rosto atormentado de Isabelle passava incansavelmente por sua cabeça. Como pôde se deixar manipular até aquele ponto por uma maluca daquelas?

No momento em que apagava a lâmpada da cabeceira, um urro rasgou a noite.

70

Paris

Marcas pulou da cama e correu para o salão.

Anaïs estava de pé, o rosto crispado. Édipo segurava uma faca sob a garganta dela. O matador de Dioniso tinha o mesmo sorriso irônico que em Veneza e Granada, aquele ar de quem vive caçoando do mundo. O homem zombou ao ver Antoine chegar.

— Caro Marcas! Finalmente nos reunimos! Cheguei a pensar que vocês iam me encontrar no armário empoeirado da cozinha. Vocês deveriam cuidar um pouco mais da casa; é uma bagunça!

— Solta ela!

— Ora, um pouco de sangue-frio, comissário! Estou a um passo de te cortar a garganta. Então, se acomode diante da televisão. Bem-comportado. Vamos assistir a um programinha. Anda logo!

Impotente, o comissário se sentou no canapé, xingando a si mesmo por ter deixado a arma no escritório.

Édipo não tinha afrouxado o laço. A mão direita acariciava distraidamente os seios de Anaïs.

— Pequenos, mas firmes, é como eu gosto. Você não se enjoa, não é, tirazinho! Na Abadia, ela tinha fama de gostar de transar.

Antoine não afastava os olhos da lâmina. O matador continuou:

— De tanto seguir ao pé da letra as instruções da falecida Isabelle, tenho a impressão de não ter mais tempo livre. Mandar o vídeo por e-mail, telefonar emitindo uma fita gravada, visitar vocês para conversar sobre a vida em geral. É muito cativante. Felizmente, logo a minha missão vai acabar.

Anaïs tentou ficar na ponta dos pés. O matador enfiou a ponta da lâmina em seu pescoço. Uma gota de sangue brotou na altura da garganta. Marcas se levantou num pulo.

— Mais um movimento e ela vai ver! Você, tira, senta. Agora!

Marcas voltou à posição anterior, o rosto contorcido de raiva. Na tela da televisão, os créditos do jornal televisivo soaram. O âncora apareceu na tela.

— Ah! Aqui vamos nós! — disse Édipo.

O jornalista estava sério.

— Nosso redator acabou de receber um documento exclusivo que vai retomar o caso da loja Casanova e do massacre de Cefalù. Trata-se de uma sequência de vídeo de Isabelle Landrieu, ainda chamada Dioniso, gravada pouco tempo antes de sua morte. Depois de considerações éticas em nossa redação, achamos necessário que nossos telespectadores tomassem conhecimento do documento exclusivo, chegado anonimamente.

Marcas se paralisou. Milhões de espectadores deveriam também estar presos aos televisores.

Isabelle apareceu, no mesmo cenário que servira para a gravação enviada por e-mail.

— Bom dia, eu me chamo Isabelle Landrieu. Vocês me conhecem pelo nome de Dioniso, guia espiritual da loja Casanova. Este é o meu testamento. Se alguma coisa me acontecer, desejo que o mundo saiba que o meu grupo e eu fomos vítimas de um complô internacional. Jamais ordenei o terrível massacre de Cefalù; meu grupo era pacífico. Os verdadeiros mandantes daquela atrocidade são pessoas altamente situadas nos governos europeus, submissos à franco-maçonaria internacional. Sei do que falo, fiz parte dessa maçonaria. Fui especialista em seitas e nunca teria montado um grupo dessa natureza. Espero que, entre vocês, haja espíritos livres que acreditem em mim. Sei que querem me assassinar. Uma das minhas jovens simpatizantes foi manipulada pelas forças que denunciei. Não lhe quero mal, ela foi forçada por eles a mentir, para salvar a vida...

— Desgraçada! — gemeu Anaïs.

A voz de Isabelle tremia:

— Não sei o que vai acontecer comigo. Meus amigos e eu somos perseguidos por um comando dirigido por policiais franco-maçons franceses e italianos: um deles é ex-membro da sinistra loja P2. Eles não darão trégua; estão ligados àqueles que queimaram meus amigos na Sicília. Tenho medo. Quero dizer mais uma coisa antes de...

Ela parou alguns segundos para secar a testa e retomou:

— De... Nosso grupo descobriu num manuscrito de Giacomo Casanova um extraordinário segredo sobre o amor. Um segredo que pode abalar a humanidade e que embaraça os poderosos. Cópias desse manuscrito serão enviadas pela internet ao máximo de destinatários. Não acreditem nas mentiras das autoridades e da mídia a eles submissa. Eu lhes suplico... A loja Casanova não pode ser extinta.

Isabelle lançou um último olhar amedrontado para a câmera, e depois seu rosto desapareceu.

Marcas trincou os dentes e exclamou:

— Bravo! É a sopa no mel! Dessa vez, todos os ingredientes estão aí. O grande complô internacional, os franco-maçons, a pobre adepta manipulada, os jornalistas comprados, a loja P2... Só está faltando Bin Laden. A mestra nos pegou mesmo. Foi por isso que ela planejou o massacre espetacular e inventou falsos responsáveis. Vai se tornar uma vítima. Um ícone.

— Melhor! Um mito — acrescentou Édipo —, imortal, para sempre jovem. Uma Marilyn da espiritualidade... Ela vai se tornar a mártir de uma nova religião, imolada por forças poderosas e misteriosas. E uma grande parte da população vai acreditar ingenuamente em sua mistificação. Aposto como o boato vai se espalhar na internet como rastilho de pólvora.

No palco, o âncora dava início ao debate. Édipo parecia hipnotizado pela tela. Lentamente, Antoine se deslocou para o lado do canapé e pegou o controle remoto. Aumentou o som.

— E agora, a gente faz o quê? — perguntou o policial.

O matador riu.

— Muito simples. A pobre Anaïs, gentilmente, vai escrever para mim. Ela vai confessar ter sido manipulada por seu comissário maninho. A partir daí...

— O quê?

— Vejamos! Sua vida não tem mais sentido desde que ela matou Dioniso. E você conhece o destino de Judas...

De repente, Marcas apertou para valer a tecla de volume da televisão. Os alto-falantes do *home theater* multiplicaram ao infinito a voz do jornalista. As portas envidraçadas da estante vibraram.

— Alertamos nossos telespectadores para o conteúdo desta sequência. Até o momento, nenhum fato vem corroborar a versão de Dioniso...

— Abaixa isso imediatamente — berrou o matador.

Sua voz era quase inaudível, afogada pela onda sonora.

— Ao contrário, a investigação mostrou de modo irrefutável a responsabilidade de Isabelle Landrieu e dos membros de seu grupo. Os peritos são categóricos...

Marcas pressionou o botão do canal de música e jogou o controle remoto aos pés de Édipo. Uma explosão de música tecno sacudiu o apartamento.

— Os vizinhos vão chegar daqui a cinco minutos. Este é um prédio muito decente — gritou Marcas.

Édipo pareceu desconcertado. Golpes surdos ressoaram no teto. O homem forçou Anaïs a se abaixar perto do controle remoto. Os urros da televisão se tornavam insuportáveis. Édipo avançou.

O policial pulou do canapé e mandou um soco na têmpora do matador. Sob o choque, Édipo diminuiu a pressão, esmagou o controle remoto e soltou a jovem mulher que rolou para o lado. A televisão foi desligada. A música cessou imediatamente.

Os dois homens se agarraram com raiva. O matador batia com violência na barriga de Marcas. O policial tentou se proteger, mas o adversário levava vantagem. Marcas se chocou contra a mesa de vidro do salão. Édipo o atingiu na face. Seus lábios se abriram com o golpe. Sentiu as mãos do matador apertarem sua garganta. Sua vista se turvou. Logo o sangue não chegaria mais ao cérebro. Sua mão agarrou um cinzeiro. Com gesto brusco, bateu com o objeto maciço no rosto do agressor, que gritou de dor, mas continuou apertando a garganta de Marcas. O policial bateu novamente. O arrocho afrouxou. Antoine soluçou, juntou as últimas forças e deu um violento empurrão. Desequilibrado, Édipo rolou para o lado. O comissário se levantou e socou suas costelas com toda a força; o matador berrou mais uma vez.

Anaïs tinha se agarrado às costas do canapé. Ela viu Marcas se erguer diante dela, com a boca ensanguentada.

— Vai pegar a arma no escritório. Rápido!

Anaïs se levantou, desequilibrando-se. Como num pesadelo, ela viu Édipo se levantar atrás de Marcas, com uma expressão de ódio furioso. Seu rosto de demente era iluminado pelo brilho da tela da televisão. Ele puxou uma faca.

— Antoine! Atrás de você!

Diante dele, no espelho, Marcas viu o reflexo do matador e o brilho prateado da lâmina. Atirou-se para o lado e, com um gesto desesperado, empurrou a mesa contra as tíbias de seu agressor. O matador se agarrou nos cantos de vidro.

A mão de Anaïs o esperava.

O saca-rolha se enfiou de uma vez só. Édipo rosnou como um animal ferido e lançou um olhar de ódio para a jovem mulher. O punhal escorregou para debaixo da almofada do canapé.

O homem tentou correr. Antoine foi mais rápido e deu um golpe seco.

Anaïs viu Édipo segurar o ventre. Com um olhar perdido, ele se levantou. Uma grande mancha vermelha sujava sua camisa bege.

— Isabelle...

Édipo desabou como um boneco desarticulado. Uma auréola de sangue espalhou-se no tapete.

— Dói... Está doendo.

A jovem mulher se agachou ao seu lado. Sua voz estava rouca.

— É tão bom ver você sofrer e... morrer.

Marcas se ajoelhou.

— A gente precisa chamar a ambulância.

— Não — disse Anaïs. — É bom ver ele sangrar como um porco.

O matador se retorcia como um verme cortado; os olhos imploravam ajuda. Um cheiro acre de intestinos que se esvaziam se espalhou pelo cômodo.

— Chega! Vou pedir ajuda.

Os movimentos de Édipo ficavam mais fracos. Ele balbuciava palavras incompreensíveis. Anaïs se inclinou sobre o ouvido dele e murmurou algo que Marcas não conseguiu ouvir. O matador arregalou os olhos. Seu peito se ergueu pela última vez.

— Ele não precisa mais de socorro — disse Anaïs, levantando-se.

— O que é que você disse a ele?

— Que Thomas estava vingado.

Epílogo

Biarritz,
Hotel des Bains,
Um mês depois

O jornal da noite repousava sobre a mesa. Dobrado em dois. Marcas viu o título. *Novo massacre...* Tentou afastá-lo, pô-lo em outro lugar, mas Anaïs já tinha estendido a mão. Ele não ousou olhar seu rosto. Na varanda, casais jantavam, servidos por garçons de smoking branco. Um ritual imutável que datava do século XIX. No início daquele verão, o hotel des Bains era um oásis de calma e discrição. Foi por isso que ele o tinha escolhido.

A voz branca de Anaïs ergueu-se, rompendo o silêncio.

Ontem, outro corpo foi achado num apartamento da rue Volta. O sexto em três dias na região parisiense. Como nos outros casos, trata-se de uma jovem mulher, e as circunstâncias da morte ainda não foram reveladas. Porém, segundo fontes ligadas à investigação, foram encontradas inscrições pintadas nas paredes, em louvor ao guru Dioniso, bem como uma estrela girante, símbolo da seita. Esse novo assassinato ritual deve ser acrescentado a uma lista que não para de crescer. Apesar de procedimentos considerados importantes, as autoridades parecem incapazes de conter essa onda de loucura oculta.

Na varanda, as conversas se interromperam. Antoine apertava nervosamente o copo. Ao lado deles, um casal os fitava. O homem se inclinou para Anaïs, estendendo a mão para o jornal.

— Permite?

Anaïs aquiesceu com o olhar. O casal leu rapidamente o artigo.

— Está chocada? — perguntou a mulher.

Marcas olhou para ela. Trinta, 35 anos. Um casaco de marca e um jeans gasto com elegância. Areia nos sapatos de salto alto.

— Você não? — espantou-se Anaïs.

— Não. Essa Isabelle Landrieu era muito bonita, e sua história, fascinante. Vocês sabem que desconhecidos pintam seu rosto em estêncil nas grandes cidades? Juntamente com amigos galeristas, temos em mente uma grande exposição...

— E os mortos? Você acha que é arte? — interrompeu Antoine.

— Pelo menos, eles escolheram o fim maravilhosamente. É melhor do que apodrecer num morredouro de hospital ou esperar uma canícula hipotética. Como todos esses velhos. Além disso...

— Além disso...

— Além disso, existe o prazer — acrescentou a mulher, olhando o companheiro.

Ele tinha acabado de pousar o jornal e tirava os finos óculos de armação de ouro. Ele era todo sorrisos.

Marcas se inclinou ao ouvido de Anaïs.

— Vamos sumir daqui? A menos que você queira continuar a conversa com esses tipos.

— Era o que eu ia sugerir, meu amor...

Eles se levantaram sem uma palavra, deixando o casal perplexo, e voltaram para o quarto a passos rápidos.

Marcas abriu a porta e a fechou lentamente. Sentiu a mão de Anaïs em seu ombro. Ele a pegou pela cintura e passou os lábios por sua face. Anaïs fingiu recuar.

— E então, comissário, aquela jovem mulher fala de prazer e isso te dá ideias?

— Às vezes sou influenciável — disse ele, apertando o abraço. — O prazer...

Anaïs sussurrou-lhe ao ouvido.

— O prazer... Eles nem sabem do que falam.

Antoine beijou-a no pescoço.

— Justamente, tem uma pergunta que eu sempre quis te fazer. Como... enfim... o ensinamento de Dioniso não era teórico. Se seus adeptos o seguiram é porque...

— Ele também ensinava o prazer, é isso? Desde que estamos juntos, você finalmente me perguntou.

Marcas não ousava responder, mantendo Anaïs em seus braços, enfeitiçado por sua voz quente.

— Quer que eu faça uma demonstração? Tem, talvez, o que chamamos de carícia... das Bacantes.

— Das Bacantes... é um bocado de coisa.

— Começa com uma pequena cócega. Deixa eu te mostrar.

Seus corpos se juntaram. As leves roupas de verão se espalharam como poças claras no carpete. Num instante, eram apenas um.

O indicador de Anaïs subia lentamente por trás da coxa de Marcas. Ele parou exatamente na curva das nádegas enrijecidas pela excitação, e deslizou alguns centímetros para o interior da coxa. Ela tocou de leve esse limite incerto.

Uma onda de excitação subiu nele como uma fonte viva. Novamente, ela executou a mesma carícia, mal roçando a pele do parceiro. Um arrepio percorreu-o, e ele se arqueou num movimento brusco.

— Para... É insuportável.

— Eu podia te fazer gozar só acariciando a zona das Bacantes — gemeu ela. — Está vendo? É esse o segredo. A acupuntura do prazer. Não é o único ponto...

E novamente ela roçou a zona sensível. Marcas afundou-se nela.

A noite caía suavemente na praia deserta.

Anaïs ficou muda até os rochedos da Virgem. A maré começava a subir com força, desfazendo os castelos de areia que as crianças tinham pacientemente construído à tarde. Antoine via as torres desabarem sob o contínuo avanço das ondas.

— Não há nada a fazer. Não se mudam os homens. O proibido sempre os fascina.

— Até quando estão à morte?

Marcas não respondeu. Tinham subido na cornija diante do molhe. Uma longa serpente de madeira que abria um caminho estreito entre os rochedos batidos pelas águas.

— Preste atenção, a madeira é escorregadia por causa dos respingos.

Anaïs caminhava lentamente, como uma sonâmbula. Antoine segurou-lhe a mão.

Quando chegaram à gruta da Virgem, sentaram-se.

— Não se preocupe, eu cuido de você.

— Felizmente você está comigo.

Anaïs se enroscou nos braços do amante. Lá fora, a maré continuava subindo.

Uma criança que acabara de aparecer, correndo, assustou--os. A noite tinha caído.

— Vamos voltar — anunciou Marcas.

— É, uma cama nos espera.

A criança já tinha ido embora. Ouviam-se gritos sob a abóbada de pedra apesar das ondas que se quebravam no dique.

— Você não gostaria... — Anaïs começou.

Ouviu-se um ruído de saltos. A loura da varanda, um xale nos ombros, dirigia-se para eles. A perfeita turista em passeio noturno.

— Ah, não! Essa idiota, não. Vamos logo!

Anaïs acelerou o passo. Quando passaram por ela, a loura os gratificou com um sorriso amigável.

Marcas desviou os olhos.

— Recebam o boa-noite...

Uma onda bateu nos rochedos como um trovão.

— De Dioniso.

Sempre fui a presa de um demônio
que sobreviverá a mim e se reencarnará

Aleister Crowley

As Memórias de Casanova
ou
A odisseia de um manuscrito

Foi sem dúvida no início do verão de 1789 que Casanova iniciou a redação de suas lembranças. Ele tem então 65 anos e vive retirado no castelo de Dux, na Boêmia, onde conseguiu o cargo de bibliotecário da família Waldstein. Mergulhado em pesquisas matemáticas — apaixona-se pela questão da duplicação do cubo —, ele cai, então, gravemente doente. Foi seu médico quem, proibindo-lhe "estudos sombrios que cansam o cérebro", lhe sugeriu "recapitular os belos dias passados em Veneza e em outras partes do mundo...".

Um conselho seguido, já que, durante quatro anos, Casanova vai se dedicar quase exclusivamente à escrita de suas memórias, durante, às vezes, "treze horas por dia". Em 1793, quando tinha narrado os cinquenta primeiros anos de sua vida, interrompe o trabalho autobiográfico, deprimido pela morte de amigos próximos, e profundamente perturbado pela Revolução na França. Ele as retomará somente em 1794, depois do encontro com um aristocrata de renome, o príncipe de Ligne, que deseja ler suas Memórias e talvez publicá-las. Para agradar a esse leitor de qualidade, Casanova vai se submeter a um gigantesco esforço de revisão, passando a limpo o texto, no qual não deixará de trabalhar até a morte, em junho de 1798. Nessa data, o manuscrito revisto tem 1700 páginas *in folio*. As Memórias se interrompem em 1754, embora Casanova desejasse levá-las até 1797. São, portanto, quarenta anos da vida do grande sedutor que não foram redigidos... A menos que o ou os manuscritos tenham desaparecido!

Morto Casanova, seu sobrinho por afinidade herda as Memórias, e são seus filhos quem venderão o manuscrito a editores alemães, Brockhaus, em 1820.

O editor vai publicar uma primeira versão das Memórias a partir de 1824. Traduzir do francês, a língua escolhida por Casanova para escrever essa versão, vai acarretar inúmeras mudanças e supressões para não chocar o suposto gosto do público.

Embora depurada e censurada, a primeira edição em alemão vai ter grande sucesso e muitas falsificações e traduções piratas, particularmente na França, o que faz com que a casa Brockhaus decida publicar o manuscrito na língua original: o francês!

Essa tarefa é entregue a um professor, Jean Laforgue, que vai, durante cinco anos, reescrever o texto original de Casanova, adaptando-o às suas convenções pessoais, em particular as políticas. Por exemplo, todas as referências excessivamente simpáticas ao Antigo Regime são sistematicamente eliminadas.

A nova edição vai começar em 1826, interrompendo-se em 1832, e só será retomada em 1838, por causa do conflito com a censura real.

Foi durante o intervalo que outro autor francês, Paulin, inicia, por sua vez, uma edição pirata, inicialmente recopiando a edição Laforgue, e, depois, propondo uma continuação inédita.

Essa continuação apresenta a possibilidade da existência de um manuscrito desconhecido de Casanova, pois, na versão de 1837, aparecem algumas passagens e variantes cujas informações precisas e outros detalhes perturbadores foram desde então confirmados pelos pesquisadores.

O mistério ainda separa os especialistas de Casanova, divididos entre a ideia de uma falsificação especialmente hábil e a esperança de um manuscrito do grande veneziano ainda a ser descoberto.

Sobre essas questões, consultar o excelente artigo de síntese de Helmut Watzlawick, *Biographie d'un manuscrit* (Biografia de um manuscrito), publicado na introdução da edição Bouquins, da editora Pierre Laffont, das Memórias de Casanova, a única edição recente conforme o manuscrito original. Ver também *Casanova l'admirable* (Casanova, o admirável), de Philippe Sollers, nas edições Gallimard.

O mago Aleister Crowley

"Aleister Crowley foi o personagem mais imundo e mais perverso de todo o Reino Unido."

Declaração do ministro da Justiça inglês
quando da morte do mago em 1947

Sulfuroso, *diabólico*, *corrompido*, *visionário*, *louco sádico*, *assassino*, *guru falhado*, *aventureiro*, os mais variados qualificativos não faltaram para descrever o inquietante personagem.

Para alguns amantes de ocultismo negro, ele aparece como um mestre incontornável que restaurou a prática da magia no Ocidente, assegurando-lhe as bases teóricas e práticas. Uma magia estreitamente ligada ao sexo, que fez dele um ícone para movimentos satanistas contemporâneos.

Muitas das sociedades iniciáticas que Crowley frequentou ou fundou ainda existem também na França, e atuam fundamentando-se nos ensinamentos daquele que se fazia chamar de *a Besta 666*.

Estrelas do rock tais como David Bowie, membros do grupo Iron Maiden, Mick Jagger e Marilyn Manson manifestaram interesse pelo mago inglês. Robert Plant, líder do grupo Led Zeppelin, comprou a antiga casa de Crowley, o solar Boleskine, na Escócia, e nunca escondeu sua admiração por seus ensinamentos. Encontra-se também a foto de Crowley na célebre capa do álbum dos Beatles *Sargent Pepper's Lonely Hearts Club Band*, no meio de uma miríade de fotos de todas as celebridades "amadas" pelo grupo (contudo, cuidado com as confusões; trata-se mais de uma referência do que de admiração).

A vida de Crowley, personagem de exceção, é vista hoje como um destino fora dos padrões.

Crowley, cujo nome verdadeiro era Edward Alexander, nasceu em 1875 numa família membro de seita protestante radical. Teve uma educação extremamente moralista que ele descreveu como uma "infância no inferno". De fato, embora a família reivindique uma crença religiosa baseada na leitura literal da Bíblia e de seus preceitos, o pai de Aleister pertence à burguesia abastada, oferecendo ao filho uma educação certamente intransigente, mas cosmopolita.

Em 1895, Crowley integra o prestigioso Trinitity College de Cambridge. Ali publica seus primeiros poemas, vive uma experiência homossexual que vai ser iniciadora e experimenta o primeiro êxtase místico que vai perturbá-lo.

Estudante de filosofia, em busca de uma espiritualidade mais avançada, é iniciado na maçonaria. Em 1896, junta-se à Igreja Céltica, estranho grupo que se proclama herdeiro espiritual de José de Arimateia, o amigo do Cristo que teria levado o Graal para a Inglaterra. Mas é em 1898 que tem o encontro decisivo com Julian Baker, um apaixonado por alquimia que o leva para a mais célebre das sociedades secretas inglesas do século XIX: a Golden Dawn. Criada em 1885 por maçons de alto grau e esotéricos diversos, esse grupo secreto do qual faziam parte personalidades tão variadas quanto Bram Stoker, autor de *Drácula*, William Butler Yeats, prêmio Nobel de literatura, Robert Louis Stevenson (*A ilha do tesouro*), tenta ressuscitar os ensinamentos esotéricos da Cabala, dos Rosa-Cruzes, e pratica assiduamente a magia cerimonial. Foi este último aspecto que particularmente atraiu Crowley, cuja progressão na ordem será fulgurante. Uma ascensão que, aliás, acabará dividindo a direção da Golden Dawn, a tal ponto que Crowley trocará a Europa pelo México, onde, frequentando as lojas maçônicas, será elevado ao 33º grau do Rito Escocês antigo e aceito. Mas de modo algum ele se comportará como um franco-maçom normal, pois seu pensamento era oposto aos ensinamentos maçônicos.

Em 1902, mora na Índia, onde ocupa o tempo com a prática da ioga e escaladas ao maciço do Everest. Porém, é no Egito, no Cairo, que ele recebe, em abril de 1903, a revelação que vai guiar sua vida, e que ele registra em três noites de iluminação no *Livro da Lei*. Depois de quatro anos de práticas mágicas e de pesquisas esotéricas, funda sua própria sociedade iniciática, a Astrum Argentinum, cujos rituais tentam a síntese dos ensinamentos da Golden Dawn e das revelações particulares recebidas no Egito.

Em 1912, será iniciado num dos mais inquietantes grupos esotéricos: a Ordo Templi Orientalis, cuja particularidade é praticar ritos sexuais com fim mágico. Essa revelação vai atropelar sua concepção do esoterismo. Durante os anos da Primeira Guerra Mundial, Crowley se engaja a favor dos separatistas irlandeses, escrevendo para jornais favoráveis à causa, mas financiados por debaixo do pano pela Alemanha! Uma implicação que lhe valerá a suspeita de espionagem e o afastará da Inglaterra até 1920. Casado, divorciado, bissexual, cantor da magia, a reputação de Crowley já é naquela época uma lenda negra que o torna pouco frequentável.

Em nosso livro, imaginamos a cena do ministro que enlouquece depois da morte da amante durante práticas mágico-sexuais. A obra *Le Marché du diable*, escrito por Roger Faligot e Remi Kaufer (Fayard), relata uma história semelhante vivida por Crowley, encontrado prostrado num quarto de hotel parisiense da margem esquerda, tendo a seu lado o corpo sem vida do amante. Os dois homens teriam praticado um ritual de invocação de uma divindade pagã em forma de... bode. O mago foi mandado para o asilo e em seguida expulso da França pela Segurança.

Em 1920, instala-se na Sicília, perto de Cefalù, onde cria com alguns discípulos a Abadia de Telêmaco, um lugar de vida comunitária onde Crowley e os seus exploram as vias mais obscuras do esoterismo, tendo como lema "Faz o que quiseres", roubado de Rabelais. Ali ele reina como guru impiedoso, abusa sexualmente dos adeptos, crucifica por dias inteiros as mulheres que não cumpriram a lei, oferece aos convidados navalhas para que retalhem os braços quando não falarem de si na terceira pessoa... A morte de um de seus discípulos, da qual foi acusado por tê-lo sacrificado numa cerimônia mágica, faz com que seja expulso da Itália por Mussolini.

Drogado, arruinado, Crowley vai vagar pela Europa, onde a reputação de provocador o precede. Embora apoiado por um grupo de discípulos e de admiradores ativos, entre os quais o escritor português Fernando Pessoa, Crowley vai levar uma vida cada vez mais miserável, até morrer, em 1947, na Inglaterra.

Grande iniciado para alguns, psicopata absoluto, aquele que um dia escreveu "Antes de Hitler, fui e sou" continua hoje um enigma. Não é insignificante saber que a Bíblia satânica de Anton La Vey, que estava para ser editada na França no momento em que este livro foi escrito, inspirou-se nos escritos de Crowley. Temos de nos preocupar com a fascinação que esse tipo de crença desviante exerce, notadamente em espíritos influenciáveis.

A carta de tarô, a estrela, existe mesmo, bem como o baralho completo chamado de *Book of Thot*. Em compensação, Crowley jamais escreveu um falso manuscrito Casanova.

Magia sexual

Existem numerosos livros sobre práticas tântricas que mesclam magia e sexualidade. O mais surpreendente deles, datado do século XIX, que reflete bem as crenças no mínimo diabólicas de seus adeptos, é *Magia sexualis* de P. B. Randolph, nas edições Guy Prat. O autor, conselheiro do presidente Abraham Lincoln, foi o fundador de uma confraria praticante de magia sexual, a *Hermetic Brotherhood of Luxor*.

Veneza e Hugo Pratt

A cátedra de San Pietro de Castello, o irmão Teone, a ponte della Nostalgia, o capitão Pratt, entre outros. A parte veneziana de nossa obra está semeada de alusões a um magnífico álbum de aventuras "maçônicas" de Corto Maltese: *Fable de Venise* (Fábula de Veneza) (Casterman). Seu autor, Hugo Pratt, era franco-maçom.

Universo maçônico

Alguns nomes utilizados no livro são também alusões ao vocabulário maçônico, como o doutor Anderson ou a rue Moabon.

Para mais informações sobre a franco-maçonaria, ver o blog maçônico imprescindível hiram.canalblog.com, recheado de informações surpreendentes, que o comissário Marcas consulta. O criador do blog, Jiri Pragman, também escreveu o apaixonante *L'Internet est-il maçonnique?*, pelas Éditions Ivoire Clair.

Para conhecer a maçonaria sem "saturação", mas encontrando numerosas informações, a First Editions acaba de publicar *La Franc-Maçonnerie pour les nuls* (A franco-maçonaria para os ignorantes), escrito por Christopher Hodapp, maçom americano, e Philippe Benhamou, da GLF.

Glossário maçônico

Abóbada celeste: teto simbólico da *loja*.

Ágape ou *Banquete*: refeição feita em comum depois da *sessão*.

Alto grau: depois do grau de mestre, existem outros graus praticados nas oficinas superiores, chamados de perfeição. O rito escocês, por exemplo, comporta 33 graus.

Avental: usado em torno da cintura. Varia segundo os graus.

Balaústre: ata de uma *sessão* anotada pelo *secretário*.

Cadeia de união: ritual de comemoração efetuado pelos maçons ao término de uma *sessão*.

Cobridor: oficial responsável pela guarda do *templo* durante as *sessões*.

Colar: echarpe decorada usada ao pescoço por ocasião das *sessões*.

Colunas: situadas na entrada do *templo*. Elas levam o nome de Jaquim e Boaz. As colunas simbolizam também as duas carreiras de bancos, a do *Norte* e a do *Sul*, onde se sentam os irmãos durante a *sessão*.

Compasso: junto com o *esquadro*, corresponde aos dois instrumentos fundamentais dos franco-maçons.

Constituições: datando do século XVIII, são o livro de referência dos franco-maçons.

Debbhir: nome hebraico do *Oriente* no *templo*.

Delta luminoso: triângulo ornado com um olho localizado acima do *Oriente*.

Direito humano: obediência maçônica mista. Aproximadamente 11 mil membros.

Esquadro: ver *compasso*.

Grande Especialista: oficial que celebra o ritual de iniciação e passagem de grau.

Grande Loja de França: obediência maçônica de inspiração espiritualista. Aproximadamente 27 mil membros.

Grande Loja Feminina de França: obediência maçônica feminina. Aproximadamente 11 mil membros.

Grande Loja Nacional Francesa: única obediência maçônica reconhecida pela maçonaria anglo-saxônica. Aproximadamente 33 mil membros.

Grande Oriente de França: primeira obediência maçônica, não dogmática. Aproximadamente 46 mil membros.

Graus: em número de três: Aprendiz, Companheiro, Mestre.

Hekkal: parte central do *Templo*.

Hiram: segundo a lenda, o arquiteto que construiu o Templo de Salomão, assassinado por três maus companheiros que desejam arrancar-lhe seus segredos para se tornarem mestres. Ancestral mítico de todos os franco-maçons.

Loja: lugar de reunião e de trabalho dos franco-maçons durante a *sessão*.

Luvas: sempre brancas e obrigatórias na *sessão*.

Mestre de cerimônias: oficial que dirige os deslocamentos ritualísticos em loja.

Obediências: federações de lojas. As mais importantes na França são GODF, GLF, GLNF, GLFF e Direito Humano.

Ocidente: Oeste da *loja* onde oficiam o *primeiro* e o *segundo vigilantes*, assim como o *cobridor*.

Oficiais: mestres eleitos pelos irmãos para dirigir a *oficina*.

Oficina: reunião de franco-maçons em loja.

Orador: um dos dois oficiais situados no *Oriente*.

Ordem: sinal simbólico de pertencimento à maçonaria, que pontua o ritual de uma *sessão*.

Oriente: o *Leste* da *loja*. Lugar simbólico onde oficiam o *venerável*, o *orador* e o *secretário*.

Pavimento mosaico: retângulo em forma de tabuleiro de jogo de damas, situado no centro da *loja*.

Pórtico: lugar de reunião na entrada do *templo*.

Prancha: conferência apresentada ritualmente na *loja*.

Rito: ritual que regulamenta os trabalhos em *loja*. Os dois mais praticados são o rito francês e o rito escocês.

Sala úmida: espaço separado do templo onde se realizam os *ágapes* ou *banquetes*.

Secretário: anota os acontecimentos da *sessão* num *balaústre*.

Sessão: reunião da *oficina* na *loja*.

Templo: nome da *loja* durante uma *sessão*.

Toque: sinais manuais de reconhecimento, variáveis conforme os graus.

Ulam: palavra hebraica que designa *pórtico*.

Venerável: mestre maçom eleito por seus pares para dirigir uma *oficina*. Ocupa o *Oriente*.

Vigilantes: primeiro e segundo. Ocupam lugar a *Ocidente*. Cada um deles dirige uma *coluna*, quer dizer, um grupo de maçons durante os trabalhos da *oficina*.

Agradecimentos

A P. Sablon, por seu conhecimento apurado do itinerário maçônico de Casanova, e a todos os que nos ajudaram e se reconhecerão.

A toda a equipe da Fleuve Noir: Béatrice Duval, Anne-France Hubau, Marie-France Dayot e Estelle Revelant.

Chefe de reportagem da editoria de economia do *Le Parisien*, Eric Giacometti fez carreira como jornalista investigativo. Nos anos 1980, ao fazer uma matéria sobre a maçonaria, se envolveu com o tema. Mestre maçom que ingressou na confraria aos 33 anos, Jacques Ravenne escreve sob pseudônimo. Desde 2005, já escreveram juntos sete romances policiais com a sociedade secreta como pano de fundo.

Impressão e Acabamento:
Geográfica
editora